CONFESSIONS D'UN GANG DE FILLES

Du même auteur
aux Éditions Stock

FAITES DE MOI CE QUE VOUS VOULEZ.
DES GENS CHICS.
CORPS.
AMOURS PROFANES.
AILE DE CORBEAU.
HAUTE ENFANCE.
LA LÉGENDE DE BLOODSMOOR.
MARYA.
LE JARDIN DES DÉLICES.
MARIAGES ET INFIDÉLITÉS.
LE PAYS DES MERVEILLES.
UNE ÉDUCATION SENTIMENTALE.
BELLEFLEUR.
EUX.
L'HOMME QUE LES FEMMES ADORAIENT.
LES MYSTÈRES DE WINTERTHURN.
SOUVENEZ-VOUS DE CES ANNÉES-LÀ.
DE LA BOXE.
SOLSTICE.
CETTE SAVEUR AMÈRE DE L'AMOUR.
LE RENDEZ-VOUS.
LE GOÛT DE L'AMÉRIQUE.

Sous la signature de Rosamond Smith

L'AMOUR EN DOUBLE.

Joyce Carol Oates

Confessions d'un gang de filles

roman

Traduit de l'anglais (E.U.)
par Michèle Lévy-Bram

Nouveau Cabinet Cosmopolite
Stock

Titre original :

FOXFIRE
Confessions of a Girl Gang
(Dutton, 1993)

In Memoriam

Marilyn, Rose Ann, Jean, Marian,
Goldie, Beatrice...

Première Partie

1

FOXFIRE :

une bande de hors-la-loi

N'en parle jamais jamais, Maddy-Monkey, elles m'avaient prévenue, c'est la Mort si tu en parles à un seul d'entre Eux; mais maintenant après tant d'années je vais parler car qui m'en empêcherait?

Après tout, je suis de celles qui ont aidé à établir les règles originelles, dont cet avertissement. De fait, j'étais la chroniqueuse officielle de FOXFIRE.

Donc la seule personne de confiance pour traduire ses actes en mots, pour les fixer sous la forme d'un rapport permanent destiné à nous seules. Tapé à la machine à écrire. Conservé, avec ses articles soignés et datés, dans un classeur à anneaux. Un document secret et pourtant, comme on l'espérait, un document « historique » qui établirait pour toujours la Vérité. *Qui permettrait donc de réfuter les déformations, les malentendus et les mensonges purs et simples.*

Genre : nous faisions le mal pour le mal et par vengeance.

De tous les mensonges relatifs à FOXFIRE, celui-ci était sûrement le pire!

Entre l'âge de treize et dix-sept ans j'ai appartenu à FOXFIRE et FOXFIRE a fait de ces années des années sacrées. Du moins jusqu'aux derniers mois.

Vivre ici, à Hammond, dans l'État de New York. Au nord, près du lac Ontario, lieu où on est toutes nées, nous autres, sœurs de sang de FOXFIRE, et qu'on n'aurait jamais pu à l'époque imaginer de quitter; un peu comme quand on est plongé dans un rêve : il semble une infinité dont on ne pourra jamais se réveiller.

FOXFIRE NE REGARDE JAMAIS EN ARRIÈRE! C'était un de nos adages secrets. Et aussi : FOXFIRE BRÛLE ET BRÛLE et FOXFIRE NE REGRETTE JAMAIS! Ces deux derniers n'évoquent pourtant pas la mémoire, mais le remords et la culpabilité, la faute et le repentir – sentiments probablement réservés à de plus faibles que nous. Et ces deux derniers, je crois pouvoir l'affirmer, précédaient les événements de cauchemar de mai et juin 1956 qui ont marqué les derniers jours de FOXFIRE, et qu'aucune d'entre nous, c'est sûr, n'a pu ne pas regretter.

Car FOXFIRE était une vraie bande de hors-la-loi, oui...

Mais FOXFIRE était une vraie communauté de sœurs de sang, avec des liens forgés dans la loyauté, la fidélité, la confiance, l'amour.

Oui, nous avons commis ce que vous nommeriez des crimes. Dont la plupart sont restés non seulement impunis mais ignorés, nos victimes, toutes mâles, étant trop honteuses ou trop lâches pour venir se plaindre.

On a du mal à les plaindre. Vous verrez!

Mais n'allez pas imaginer que, vers la fin, FOXFIRE n'en ait pas souffert, ni que celles d'entre nous qui sont encore en vie n'en souffrent pas à l'instant même.

FOXFIRE EST TON CŒUR!

Ce genre de vérité, on pouvait le proclamer d'une seule voix, mais non l'énoncer individuellement.

Sauf Legs Sadovsky qui pouvait murmurer Maddy-Monkey t'es mon cœur à sa façon inimitable que je serais bien incapable d'interpréter – était-ce sérieux, était-ce faussement sérieux, était-ce pure taquinerie, était-ce toutes ces choses à la fois ? – tout en me faisant un de ses suçons de chat sauvage car on savait que Legs Sadovsky, la commandante en chef de FOXFIRE, était la seule d'entre nous assez sûre de son pouvoir pour être perçue par les autres comme une privilégiée, oui, comme la seule pouvant se permettre d'employer des mots plus nobles et plus téméraires que les nôtres. Impossible, donc, d'être jalouse d'elle, tout simplement impossible. C'était pareil pour tout ce qu'elle faisait et qui, avec le temps, était amplifié et transposé sur écran géant en Technicolor sans jamais se décolorer ni disparaître comme les choses que font la plupart des gens.

Les raisons ? En voilà une : sa façon de ne craindre ni l'altitude, ni les eaux tumultueuses où on nage, ni même la mort l'immunisait aussi contre la crainte du ridicule. Vous croyez peut-être que c'est sans importance, mais pas du tout : se ridiculiser volontairement, s'offrir au rire, aux sarcasmes des autres, ça demande du cran.

Des choses à l'idée desquelles Maddy serait rentrée sous terre, comme dévoiler son propre « moi », Legs Sadovsky les faisait sans hésiter. Sans l'ombre d'un doute observable.

Je m'appelais – je m'appelle – Madeleine Faith Wirtz. En ce temps-là, on m'appelait parfois Maddy-Monkey; parfois juste Maddy, et parfois juste « Monkey » (à cause de mon corps maigre et nerveux, de mes cheveux brun foncé crêpés-frisés qui se dressaient en crête au sommet de mon crâne, et de quelque chose d'à la fois malin et craintif, de simiesque et de ramassé dans mon visage étroit). Parfois, plus rarement, on m'appelait « Killer » – Legs, surtout – à cause de ma prétendue langue de vipère, acérée et cruelle.

A tort ou à raison, moi, Maddy Wirtz, j'étais perçue comme celle dotée du pouvoir des mots. Donc d'intelligence, d'astuce. La bande était fière de moi parce qu'en classe j'avais de bonnes notes à l'écrit et que j'avais aussi du « bagout » – c'est-à-dire que je parlais le plus souvent sans hésiter ni bégayer – mais il y avait certaine catégorie de sentiments que je n'aurais jamais pu exprimer avec des mots : ils m'auraient collé à la gorge. Déjà quel embarras que de chuchoter pour rire à Legs des trucs comme Ouais, toi aussi t'es mon cœur ou Je t'aime ou Je pourrais mourir pour toi, personne de ma famille ne parlait comme ça, surtout qu'il n'y avait que ma mère et moi et que c'était à peine si nous nous parlions. Parce que ç'aurait été une telle faiblesse. Parce que ç'aurait été une telle mise à nu. Prononcé avec nos voix de filles ç'aurait été trop fruste, trop cru – pas du tout comme dans ces films fascinants que nous allions voir au cinéma The Century, avec ces visages parfaits hauts d'un kilomètre cadrés dans cette architecture égyptienne de plâtre, la musique qui jaillissait comme un son secret émis par Dieu contemplant une création particulièrement réussie.

Parce que : on n'a pas besoin de croire en Dieu pour croire à un type exceptionnel de création. Quiconque essaie de vous persuader du contraire est un hypocrite et un menteur. Ou un politicien, comme ce je ne sais quel membre du Congrès descendu un vendredi du quartier résidentiel de Hammond, l'année où j'étais en quatrième au lycée, pour assister à une réunion d'élèves; campé là-haut sur le podium comme un prêcheur avec son visage gras de poisson et ses yeux huileux il exhibait son grand sourire béat et avantageux, bonjour, les garçons et les filles, bla-bla-bla, si heureux d'être ici à la Captain Oliver Hazard Perry High School (il s'était manifestement donné du mal pour arriver à retenir le nom). Pour avoir fréquenté un établissement scolaire concurrent il se rappelait bien ses années d'école arrière de son équipe de football président de classe terminale Classe 33 si fier, un honneur le mode de vie américain la libre entreprise bla-bla ceux d'entre nous qui ont servi leur pays dans la guerre LES ÉTATS-UNIS D'AMÉRIQUE cette nation souveraine voulue par Dieu comme l'a dit notre commodore et grand patriote Stephen Decatur : puisse notre nation avoir toujours raison, et être toujours couronnée de succès, qu'elle ait raison ou tort ! Cette terre d'opportunité de liberté et de poursuite du bonheur qui triomphe de tous ses ennemis parce qu'elle est voulue par Dieu et où n'importe qui oui j'entends bien n'importe qui, garçon ou fille présent ce matin dans cette salle, peut aspirer à la Présidence de la République à celle de la General Motors (des General Mills, d'AT&T, d'US Steel) peut obtenir le prix Nobel de science devenir un inventeur célèbre il suffit d'avoir la foi, de travailler dur de ne jamais se décourager, D'AVOIR LA FOI ! Certains d'entre nous, surtout les garçons mais aussi les filles les plus chahuteuses comme Goldie Siefried, qui faisait partie de notre bande, commençaient manifestement à s'agiter, marmonnant et riant la main devant la bouche – tout comme moi, Maddy Wirtz, à ma façon plus faux jeton –, tellement il nous déplaisait, ce connard perché là-haut qui parlait parlait parlait, englobant l'ensemble de l'auditoire et espérant nous faire croire qu'ici, dans la partie sud minable de Hammond, dans l'école secondaire la pire de cette saleté de quartier, nulle création exceptionnelle de Dieu ou de l'homme ne nous était étrangère – étrangère elle nous était, et le resterait à jamais.

Qu'est-ce qu'on en avait à foutre ? FOXFIRE était là pour atténuer ce genre de vérités.

Je feuillette mon vieux carnet de notes de l'époque, à feuillets mobiles et tout amoché, et je me demande par où commencer.

C'est comme la longue histoire du Temps, quand on essaie de la remonter jusque – jusqu'où ? Jusqu'au début ? Mais où est-il au juste, le début ? Comment peut-on dire Bon, maintenant on commence, maintenant, on actionne les pendules ? C'est pareil, c'est aussi difficile. Parce que, logiquement, il doit y avoir un début et pourtant on se dit à soi-même : d'accord, mais qu'est-ce qu'il y avait avant ?

Et si je me contentais de taper les noms des cinq membres fondateurs ? Ça me permettrait d'établir certains faits aussi irréfutables que la charpente de l'histoire, l'ossature faite pour durer.

Les membres fondateurs de FOXFIRE étaient :

- Legs, parfois surnommée « Sheena » : Margaret Ann Sadovsky. Notre commandante.
- Goldie, parfois surnommée « Boum-Boum » : Betty Siefried. Notre premier lieutenant.
- Lana : Loretta Maguire.
- Rita, parfois surnommée « Red » (La Rouge) et « Fireball » (Boule de feu) : Elizabeth O'Hagan.
- Maddy, parfois surnommée « Monkey » (Le Singe) et « Killer » (La Tueuse) : Madeleine Faith Wirtz.

Oui, FOXFIRE s'est élargi par la suite, il y a eu du relâchement, les choses ne tournaient plus rond, devenaient incontrôlables – nous étions trop nombreuses.

Par exemple : on avait initié à FOXFIRE une protégée de Goldie Siefried, une certaine VV dite « The Enforcer » (L'Exécutrice), dont je refuse de consigner le nom par écrit.

La plupart d'entre nous avaient fréquenté la même école primaire : Rutherford Hayes. Puis nous nous sommes retrouvées à Perry High School, où certaines, peu nombreuses, ont obtenu leur diplôme d'enseignement secondaire, la plupart ayant été recalées ou renvoyées. Nous vivions toutes dans le même voisinage, à l'extrémité sud de Hammond, État de New York, dans ce qu'on nomme encore Lowertown, terme qui dit bien ce qu'il veut dire : un quartier populaire, en contrebas par rapport aux quartiers chics du nord (Uptown); une longue colline escarpée séparait quasiment les deux parties d'une ville tout de même desservie, dans l'axe nord-sud, par la route US 33 (nommée Main Road au nord, et Fairfax Avenue au sud), elle-même coupée au nord par la US 104, et au sud par la US 20 – ces nationales qui traversèrent parallèlement l'État de New York sur toute sa largeur. Étant enfant, j'adorais étudier des cartes : cartes du système solaire et de la terre, mais aussi cartes régionales locales montrant comment le tracé d'une artère aussi familière que Fairfax, où ma mère et moi vivions, s'ouvrait sur l'extérieur par sa jonction avec d'autres rues moins connues qui en rejoignaient d'autres encore – nationales et autoroutes reliant la nation, le continent, la Terre. Il y avait la Terre géographique, que l'homme (j'entends par là les hommes, je suppose) avait tracée sur le papier et à laquelle il avait attribué des noms et des désignations politiques, et la Terre géologique, dont on avait aussi dressé la carte, mais antérieurement. Quelle idée fascinante que de pouvoir partir d'ici pour arriver là ; que de pouvoir voyager de n'importe quel point de l'univers à un autre – si on en avait la capacité.

Comme Legs Sadovsky ce jour-là au Muséum avec l'Arbre de Vie, quand nous avons vu comment celui-ci reliait les choses entre elles, comment des racines enterrées profond reliaient toute chose vivante et morte ; elle a ruminé en se rongeant l'ongle du pouce, déclarant finalement : « on aurait pu croire que notre espèce comptait pour plus que ça », surprise et écœurée de découvrir en fin de compte combien l'Homo sapiens était petit.

FOXFIRE était là pour atténuer ce genre de vérités.

Autre chose que Legs a dite et qui n'est, je crois, consignée nulle part dans le carnet, seulement dans ma mémoire : elle aimait follement l'altitude, plonger d'une haute berge de Cassadaga Park dans le fleuve, comme les plus casse-cou des garçons plus âgés ; gamine, elle adorait escalader pratiquement n'importe quoi – un arbre, un mur, un toit – et elle m'avait dit faire souvent ce rêve joyeux dans lequel elle grimpait grimpait grimpait jusqu'au ciel, elle m'a dit aussi que ce n'était pas de l'ascension dont elle avait soif mais du risque de tomber. Elle l'a dit à sa façon rêveuse sous laquelle on sentait poindre comme une sorte de fièvre, « suppose que tu tombes, Maddy, je veux dire que tu tombes vraiment, dramatiquement, longuement de toute la hauteur du ciel, tu ne te sentirais pas lourde, n'est-ce pas ? Tu ne sentirais pas davantage ton poids que si tu étais une plume. La gravité n'existerait plus pour toi ».

Pourquoi cela comptait pour elle au point de l'avoir rêvé, je l'ignore.

Même aujourd'hui je ne suis pas sûre de le savoir.

Mais en y repensant, alors que je feuillette le carnet de Maddy Wirtz en me demandant comment procéder – tant d'annotations ! tant de dates ! – je comprends qu'existaient entre les sœurs de FOXFIRE des liens profonds et occultes qui ne nous étaient pas apparus à l'époque. Parce que nous étions trop proches de nos origines. Parce que nous parlions toutes avec le même accent nasillard du nord de l'État de New York que nous n'entendions plus. Parce que, différentes comme nous l'étions – et Dieu sait combien Maddy Wirtz se sentait différente d'une Goldie Siefrid, d'une Rita O'Hagan ou d'une Lanna Maguire, et quel besoin elle avait d'affirmer sa singularité, sa supériorité –, on était comme les membres d'une même famille, fiers de leurs distinctions mais que des observateurs étrangers, neutres, confondaient toujours entre eux.

Ce qui vous lie au plus profond, vous ne pouvez le ressentir.

Sauf si on vous l'enlève.

2

Legs s'enfuit. Elle revient à Fairfax Avenue

Maddy? ouvre-moi.

Hé, Maddy: j'arrive.

La nuit. Une lune nette, d'une clarté absolue, un ciel déchiqueté de nuages. Elle a couru des heures – des centaines de kilomètres!

Elle entend des sirènes. On la poursuit.

Mais personne ne mettra la main sur *elle*, elle est trop futée et trop preste.

Elle court depuis Plattsburgh, situé tout au nord, près de la frontière canadienne où, sur ordre des services du département d'État d'aide sociale, on l'a envoyée dix-huit jours auparavant vivre avec sa grand-mère, le milieu familial Sadovsky ayant été officiellement qualifié d'« inadéquat pour une mineure ». La voici revenue à Hammond, dans la partie sud de Fairfax Avenue. Qui pourrait l'arrêter? Ou même l'interpeller? Elle court toujours, sautant, volant sans peine d'un toit à l'autre des maisons de granite brun alignées dans la rue qui descend vers le fleuve invisible – elle est cheval, puissant étalon tout sabots, crinière flottante, panache, ébrouements et souffle exhalé en vapeur blanche; l'espace entre deux toits ne rompt pas la régularité de sa foulée : sans hésitation aucune, sachant qu'elle ne tombera pas, elle tend les muscles durs de ses longues jambes et le franchit, cheveux claquant au vent et dégageant son visage pâle et anguleux, lèvres retroussées sur les dents – non rictus de colère mais bonheur d'être libre, d'avoir fui l'endroit où ils l'avaient envoyée comme s'ils croyaient pouvoir disposer d'elle.

Un tel bonheur, Maddy, que parfois je peux pas l'avaler. C'est comme si on me fourrait le ciel entier dans la bouche, je sens que je vais étouffer. Plus bas dans la rue une horloge lumineuse dans la vitrine du cordonnier affiche minuit vingt, les aiguilles soutenues par la patte dressée d'un beau chat noir sinueux et sensuel que Legs passe bien trop vite pour voir tout en le sachant là.

Non que le temps mesuré par les horloges représente quoi que ce soit pour Legs Sadovsky, « Sheena » volant à travers la jungle.

En bas, sur Fairfax Avenue, réverbères parcimonieusement plantés diffusant cette lumière qui semble brutale dans l'air glacial. Trottoirs fissurés et inégaux, rue en pente raide où les façades alignées de maisons ivres glissent vertigineusement vers la Cassadaga River plus d'un kilomètre plus bas – odeur montante, magnétisme du fleuve. *Maddy? Eh, ouvre-moi! N'aie pas peur, c'est moi!* Telle une créature aveugle dotée d'une mémoire spatiale infaillible, Legs connaît les maisons dont elle franchit les toits et, famille par famille, peut identifier leurs locataires, oui; pareil pour ceux des maisons situées de l'autre côté de Fairfax Avenue où tout est éteint aux étages inférieurs mais où une lumière brille encore çà et là aux fenêtres les plus hautes dont les stores, discrètement baissés, révèlent l'ombre occasionnelle et mobile d'une intimité dont Legs détourne promptement le regard, pudique, intolérante, lèvres retroussées sur les dents en un rictus équin. *Maddy-Monkey tu m'ouvres oui ou merde?* Elle se voûte soudain pour ne pas être vue de la rue où passe une voiture dont les phares tressautent sur la chaussée, suivie d'une vieille Oldsmobile Rockett 98 au moteur gonflé qu'elle reconnaît : conduite par Vinnie Roper, elle est bourrée à craquer des garçons de sa bande, les Viscounts, qui, auraient-ils la moindre chance de l'entrevoir, reconnaîtraient également Legs Sadovsky et pousseraient leur cri de triomphe, le hurlement de la hyène mâle en rut, en s'apercevant qu'elle est terriblement, divinement proche, à peine deux étages au-dessus du niveau de la rue, et totalement seule – jeans sales, blouson de toile mince et baskets minables, il n'y a que Legs, indomptée et folle comme chacun sait, pour trotter ainsi. Dieu merci, ces salauds ne m'ont pas vue. Continuez, connards, faites grincer vos pneus, nous aussi un jour nous nous paierons une auto. Mais soudain elle a froid, nu-tête dans le vent de novembre qui souffle du fleuve, qui sent la neige, qui est aussi pénétrant que la neige et, bon Dieu, qu'a-t-elle fait de ses gants ? Ces gants doublés de fourrure, elle les avait piqués chez Norben en les faisant glisser du comptoir des soldes jusqu'à sa poche ; elle a dû, dans sa hâte de regagner Fairfax Avenue, de rentrer à la maison, les oublier dans une des voitures qui l'ont prise la nuit en stop le long de la rive est du sombre lac Ontario.

Maddy ? réveille-toi !

Tu me reconnais pas ?

Elle a les doigts gourds, transis jusqu'à l'os, mais, merde, elle est presque arrivée à destination.

Elle se raisonne : lorsqu'on est en mission et qu'on risque sa vie on ne sent pas les différences extrêmes de température ; ces fumiers ont voulu mettre la main sur toi, t'imposer leurs détestables projets, mais tu serais morte plutôt que de leur avoir cédé.

Un pâté de maisons plus haut, au coin de Fairfax et de Tideman Avenues, vitres éclairées au néon de la Shamrock Tavern, du Buffalo's Café et d'Acey-Deucy, tavernes à bière dont Legs se souvient pour y être souvent allée, d'abord en compagnie de son père et sa mère, puis, après la mort de sa mère, de son père seul ; d'ailleurs, à l'instant même Ab Sadovsky doit se tenir au comptoir, disons à l'Acey-Deucy, à boire avec Muriel et leurs amis mais Legs ne veut pas penser à lui, ni à Muriel, ni à aucun membre de ce « milieu familial inadéquat »; marre de tout ça! elle est trop maligne pour rentrer tout droit à la maison – pas tout de suite, pas cette nuit – pour essuyer une scène monstre du paternel qui pensait être débarrassé d'elle quelque temps, mais surtout où elle craint d'être reprise par les gens du service social qui cette fois, qui sait, la fourreraient au centre d'hébergement juvénile, le foyer du comté réservé aux enfants où on l'a déjà placée une fois et où elle se souvient d'avoir voulu mourir – il faudrait que les flics lui passent les menottes, qu'ils la foutent dans le coma à coups de matraque, elle n'y retournera pas, plus jamais, et elle sait que son domicile légal est le premier lieu où ils viendront la chercher si la mémé a signalé sa disparition. La vieille dame l'a peut-être fait par méchanceté; ou ne l'a pas fait, également par méchanceté, désireuse de dégager sa responsabilité une fois pour toutes. Mais tout cela n'effleure pas Legs à cet instant, elle est là où son instinct l'a guidée, exhalant de la buée, le cœur cognant dans la poitrine comme si elle avait sniffé du dissolvant Cutex : « Plutôt bon signe, ça », se dit-elle en gagnant le bord du toit en pente du 388 Fairfaix Avenue d'où, gauche mais gracieuse, astucieuse et musclée – comme Sheena, son héroïne de bande dessinée –, elle se laisse glisser sur l'escalier de secours rouillé qu'elle dévale à toute allure; la voici maintenant accroupie devant une fenêtre obscure, songeant que rien n'est aussi fort que le sentiment qu'on éprouve en arrivant dans un lieu où personne ne vous attend, ce moyen entre des millions d'autres de sauver sa peau, car, comme le dit lui-même Ab Sadovsky, le monde étant une fosse d'aisance, on a sacrément intérêt à ne pas y plonger la tête et à apprendre à nager.

Maddy? ouvre-moi.

Mais la voici déjà en train d'appliquer, en grognant, de petites secousses au châssis de la fenêtre pour tenter de le soulever.

Dans mon sommeil léger et agité semblable à une pellicule de glace qui vient juste de se former à la surface de l'eau, j'entends quelque chose gratter puis frapper à la vitre proche de ma tête, puis mon nom prononcé sur un ton mi-implorant mi-menaçant par une voix que je ne reconnais pas. Je me réveille paralysée de peur, trop surprise pour crier, avec une envie de pisser qui me pince la vessie, et distingue une silhouette sur l'escalier de secours situé à environ un mètre de ma fenêtre, puis une voix grondeuse, moqueuse, grave, rauque, impatiente prononce mon nom, et avant que j'aie le temps de m'élancer pour empêcher qu'on remonte le châssis – ou pour aider à le remonter – il cède, et Legs Sadovsky grimpe dans ma chambre, rieuse et essoufflée.

« Maddy, mon ange, quitte cet air *terrifié.* »

C'est ainsi qu'est né FOXFIRE.

Pas cette nuit-là, du moins, pas officiellement. Mais c'est cette nuit 12 novembre 1952, après que je fus descendue à pas de loup lui chercher quelque chose à boire et à manger, que Legs, couchée dans mon lit, inspirée, s'est mise à parler, à sa façon à la fois distraite et impétueuse, de confiance et d'entraide : « Par exemple, si l'une de nous deux est en difficulté, elle va trouver l'autre, et l'autre la prend chez elle, d'accord ? Comme tu l'as fait, sans poser de questions, d'accord ? » J'incline la tête et murmure oui, oh oui, encore un peu hébétée mais flattée que Legs m'ait choisie, que parmi la demi-douzaine de filles du voisinage, ce soit moi qu'elle ait choisie. Ce qui signifie qu'elle me fait encore plus confiance qu'à Goldie Siefried qui passe pour être sa meilleure amie, ou encore qu'à Lana Maguire – toutes deux plus vieilles que moi d'un an, plus mûres, avec des personnalités plus affirmées que la mienne – et bien plus jolies. J'en suis donc sacrément fière et refuse de penser que si Legs est venue à moi, c'est qu'elle sait que je dispose d'une chambre pour moi seule (contrairement à

Goldie et Lana), et qu'il n'y a personne d'autre à la maison que maman, trop souffrante et trop assommée de médicaments pour se rendre compte de ce qui se passe ici, ou même s'en soucier. Être désignée pour un tel privilège, une telle aventure, me suffit, et j'anticipe déjà la façon dont l'histoire sera racontée et re-racontée dans le voisinage et à l'école. Vous avez entendu comment Legs s'est échappée pour revenir chez elle, a escaladé la fenêtre de Maddy Wirtz au milieu de la nuit sans qu'elles se fassent prendre – c'est dingue, non ? Je regarde Legs manger comme si elle n'avait pas mangé depuis des jours, avec de vraies larmes roulant sur ses joues tant elle est reconnaissante pour ce que j'ai trouvé pour elle dans le réfrigérateur : le morceau de pain de viande avec sa dentelle de graisse coagulée, le reste de purée froide encore dans son Tupperware, le fromage Kraft en lamelles, le pain blanc tranché Wonder Bread et les petits gâteaux de la marque Hostess, recouverts de sucre glacé, que nous nous partageons ainsi qu'une bouteille de bière Pabst Blue Ribbon ; Legs mâche, avale, sourit, parle : « Tu vois, Maddy, imagine que ce soit toi que les flics poursuivent et que tu viennes chez moi, d'accord ? Eh bien, je te fais entrer » ; elle accentue ces mots en me pinçant si fort le bras que je ne peux m'empêcher de faire la grimace. Je lui demande si les flics étaient réellement à sa poursuite mais elle ne m'entend pas, elle parle fiévreusement, à sa façon précipitée et songeuse, son menton marqué d'une petite cicatrice en forme de faucille qui ressemble à une fossette à la lumière tamisée de ma lampe de chevet, ses yeux, que j'ai toujours trouvé si beaux, si perçants et si vifs s'embuant légèrement sous l'effet de ce qui doit être la fatigue, elle parle encore – des mots trop souvent contenus qu'elle a fait tout ce chemin afin de prononcer : « Ma grand-mère est si bizarre, mais vraiment bonne à enfermer, j' te jure : toujours à me regarder en me disant que je ressemble à ma mère, que j'ai les mêmes cheveux, les mêmes yeux, ce genre de foutaises qui m'embarrassent au point que je lui dis de la boucler et sors de la pièce; elle se met d'abord à brailler puis essaie de m'obliger à prier avec elle – j' veux dire pas seulement à la messe, ce qui est déjà pas drôle, mais à la maison, tu vois, comme deux folles genre nonnes, agenouillées sur le tapis de sa chambre : “ Margaret, on va réciter un chapelet ensemble ”, me déclare ma vieille, et après elle s'offusque quand je lui dit d'aller au diable : je peux déjà pas rester assise tranquille, alors tu me vois m'agenouiller pour réciter son foutu chapelet? Elle a aussi essayé de me faire faire ces trucs domestiques ineptes – la vaisselle, nettoyer la salle de bains – elle a même essayé de m'apprendre à faire mon lit : “ Il y a une bonne et une mauvaise façon de faire les choses, Margaret ”, qu'elle me fait. Je lui ris au nez et lui dis ce qui m'est apparu un jour en cours de maths : “ Non, mémé, il y a une seule bonne façon, mais il y a des milliers de mauvaises façons, c'est pourquoi tout foire en permanence. ” Voilà pas que la vieille me fixe comme si je l'avais griffée ou j' sais pas quoi. Comme si j'avais inventé le mot foirer juste pour l'insulter. »

Legs parle, je l'écoute; l'écouter m'hypnotise depuis toujours, m'hypnotisera toujours. Souhaite-t-elle que je la soustraie durablement aux yeux des flics? Non. Apparemment, elle ne passera ici que la nuit et partira au matin. Est-elle venue à pied de Plattsburgh ou a-t-elle fait du stop à une ou deux reprises? Peut-être même a-t-elle été obligée de nager... Legs Sadowsky est une splendide nageuse, mais cela se peut-il? A-t-elle, dans le nord de l'État, traversé un canal, un fleuve à la nage? Sous les hourras et les clameurs des mecs?

Non, s'il y a de la place pour elle, elle retournera probablement vivre avec son père; si la « petite amie » (ceci exprimé avec un mépris dégoûté) de celui-ci n'occupe pas trop d'espace.

J'écoute. Je ne cherche pas à analyser le récit de ses aventures : à l'époque, je ne m'y risquais pas. Ç'aurait été accorder à Maddy Wirtz trop d'importance ! Quand j'y pense, aussi loin que remontent mes souvenirs, je crois avoir toujours observé Legs Sadovsky, cette fille blond cendré aux longues jambes et à la forte personnalité que les professeurs s'obstinaient à nommer « Margaret », comme s'ils avaient pu la transformer en une quelconque « Margaret » par la seule répétition de ce prénom. Je l'observais avec envie, mais sans jalousie, méchanceté ni rancune : j'espérais seulement apprendre d'elle une certaine manière d'être.

À seize ans, elle deviendra belle – calme, dure, pleine d'assurance – mais là, elle est encore ingrate : visage maigre et osseux, nez avec une sorte de défaut, bouche informe, yeux inquiets et soupçonneux comme ceux d'un chat trop nerveux. Sa peau est pâle et granuleuse et ses cheveux, d'une teinte de blond si remarquable, sont toujours emmêlés, comme si elle n'y avait pas passé une brosse ou forcé un peigne depuis des semaines. Puis il y a cette « faucille » sur son menton, cette cicatrice qu'elle assure avoir récoltée à dix ans dans une bagarre au couteau (n'est-ce pas plutôt quand son père, des années auparavant, l'a giflée, l'envoyant valser à l'autre bout de la pièce où elle est tombée sur un coin de table ?) et sur laquelle mes yeux reviennent sans cesse se poser ; quand je suis seule, ou que je rêvasse en classe, je me surprends d'ailleurs à passer le doigt sur mon propre menton, y cherchant la cicatrice.

Legs, la fille Sadovsky : une fille que ma mère n'aime pas. La croisant un jour dans la rue, elle l'a jaugée d'un regard froid, me disant qu'elle m'attirerait des ennuis, que c'était une garce, que ça se voyait sur sa figure : « Ne t'acoquine pas avec elle. » Legs, que j'ai vue un jour sauter d'un pont de chemin de fer pour atterrir, plus de trois mètres cinquante plus bas, sur un sol de terre durement tassée : les garçons qui étaient avec elle et l'avaient mise au défi de le faire, se vantant pour leur part de n'être nullement effrayés, n'avaient sauté qu'après un temps d'hésitation, visiblement suants de trouille. Je l'ai vue arpenter à longues foulées l'asphalte de la cour de l'école, je l'ai vue courir dans la rue en solitaire – courir était ce qui lui procurait le plus de bonheur – une seule fois, si j'ai bonne mémoire; c'était quelques années avant de l'avoir vue, sur un trottoir de Fairfax Avenue, sauter par-dessus un trou dangereux dans lequel la glissière d'un camion déversait du charbon dans un fracas de tonnerre; le livreur l'avait insultée en brandissant le poing dans sa direction, mais Legs, l'ignorant, avait continué à courir – excepté pour la tignasse cendrée et rebelle, on ne se serait jamais douté que c'était une fille, donc quelqu'un à qui il était particulièrement interdit de prendre de tels risques.

Legs, rétrécissant ses yeux de chat, chuchote: « Qu'est-ce que c'est ? » Un bruit dans la rue, des gens qui parlent fort, mais ce n'est qu'une voiture dans laquelle s'embarquent quelques pochards quittant probablement l'Acey-Deucy; elle n'en bondit pas moins de mon lit (où elle était étendue, somnolente et nerveuse, en chaussettes, revêtue de son jean, de sa chemise, de son cardigan en orlon et adossée à mon unique oreiller : je lui faisais face, assise au bord du matelas) et s'accroupit devant la fenêtre, m'enjoignant de retourner à ma place d'un geste de la main, doigts écartés, comme s'il y avait un danger réel. Puis le bruit cesse, et Legs jette un coup d'œil au ciel avec sa lune si brillante qu'on n'aurait jamais pensé qu'elle pouvait être composée de roches aussi ordinaires que la roche terrestre, et totalement dépourvue de vie; qu'elle n'était que le reflet d'un soleil invisible et non une lumière puissante et autonome : « Quand je serai morte, Maddy, tu sais ce qui va me manquer ? Des nuits comme ça, où tout est si clair si froid si net – comme là-haut dans le ciel – que ça t'est égal de rester seule, tu vois ce que je veux dire ? »

Une heure trente du matin. Legs, qui affirme avoir parcouru à pied plus de quatre cent quatre-vingts kilomètres dans la journée, titube maintenant de fatigue.

Prenant la bouteille de bière, elle en avale une grande goulée; je desserre les doigts qui entourent la bouteille pour qu'elle ne la fasse pas tomber et l'aide à se remettre au lit, mon oreiller sous sa tête, nous deux serrées sous les couvertures, gloussant un peu de timidité – mon lit n'est qu'un lit de gosse devenu trop petit pour moi –, puis j'éteins la lumière et Legs frissonne, soupire, glousse encore et murmure : « T'es mon cœur, Maddy, tu sais ? M'avoir recueillie comme ça... », puis elle ajoute sur le ton de la plaisanterie : « Tu vas pas prévenir les flics, hein ? »

Cette nuit-là, nos deux chevelures se sont enchevêtrées et, au moins une douzaine de fois, on a dû se tirer l'une l'autre d'un sommeil agité plein de coups de pied, de collisions et de couvertures emportées par celle qui se retournait. Quand Legs a grimpé dans ma chambre, j'étais nu-pieds, avec un tricot informe enfilé sur mon pyjama; elle, pour sa part, avait gardé ses vêtements, entre autres ses jeans aux poches remplies d'objets divers, dont un couteau à cran d'arrêt à lames multiples. Elle se vantait de dormir toujours prête à fuir en catastrophe.

3

Ils, Eux... les Autres

Une fois FOXFIRE né et nos sangs mêlés, il nous suffisait de dire d'une certaine façon « Ils, Eux, Les Autres » pour savoir tout de suite où on en était. Mais avant la naissance de FOXFIRE, les choses n'étaient pas aussi claires et un faux pas était toujours possible – même Legs ne savait sans doute pas vraiment ce qui arriverait. Comme quand on avance à tâtons dans l'obscurité : même s'il s'agit d'une obscurité familière, d'un lieu qu'on croit avoir mémorisé, on découvre que cette même obscurité fausse les distances entre les objets et on s'égare, même si on est convaincu de savoir où on va.

Cette période que j'ai en tête, je ne l'ai jamais consignée dans le carnet de notes original mais c'est ici qu'elle doit figurer, maintenant que j'essaie de retracer la venue au monde de FOXFIRE et l'emprise qu'il a eue sur nos cœurs. Legs, Lana Maguire et moi sortons du cinéma The Century, en centre-ville. C'est Legs, en possession de trois billets neufs de cinq dollars dont elle refuse de mentionner la provenance (« ne me posez pas de questions et je ne vous raconterai pas de mensonge », se moque-t-elle), qui nous invite. Elle passe à l'improviste chez moi le samedi après-midi : « Hé, Maddy-Monkey, allons en ville, toi, moi et Lana », sans vouloir m'expliquer pourquoi ni dire qu'elle est riche – du Legs tout craché : quand elle est de bonne humeur, elle est généreuse et même négligente avec l'argent, prenant plaisir à surprendre ses amies, à contempler leur stupéfaction, le sourire de bonheur qui se dessine sur leur visage. Nous venons d'assister à un double programme au Century et rentrons chez nous à la tombée du jour, traversant le pont de Sixth Avenue, frissonnant sous le vent qui fait voler des morceaux de neige glacée et des gravillons qui nous cinglent le visage. C'est peu après Thanksgiving et certains magasins ont déjà accroché des lumières de Noël à leur devanture, maigres souvent ou franchement pitoyables, mais tout de même festives. Au coin de la Sixth et de Randolph Avenues, sur un terrain d'ordinaire vacant, on vend maintenant des *Arbres de Noël* (FAITES VOTRE CHOIX!) – des centaines de sapins, d'épicéas, et autres arbres au feuillage persistant, élancés et odorants, leurs branches émaillées de neige durcie, et je me dis que naturellement nous n'aurons pas d'arbre de Noël à la maison, que nous n'en avons pas eu depuis longtemps, mais sans m'appesantir sur cette idée, ni sur maman, à qui je m'interdis de penser (de même que dans ce carnet de notes, vous le remarquerez, on ne parle jamais des adultes autrement que dans les termes définis par FOXFIRE), je me contente de regarder ces arbres qui ressemblent à un bois en pleine ville, sauf que ceux-ci sont sciés mais toujours vivants et verts – sur le point de mourir, peut-être, mais encore si beaux – et j'observe un homme grassouillet au rire sonore qui semble être le propriétaire du terrain, un homme au ventre rebondi, au visage rougeaud, au chapeau à large bord genre cow-boy, frottant ses mains nues l'une contre l'autre pour les réchauffer, un cigare dont la fumée s'exhale en volutes vissé aux lèvres; il parle avec un homme, vêtu d'un beau pardessus en poil de chameau, accompagné de deux gamines main dans la main – manifestement ses filles – l'une, d'environ dix ans, au manteau d'un rouge aussi vif qu'une touche de peinture, l'autre, un peu plus jeune, au manteau écossais à dominante jaune, toutes deux équipées de guêtres, ce qui me fait sourire car il y a longtemps que je n'en porte plus; ils ne sont pas les seuls clients pour les arbres : il y a aussi un jeune couple qui se tient par la taille et une femme riche, en manteau de fourrure gris argent et bottillons, qui piétine la neige à petits pas comptés et que je contemple sans savoir pourquoi; Legs et Lana marchent vite. Legs commentant à sa manière vive et railleuse le deuxième film qu'on vient de voir, une comédie musicale avec Esther Williams – somptueux ballets nautiques pailletés, mouvements synchronisés de douzaine de corps de femmes – et je les suis en trébuchant, les yeux rivés sur le terrain aux arbres de Noël; Legs revient alors sur ses pas, me donne un coup de coude, et me demande ce que je fabrique : je dis « rien », et « je ne sais pas » puis, l'esprit embrumé et confus, me mets à rêver tout haut comme je le faisais souvent à l'époque quand aucune idée ne me paraissait cohérente tant que je ne l'avais pas énoncée, et de préférence devant Legs Sadovsky : « C'est drôle l'effet que les autres ont sur vous, hein ? On voudrait les connaître, peut-être même qu'on voudrait être eux ? Des gens qu'on n'a jamais vus auparavant... » Dans mon excitation, je hausse le ton : « C'est si étrange de constater à quel point ils peuvent être différents de vous, n'est-ce pas ? Si quelqu'un avait le pouvoir de... disons, si quelqu'un me demandait " voudrais-tu changer de place avec la première personne venue, avec cet étranger qui vient juste de tourner le coin de la rue ? ", je répondrais " foutre oui ! ". »

Des idées aussi extravagantes que celles-ci me prennent par accès; elles valsent dans ma tête et me laissent les jambes faibles et le regard vague. Une fille timide qui commence à parler ne sait plus quand il faut se taire.

En vieillissant, on garde ces lubies pour soi. On a appris.

Mais sur le moment, je n'y songe même pas. Legs se tait, Lana hausse les épaules comme si elle me croyait folle. Vingt minutes plus tard, sur Fairfax Avenue, alors que nous sommes presque rendues, Legs se tourne brusquement vers moi alors que je n'avais rien vu venir ; sa bouche pâle est tordue, ses yeux brillent de colère et de chagrin : « Qu'est-ce que c'est que ces salades que tu nous a racontées là-bas, Maddy, cette histoire de changer de place avec n'importe qui ? avec vraiment n'importe qui ? C'est bien ça que t'as dit ? » Elle marche vers moi comme si on s'était querellées, comme si je l'avais défiée, ne me laissant aucune chance de répliquer, férocité à laquelle ni Lana ni moi ne nous attendions : « Tu trahirais tes amies, hein ? Tu te moquerais comme d'une guigne de celle qui te connaît à fond, qui est ta vraie amie – pas comme ce foutu étranger, hein ? » Elle hausse le ton mais je ne comprends rien de ce qu'elle dit : elle me repousse du plat de la main et je ne peux croire à ce brusque changement d'humeur, personne ne peut croire à ces humeurs, et pourtant Legs y est souvent sujette. Je trébuche en arrière dans le caniveau. « Legs, arrête ! Legs, tu me fais mal ! » mais elle continue, le visage courroucé, ses yeux, étrangement beaux, agrandis, avec le blanc visible au dessus de l'iris sombre : « Traître ! Si tu les aimes tant, va leur lécher le cul, je t'ai assez vue, fous le camp ! » Je ne la vois pas dégager son bras pour me balancer un coup de poing qui me frappe au visage : mon nez saigne, j'éclate alors en sanglots mais Legs, furieuse, le regard glacial, ne se laisse pas fléchir, elle entraîne simplement Lana et toutes deux s'éloignent rapidement, me laissant plantée sur la chaussée, hébétée, ne comprenant pas la raison de ces appels de phares oscillants qui me dépassent après m'avoir frôlé dangereusement, ni de ce ou ces coups de klaxon qui semblent m'avertir, mais de quoi ?

4

FOXFIRE : première victoire !

Pauvre petite boulotte d'Elizabeth, neuvième enfant et seconde fille dans la lignée O'Hagan, pourquoi est-ce que tout le monde la tourmente ? Ses frères surtout : ces grandes gueules, ces braillards railleurs le font pour amuser les garçons du voisinage : une fois, lorsqu'elle avait sept ans, ils lui ont arraché sa culotte et l'ont lancée dans les hautes branches d'un arbre de la cour de l'école Rutherford Hayes ; une autre fois, ils lui ont enroulé autour du cou un serpent blessé, non venimeux et à demi assommé, charmés du spectacle hautement comique qu'offrait leur sœur, courant dans tous les sens et poussant des hurlements hystériques ; une autre encore, la pire (moi, Maddy Wirtz, qui ai vainement tenté de m'interposer et qui ai été le témoin involontaire de cette cruauté, j'en garde à ce jour, à cet instant même, un souvenir très vif), ils ont noyé sous ses yeux horrifiés son chaton tricolore dans une rigole, trouvant désopilantes les larmes qui s'ensuivirent, cette hystérie de fille si incongrue chez une enfant aussi mignonne et potelée qu'Elizabeth, avec ses boucles blond vénitien évoquant une chevelure que quelqu'un vient d'enflammer avec une allumette, ses yeux brun chaud humides perpétuellement étonnés et douloureux, son corps qui, peut-être déjà à onze ans mais très certainement à douze, avait des courbes et des proportions de femme – seins mous de la taille du poing assez inadéquatement contenus par son tricot de peau de coton, hanches et cuisses à la chair tremblotante, genoux blancs creusés de fossettes et ornés de cicatrices, stigmates de multiples petits accidents survenus dans sa petite enfance car Elizabeth (Rita, comme on l'appelle) est, on s'en doute, célèbre pour sa maladresse. Si quelqu'un ne la flanque pas par terre, elle tombe toute seule. Si on ne lui arrache pas le sac contenant son déjeuner ou ses livres de classe, elle les fait de toute façon tomber. Pratiquement jusqu'en seconde, elle a été poursuivie d'invectives telles que Lambine! Andouille! Bouboule! et même Débile! – généralement lancées par les garçons mais pas exclusivement, généralement cruelles mais pas exclusivement : on perçoit parfois sous la moquerie comme une nuance d'affection irritée, d'intérêt nerveux, car derrière le pâle visage empâté de Rita O'Hagan, derrière l'écran de ses terreurs enfantines, brille, discernable même pour l'œil le moins averti, une joliesse américaine du type de celle qui s'étale sur les couvertures de magazines comme *Screen World, Women's Day, Colier's*, de celle qui inspire également les réclames pour les produits domestiques fabriqués par Procter & Gamble et General Foods. Et les larmes de Rita, ces grosses larmes vite suscitées, vecteurs d'une impuissance absolue – aucune défense – sont immanquablement gratifiantes : la récompense de ses persécuteurs.

Aussi quand Rita murmure à Maddy Wirtz « Je ne veux pas que ces choses se produisent, elles se produisent, c'est tout », Maddy Wirtz hausse impatiemment les épaules, ne voulant rien entendre, ne voulant rien avoir à faire avec cette fille malchanceuse qui est non seulement sa voisine mais son amie, ou qui se dit telle, si on peut appliquer ce terme à un lien aussi ténu que le leur, lorsque les moqueurs ne sont pas dans les parages : « Oh, Maddy, ne prends pas cet air dégoûté; je ne veux pas que ces choses se produisent, elles se produisent, c'est tout. » Ces jérémiades constantes laissent supposer que tout ce qui arrive à Rita d'embarrassant, de honteux, d'inquiétant et parfois même de douloureux se manifeste, telles les conditions météorologiques, en dehors, au-delà d'elle, sans aucune référence directe à ce qui fait sa spécificité : sa tangibilité extrême, sa féminité.

« C'est parce que tu pleures. Ils aiment te voir pleurer », a plus d'une fois répété Maddy Wirtz à Rita O'Hagan du temps où elles étaient voisines, « si seulement tu pouvais te retenir de pleurer... », et Rita, hâtant le pas pour marcher de front avec Maddy – c'était typique d'elle – a hoché la tête, faisant tressauter son double menton : « Je sais, oh, je sais, mais je ne m'aperçois même pas que je pleure, ça vient tout seul. »

Rita, dont, gamine, les dents étaient légèrement irrégulières et décolorées, a pris l'habitude de cacher sa bouche derrière sa main quand elle rit ou sourit, habitude dont elle ne pourra plus jamais se débarrasser ; plus agaçante encore est sa tendance à loucher et à cligner les yeux sous le regard de l'autre, comme si l'intimité, ou même la simple altérité, menaçait sa nature douce et craintive. Rita n'est pas vraiment grosse, elle n'est que grassouillette, et ses rondeurs recèlent une ossature délicate ; elle n'est pas non plus stupide : Maddy la croit aussi intelligente que la plupart de ses camarades de classe, plus, peut-être, que cela se répercute ou non (le plus souvent non) sur le travail scolaire et les notes. Maddy a de la peine pour elle, bien sûr qu'elle a de la peine pour Rita (qu'elle a du mal à nommer ainsi à cause de la référence implicite et ironique à Rita Hayworth, une autre rousse flamboyante), mais en même temps elle lui en veut, éprouvant probablement à son égard du mépris et une certaine crainte – comme si, de quelque étrange façon, la vulnérabilité féminine flagrante de cette fille et l'attraction que cette vulnérabilité exerce sur les autres pouvaient être contagieuses : Maddy n'a-t-elle pas entendu dire qu'on peut avoir ses règles plus tôt si on a des sœurs aînées, surtout si on partage le lit de l'une d'entre elles ?

Arrive l'été précédant l'entrée en cinquième. On raconte que les frères de Rita O'Hagan ont persuadé leur sœur de les accompagner dans une sorte de club bâti par des garçons plus âgés, les Viscounts (nom de bande qu'ils se sont choisi), quelque part, de l'autre côté de la voie de chemin de fer, au-delà d'un terrain vague escarpé, jonché d'ordures, hérissé de panneaux d'affichage montés sur échasses géantes; là, pendant la plus grande partie d'un long après-midi d'août, certains actes sont perpétrés sur, devant, ou en compagnie de Rita O'Hagan. Quand cette captive de douze ans, enfin libérée, rentre seule chez elle, décoiffée, en sanglots et souillée de sang menstruel, sa mère l'engueule, puis la gifle, sans chercher à savoir, ni maintenant ni jamais, ce qui s'était passé ce même après-midi – ni même s'il s'était passé quelque chose. (Ce qui compte surtout pour Mrs O'Hagan, c'est que son mari n'apprenne rien vu que cet ouvrier travaillant dans un atelier de réparation de machines a des tendances mélancoliques qui le poussent, en cas de contrariété, à des séances de beuverie et à des actes sporadiques de violence, domestique pour la plupart.) Rita ne raconte pas non plus à Maddy Wirtz ce qui s'est passé ce fameux après-midi parce que cette dernière, pleine de dédain, de mépris et même d'une certaine horreur pour son amie, est toute prête à lui dire : « Ces choses-là n'arrivent pas par hasard, c'est toi qui les provoques. »

On pourrait penser, n'est-ce pas, que les professeurs de Rita O'Hagan chercheraient à la protéger – d'ailleurs certains le font peut-être. Mais prenez Mrs Donnehower, la prof d'anglais de quatrième : lorsque c'est le tour de Rita de lire à haute voix, elle s'adresse à elle sur un ton de patiente incrédulité (nous lisons *The Yearling*, de Marjorie Kinnan Rawling – cela fait des semaines que nous sommes dessus) et Rita bégaye, rougit et perd le fil alors même qu'elle déplace l'index le long des lignes avec une précision maniaque; sans compter les innombrables épisodes d'humiliation en cours de gym, que le professeur ne se donne pas la peine de lui épargner – pauvre Rita, avec ses seins et ses fesses ballottantes, reléguée dans un petit groupe à la limite du rejet, composé de filles trop grosses, ou myopes, ou affligées d'une mauvaise coordination motrice; mais le pire, c'est le cours de maths de troisième où on entend retentir inlassablement la voix nasale et traînante de Mr Buttinger : « Ri-ta! Rita! Passez au tableau et montrez-nous comment il faut faire! » et toute la classe pouffe par anticipation en voyant la maladresse dont Rita fait preuve rien que pour prendre la craie de la main de Mr Buttinger et se diriger vers le tableau, secrètement honteuse de son corps et plongée dans une sorte d'hébétude. Non qu'elle soit l'élève la plus lente et la plus stupide du cours de Mr Buttinger (le prétendre fait simplement partie du jeu), mais c'est celle que sa propre incompétence humilie le plus, celle qui se confond en excuses, qui est la plus encline à fondre en larmes. Et quelles larmes! Des gros joyaux de larmes ruisselant sur son visage. Il arrive à Mr Buttinger d'avoir enfin pitié d'elle, de ses vains griffonnages à la craie – car même si Rita connaissait la réponse exacte elle ne pourrait jamais la produire devant tant d'yeux méprisants; d'ailleurs son professeur n'en demande pas tant – il la renvoie à sa place en agitant les mains comme on le fait pour chasser un chien ou un mouton, secouant la tête en souriant, clignant de l'œil à la classe : « Ça suffit, Rita, vous vous êtes suffisamment donnée en spectacle. »

Les yeux de Mr Buttinger, couleur d'huître anémique, brillent derrière les verres de ses lunettes. De près, on voit que ces verres sont maculés de traces de doigts.

Il punit souvent Rita en la collant après le cours – il détache soigneusement les syllabes du mot « col-lée » – l'obligeant, au tableau, à corriger ses erreurs de la journée. D'autres élèves lents ou au-dessous du niveau sont parfois présents, mais le plus souvent non.

Ainsi peut-il lui accorder l'attention que son ignorance mérite, comme il dit à Rita d'un ton fielleux.

Mr Buttinger est lui-même un homme assez gras, petit, trapu, avec une tête hérissée de cheveux mi-roux mi-grisonnants et un visage qui semble composé par assemblage de couches successives, plein de crevasses et de plis, comme la peau d'un éléphant ; il a des lèvres épaisses et constamment humides – « Lèvres de Nègre », on l'appelle derrière son dos. Il se prénomme Lloyd et il a quarante-sept ans, comme nous l'apprendrons plus tard lorsque le journal annoncera sa retraite. Il connaît par cœur la moindre page, le moindre problème, la moindre formule mathématique de notre manuel, et il délivre son cours en regardant le ciel par la fenêtre, ou en fixant le fond de la salle de classe comme si c'était l'horizon, l'air mi-souriant, mi-furieux, ou encore l'un d'entre nous. Rita O'Hagan, par exemple, qui manifestement le fascine – moitié bébé, moitié femme, un bourgeon tout prêt à éclore, assise craintive et humble à son bureau situé au premier rang, à moins d'un mètre du sien – le premier bureau à l'extrême droite. Là où, pour des raisons pratiques évidentes, il place les élèves médiocres et lents, là où il peut garder sans se déranger un œil sur Rita.

Je dois dire aujourd'hui (ce que je n'aurais certainement pas avoué à l'époque), que j'ai profité de l'enseignement de Mr Buttinger. Grâce à lui ou malgré lui. Je le détestais et il me détestait de rester assise impassible – comme Legs –, refusant de rire à ses plaisanteries odieuses, refusant de sourire au spectacle qu'offrait Rita (qui, c'est vrai, nous faisait honte, mais qui n'en était pas moins notre amie, une amie par force et pour la vie), mais néanmoins j'apprenais régulièrement mes leçons, ce que mes notes ne prouvaient pas toujours (Mr Buttinger, comme d'autres professeurs, notait sévèrement si la copie était « brouillonne » : on pouvait rendre une copie techniquement parfaite et se retrouver avec, disons, quatre-vingt-cinq pour cent de la note en moins pour « manque de soin dans la présentation »), je comprenais l'exaltation que pouvait procurer un univers de Nombres, invisible et inviolé, que l'Homme, le praticien, ne pourrait jamais contaminer ni même toucher; Mr Buttinger et ses grands soupirs comiques, et le mouchoir sale avec lequel il s'épongeait le front, devait également le savoir : ça se voyait rien que par sa façon d'interrompre un élève hésitant pour l'obliger à donner la bonne réponse, à faire la bonne démarche – la bonne démarche induisant la bonne réponse, parce qu'il y en avait toujours une dans l'univers des Nombres.

Il se levait péniblement et allait au tableau, soufflant et suant, les lèvres brillantes de salive, brandissant la craie d'un geste qui exprimait une sorte de violence mêlée de jubilation : « Vous voyez ? comme ça! » On avait du mal à dire si nous l'exaspérions ou si nous l'amusions.

Mr Buttinger, donc, est assez malin pour ne persécuter que les élèves les plus vulnérables, comme Rita O'Hagan. Il sait éviter la confrontation avec les autres, ceux grandis trop vite comme Bocci, Rinaldi, Wolwicz, Korenjak, ou avec des filles à l'esprit indépendant telles que « Margaret Sadovsky », celle qui ne veut pas sourire, celle qui est capable de lui rendre un « devoir » constitué d'une feuille vierge arrachée n'importe comment à son cahier avec son nom gribouillé en haut.

Legs déclare d'ailleurs avec une certaine vantardise : « Il peut toujours me planter en cours d'année; mais si je réussis l'examen final, il l'aura dans l'os » – analyse juste qui omet cependant un fait : Mr Buttinger, comme d'ailleurs la plupart des professeurs qui exercent depuis longtemps dans cette école, ne « plante » personne : il met la moyenne à tous les élèves, qu'ils aient ou non appris quelque chose. Cette façon de faire le ménage exige de sa part une certaine subtilité.

Tout l'automne de cette année-là et une bonne partie de l'hiver – nous sommes alors en troisième – Rita en vient à redouter les heures de « colle » tellement elle trouve insistant le regard de Mr Buttinger! Il lui fait faire des problèmes au tableau après avoir tiré la chaise de son bureau pour s'installer en face d'elle, inconfortablement trop près d'elle, qui peut entendre sa respiration et sentir l'odeur légèrement rance de sueur qui émane de son corps à travers ses vêtements; parfois il grogne son approbation – ou est-ce sa désapprobation? Parfois il soupire, comme un père s'acquittant d'une tâche éducative, d'une corvée, se dressant sur ses jambes courtes pour prendre la craie des doigts de Rita et lui montrer comment s'y prendre; parfois il serre même son épaule potelée pour donner plus de force à ses propos. « Non, Rita, un peu d'attention, je vous prie : pas comme ci, mais comme ça », sourcils froncés et souffle bruyant; si Rita s'écarte de lui il s'avance vers elle jusqu'à la toucher du coude et il lui arrive même de lui toucher les seins de ses mains épaisses et robustes, comme accidentellement, et si furtivement qu'elle doute de ce qui lui arrive, se demandant si ce n'est pas elle qui est à blâmer pour qu'une telle chose se produise – en admettant qu'elle se soit réellement produite.

Lors du terrible après-midi d'août mentionné précédemment, Rita a tenté de s'enfuir car les garçons lui ont fait mal à en crier. Mr Buttinger, lui, ne lui fait jamais mal au sens strict du terme. De même, il ne l'a jamais menacée. C'est pourquoi elle ne s'enfuit jamais – elle n'en aurait pas le courage; elle se contente de rentrer à la maison après les heures de colle, inerte, sanglotant intérieurement, espérant que sa mère ne la regardera pas, ne décèlera pas immédiatement sur son visage ce que Rita ignore qu'il y soit et, comme elle l'a fait en ce fameux jour d'août, ne la giflera pas à toute volée.

SAUF QUE : un après-midi de la fin du mois de juillet 1953, par la porte arrière du lycée Captaine Oliver Hazard Perry, voilà que sort le professeur de mathématiques de la classe de troisième, Mr Buttinger, seul, son cartable à la main, manifestement pressé, manifestement désireux de ne voir aucun de ses collègues ni d'être vu d'eux; il jette des coups d'œil furtifs à droite et à gauche avant de traverser la rue pour gagner sa voiture, une Ford banale garée à sa place habituelle dans le parking de l'école, il se racle vigoureusement la gorge, en extrait des mucosités qu'il crache tout en ouvrant la portière, monte dans sa voiture avec quelques difficulté car c'est un homme corpulent, petit, trapu, dont le visage semble échauffé et les yeux, nerveux; en fait il est excité, il jubile, même. Son pantalon, poché aux genoux, le serre à l'entrejambe et à la taille, qu'importe : il pense à quelque chose qui fait naître sur son visage un sourire sournois et lubrique rapide comme le dard d'un serpent, il sort en marche arrière du parking, il est dans Erdman Avenue qu'il remonte vers le nord, puis prend Church Avenue vers l'est, puis roule de nouveau vers le nord dans Fairfax Avenue. Il prend le chemin habituel pour rentrer chez lui, dans Second Street où il a un appartement dans un immeuble situé près d'un petit parc, c'est idéal pour un célibataire et le voisinage est convenable, tout le monde le connaît et lui témoigne le respect dû à un professeur, à un homme pour qui l'enseignement est une vocation; être respecté est important aux yeux de Lloyd Buttinger, c'est pourquoi il se considère comme un bon pédagogue, à la fois craint et admiré, capable de mettre ses élèves au pas : si on ne sait pas se faire respecter, on perd toute autorité, or rien n'est aussi précieux que l'autorité – voilà ce que dit toujours Lloyd Buttinger.

Arrêt au passage à niveau de Fairfax Avenue, non loin de la Sixth : un train passe, ses wagons de marchandises défilant interminablement dans un bruit de ferraille; il est quatre heures et demie et le trafic est bloqué sur presque tout un pâté de maisons; c'est à ce moment que Lloyd Buttinger, gêné, prend conscience des regards braqués dans sa direction. Que regarde-t-on? Sa voiture? L'arrière et le côté droit de sa voiture? Puis lui-même, assis au volant? Il déglutit, fronce les sourcils, change maladroitement de position sur son siège et détourne résolument les yeux, ne pouvant s'empêcher de regarder de nouveau; alors, comme dans un cauchemar, il voit sur le trottoir un inconnu, un homme vêtu d'un blouson en toile de jean, s'arrêter pour regarder sa voiture avec incrédulité, les yeux plissés d'attention et la bouche déformée par une grimace; puis deux adolescents s'arrêtent net pour regarder aussi, bouche bée, et partent d'un énorme éclat de rire en le montrant du doigt; il est gagné par un désir frénétique que la file s'ébranle, qu'on avance enfin, mais le train de marchandises défile toujours avec fracas, et voilà qu'une jeune femme vêtue d'un manteau à l'élégant col de fourrure, s'apprêtant à monter dans sa voiture garée le long du trottoir, se fige soudain, sourcils froncés, pour examiner l'arrière de la Ford du professeur avant de fixer celui-ci, lèvres pincées et air désapprobateur : il semble à Buttinger qu'il s'agit de quelqu'un qu'il connaît : n'est-elle pas la mère d'un de ses élèves ou, pire, la femme d'un de ses collègues ?

Lloyd Buttinger sait qu'il devrait sortir pour examiner sa voiture mais il redoute de voir ce qu'il risque d'y voir, il veut seulement rentrer chez lui, il veut désespérément rentrer chez lui – que tout s'arrange, qu'il redevienne invisible. Mais quel cauchemar que cette demi-heure passée sur Fairfax, à essuyer le feu du regard de témoins parmi lesquels il reconnaîtrait sûrement certains élèves s'il osait se tourner vers eux; il est conscient de se donner en spectacle tout en ne sachant pourquoi, car les expressions qu'il surprend sur les visages sont toutes différentes : certains montrent une réprobation stupéfaite, d'autres, de l'écœurement, d'autres, de l'hilarité, le plus troublant étant encore la franche rigolade grossière et grivoise de quelques hommes arborant un large sourire et brandissant le poing dans sa direction, et celle des jeunes garçons faisant des gestes obscènes; quelques coups de klaxon, puis, à un carrefour très embouteillé, un homme jeune sort vivement de sa voiture et vient taper du poing sur le capot de la sienne en lui criant quelque chose que Buttinger ne comprend pas : il a remonté sa vitre à fond, il n'écoute pas. Tournant pour accéder au parking qui jouxte son immeuble, il est soumis au supplice du regard de deux ou trois témoins supplémentaires, des locataires de son immeuble qui, eux aussi, se garent ; ce sont des gens qui connaissent Lloyd Buttinger de nom et de réputation et qui se contentent d'un bref coup d'œil, d'abord sur sa voiture, puis sur lui, avant de s'éloigner résolument sans le saluer ; personne ne semble spécialement le dévisager (à moins, naturellement, que quelqu'un le fasse à son insu) ; quand il peut enfin sortir de sa voiture et en faire le tour non une, mais deux fois, non deux, mais trois fois, hébété, il affronte enfin l'inscription géante peinte en rouge sanglant sur la carrosserie terne de la Ford 1949 : JE SUIS BUTTINGER AUX LÈVRES DE NÈGRE JE SUIS UN VIEUX DÉGOÛTANT MMMM... LES PETITES FILLES ! J'ENSEIGNE LES MATHS ET TITILLE LES TÉTONS JE SUIS BUTTINGER JE BROUTE LES MINOUS.

Mais le plus énigmatique de tout est sans doute le FOXFIRE SE VENGE ! peint non pas une, mais deux fois sur le pare-chocs arrière, FOXFIRE SE VENGE !

Voici donc Lloyd Buttinger, en train de lire à son tour les mots terribles écrits sur sa voiture, non pas sur le côté gauche où ils les auraient vus en déverrouillant sa portière mais à l'arrière et tout le long du côté droit : il est abasourdi, malade – littéralement gagné par la nausée –, un sifflement strident vibre soudain dans ses oreilles, il se lèche compulsivement les lèvres, essayant de comprendre qui a fait ça et pourquoi ; son secret serait-il révélé ? Il n'est pas en état de réfléchir mais ça y est, c'est dit – ça ne pourra jamais plus être un secret, c'est écrit : FOXFIRE SE VENGE ! FOXFIRE SE VENGE ! Il cligne les yeux derrière les verres sales de ses lunettes, incapable de détourner le regard, même quand un homme, ne cachant pas son aversion, lui crie : « Hé, mon pote, tu ferais bien de nettoyer ce truc, c'est assez répugnant ! »

5

Tatouage

« Pas un mot de ce qui se passe ce soir entre nous cinq au reste du monde. Sous peine de mort, dit Legs.
– Oui. Entendu, dit Goldie.
– Oui, dit Lana.
– Oui. Oh oui! dit Rita.
– Oui », dit Maddy, après une pause, et en avalant sa salive.

J'avais treize ans et oh oui!, j'aurais juré n'importe quoi je me serais planté un pic à glace dans la chair pour sceller ce pacte sacré si ma main n'avait pas faibli en ce jour de l'an 1953 – le jour de la naissance de FOXFIRE.

La nuit est tombée tôt après une journée sans soleil, imprégnée d'une odeur âcre à relents de levure, charriée par le vent et provenant de l'usine de produits chimiques située de l'autre côté de la Cassadaga. Qui aurait pu croire qu'une telle journée changerait toute votre vie ? Qui aurait osé l'espérer ? Elles arrivent une à une au dos de la maison des Sadovsky, timides, mal à l'aise – Legs les a pourtant assurées que son père et la petite amie de celui-ci seraient sortis – car Mr Sadovsky a mauvais caractère, il a une façon de vous regarder qui décourage les visites même quand Legs vous invite, ce qui est rare – elle dit volontiers qu'elle fuit la compagnie – car il se peut qu'elle aussi ait peur de Mr Sadovsky.

Déjà surexcitées, elles arrivent clandestinement à la porte de service où Legs, en pantalon noir et chemisier noir, une croix sculptée d'acajou sombre pendue au cou, les accueille en chuchotant tout en se hâtant de les faire entrer pour que personne ne les voie (on se demande bien qui aurait pu, vu que le jardin de derrière, envahi par les mauvaises herbes, donne sur un entrepôt et sur une parcelle de terrain où on vend des voitures et des camions d'occasion). Les voilà donc, ces fameuses meilleures amies de Legs, les filles de son futur gang! Maddy fait un pâle sourire à Goldie Siefried, quinze ans, une baraque d'un mètre soixante-quinze toute en muscles et chair dense, avec ce sourire de travers placide et niais démenti par un regard qui ne fait pas de cadeaux. Goldie, en retard dans sa scolarité (ou ayant commencé l'école tard), est dans la même classe que Maddy où elle domine tout le monde par la taille, sauf les garçons les plus grands; elle est célèbre pour son rire sauvage qui a le pouvoir agaçant de déclencher le vôtre, que vous ayez envie ou non de rire, qu'il y ait ou non matière à rire; elle et Maddy Wirtz se respectent tout en se méfiant l'une de l'autre : Maddy craint le côté soupe au lait de Goldie, Goldie redoute l'intelligence de Maddy, ses yeux qui jugent, scrutateurs et insolents. Puis il y a Lana Maguire, grande aussi, et maigre, avec des cheveux blond platine qui jurent avec sa peau quelque peu rugueuse; elle serait jolie n'était-ce le muscle faible de son œil gauche dont l'iris, lorsqu'elle est énervée ou émue, devient flottant : parfois, quand on parle à Lana, on ne sait soudain plus quel œil regarder – quel œil, au-delà de l'iris, contient sa personne. Maddy et Lana sont amies, quoique sporadiquement, depuis assez longtemps car leurs mères étaient proches (il y a des années de cela) pour avoir fréquenté la même école de quartier, s'être mariées presque en même temps et avoir mis au monde deux petites filles en l'absence de leurs maris, partis pour la guerre (dont ni l'un ni l'autre ne reviendront), ce qui explique le respect, le lien de sœurs existant entre Lana et Maddy, un lien obscur et déconcertant, non explicité.

Enfin, il y a Rita O'Hagan; Maddy éprouve un léger pincement de déception à voir chez Legs la petite Rita, cette infortunée petite grosse de Rita : « Pourquoi elle ? », pense-t-elle, tout en sachant que Legs plaint cette dernière, qu'elle est furieuse de la voir ainsi taquinée, brimée, ridiculisée dans le voisinage, et surtout tourmentée en cours de maths; Maddy sait que Legs se sent « solidaire » (c'est son mot du moment) de Rita, et qu'elle concocte quelque vengeance contre Mr Buttinger, mais voir Rita accueillie aussi chaleureusement qu'elle-même dans la chambre de Legs n'en chatouille pas moins l'amour-propre de Maddy Wirtz.

Quel est, quel sera l'instrument de leur vengeance? Peut-être va-t-il se passer quelque chose de plus déterminant, de plus durable, quelque chose destiné à les lier plus profondément? Des quelques mots échangés tout bas entre Goldie et Lana, Maddy perçoit qu'il est question de constituer une « bande ». Le son même de ce mot lui fait battre le cœur – il y a bien des bandes à Hammond, dans la partie basse de la ville, autour de Fairfax Avenue, mais elles sont toutes formées par des garçons ou des hommes de dix-huit à vingt ans et plus; il n'y a pas de bandes de filles, pas plus qu'il n'existe d'histoires ou de mémoires de « gangs de filles » – Seigneur! le terme même suffit à faire battre le cœur!

L'imagination de Legs est nourrie de ce qu'on entend couramment à la radio, de ce qu'on lit dans les journaux : histoires d'agents secrets, accusations d'espionnage au profit des communistes, dans ce pays même, alors qu'en temps de guerre les espions américains étaient considérés comme des héros; rétrospectivement, on dirait que cet événement historique majeur qu'est la Seconde Guerre mondiale n'est que la conséquence visible de certaines idées qu'une poignée d'hommes se sont mises en tête, une poignée d'hommes hypocrites dotés du pouvoir de vie ou de mort sur des milliards d'êtres. Existent deux morales, deux façons de se comporter : il y a ce que vous faites parce que vous êtes dotés du pouvoir de le faire sans vous soucier de ce que ça coûtera aux autres, innocents ou non; puis il y a ce qu'on vous force à avouer avoir fait parce que vos actes sont jugés criminels, répréhensibles, ou scandaleux. Legs connaît par cœur la saga de Jesse James et de Billy the Kid et, plus près de nous, dans le nord de l'État de New York, les histoires qui circulent sur la mafia de Buffalo, de Rochester et même de Hammond; elle sait qu'on prononce avec respect (quoique d'un air entendu et ironique) les noms des chefs de la mafia – ceux qui, bien que vivant à notre époque, sont aussi mythiques qu'Al Capone et John Dillinger.

À ce propos, Legs nous avait raconté l'anecdote suivante : un parent de son père vivait dans l'East Side de Chicago quand la nouvelle s'est répandue dans le voisinage que John Dillinger, l'ennemi public n° 1, venait d'être abattu par la police fédérale au sortir d'un cinéma miteux; c'était le 22 juillet 1934 – Legs connaît les dates exactes, Legs se flatte de connaître des faits que peu de gens connaissent, elle nous dit avoir tenu entre ses doigts le mouchoir taché, raide de crasse mais sans prix, que le cousin de son père a trempé dans la flaque de sang qui baignait le trottoir du Biograph après l'enlèvement du corps de Dillinger.

Legs dit qu'on a offert de l'argent au cousin de son père pour ce souvenir mais que « ce genre d'objet n'est pas à vendre ».

Qui aurait pu pressentir la solennité de l'accueil que Legs nous réserverait ce soir ? Ses yeux brillent, ses cheveux, habituellement emmêlés, sont fraîchement lavés et brossés et se soulèvent de ses épaules comme des touffes d'armoise tandis qu'elle nous conduit, ses doigts chauds enserrant les nôtres, dans sa chambre située en haut de l'escalier étroit et raide. Ce silence, ce respect manifeste ne ressemblent guère à Legs Sadovsky : on dirait qu'elle sait que cette soirée, cette heure, vont changer à jamais notre vie. Maddy avait préparé un bon mot qu'elle s'apprêtait à lancer avec désinvolture, mais elle l'oublie sur-le-champ; son cœur bat très vite, comme si elle allait s'évanouir, et elle jette de brefs coups d'œil sur ce qui l'entoure : alors, c'est ici qu'elle vit ! Un festival d'impressions la submerge en découvrant cet intérieur banalement sordide situé à quelques mètres du sien, à peine meublé et au petit bonheur, comme le sien, et pourtant profondément différent du sien car c'est celui de Legs, et non celui de Maddy, et qu'en ce fait même réside son mystère : elle aurait adulé les images de Dieu les plus dégradées si Legs l'avait exigé.

Elle sourit donc. Elle a peur. En écarquillant les yeux, elle distingue la forme, brouillée par des larmes retenues, d'un corridor tapissé d'un papier sale, des embrasures de portes, des pièces chichement éclairées, des restes disparates de moquette posés sur un plancher non peint et des pans de voilage punaisés à même les chassis de fenêtres; elle sent une odeur de graillon, de tabac froid, de souris – cette odeur douceâtre et rance qu'exsudent les murs, une odeur domestique, l'odeur du foyer; elle aperçoit un lit non fait, un placard sans porte dégorgeant vêtements ou chiffons, une paire de brodequins d'homme jetés à terre à côté d'un unique escarpin à talon haut témoignant de l'existence de Mr Sadovsky et de sa petite amie, Muriel – cette salope, comme Legs l'appelle avec mépris, ces salauds, comme elle les appelle tous deux sans jamais en dire davantage, et naturellement Maddy ne pose pas de questions. Puis il y a ce crucifix de plastique blanc et d'acier inoxydable que Maddy fixe en se demandant si, tant pour Legs que pour elle-même, il ne serait pas le signe de tout ce à quoi on ne croit pas – à moins que ce ne soit le contraire. À moins que cet objet de pacotille n'ait simplement été oublié là par la maisonnée Sadovsky, tout comme le sont certaines plaques commémoratives et certains petits monuments dégradés de Lowerton qui, désormais ignorés, n'ont plus qu'une fonction décorative, ou plus de fonction du tout : ils sont là, c'est tout. Ce crucifix a été accroché au mur du couloir, entre la chambre d'Al Sadovsky et celles de Legs par la femme qui a été la mère de Legs et qui est morte on ne sait comment – maladie ou accident ? Legs refuse de préciser, elle refuse même d'en parler, ne serait-ce que pour admettre à contrecœur que oui, un jour, elle avait eu une mère.

Merde. Tout ça, c'est de l'histoire ancienne.

Elles cinq, dans la chambre de Legs, entassées dans cette pièce étroite dotée d'une seule fenêtre donnant sur le jardin de derrière.

Elles cinq, étrangement émues et intimidées.

Chacune, sur ordre de Legs, porte une croix autour du cou. Elles avaient demandé pourquoi et Legs avait répondu : « Peu importe la raison. Contentez-vous de le faire. Vous verrez bien. » Elles ont donc obéi.

La croix de Rita est en argent, ou en métal argenté, légère mais jolie ; elle scintille entre ses seins rebondis douillettement moulés par un pull rouge en orlon – tout neuf, c'est son cadeau de Noël. Celle de Maddy est plus petite, faite de cette sorte d'« argent » qui noircit la peau quand on le garde pour dormir. Celle de Goldie est massive, elle a l'éclat terni du cuivre et accroche la lumière de sa chevelure, également couleur de cuivre terni, qui se dresse sur sa tête comme de la paille de fer ; ses yeux, très rapprochés, mobiles et rusés, ont le même éclat ambré – « Boum-Boum » est de ces filles qui ont toujours besoin de blaguer, celles que la solennité déconcerte. La croix de Lana, un objet décoratif en forme de médaillon, est en or ; elle est pendue entre des seins en poire qui pointent agressivement sous un cardigan noir. La croix de Legs est la plus originale, et Maddy ne l'avait jamais vue auparavant ; de fait, c'est la première fois de sa vie qu'elle voit ce genre d'objet – une croix de bois sculpté, très délicatement sculpté, d'un brun-roux très sombre, qui vient de Pologne, dit Legs; Maddy, tout en l'admirant, se demande, sans oser formuler la question, si cet objet est en rien lié à la mère de son amie.

Toute allusion au passé contrarie Legs, un peu comme si on essayait de l'arrêter en la tirant par la manche lorsqu'elle court. Lorsqu'elle court inlassablement.

Ceci se passe le jour de l'an 1953. Rien d'autre n'a d'importance.

La chambre de Legs, comme celle de Maddy, n'a qu'une seule fenêtre. Mais le plafond penche sérieusement d'un côté, celui contre lequel son lit a été tiré.

Un lieu plein de courants d'air, éclairé seulement par les bougies qu'a allumées Legs : cinq bougies blanches réparties dans la pièce comme des offrandes votives dont la vue, l'odeur de cire fondue, la chaleur dégagée et la lueur vacillante et hypnotique accélèrent le pouls des filles. Alors, c'est ça, sa chambre! son lit! C'est là qu'elle rêve!

Goldie, à peine entrée, a un ricanement de surprise : « Merde alors, on se croirait à l'église! »

Lana, téméraire, lui balance un coup de coude dans les côtes : « Chut, tais-toi, brute! »

Legs disparaît et reparaît avec une bouteille de bourbon et des petits verres dans lesquels elle verse l'alcool avec une componction sacerdotale – ce sont de vrais verres à alcool, comme ceux que Maddy a vus dans les tavernes, et encore, pas partout – et les tend un à un aux filles. Et à chacune individuellement elle dit : « Bonne année. »

Elles se sont assises, serrées l'une contre l'autre, sur le lit et par terre; Legs se tient debout devant elles, fine comme une lame de couteau dans ses vêtements noirs, avec son chemisier aux reflets satinés et aux boutons noirs brillants, avec sa belle et lourde croix sombre sculptée pendue au cou. Elle sourit et lève son verre; les autres lèvent aussi le leur et toutes boivent avec hésitation. Maddy n'a jamais bu de boissons fortes auparavant et sa main tremble alors que du feu lui brûle la gorge et lui remonte comme du fil électrique chauffé à blanc dans les narines et le cerveau.

Et lui descend dans l'aine, liquide et chaud. Une sensation unique.

Puis Legs, toujours debout, s'adresse à elles. D'un ton incantatoire. On sent qu'elle contrôle sa voix, qu'elle se force à parler d'un ton mesuré et calme, sous lequel on sent poindre l'excitation, la fièvre. Elle est devenue belle – la beauté de ses traits nettement ciselés est soudain évidente. On a l'impression étrange de voir se déplacer les verticales de la pièce tandis que les plans horizontaux foncent jusqu'à se fondre doucement. Un embrasement venu d'on ne sait où les enveloppe comme un cocon incandescent ; c'est comme si le sang des unes courait dans les veines des autres, comme si le sourire fugitif de l'une étirait les lèvres des autres. Puis il y a cette sensation liquide et chaude, délice partagé.

Jurez-vous solennellement de vous consacrer à vos sœurs en FOXFIRE ? Oui, je le jure. D'adhérer à la vision du monde de FOXFIRE ? Oui. Je le jure. De toujours penser à vos sœurs comme vous voudriez qu'elles pensent à vous ? Je le jure – par la révolution prolétarienne imminente, par l'Apocalypse imminente, par la Vallée des Ombres de la Mort et même sous la torture physique ou spirituelle, je le jure. De ne jamais trahir vos sœurs en FOXFIRE en pensée, en parole ou en action et de ne jamais révéler les secrets de FOXFIRE, de ne jamais renier FOXFIRE dans ce monde ni dans l'autre ? Et surtout, vous engagez-vous à offrir votre fidélité, votre courage, votre cœur et votre âme et tout bonheur futur à FOXFIRE ? Oui, je le jure, que je meure si je faillis, je le jure, avec l'aide de Dieu. Je le jure à jamais et à jamais, jusqu'à la fin des temps. Je le jure.

Comme une magicienne riant de ravissement à sa propre dextérité, Legs produit alors le pic à glace, stérilise la pointe fine en la brûlant. Un élégant pic à glace d'argent, d'un genre inconnu jusqu'alors de Maddy, dont les yeux s'embrument de stupéfaction et d'appréhension.

« Je le jure.

– Je le jure.

– Allez ! » dit Legs.

Maddy observe. Elle n'a pas peur, mais un grondement lui résonne à l'oreille : les chutes du Niagara, où quelqu'un, mort depuis, l'a amenée quand elle était petite.

Bien sûr qu'elle n'a pas peur. Comment pourrait-elle avoir peur de Legs Sadovsky, son amie, celle qui, six semaines auparavant, a dormi dans son lit comme personne ne l'a jamais fait et ne le fera jamais (*Oh, Dieu, aidez-moi !*) Maddy voit bien que les pupilles de Legs sont dilatées, rondes et tournoyantes comme les roues d'un rouet, elle est pourtant décidée à prêter serment. Quand son tour arrive (elle est la dernière des cinq), elle s'entend implorer faiblement, « Legs, fais-le pour moi », tellement sa main tremble, si grande est sa peur de laisser tomber le pic à glace d'argent.

Legs découvre ses dents en un sourire dur.

Un sourire de triomphe. Comme si, des quatre, c'est Maddy qui était chère à son cœur.

Elle chuchote, « bouge pas, mon ange. Compris ? ».

Maddy ne bouge pas. Les autres, cou tendu, observent le doux miroitement du sang qui perle.

Maddy est donc tatouée, elle porte l'emblème sacré de FOXFIRE que Legs a imaginé en rêve : une série de pointillés rouges en forme de flamme, une flamme qui se dresse haut.

Tout d'abord, le tatouage est sang – un suintement de gouttelettes rouges, un pointillé de douleurs façon piqûres d'épingle tracé sur la chair pâle et tendre de l'épaule gauche de Maddy. Elle serre les dents pour ne pas pleurer, gémir ni même grogner en faisant un peu le clown, comme Goldie, dont le visage brillait de sueur ; pour ne pas grimacer en gloussant, comme Lana, ou trembler visiblement tout en mordant sa lèvre inférieure, comme Rita. Elle sait que c'est de douleur qu'il s'agit, que c'est folie de se laisser ainsi mutiler dans sa chair et pourtant, la sensation est douce. *Je suis si heureuse que mon cœur va éclater.*

Plus tard, quand le saignement s'arrêtera, elles badigeonneront d'alcool leur petite blessure et la tapoteront d'une teinture rouge qu'elles feront pénétrer pour figurer la flamme – cette sorte de teinture végétale qu'on emploie pour colorer les œufs de Pâques ; mais pour l'instant, tant que leur sang est encore frais – leur sang individuel – elles se frottent les unes aux autres pour le mélanger, comme Legs leur a enjoint de le faire : dès cette minute, elles sont sœurs de sang en FOXFIRE ; toutes cinq ne sont plus qu'une en FOXFIRE et FOXFIRE est un en toutes.

À demi dévêtues, étourdies et fiévreuses, elles s'agrippent les unes aux autres ; leurs croix s'entrechoquent, cliquettent. Elles tombent, saisies d'une même défaillance. Les cloches d'une église lointaine tintent soudain plus fort à leurs oreilles. La lumière vacillante des bougies revêt un air de fête dans leur ivresse. Goldie (« Boum-Boum »), trop longtemps contrainte par la gravité de l'étrange rituel que Legs leur a imposé, se déchaîne soudain, enlaçant les autres une à une pour frotter son sang contre le leur, le hennissement de son rire est si contagieux que toutes rient à perdre haleine, d'un rire aigu, même Legs, même une Rita toute pâle, même une Maddy non seulement pâle mais nauséeuse, chancelante, étourdie par la vue du sang sur l'épaule de ses amies et sur la sienne, par l'odeur du sang, semblable à celle de ce poulet décapité et plumé que maman a apporté à la maison et jeté dans l'évier mais qu'elle a été finalement trop malade pour vider; puis Goldie prend Legs dans ses bras, et la serrant très fort, elle fait glisser la chemise noire de ses épaules, puis tire par saccades sur les bretelles de coton de son tricot de peau de petite fille et dénude ses petits seins pâles; le rire irrité de Legs ne décourage pas Goldie qui danse une sorte de shimmy, secouant ses épaules et les frottant contre la poitrine de Legs qu'elle barbouille de sang, leurs croix soulevées et enchevêtrées; Lana, en gloussant, tente de les enlacer toutes deux, soudain ivre car elle a bu plus de bourbon que les autres, pousse des cris aigus, si désireuse de se joindre au chahut que Goldie l'attire à elle, Goldie lui fait un suçon et elles tanguent toutes deux dangereusement, adossées au bureau d'où elles font valser une bougie qui s'éteint à mi-course, ce que personne ne remarque maintenant que Lana arrache son chemisier à Goldie puis tire sur son soutien-gorge humide de sueur et taché de sang, et que Rita et Maddy, frénétiques, d'abord un peu en retrait, pressées l'une contre l'autre, rient sauvagement puis viennent lutter avec leurs amies; qui donc dépouille Maddy de son chemisier et le jette joyeusement en l'air après en avoir, avec désinvolture, arraché les boutons? Les cheveux de l'une balayent le visage de Maddy qui crache, tente en riant de se libérer tout en ne tenant pas à se libérer et referme étroitement sur une autre ses bras minces aux petits muscles durs tandis que toutes virevoltent et vacillent, prises de vertige; elles sont à deux doigts de tomber, de former au sol un enchevêtrement moite, mais elles se rétablissent à temps, avec des rires aigus, tandis que Rita, ô surprise, presse en braillant ses seins nus de la taille d'un pamplemousse sur ceux de Goldie, plus petits et tendus, pour les frotter de son sang, et que quelqu'un fait dégouliner du bourbon sur les seins de Rita et lèche ce liquide mélangé au sang;

Rita, ses cheveux rouge flamme, électrisés, dans la figure, est déchaînée. Maddy a la poitrine nue : ses minuscules seins sont nus, les minuscules mamelons durcis en alerte ; Maddy et Legs ont des torses de garçons, maigres et anguleux, aux os saillants sous la peau : Lana les empoigne toutes deux, se trémoussant contre elles dans une frénésie de gloussements telle que Maddy tend un bras pour la ceinturer tandis que son autre bras enlace toujours Legs : Maddy se cramponne, Maddy pelote, Maddy enfouit son visage dans le cou de quelqu'un, Maddy a les yeux fermés d'extase. *Je suis si heureuse que mon cœur va éclater. Mon cœur* a *éclaté.*

Plus tard, elles demanderont à Legs comment elle a trouvé le nom de FOXFIRE, ce beau nom parfait dont toutes sont déjà fières : FOXFIRE FOXFIRE. Legs leur dira qu'elle a d'abord eu l'idée de baptiser le gang « Foxes of Fairfax Avenue » mais qu'en rêve, elle a entendu « FOXFIRE » – FOXFIRE est donc un code pour désigner le premier, et le premier est un code pour nous seules [1].

1. On pourrait dire que le nom du gang est triplement codé, « fox » signifiant « renard », mot également employé pour désigner une jolie fille, une fille sexy. En américain, « FOXFIRE » signifie « feu-follet » ou « feu Saint-Elme ». *(N.d.T.)*

6

FOXFIRE : les débuts

Qu'est-ce que la mémoire sinon une mine de faits destinés à tomber dans l'oubli ? C'est ça qui rend l'Histoire nécessaire. Il faut travailler dur pour inventer l'Histoire. Être fidèle à tout ce qui vous arrive d'important, tout consigner (jours, dates, événements, choses vues) et ne pas se fier seulement à une mémoire qui pâlit comme une photo polaroïd où vous voyez la mémoire pâlir sous vos yeux comme si le temps lui-même battait en retraite.

Nous cinq marchant de front sur le trottoir par une journée claire et venteuse, un foulard d'un rouge orangé noué au cou – de la vraie soie, d'une qualité époustouflante, un présent de Legs qui a dû trouver les fonds quelque part puisqu'elle nous dit en souriant les avoir achetés dans un des bons magasins des beaux quartiers. Voyez comme Ils nous regardent ! Avec circonspection, avec respect. Comment pourraient-Ils ne pas se poser de questions, ne pas se demander ce qui nous lie et ce qui Les exclut ?

Car notre bande n'a rien à voir avec ces grossières bandes de mâles que sont les Viscounts, les Aces et les Hawks [1].

Nous sommes animées d'une vraie solidarité féminine. Nous ne singeons pas ces garçons contre lesquels Legs

1. Les Vicomtes, les As et les Faucons.

nous a mises en garde, nous recommandant un degré de méfiance supérieur à celui que, tout naturellement, nous éprouvions déjà, du moins envers la plupart.

Au lycée, chez les quinze-seize ans, existent bien des groupes de solidarité féminine, des « sub-débutantes » (leur propre terme); mais comme le monde ne va pas tarder à l'apprendre, ils n'ont rien de commun avec FOXFIRE.

Les organisations secrètes sont interdites au lycée mais FOXFIRE ne reconnaît pas l'autorité de celui-ci, pas plus que la bande ne prête allégeance à un pouvoir hiérarchiquement supérieur au sien. Legs dit : « Une règle ne peut s'appliquer qu'à ce qui existe déjà, et non à une chose si récente qu'on vient à peine de la nommer. » Je n'aurais jamais pensé à ça toute seule. Mais, une fois énoncé, ça m'a paru logique : comment ceux pour qui l'existence de FOXFIRE devait rester à jamais secrète pourraient-ils connaître son existence ? Et comment, en conséquence, pourraient-ils l' « interdire » ?

Je sais que désormais je ne serai plus jamais seule, que je ne me sentirai plus jamais seule comme, jusqu'ici, Dieu a permis que je le sois – comme s'Il n'existait pas, comme s'Il m'avait forcée à faire ce triste constat : Il n'existait pas pour de vrai; ou, s'Il existait, son existence ne me concernait pas.

Même avant que FOXFIRE ait rendu justice en punissant le persécuteur de Rita et révélé le nom de FOXFIRE au monde, nous avions déjà l'impression presque tangible que les gens nous prêtaient davantage d'attention, ou qu'ils notaient quelque chose de nouveau nous concernant. Dans le voisinage ou à l'école, si on nous voyait échanger des regards particuliers, ou rire ensemble, parler ensemble puis nous taire quand un étranger s'approchait; si on nous voyait toutes les cinq souvent ensemble (alors que nous ne l'étions pas auparavant), ou former des combinaisons improbables (du type Goldie et moi, Lana et Rita); si on nous voyait porter nos foulards, ou nos anneaux d'or à l'oreille, ou nous comporter avec un peu de hauteur, avec une certaine réserve, on ne pouvait pas ne pas, sinon savoir, du moins commencer à se douter de quelque chose. Les gens sont curieux. Un après-midi, comme je rentrais de l'école, une de nos voisines m'a interpellée : « Maddy ? Je te vois beaucoup avec la fille Siefried, cette gamine grandie trop vite. Qu'en pense ta mère ? » J'ai senti une chaleur sur mon visage comme si cette garce m'avait filé une claque mais j'ai répondu poliment – ça m'a coûté d'être polie et non pas sarcastique – « Ce n'est pas ma mère qui choisit mes amies. Je choisis mes amies moi-même. »

Elle m'a regardée en battant des paupières puis a balbutié : « Oh ! »

C'est à cette occasion que nous avons commencé à remarquer que nous provoquions de Leur part un regard dont nous tirions un plaisir mêlé d'appréhension. Car bien que nous ayons promis de garder le secret, l'existence même de ce secret était évidente pour ceux qu'il excluait. Comme si nous n'étions plus des individus-filles mais un faisceau de flammes en marche – celles qui constituaient notre tatouage; en nous voyant, les gens croyaient voir de simples individus, mais en réalité c'était FOXFIRE qu'ils voyaient. Comme si on avait mis un verre spécial entre nous et le monde, de telle sorte que le monde semblait changé à nos yeux et que nous étions changées aux yeux du monde, le verre demeurant pourtant invisible.

Jusqu'à ce que, fin janvier, survienne la vengeance de FOXFIRE, signant le début de notre renommée.

Avant FOXFIRE, certaines d'entre nous plaignaient Rita O'Hagan quand Mr Buttinger la tourmentait; pour d'autres, elle était un objet d'aversion qui les poussait parfois à rire d'elle, de ce rire faux-jeton et sadique qui est toujours le signe du mal. Elles pensaient : « Dieu merci, ce n'est pas moi qui suis à sa place ! Elle pleure, moi pas ! » C'est sûr que, comme Maddy-Monkey, elle s'est souvent sentie soulagée en présence de Rita, éprouvant à son égard une sorte de gratitude mêlée d'exaspération (elle pleure, moi pas). Mais les paroles de Legs lui font honte et à voir la détermination qui l'anime, on dirait qu'elle a toujours partagé la conviction de celle-ci :

« Legs a raison. S'il n'y avait pas Rita, il s'en prendrait à une autre, puis à une autre encore, jusqu'à ce que, faute d'une autre, ça retombe sur l'une d'entre nous, dit-elle.

– Mais nous, nous voudrons l'en empêcher, dit Maddy.

– Nous voudrons le tuer », dit Goldie en souriant.

C'est ainsi que Legs nous expose son plan. La peinture rouge, les pinceaux. Ce que nous écrirons sur la voiture de Buttinger. La révélation de Foxfire au monde : pas de qui ni de pourquoi, mais seulement ça – « FOXFIRE existe. Tenez-vous-le pour dit. »

Legs dit que l'idée lui est venue en rêve : elle voulait retourner la situation contre ce salaud pour que ce soit désormais lui l'objet de risée, le clown, mais aussi pour qu'on sache qu'il bandait pour Rita (ou pour une autre : il devait y en avoir d'autres) ; pour lui signifier que tout le monde savait et que lui-même ne pourrait jamais plus ne pas le savoir. « C'est ça qu'il faut faire. Il peut s'enfuir, il peut se cacher, mais il ne pourra jamais plus ne pas savoir qu'on sait », dit Legs en crispant les poings, ramassée et nerveuse comme un serpenteau prêt à l'attaque.

Rita, lorsque nous lui avons exposé notre plan, a une réaction typiquement Rita : elle se fourre les doigts dans la bouche, prenant un air effrayé, coupable, même : « Oh ! et si ça tourne mal ? Nous risquons d'avoir des ennuis, d'être renvoyées. » Mais l'importance qu'a ce « nous » à ses yeux l'emporte sur tout le reste.

« Pour que ça tourne mal, il faut d'abord se faire prendre », dit Legs.

Nous ne nous sommes pas fait prendre.

FOXFIRE est bien trop malin, et sa coordination bien trop précise.

FOXFIRE est dans le vrai, donc en état de grâce.

À peine deux jours plus tard, Rita se fait coller par Buttinger. Nous sommes prêtes, peinture rouge et pinceaux fourrés dans un grand sac à provisions enfermé dans mon casier (« Madeleine Faith Wirtz » étant la fille du gang la moins susceptible d'être soupçonnée par les autorités scolaires d'avoir commis un acte criminel). Tandis que Lana fait le guet à la porte arrière de l'école, Legs, Goldie et moi courons œuvrer sur la vieille Ford brun grisâtre de Buttinger; courbées en deux, nous travaillons à toute allure : Legs nous avait d'abord fait nous exercer à tracer les mots en lettres suffisamment grosses et lisibles, de sorte que nous finissons en moins de dix minutes sans que personne nous surprenne. Étranglées de rire, nous filons attendre Buttinger à l'arrêt de bus situé sur Erdman Avenue. Une fois sorti de l'école et monté dans sa voiture, il est obligé de passer par là. Et en effet, une demi-heure plus tard, le voilà qui arrive au volant de sa Ford, véhicule d'habitude assez quelconque qui arbore maintenant un message tellement ahurissant que tous les regards s'y posent, s'y fixant avec incrédulité : JE SUIS BUTTINGER AUX LÈVRES DE NÈGRE JE SUIS UN VIEUX DÉGOÛTANT MMMMM... LES PETITES FILLES! J'ENSEIGNE LES MATHS ET TITILLE LES TÉTONS JE SUIS BUTTINGER JE BROUTE LES MINOUS. Mais l'élément le plus curieux, le plus provocant, le plus propre à susciter la curiosité dans les jours à venir, c'est la signature : FOXFIRE SE VENGE FOXFIRE SE VENGE.

« Maintenant, tout Hammond va savoir. Mais ce qu'Ils ne sauront jamais, c'est de quoi il s'agit au juste », dit Legs.

Le matin suivant, Buttinger, l'air faussement décontracté, se pointe à l'école en taxi. Cet hypocrite, ce salaud, espère pouvoir se comporter comme si de rien n'était. Comme si toute l'école ne parlait pas que de lui –

non seulement les élèves, mais les professeurs, le personnel de la cantine, et même les concierges noirs. Certains rient, d'autres sont goguenards, d'autres encore, révulsés et furieux; naturellement, les membres de FOXFIRE prétendent tout ignorer de ce « FOXFIRE » qui est sur toutes les lèvres; qui est-ce, qu'est-ce que cela signifie ? Une bande ? Une nouvelle bande rivale des Viscounts, des Aces, des Hawks ? Mais aucun des garçons n'admet être impliqué, aucun n'affirme savoir quoi que ce soit.

Vers la mi-journée, on apprend que le proviseur, Mr Wall, a convoqué Mr Buttinger dans son bureau; après, selon Lana (elle a Buttinger pour surveillant d'étude, lors de la quatrième heure), une pagaille monstre s'installe :

« Il revient et franchit la porte. Le vieux " Lèvres de Nègre " est méconnaissable. On dirait qu'il est soûl, ou sonné, ou somnambule. Il a les yeux tout injectés, et le visage d'une bizarre couleur de vomi, mais piquée de taches pourpres, comme s'il avait la rougeole. Il sue à grosses gouttes : franchir cette porte lui file la colique – vous savez qu'au cours de cette heure d'étude, nous sommes au moins cinquante élèves, le contenu de trois classes dont chacune, prise individuellement, lui en fait déjà baver, qui le détestent autant que lui-même les déteste. Il entre donc et voit JE SUIS BUTTINGER JE BROUTE LES MINOUS écrit au tableau. On commence tous à siffler, à pousser des huées, à rire comme des malades et à taper des pieds. Il essaye d'effacer l'inscription mais, pris d'un vertige, il fait tomber l'éponge. Un des Rinaldi, ce jeune qui fait partie des Viscounts, se précipite sur l'estrade et s'en empare; Buttinger essaie d'en prendre une autre que Heine, " Tronche de Patate ", intercepte. Nous sommes tous pliés en deux de rire et crions comme des forcenés lorsque Mr Wall qui passe dans le hall, alerté par le tapage, passe la tête et – j' te jure, j'ai failli en pisser dans ma culotte tellement c'était drôle –, au moment où il ouvre la porte pour entrer, Buttinger sort en trombe et ils se percutent comme des autos tamponneuses. »

Elle est reprise d'un fou rire auquel nous nous joignons jusqu'à nous sentir toutes faibles.

Comme si nous avions reçu un coup sur la tête.

Lloyd Buttinger n'est jamais revenu au lycée. Il a été obligé de quitter l'enseignement. Il a quitté Hammond. Il était foutu.

Nous avons terminé l'année scolaire avec des remplaçants pour profs de maths. Personne n'a regretté Buttinger. Nous n'en parlions que pour évoquer ce qui lui était arrivé, pour raconter l'histoire encore et encore, pour nous émerveiller du pouvoir secret de FOXFIRE.

Car dès les tout débuts de FOXFIRE, alors que nous n'étions encore que des gamines, nous avons compris que nous avions du pouvoir. Seulement, nous n'arrivions pas à l'évaluer exactement.

« C'est étrange, Maddy, et presque effrayant : comme le dit Goldie, c'est comme si nous avions tué Buttinger », a dit Legs.

Le vent soufflait fort ce jour de février où, toutes deux, penchées sur le garde-fou du viaduc qui enjambe la Sixth Avenue, nous frissonnions, les cheveux volant en tous sens, évitant de nous regarder, comme si nous étions soudain intimidées par ce que chacune pourrait lire dans les yeux de l'autre. Legs examinait ses mains, qui étaient comme d'habitude rouges et calleuses, avec des ongles cernés de crasse. Moi aussi, j'ai regardé ses mains, puis nous nous sommes souri :

« Il se promène quelque part dans le monde, mais il est mort, a dit Legs.

– Oui », ai-je murmuré.

Nous avons frissonné davantage, mais nous ne voulions pas quitter ce pont, pas encore.

Deuxième Partie

1

Heureuse ?

Ce vieil homme, ce prêtre défroqué qui vit seul sur Tideman Avenue au-dessus du magasin de pneus Goodyear et qui porte un nom vaguement français, comme Theriault, Legs nous a averties qu'il faut être polies avec lui et l'appeler « mon père » sinon il se vexe – et il a mauvais caractère, un peu comme un chien édenté qui tente de mordre. C'est un petit homme chauve et desséché, avec des yeux injectés d'alcoolique, un nez bourgeonnant, une respiration sifflante et la tremblote, ce qui n'empêche que chaque après-midi, lorsque le temps le permet, il va au parc, celui qui domine le fleuve, Memorial Park, où il a son banc, son banc attitré ; on peut le voir là, avec son quart de bourbon Thunderbird camouflé dans un sac en papier, qu'il tient serré entre ses cuisses squelettiques ou porte à sa bouche avec une régularité de métronome, mais en un geste recueilli, digne, même. Ce Theriault est bien un « père », pas de doute. Quand on s'approche de lui, on a toujours l'impression qu'il rumine sur le tank de la Seconde Guerre mondiale, le monument élevé à la mémoire des morts de Hammond, dont la masse, avec son canon pointé, est située de l'autre côté de l'allée ; on dirait que le vieux prêtre prie – au moins pour les pauvres âmes du purgatoire car, comme on nous l'a appris, celles de l'enfer sont damnées à jamais ; quant à celles du paradis, elles n'ont bien sûr pas besoin des prières des vivants, ni de rien – mais si on s'interpose entre lui et le tank on voit son regard vous traverser, un regard de fantôme qui ne se fixe sur rien de précis. Certains garçons qui traînent dans le parc l'asticotent. Quand ils s'ennuient et que l'humeur les prend, ils tourmentent les hommes âgés, les solitaires et les ivrognes; à peu près au moment où j'écris ceci, une sale histoire vient de se produire dans le parc : des membres de la bande des Aces ont mis le feu à un Noir qui dormait enveloppé de papier journal. Mais ça n'a pas l'air d'effrayer le père Theriault : il est toujours sur son banc, parfois même dans le froid ou sous le crachin. Legs se vante d'être son amie; il lui confie, dit-elle, toute sorte de choses qu'il ne dirait à personne d'autre.

« Quelle sorte de choses? » demandons-nous.

Elle reste évasive :

« Des choses secrètes, que seul un prêtre connaît. L'Eucharistie, par exemple : parfois, c'est vraiment – mais vraiment – le corps et le sang de qui vous savez. Si on le profane, il saigne. Et des trucs sur la confession, des trucs qu'entendent les prêtres. Et sur certains papes et leurs bâtards. Et sur Hitler qui était reçu au Vatican. Et sur la révolution, celle qui se prépare », ajoute-t-elle en hochant la tête.

Legs m'emmène avec elle dans le parc parler au père Theriault – ou plutôt, l'écouter, car je ne lui ai jamais adressé la parole. Expérience curieuse et déconcertante que de se retrouver en présence de ce vieil alcoolique au visage ravagé et à la voix éraillée, qui a jadis été un prêtre catholique romain mais ne l'est plus. Je me demande si, en plus d'être défroqué, il n'a pas été excommunié. Ou s'il a choisi de quitter l'Église de son plein gré (un de mes oncles éloignés, qui vivait à Troy, dans l'État de New York, a abandonné son sacerdoce pour épouser sa bonne, mais plus personne ne parle de lui). Ce genre de gens me file la trouille : se dégage d'eux une atmosphère de danger, comme s'ils avaient mis Dieu au défi de les frapper de Sa foudre; chaque seconde qui s'écoule sans que Dieu passe à l'acte évoque le tic-tac d'une horloge invisible.

Le père Theriault me scrute et me demande mon nom : « Madeleine », je réponds. Il n'entend pas et Legs est obligée de répéter plus fort : « Madeleine. » Père Theriault dit : « Oui, c'est un joli nom, et elle me semble être une gentille fille », avant de m'oublier totalement.

Legs lui pose une question à laquelle il répond en lui jetant par instants de brefs coups d'œil, les lèvres étirées en un sourire convulsif, discourant d'une voix douce mais résolue, comme le ferait un prêtre, non en chaire mais au confessionnal; à voir comme elle le regarde, on pourrait penser qu'existent entre eux quelque lien, quelque urgence, quelque secret. On dirait presque que ces deux-là sont parents. Peut-être le sont-ils.

Legs Sadovsky, qu'on nomme pour rire « Sheena », affirme qu'elle méprise en bloc prêtres et bonnes sœurs; mais là-bas, à Memorial Park, passant alternativement d'une jambe sur l'autre, elle reste plantée de longues minutes, attentive et même curieusement anxieuse, à écouter cet ancien prêtre, ce vieil ivrogne, dont les yeux perdent peu à peu leur fixité de fantôme pour briller d'émotion et de conviction, radoter sur la révolution, sur tant de révolutions : celle de 1776, 1789, 1848, 1917 et sur celle à venir.

Savons-nous, continue un père Theriault qui commence à s'énerver, que les fidèles ont été trahis par l'Église ? Que l'Église est riche, qu'elle est militante, qu'elle craint la vérité ? Savons-nous que l'Inquisition qui s'est exercée sans merci à travers l'Histoire continue à sévir de nos jours, à cette heure même ? Qu'on a brûlé, sous couvert d'hérésie, les anciens Évangiles gnostiques? Et que savons-nous de l'invention et de la promulgation du « péché », de la tyrannie des évêques et des papes – ces assassins?

Il nous raconte qu'en 1909, alors qu'il était un jeune séminariste de vingt-quatre ans, il a assisté à New York à un congrès du parti socialiste au cours duquel, en compagnie de milliers d'hommes et de femmes – ses frères, ses sœurs, ses camarades –, il s'est levé pour chanter *L'Internationale* et Dieu s'est révélé à lui à l'instant précis où chaque cœur dans l'assistance battait à l'unisson; oui, c'est en cet instant que Dieu s'est révélé à lui et qu'il a compris que le bonheur parfait consiste à s'en libérer. L'espèce humaine doit monter collectivement jusqu'à Dieu puis L'oublier. Oui, c'est jouable, puisque lui-même l'a fait. Mais cela peut-il être définitif? « Voilà la question! Voilà la question! » ajoute-t-il.

Puis, à notre stupéfaction, il part d'un formidable éclat de rire, moqueur et asthmatique, qui se termine en quinte de toux; nous nous rendons soudain compte que c'est un vieil homme souffrant, un vieil homme condamné, crasseux, un pochard édenté, le type même de l'exclu de Dieu – il offre un spectacle terrible.

« Il est fou, d'accord. Mais c'est quand même un saint.

– Il m'effraie. Je l'aime pas.

– Il m'effraie aussi. Quelle importance? Il sait.

– Ah bon? Quoi? Qu'est-ce qu'il sait?

– Des choses que pour savoir la plupart des gens doivent mourir et aller en enfer. »

Ce bla-bla sur le bonheur. On parle tellement du bonheur aux États-Unis. Heureux, malheureux – qu'est-ce que ça signifie?

Je me penche sur cette première année d'existence de FOXFIRE, une année suprêmement heureuse, mais à notre insu. Sur le moment, on ne sait jamais qu'on est heureux tant la vie a un caractère immédiat : on vogue toutes voiles dehors, on est pris par une fièvre de mouvement. Jusqu'à ce que, tout danger désormais écarté puisque tout est joué, passé, mort, on déclare, comme se réveillant d'un rêve : « Oui, j'étais heureuse, à l'époque. Oui, maintenant que tout est fini, je comprends qu'alors, j'étais heureuse. » C'est peut-être pour ça que mourir est un avantage ?

2

L'œil au beurre noir

Maman apparaît soudain à la porte de la salle de bains. Elle murmure quelque chose ; ou plutôt, un simple son, une exhalation se surprise, Hhhhhhh ! sort de sa bouche – à moins que ce ne soit de la mienne. Vivement et maladroitement, je saisis un gant de toilette pour m'en couvrir, pour cacher mon épaule gauche marquée du tatouage de FOXFIRE. Comme si souvent, j'étais en train de l'examiner ; pendant de longues minutes, oublieuse de tout, tel un zombi en transe, je me perds dans la contemplation de cette flamme rouge et vive qui, des mois après que Legs l'a imprimée dans ma chair, est pratiquement cicatrisée. Bouge pas mon ange, d'accord ? Je n'avais pas bougé. J'ai quatorze ans et me tiens devant le miroir, nue jusqu'à la taille, ahurie et mortifiée de voir pousser les petits seins durs dont j'ai honte, tout comme Legs a honte des siens, sans doute – chacune, en secret et avec acharnement, doit boxer, malaxer, pétrir comme de la pâte ces petites excroissances afin de décourager leur développement – car nos corps maigres et durs de garçons nous donnent une supériorité indéniable sur Rita, Goldie, Lana et les autres, bien que nous ne parlions jamais, jamais, de ces choses dont « Sheena » et « Killer » se fichent éperdument : l'important, à leurs yeux, est de demeurer fermement unies contre leurs ennemis.

Il est sept heures moins le quart du matin. On est au

début de l'été et le soleil se lève, semblable à un disque terni.

Maman était à la maison et je ne le savais même pas. Pas avec certitude. De plus, quand elle y est, elle est généralement étendue sur son lit, à plat dos, les yeux révulsés et le souffle rauque gargouillant comme une canalisation défectueuse.

Le verrou de la salle de bains est cassé, cassé depuis des années, mais comment aurais-je pu me douter que maman, elle-même, à demi nue, allait pousser la porte de cette pièce ? Habituellement, nous faisons en sorte de ne pas empiéter sur nos territoires respectifs. Comme des créatures appartenant à des espèces différentes forcées de cohabiter dans un espace restreint nous avons appris à nous éviter d'instinct, ce qui explique que ce matin, je n'ai pris aucune précaution avant de contempler le beau tatouage qui sauve en partie ma laideur simiesque, mon tatouage rouge vif, cette flamme exposée au regard de maman ; elle l'a sûrement vue : comment aurait-elle pu ne pas la voir alors qu'à cet instant même je vois se refléter dans la glace son œil incrédule orné d'un énorme coquart orange et violacé, comme si un poing géant lui avait flanqué une énorme beigne sur le côté droit du visage : son œil poché est à demi fermé, son nez, son nez habituellement élégant et fin, semble enflé et rosâtre, et la moitié droite de sa bouche ressemble à une éponge imbibée de sang. Oh, maman ! un simple coup d'œil sur toi et je me dérobe : je vois et ne vois pas ton visage, de même que tu as vu et n'as pas vu la tuméfaction sur mon épaule, car toi aussi tu te dérobes. Tu cherches à tâtons la poignée de la porte, tu murmures quelque vague et inaudible excuse et tu files.

Entre nous, c'est une question d'instinct.

3

Maddy acquiert une machine à écrire : FOXFIRE, les débuts d'une chronique

Mon Dieu, une machine à écrire ?

Un samedi matin du début de l'été. Nappes de chaleur, lumière crue et ondulante. Dans Seneca Street, une des rues perpendiculaires à Fairfax Avenue, l'oncle Wimpy Wirtz est en train de sortir les poubelles à l'arrière de son magasin de confection pour hommes, WIRTZ MEN'S CLOTHES ; suant et soufflant, il soulève des cartons de détritus que, par paresse, il a laissés s'accumuler pendant des années. Bien en vue parmi les ordures qui attendent, au bord du trottoir, d'être ramassées par les éboueurs de Hammond, il y a une machine à écrire.

Spectacle assez étonnant pour alerter Maddy Wirtz, qui tombe en arrêt.

Comment peut-on mettre une machine à écrire à la poubelle ?

Ravie, Maddy l'examine. C'est une Underwood, modèle de bureau. Antique et cabossée ; haute, angulaire et lourde ; noire, mais tellement poussiéreuse qu'elle semble décolorée. Les touches sont si usées que Maddy distingue difficilement certaines lettres (a, s, e, t, o, u) ; le ruban, presque transparent à force d'avoir servi, est en partie embrouillé à l'intérieur d'un mécanisme compliqué. Mais quelle élégance ! quelle allure ! Maddy, qui n'a nullement l'impression de déchoir en rôdant ainsi le samedi matin dans les rues en quête de quelque trésor, n'a, de sa vie, jamais fait pareille trouvaille.

Une machine à écrire est précisément l'objet qu'elle convoite le plus.

Bien avant la naissance de FOXFIRE et la responsabilité nouvelle liée à sa fonction de chroniqueuse, elle souhaitait en posséder une.

Enfant, Maddy croyait que l'écriture, le fait de savoir écrire, conférait un pouvoir magique. Elle pense aujourd'hui que ce pouvoir pourrait bien être attaché à la possession d'une machine à écrire, au fait de savoir taper.

Accroupie au bord du trottoir, elle inspecte l'objet lorsque apparaît Wimpy Wirtz, les bras chargés d'une pile de vieux journaux pisseux qu'il laisse tomber en grognant. La bonne quarantaine grassouillette, il porte une chemise blanche amidonnée, une cravate et un pantalon où subsiste la trace d'un pli – quand on possède un magasin de confection pour hommes, même aussi modeste que le sien, on se doit de jouer le jeu. Maddy, aveuglée par le soleil, lève en grimaçant les yeux vers lui et sourit. Tente de lui sourire – erreur, sans doute, que ce sourire, ou que la note suppliante qu'il perçoit dans sa voix lorsqu'elle lui demande : « Vous allez jeter cette machine à écrire? Est-ce que je peux la prendre? S'il vous plaît! »

« Wimpy [1] » Wirtz, qui se prénomme en fait Walt (pour « Walton »), s'essuie le visage avec un mouchoir froissé et l'observe de ses yeux porcins au regard rusé. Ce n'est pas vraiment son oncle, mais un oncle de l'oncle du père de Maddy, aujourd'hui décédé : pour autant qu'elle se le rappelle, les Wirtz de Seneca Street et les Wirtz de Fairfax Avenue (Maddy et sa mère) n'ont jamais entretenu de relations. Wimpy Wirtz, avec un mince sourire sournois, lui dit :

« Alors tu veux ma machine à écrire? Je te la vends cinq dollars. »

Maddy le regarde d'un air consterné :

1. « Mauviette » *(N.d.T.)*

« Mais puisque vous la jetez... Pour vous, ce n'est qu'une vieillerie, non ?

– Si c'est une vieillerie, pourquoi la veux-tu ?

– Oh, mais pour moi, ce n'en serait pas une. Je pourrais taper avec, dit-elle naïvement.

– Alors, c'est cinq dollars.

– Mais puisque vous la jetez.

– Tu as cinq dollars ? Si oui, je ne la jette pas. Je te la vends.

– Mais...

– Je suis un homme d'affaires, mon chou, pas la foutue Armée du Salut », dit Wimpy Wirtz en riant de bon cœur. Un rire de bande dessinée pour un personnage de bande dessinée – petits yeux vifs, teint d'un rose presque congestif, gros ventre mal contenu par le plastron de la chemise ; il évoque pour Maddy la fois un cochon de bande dessinée et la Gestapo – un mélange sinistre. Elle ne sait comment interpréter ses paroles. La taquine-t-il ou est-il sérieux ? Dans le voisinage, Wimpy Wirtz a la réputation d'être un farceur, un « caractère ». Il cultive les amitiés viriles, c'est un politicien jovial, un homme de cœur, amusant et généreux... à moins qu'il ne soit un salaud, notoirement dur et radin, capable, dans ses pires moments, d'insulter publiquement sa femme et de refuser l'entrée de son magasin aux Noirs – aux « négros », comme il les appelle. Maddy le craint. Bien que ne l'aimant pas, elle se sent étrangement attirée par lui, comme nous le sommes par ceux qui se croient supérieurs et donnent l'impression de nous juger. Et après tout, ne sont-ils pas parents ?

Mais elle ne l'a jamais appelé « oncle Wimpy ». Elle ne l'appelle pas, en fait.

Maintenant, amusé par sa détresse, il abat sur son épaule une main de la taille d'un jambon et renouvelle sa proposition : cinq dollars comptant et « embarquez, c'est payé ! » – une véritable affaire. Impossible de trouver une machine d'occasion à ce prix à Hammond, surtout un modèle de bureau.

Maddy comprend qu'il est vain d'essayer de faire entendre raison à cet homme mais elle ne peut résister. Elle penche la tête d'un côté, comme elle a vu faire à Legs, et dit d'un ton légèrement belliqueux :

« Je n'ai pas tout à fait cinq dollars. Là tout de suite, je veux dire.

– Alors, emprunte-les à ta mère.

– Je... j'peux pas.

– Hein ? Et pourquoi ? »

Comme Maddy ne répond pas, Wimpy Wirtz dit en ricanant :

« Ta maman aurait mieux fait de garder ses boulots au lieu de se faire vider. Elle aurait dû se respecter davantage. »

Il existait, entre la mère de Maddy et sa belle-famille, un ressentiment, lié à la conduite de la première, remontant à l'époque où le père de Maddy était soldat. Ou bien, tout de suite après l'armistice, à l'époque où la jeune femme s'était retrouvée veuve. Maddy ne sait rien à ce sujet, ou presque rien. Elle ne manifeste aucune curiosité à cet égard. Elle dit très vite :

« J'ai environ trois dollars d'économies à la maison. Le reste, je peux me le procurer en travaillant ; on m'a proposé quelques heures de baby-sitting pour ce week-end. »

Ce qui était vrai, ou pouvait l'être, compte tenu de ce que l'offre qu'on lui avait faite avait de flou et d'aléatoire. Il existait, à Hammond, très peu de petits boulots pour les filles de son âge.

« Est-ce que je peux vous apporter trois dollars dans un moment et vous donner le reste lundi ? S'il vous plaît ? »

La main de l'oncle Wimpy pèse plus fort sur l'épaule de Maddy : elle sent son souffle chaud sur son visage. Ce soupir de sympathie feinte est loin de sentir la rose – plutôt le tabac et la viande.

« Foutaises, ma biche. Walton Wirtz est un homme d'affaires, non un de ces fichus abrutis de philanthropes.

– Oh, s'il vous plaît !

– Va chercher les cinq dollars tout de suite, avant que les négros viennent embarquer ce truc, et la machine est à toi. Ça me semble une véritable affaire. » Se penchant vers elle pour que Maddy puisse lire dans ses yeux une mesquinerie qu'il souhaite transparente, l'oncle Wimpy ajoute : « Comme tu le dis, mon chou, tu pourrais taper. Tu pourrais même devenir une sorte d'écrivain ! »

Maddy supplie encore un peu, l'oncle Wimpy taquine encore un peu, comme s'il laissait un poisson crédule emporter la ligne ; finalement, comme lui accordant une faveur, il se laisse un peu fléchir : elle a jusqu'à cet après-midi pour trouver les cinq dollars, à condition d'agir « en toute bonne foi ».

« Oh merci... oncle W...Walt. »

Espèce de salopard. Espèce de salopard égoïste radin et sordide.

Elle part en courant, poussée par l'urgence et le désespoir myope d'une enfant qui ne peut imaginer qu'un seul obstacle entre elle-même et le bonheur absolu. Ce faisant, elle scrute le haut de la rue et se retourne fréquemment, redoutant de voir s'engager dans Seneca Street l'un des camions-poubelles de la ville de Hammond : gris comme des cuirassés, ils patrouillent les rues avec fracas, cliquetant et puant la charogne et le Diesel. Au volant, un Blanc revêche et, accrochée à l'arrière, une équipe de Noirs musclés, sans chemise car c'est l'été, qui bondissent sur la chaussée pour saisir les poubelles et déverser leur contenu dans le camion. Les Noirs s'apostrophent bruyamment et leurs rires jubilants et maniaques pénètrent les fenêtres, les murs, les portes, suscitant la perplexité des riverains blancs : sont-ils gais ou furieux ? Ont-ils des intentions homicides ou sont-ils de simples travailleurs soucieux d'efficacité ? Maddy défaille à la pensée qu'ils vont s'emparer de la machine à écrire de l'oncle Wimpy, de Sa machine, et l'évacuer avec les ordures.

Mais il ne les laissera pas faire, pense-t-elle.

Il a promis. Il est salaud, mais pas à ce point.

Depuis un certain temps, Maddy évitait généralement le territoire de Wimpy Wirtz. Lorsque celui-ci paressait sur le pas de la porte de son magasin, bavardant avec un autre homme et fumant un cigare, il sifflait doucement entre ses dents lorsqu'elle passait, apparemment sans la reconnaître, comme il sifflait n'importe quelle autre fille ou jeune femme du voisinage; sans moquerie réelle – de fait, assez gentiment – mais pas non plus de façon à susciter votre fierté. Maddy, en l'occurrence, devinait que ce n'était pas elle que voyait l'oncle Wimpy, mais seulement ce qui lui apparaissait comme étant de sexe féminin, jeune, bras et jambes nus dans la chaleur de l'été. D'ailleurs, lorsqu'elle était en compagnie de ses sœurs de FOXFIRE, surtout Lana, Legs ou même Rita, Wimpy Wirtz ne perdait pas son temps à la regarder.

En certaines occasions, assez rares mais inévitables, les Wirtz de Seneca Street et les Wirtz de Fairfax Avenue se rencontraient dans le voisinage, par exemple à la messe, à St Anthony. Maddy et sa mère n'allaient pas très souvent à l'église, mais cela leur arrivait (par superstition, croyait Maddy); Wimpy Wirtz et sa femme – une vraie tête de bouledogue – marmonnaient « hello » en les fixant sans sourire, comme si sourire leur eût coûté de l'argent, et la mère de Maddy marmonnait froidement en retour quelque chose d'inaudible avant de se détourner avec raideur. Une fois, mais il y a des années de cela, Maddy s'était impatiemment accrochée au bras de sa mère en lui demandant ce qui clochait, pourquoi l'oncle Wimpy et la tante Edna ne les aimaient pas; sa mère avait froncé les sourcils avec une sévérité qui lui était devenue coutumière, comme si la lumière, même la plus douce, la blessait, et lui avait répondu en dégageant son bras :

« Si tu veux le savoir, c'est à eux que tu dois le demander.

– Tu peux toujours courir! Je le demanderai jamais plus, pas même à toi. »

Toute cette sentimentalité lorsqu'il s'agit du passé. Ce terme même, « il y a des années »... Ce que quelqu'un a fait ou n'a pas fait, a dit ou n'a pas dit, toutes ces conneries. En quoi cela la concernait-il ?

Comment tout ce qui n'était pas en rapport avec ses propres agissements pouvait-il la concerner ?

Legs disait « laisse tomber », chaque fois que quelqu'un lui posait une question trop personnelle ; un simple « laisse tomber » accompagné d'un regard d'avertissement, d'un pinçon peut-être, ou d'un léger coup de poing sur le bras pour signifier qu'elle parlait sérieusement. Sa mère était morte subitement quand Legs était petite ; on murmurait des choses à son sujet dans le voisinage mais Legs elle-même n'ayant jamais rien raconté, on aurait pu penser qu'elle avait honte – si on ne la connaissait pas et si on ne savait pas qu'elle avait toujours été fière, même avant FOXFIRE ; la fierté, c'est ce qui primait chez Legs Sadovsky. Quant à Maddy Wirtz, elle aussi avait sa fierté. Et comment !

Son père se prénommait... non, ce n'était pas un prénom que Maddy Wirtz s'autorisait à cultiver dans son esprit, pas plus que celui de sa mère (qu'elle ne prononçait jamais mentalement, « Mère » lui suffisant : depuis que FOXFIRE l'avait rendue plus forte, Maddy n'employait plus le terme niais de « maman », qu'elle trouvait trop bébé). Car pourquoi faire preuve de curiosité envers un homme qui était mort, pourquoi s'en soucier alors qu'elle l'avait si peu connu, se souvenant seulement qu'il portait un uniforme, que son haleine sentait le bourbon, qu'il y avait des disputes à la maison et que, pour autant qu'elle sût, il n'y avait même pas une seule photo de lui. La réalité, c'était que le père de Maddy était mort. La réalité, c'était que l'homme qui avait été son père était mort. Mais pas enterré à proprement parler. Pas même identifié, puisqu'on n'avait jamais retrouvé ses « restes », diffus et éparpillés comme des graines de coton sauvage, évaporés. Quelque part en Belgique. Quelque part en Europe. Je les déteste tous, pensait Maddy sans savoir exactement ce que recouvrait ce *les*, mais sachant à coup sûr ce qu'elle ressentait.

FOXFIRE BRÛLE ET BRÛLE!

FOXFIRE, C'EST MAINTENANT!

« Je les ai! Je les ai! Pile cinq dollars! »

Maddy tient l'argent serré dans sa main : des billets qui sentent la sueur et des pièces, surtout des petites pièces – trois dollars et vingt-sept cents provenant de sa tirelire de verre, qu'elle a été assez futée pour briser entourée d'une chaussette, et un dollar et soixante-treize cents empruntés à une voisine. L'oncle Wimpy, sourire aux lèvres mais regard mauvais, ne sait s'il doit être heureux ou contrarié qu'elle soit revenue si vite, et dans cet état d'excitation puérile. Les éboueurs, les « négros » comme il les appelle, sont venus et repartis; mais dans sa bonté, il a mis la machine de côté. Il l'a traînée dans son bureau, à l'arrière du magasin, où elle attend Maddy. Le remerciant, celle-ci repart au trot vers l'endroit indiqué. Un client vient juste de rentrer et Wimpy doit s'en occuper. Comme il est aimable, tout à coup, comme il est volubile et prodigue de son gros rire – instantanément transformé par la présence d'un autre adulte, mâle, blanc et muni d'un argent qu'il pourrait bien dépenser. Maddy pénètre donc seule dans l'arrière-boutique sans se demander pourquoi, sachant qu'elle devait revenir, il a transporté la machine à écrire si loin.

WIRTZ – CONFECTION POUR HOMMES : un lieu tenu par un homme pour les hommes : rayons de sous-vêtements masculins, chaussettes, chemises; manteaux, etc., pendus très serrés à des portants; odeur de cigare, de transpiration et d'huile capillaire, l'odeur de Wimpy Wirtz, reconnaissable entre toutes, qui fait se pincer les narines de Maddy. Mais là, par terre, dans un coin de ce cagibi qu'est son bureau, il y a l'Underwood... son Underwood.

Elle pense à la surprise de Legs lorsqu'elle la produira. Maintenant on va pouvoir tenir dans les formes la vraie chronique de Foxfire. C'est maintenant que notre histoire commence!

S'accroupissant devant la machine, elle en caresse timidement les touches, le cœur battant, comme si l'Underwood avait une vie propre.

Le bureau de l'oncle Wimpy n'a qu'une fenêtre, qui donne sur la ruelle arrière, et dont le store démantibulé est à moitié baissé. Sur un bureau métallique cabossé, au milieu d'un fatras de paperasse, de cendriers et de papiers de bonbons, trône une machine à écrire neuve (c'est Edna, la femme de Wimpy, qui s'en sert pour la comptabilité, l'envoi des factures et autres), plus petite et plus flambante que l'Underwood. L'odeur, ici, est encore plus prononcée : Maddy s'en souviendra toute sa vie.

Elle inserre maladroitement une feuille de papier dans la machine dont elle frappe les touches avec deux doigts. Elle ne sait pas taper, bien sûr, n'ayant jamais pratiqué auparavant. MADELEINE FAITH WIRTZ. 22 JUIN 1953. HAMMOND, ÉTAT DE NEW YORK. Puis : FOXFIRE FOXFIRE, tapé en rouge. Plusieurs touches se coincent, qu'il faut forcer pour remettre en position. Une partie du « e » manque. Le ruban est si usé qu'il se déchire et il semble y avoir une anomalie dans le mécanisme de retour du chariot. Mais l'Underwood marche, on peut faire en sorte qu'elle marche. Ça tient du miracle.

Quelques minutes plus tard, le client parti, Wimpy se dirige vers la pièce du fond. Maddy s'empresse de taper une série de X pour barrer le mot FOXFIRE – où a-t-elle la tête ? non, mais quelle andouille ! Aller demander à la voisine de palier de lui prêter un dollar et soixante-treize cents était déjà une capitulation, un aveu de dépendance à Leur égard : la bonne femme l'a regardée bizarrement, comme, si elle se doutait qu'il y avait là derrière un secret, quelque chose dont Maddy ne voulait pas parler, tout comme quelques mois plutôt, elle n'avait pas voulu parler de Goldie Siefried. Boum-Boum, ça vous regarde pas – ni vous, ni maman. La voisine, peut-être à cause du regard fiévreux de Maddy, lui a demandé si quelque chose n'allait pas et Maddy a répondu que non, tout allait bien : elle avait juste besoin d'un dollar et soixante-treize cents, et elle en avait besoin tout de suite.

« Alors, mon chou, tu fais joujou avec la machine ? Elle te plaît bien, hein ? »

Maddy se redresse. Elle compte tout haut son argent pour que Wimpy voie que la somme y est, jusqu'au moindre sou.

Mais, appuyé nonchalamment au montant de la porte et la regardant de ses petits yeux humides et porcins, il dit :

« C'est quoi, ça – cinq dollars ? Mais il en manque !

– Comment ! Qu'est-ce que vous voulez dire ?

– J'ai demandé huit dollars, non ?

– Huit ?

– Je t'ai demandé huit dollars pour cette machine à écrire – une foutrement bonne machine – et tu essaies de m'en refiler cinq ? Qu'est-ce que c'est que cette combine ? »

Consternée, Maddy répond :

« Mais vous avez dit cinq dollars. C'est ce que vous avez dit. Je suis allée les chercher...

– Tu rigoles ! J'ai dit huit dollars. Je dois avoir dit huit puisque j'en attends huit. En plus, j'ai dû traîner ce foutu truc jusqu'ici – un travail de force. » L'oncle Wimpy sourit en s'essuyant le front et la nuque avec son mouchoir ; ses petits yeux pétillent de joie.

Plaisante-t-il ? La taquine-t-il ? Maddy essaye de garder son calme, tente de cacher son indignation. Elle dit : « Oh, oncle W...Wimpy ! »

L'oncle Wimpy part d'un rire aigu, comme si elle avait porté la main sur lui. Comme s'il n'avait jamais entendu ce surnom idiot auparavant :

« Oncle quoi ? C'est moi que tu appelles comme ça ?

S'ensuit, ici et maintenant, une transaction qui va durer une heure et plus – taquineries, cajoleries, brimades, marchandage. Après coup, Maddy se rendra compte qu'aucun client ne les a dérangés car Wimpy a été assez malin pour verrouiller la porte du magasin et y accrocher la pancarte FERMÉ.

À plusieurs reprises, il semble à deux doigts de céder, puis se ravise :

« À huit dollars c'est une affaire, et tu le sais. Essaie de trouver une machine correcte pour ce prix !

– Mais vous aviez promis.

– Certainement pas. Tu as mal entendu.

– Certainement pas. Et vous le savez. »

Wimpy hausse les épaules, remontant son pantalon par saccades. Il a autant de mal à y entrer son gros ventre ballonné que s'il chargeait un chariot trop petit.

« Mon chou, cette machine, tu la veux ou non ? lui demande-t-il.

– Non.

– Tu ne la veux pas ?

– Non.

– Bien sûr, que tu la veux. Tu as dit “ je pourrais m'en servir ”. »

Ils se taisent. Ils sont tous deux à court d'arguments.

Bien qu'ayant l'esprit vif, Maddy ne peut comprendre ce que veut Wimpy, quelle logique sous-tend son attitude. C'est un adulte, non ? Nous avons un lien de parenté, non ? Elle fait quelques pas en avant, comme pour partir ; il bloque la porte, visage luisant et congestionné, lèvres étirées en un sourire. Voyant qu'elle ne bluffe pas, il soupire et dit d'un ton sobre – celui qu'on adopte quand on veut montrer qu'on est sincère :

« Bon, d'accord. Tu peux la prendre. Je plaisantais, c'est tout.

– Je peux la prendre ? C'est vrai ?

– Pas pour huit dollars mais pour cinq. Si...

– Si quoi ? »

Pas de réponse. Quelque chose semble se ratatiner, se crisper douloureusement dans son visage.

« Si... si quoi ? » répète Maddy, perplexe.

Wimpy se lèche les lèvres, regarde fixement Maddy, cherche sa main à tâtons, referme dessus ses gros doigts moites – une poignée de mains ? À la façon des adultes ? Mais pourquoi maintenant, pourquoi moi ? Pourquoi ? Lorsque, plutôt gentiment, il l'attire à lui, elle se laisse faire sans réfléchir ; elle n'a pas peur, elle est simplement surprise, et comme il lui fait perdre l'équilibre, elle n'a d'autre choix que d'avancer, le regardant avec de grands yeux.

« Si tu es gentille. »

Il prononce ces mots avec lenteur, en les détachant anormalement, sans la quitter un instant du regard, sans baisser une seule fois les yeux sur l'endroit où, comme par inadvertance, il a guidé la main de Maddy : le renflement là, à l'entrejambe, qu'elle sent sur le devant de son pantalon.

Elle crie. Elle hurle.

Mais pas comme si on l'agressait. Plutôt comme si on la chatouillait. Elle repousse Wimpy à la façon, rieuse, effrayée et un peu surexcitée d'une toute jeune enfant ; elle repousse le gros homme qui lui barre le chemin et qui rit lui aussi, qui grogne et tente de lui saisir les poignets comme si tout cela était un jeu, ou pouvait être renégocié comme tel. Elle finit par lui donner dans la poitrine un coup de tête qui le laisse pantelant.

Elle court vers l'avant du magasin après avoir eu la présence d'esprit de ramasser l'argent sur le bureau où elle l'avait compté. Wimpy Wirtz lui crie : « Je ne garderai cette saleté que jusqu'à samedi prochain. Si tu la veux, reviens la chercher. »

Maddy, hors d'haleine, tente de déverrouiller la porte. Elle sent monter en elle un rire qui lui chatouille les narines comme les bulles d'une boisson pétillante. Elle murmure : « Laissez-moi sortir d'ici, oh, laissez-moi sortir, je vous déteste, je vous déteste, vous, espèce de... » tandis que Wimpy, remontant son pantalon, arrive dans son dos à pas de loup, haletant mais curieusement leste. Pour un homme aussi gros, il se meut presque avec grâce. Son visage huileux est rouge de fureur et des mèches de cheveux sans couleur lui tombent dans les yeux. Il transpire si abondamment qu'il pue carrément. Il parvient pourtant à se contrôler suffisamment pour ouvrir le verrou pour Maddy – et même pour lui ouvrir la porte, par laquelle elle se faufile – et lui répéter : « Je ne garderai cette machine à écrire que jusqu'à samedi prochain, tu entends ? Si tu la veux, tu n'as qu'à venir la chercher. C'est huit dollars. Et la prochaine fois, n'essaie pas de me rouler. »

« Sans blague ! Wimpy Wirtz ? Mais c'est pas ton oncle ?

– Quand je suis arrivée à la maison, je me suis lavé la main. Les mains. Oh, mon Dieu !

– Mais son truc, tu l'as pas touché ?

– Il a pas ouvert sa braguette. Il a pas eu le temps.

– Tant que t'as pas touché son truc...

– Non. Oh non ! Certainement pas. »

Maddy a du mal à regarder Legs en face. Elle craint son dégoût, son mépris. Elle redoute le regard sans indulgence de son amie – un regard chaste. Mais Legs compatit : elle est, semble-t-il, presque aussi bouleversée que l'est Maddy. En relatant l'épisode, cette dernière a considérablement minimisé sa propre prestation : comment a-t-elle pu se montrer aussi naïve, aussi puérilement confiante, aussi optimiste ? Quelle gourde elle est d'avoir laissé Wimpy Wirtz refermer ses gros doigts brûlants sur les siens.

« Pour commencer, dit Legs d'un ton pensif, cet homme est un capitaliste. L'enfoiré !

– Un capitaliste ?

– Il recherche le profit en vendant des marchandises au-dessus de leur valeur. »

Maddy se souvient des paroles du père Theriault, ainsi que du mépris qui les sous-tendait, mais elle voit mal comment elles sont applicables dans le cas présent. Elle répond avec quelque hésitation :

« Mais il est bien obligé de faire un peu de profit, non ? Autrement, il pourrait pas payer son loyer, acheter à manger ou...

– Comment, tu le défends, ce vicieux ?

– Je...

– Je sais ce qu'il est : un pervers, comme Buttinger. »

Maddy la regarde avec consternation. Une bouffée de chaleur l'envahit :

« Mais moi... je suis pas Rita », dit-elle.

Depuis un moment, Legs fait les cent pas, cognant la paume de sa main gauche de son poing droit : quel air farouche elle a dans ses habits de garçon – chemise écossaise à manches longues, jean, baskets noires portées sans chaussettes – quelle autorité quand la passion l'enflamme ! Ses beaux cheveux cendrés, emmêlés, hérissés, retombent en désordre sur ses épaules et la cicatrice en faucille qu'elle a au menton se détache, absolument blanche, sur une peau pourtant pâle. Elle jette à Maddy un regard apitoyé accompagné d'un geste dédaigneux et dit :

« Oh, Maddy-Monkey, merde – *on est toutes des Rita.* »

FOXFIRE se réunit donc.

Une assemblée convoquée d'urgence se tient dans un des lieux secrets de Legs, le dernier étage d'un entrepôt désaffecté de Pitt Street dominant le fleuve. Goldie, en serrant les poings, dit : « Allons la chercher », parlant de l'Underwood que Maddy convoite au point d'en faire une fixation, la machine à écrire devenant l'objet dont FOXFIRE a été frauduleusement, scandaleusement dépossédé. Lana, croisant frileusement les bras sur ses épaules, frissonne et dit : « Ah non ! moi, je l'approche pas ! Il me fait peur, ce Wimpy Wirtz, avec sa façon de me regarder ; un jour – j'étais encore une gamine – il m'a fait un clin d'œil, tu vois ? Et j'étais si gourde que je crois que je suis restée plantée là à lui sourire, tu vois ? Et ce salaud a roulé des yeux, comme s'il se payait ma tête. Depuis, il me flanque la trouille. On dirait qu'il le sait, qu'il sait que vous le regardez aussi, que vous savez tous deux ce qui traverse son ignoble cervelle, et vous vous sentez alors... » Lana parle vite, elle bégaie presque, son œil gauche, indocile, échappe à son contrôle. « ... Salie – à fond, cœur et tripes. » Rita frissonne également, non de peur mais d'excitation ; ses yeux lancent des éclairs. Elle dit courageusement : « Allons chercher la machine chez lui. Allons tuer ce fils de pute ! »

Une pause. Puis Legs lui dit : « Fireball, mon ange, voilà une bonne idée. » Et les autres de rire, un peu estomaquées que ce soit Rita O'Hagan qui ait prononcé ces mots.

Pourtant, depuis que FOXFIRE est entré dans sa vie, Rita a changé. Visiblement changé. Toujours la bouboule potelée aux seins et aux fesses ballottantes, mais pas grosse. Toujours plus petite, pour son âge, que la plupart des filles et des garçons du voisinage mais pas petite. Moins paralysée de timidité, moins humble : même le plus injurieux des garçons ne se serait plus risqué à la traiter d'andouille ou de mongolienne. « Red » et « Fireball » sont ses noms de gang ; l'un et l'autre la rendent folle de joie, ils sont une caresse à ses oreilles, quelque chose de neuf et de stupéfiant survenu dans sa vie.

Voyant la surprise de ses sœurs, Rita s'écrie, martelant ses genoux de ses poings : « Oh, allez ! Faisons-le ! Tuons-le ! Tuons-les tous ! »

Elles rient. Même une Maddy malade de honte. Elle rit – tout FOXFIRE rit, d'un rire sauvage et incandescent –, elle est délivrée de la détresse que lui a occasionnée cet homme en la touchant – bon sang, penser qu'elle-même ait pu le toucher! – comme si cette détresse n'avait jamais existé.

WIRTZ'S MEN CLOTHES, dans Seneca Street, le lundi en fin d'après-midi, vers l'heure de la fermeture. Wimpy Wirtz paresse sous son auvent en fumant un cigare et se plaignant de la chaleur à son voisin immédiat, le boucher de GUNTER'S MEATS – deux gros tas de viande à la tête plutôt petite, au visage charnu et aux yeux inquiets, amis parce que voisins, ou sinon vraiment amis du moins vieilles connaissances – des confrères, non des concurrents. Wimpy Wirtz, avec sa chemise blanche amidonnée, sa cravate et son pantalon bien ajusté, souffre manifestement de la chaleur : il s'essuie constamment le front et la nuque avec un mouchoir humide, il jure, il est mécontent – il est presque cinq heures et il n'a pas fait grand-chose aujourd'hui, c'est à cause du temps, déplore-t-il, de cette atmosphère humide, lourde, léthargique, qui pèse sur la ville, et que ne trouble presque aucune brise fluviale; de fait, le fleuve dégage une odeur saumâtre d'ordures qui flottent, de poissons en putréfaction, d'égout non traité, « nom de Dieu, c'est comme si on vivait dans un quartier de négros », observe Wimpy, et son ami le boucher est plutôt d'accord.

Le boucher retourne fermer son magasin, Wimpy reste sous son auvent, tirant sur son cigare avec humeur : ses sourcils froncés donnent aux passants l'impression qu'il réfléchit intensément – oui, mais à quoi ? –, debout, se balançant légèrement, battant rapidement des paupières, renfrogné et suant. Peut-être songe-t-il au vieux Harry Truman qui a donné l'ordre de lancer une bombe A sur les Japs, et au plaisir que cela a dû lui procurer : comme il aurait aimé donner lui-même cet ordre; ou peut-être pousser le bouton, ou faire ce qu'on fait dans ce cas – on actionne une manette et la bombe glisse de l'avion, grand aigle brillant qui pond ses œufs en vol. Bon Dieu oui.

Sauf que ce vieux Harry a commencé trop tard et cessé trop tôt.

Toujours est-il que, quoi qu'on fasse de sa vie par la suite, on peut toujours repenser à ces putains de bombes A et se dire : « Au moins j'ai fait ça, et plus personne ne peut le défaire. »

Perdu dans ses rêveries au cigare, Wimpy Wirtz voit soudain Maddy Wirtz, surgie de nulle part, traverser la rue et se diriger vers lui.

Une Maddy de quatorze ans. Fagotée comme l'as de pique dans ses vêtements d'été – tee-shirt informe, short kaki trop grand, sandales à lanières de caoutchouc provenant de soldes en tas sur le trottoir, devant le Woolworth du quartier résidentiel de la ville. C'est une petite créature maigrichonne à la poitrine plate, aux yeux habituellement sombres et vigilants qui brillent aujourd'hui d'innocence; elle a la démarche bondissante d'une enfant et sa voix résonne d'une allégresse que, sur le moment, Wimpy a du mal à déchiffrer; sa vue suscite en lui une bouffée de culpabilité mais, plus encore, une brusque tension dans le bas-ventre. Saisissant entre le pouce et l'index son cigare toujours serré entre les dents, il se réveille, soudain alerte, au garde-à-vous.

« Oh, oncle Wimpy, j'ai l'argent! Les huit dollars! s'écrie Maddy en courant vers lui.

– Arrête de m'appeler " Wimpy ", bon sang. Mon prénom est " Walt " », dit-il en regardant cette gamine qu'il ne comprend pas mais qui est revenue, et Dieu sait qu'il ne s'y attendait pas.

« Euh... Walt. " Oncle Walt ". Ça va, comme ça ? », dit-elle en pouffant de rire.

Wimpy la dévisage, l'air mauvais. Il se demande en vain ce qu'elle pense. A-t-elle oublié au juste ce qui s'est passé entre eux ? Ou n'a-t-elle pas oublié et est-elle revenue parce qu'elle en redemande ?

Est-elle revenue pour conclure un marché ?

Méfiant, il gonfle la joue, mimant la perplexité :

« Mais, ma puce, je te l'ai déjà dit, non ? Tu pourrais avoir la machine pour rien. Peut-être.

– Vous avez dit huit dollars, “ embarquez, c'est payé ”. »

Elle serre l'argent dans sa main qu'elle ouvre pour lui montrer, fièrement et quelque peu nerveusement : deux billets froissés de un dollar et le reste en pièces. Ça fait pas mal de pièces.

« C'est une des choses que j'ai dites. Mais j'en ai dit aussi une autre », dit Wimpy en souriant car il lui apparaît que les règles du jeu ont été complètement renégociées : ils sont repartis de zéro et maintenant, c'est lui qui décide. Il jette son cigare dans le caniveau en marmonnant : « Bon, voyons... cette foutue carcasse prend de la place dans mon bureau. Quelqu'un a intérêt à se grouiller de l'acheter. Pourquoi pas toi ? »

Wimpy Wirtz conduit donc Maddy à l'intérieur du magasin. Il est un peu égaré, pas du tout sur ses gardes ; il lui reste assez de présence d'esprit pour noter qu'aussi loin que son regard se porte personne dans la rue ne les observe, et pour verrouiller la porte et y suspendre la pancarte FERMÉ. Remontant son pantalon il dit, sur un ton de remontrance à demi feint, comme s'ils avaient déjà discuté de cela : « Walton Wirtz ne revient jamais sur ce qu'il a dit. »

À l'arrière du magasin, dans ce cagibi mal éclairé qu'est son bureau, l'Underwood est toujours par terre, au milieu des flocons de poussière, exactement comme elle l'était le samedi. Rien ne semble avoir changé.

Se déplaçant de cette façon curieusement furtive qu'ont les gros, Wimpy va vers la fenêtre et tire le store d'un coup sec, le descendant jusqu'à la lisière et même un peu plus. Il ferme la porte, il y a maintenant deux portes fermées entre lui et la rue.

Il dit, ou plutôt il marmonne vaguement, pour meubler le silence : « Ouais. Il y a encore des gars qui ne reviennent pas sur ce qu'ils ont dit. Quoi qu'ils aient dit. »

Maddy est accroupie devant la machine à écrire, SA machine à écrire, comme devant un jouet fabuleux. Cette machine lourde et vieillotte, c'est la sienne. Oublieuse semble-t-il de Wimpy Wirtz qui, penché sur elle, regarde son dos étroit, la petite vertèbre délicate qui pointe sous le mince tissu blanc de son tee-shirt, et ses fesses, si petites, si lisses si parfaites, deux melons qui tiendraient dans la main se dessinant sous le short kaki.

Il se penche encore et lui demande :

« Au fait, quel âge as-tu ?

– L'âge qu'il faut, répond-elle sans lever les yeux, s'activant avec les bobines de ruban.

– Ah oui ? Pour quoi ?

– Pour taper à la machine.

– Taper à la machine ! »

Wimpy rit nerveusement, mais Maddy ne partage pas son hilarité. Elle est si sérieuse, clouée là devant ce foutu engin, qu'il commence à se demander si elle n'est pas un peu simple d'esprit ; un tout petit peu cinglée.

Ce qui ne le gêne absolument pas. Oh, pas le moins du monde.

« Inutile de perdre ton temps avec ça, ma puce. Je te garantis qu'elle marche. Tu peux en être sûre. Elle a peut-être besoin d'un peu de graisse, ou d'un nouveau ruban, ou de je ne sais quoi. J'arrangerai ça pour toi, d'accord ? N'importe quoi, si nous deux, on se comprend. D'accord ? »

Maddy lève les yeux et le regarde d'un air interrogateur. Elle semble perplexe, remplie d'espoir. Il dit : « Alors, ma puce, tu veux payer cash ou tu veux l'avoir pour rien ? Parce que cash, c'est dix dollars. Mais rien, c'est rien.

– Quoi ? Dix dollars ? Mais...

– Oui mais rien, c'est rien.

– Vous aviez dit huit dollars, vous aviez promis...

– Ça, c'était samedi. Aujourd'hui on est lundi. Dans notre type d'économie à croissance rapide les prix montent vite. Il y a l'inflation. Il y a les intérêts. Une authentique Underwood, modèle de bureau, à dix dollars, c'est une affaire. » Il marque un temps, prend l'air matois, langue pointée au coin des lèvres : « Bien sûr, ne rien payer est encore une meilleure affaire. J'ai pas raison ?

– Je n'ai que huit dollars. Je...

– Oh, pour l'amour du ciel, ma puce, arrête de faire l'idiote. Puisque tu es ici, autant embarquer cette foutue machine pour rien. »

Durant tout ce temps, Wimpy bourre Maddy de petits coups de genou. Il commence à s'impatienter mais il sourit, son expression est presque gentille; lentement, il défait son pantalon, très lentement, il ouvre la fermeture Éclair de sa braguette en murmurant, de façon on ne peut plus raisonnable : « Tu seras prévenante avec moi. Tu n'as pas besoin de faire grand-chose, contente-toi d'être, tu sais, prévenante : tu vas voir ce que tu vas voir, chérie. D'accord? Je crois que nous nous comprenons, hein ? »

Maddy, accroupie devant lui, le regarde en grimaçant un peu, ses lèvres pâles étirées et dégageant ses dents – on dirait presque qu'elle lui sourit. Avec un petit soupir qui ressemble à un gémissement, il sort de son pantalon une saucisse rouge vif, une horrible chose sillonnée de veines, gonflée de sang, qu'il lui montre avec fierté, comme un prix qu'il aurait gagné, haussant sur la pointe des pieds le poids de son gros corps tressautant, les pupilles noires et dilatées, et il chuchote : « Allez, chérie, assez de gamineries. Toi et moi savons pourquoi tu es là...

– Ah oui? Vous le savez? » s'écrie Maddy.

Elle saute sur ses pieds, tire brusquement sur le store qui, libéré, vole au plafond, crie quelque chose et aussitôt les filles, qui attendaient dans la ruelle, mènent leur assaut comme prévu : elles sont munies d'une planche qu'elles utilisent comme bélier; en quelques secondes la vitre est brisée, des éclats de verre jaillissent de tous côtés, c'est l'explosion, c'est la fête, les sœurs de FOXFIRE, impatientes d'attaquer, se bousculent sur le montant de la fenêtre comme des chiots, Legs, Goldie, Lana, l'ardente petite Fireball aux yeux de braise et Maddy, Maddy qui se joint à elles – cinq filles qui bondissent sur un Wimpy Wirtz pétrifié de stupéfaction et d'incrédulité, bouche ouverte, braguette ouverte et pénis exposé – grosse trique dressée qui déjà retombe, flasque.

Elles sont sur lui.

Maddy aurait du mal à dire combien de temps a duré cette échauffourée qu'elle a consignée aussi véridiquement que possible dans le carnet de bord de FOXFIRE – probablement pas plus de trois ou quatre minutes. Mais cela lui a semblé plus long. Ce qui est sûr, c'est qu'à un Wimpy Wirtz se débattant au sol comme un gros poisson échoué sur le sable, cela a dû sembler une éternité.

FOXFIRE SE VENGE!

FOXFIRE NE REGRETTE JAMAIS!

Elles le bourrent de coups de poing. Elles déchirent ses vêtements et sa chair. Elles le rouent de coups de pied. Il y a un moment, au début, où Maddy Wirtz, elle-même frénétique et essoufflée, tente faiblement d'arracher Wimpy Wirtz aux mains des autres, craignant soudain qu'il soit pris d'une crise cardiaque, mais ses sœurs, à juste titre, l'ignorent : on entend de petits cris, des glapissements aigus, une confusion de gloussements sauvages et le rire de hyène de Boum-Boum, Boum-Boum la baraquée, qui, à califourchon sur un Wimpy au pantalon baissé, rebondit sur son ventre rembourré en le giflant, le pinçant cruellement, le bourrant de coups de poing : « Debout, gros lard! Debout, connard! », tandis que Legs, transportée de bonheur, les yeux étincelants, le saisit par les cheveux et lui cogne rythmiquement la tête sur le plancher, bang! bang! bang! (L'oncle Wimpy se déplume mais, par coquetterie, il se laisse pousser les cheveux sur la nuque et les rabat sur le sommet du crâne : il en reste bien assez à Legs pour avoir prise.) Lana, la plus calme de toutes, s'est quand même cassé plusieurs ongles manucurés, d'abord en déchirant la chemise de Wimpy, puis en les enfonçant dans sa poitrine nue, luisante et grasse; elle sourit, elle est pleinement heureuse et ses deux yeux sont parfaitement dans l'axe. Mais la plus déchaînée de toutes, c'est Fireball dont la tignasse rousse bouclée semble vivante d'électricité statique; bien que son visage soit moite et pâle, elle est possédée d'une frénésie qui lui permet de dépouiller complètement Wimpy de son pantalon, puis de son caleçon qu'elle tire par saccades sur ses cuisses nues qui gigotent, sur ses genoux, ses chevilles et enfin ses pieds; animée d'une rage maniaque elle lui rend les coups qu'il lui donne, ou essaie de lui donner pour tenter de se protéger, mais on ne se protège pas contre FOXFIRE.

Pauvre oncle Wimpy! Il doit vraiment craindre d'être surpris car il ne hurle pas à l'aide. De fait, il ne hurle pas du tout; il se contente de gémir, d'implorer d'un ton étranglé : « Les filles! Non! Arrêtez! S'il vous plaît, les filles! non!

– C'est nous que tu appelles “ les filles ”, vieux libidineux? Espèce de vieux dégueulasse! Qu'est-ce que t'en sais? »

Voici Lana, la tigresse, qui essaie, là ou elle le peut et quand elle le peut, de griffer la chair nue, faisant gicler le sang en abondance. Voici Fireball O'Hagan, la rouquine, d'humeur malicieuse, qui martèle et tord la peau des grosses cuisses de l'homme, son ventre et ses organes génitaux comme on pétrit du pain. Voici Boum-Boum, la plus extravagante, qui hurle de joie en se dressant le plus haut possible pour retomber le plus fort possible, de tout son poids, sur la poitrine de l'homme qui, le souffle totalement coupé et les yeux roulant dans les orbites, gémit, oh... oh...

Soudain, il cesse de résister. Il ne lutte plus, ne se débat plus.

Il n'est pourtant pas mort. Il respire encore, mais sur un rythme irrégulier. Il expire difficilement, dans un bruit de soufflerie : à en juger par le son bizarre – nasillard et mouillé – qui sort de ses narines, il doit avoir le nez cassé; du moins son nez saigne, son sang gicle partout, sur lui, sur les bras et les jambes nues de ses assaillantes, trempant leurs vêtements. Maddy, à présent sérieusement inquiète, supplie ses sœurs d'arrêter; après tout, elles ne veulent pas sa mort, n'est-ce pas ? A regret elles l'abandonnent : un dernier et cruel coup de pied de Fireball à son pénis ratatiné, et l'assaut est terminé.

« Bon, ça suffit », déclare Legs, repoussant des deux mains les cheveux qui lui retombent sur le visage. Elle sourit à ses sœurs au-dessus du corps inerte de l'oncle Wimpy. « C'est mal de s'acharner sur quelqu'un au tapis. Vous savez, une fois qu'il est éliminé. »

Boum-Boum, dans toute sa gloire, rit en essuyant avec la chemise déchirée de l'homme le sang dont ses mains sont pleines. C'est elle qui, sans l'aide de ses sœurs, soulève et emporte leur trophée : la machine à écrire Underwood. Maddy aussi a son moment de triomphe (dommage que l'oncle Wimpy, inconscient, n'y assiste pas) : prenant l'argent posé sur le bureau – les billets d'un dollar et les pièces, tout y est, il ne manque pas un sou aux huit dollars – elle le laisse tomber, avec un peu de cabotinage, sur la poitrine nue et griffée de Wimpy.

« Embarquez, c'est payé. »

Voilà donc comment Maddy Wirtz a acquis son Underwood, et pourquoi les CONFESSIONS DE FOXFIRE ont été officiellement, méticuleusement tapées à la machine.

4

FOXFIRE : crainte et respect

N'en parlez jamais, jamais, c'est la mort si vous en parler à un seul d'entre Eux. Ce serment, le plus solennel de tous, nous l'avons prêté bien des fois. Pourtant, dès la première année d'existence de FOXFIRE, sont apparus progressivement tant dans la partie haute que dans la partie basse de la ville de Hammond, des signes mystérieux dont le monde ignorant ne pouvait que prendre note.

Tout d'abord, il y a eu notre tatouage, notre flamme secrète, tracée, en petit et en rouge, à la craie, à l'encre, ou au vernis à ongles sur un casier, un bureau ou une fenêtre de l'école, puis peint sur un trottoir ou une porte – ce qui a commencé à attirer l'attention, certains se demandant ce que c'était, qui l'avait fait et pourquoi; puis, un matin, est apparue une flamme géante d'un mètre cinquante de haut peinte en un rouge sanglant sur les supports suivants : la partie est de la passerelle enjambant Mohawk Street; la partie sud du pont de Sixth Street; le mur, côté Fairfax Avenue, de l'entrepôt désaffecté Tuller Brothers; le mur de brique du lycée, dans Ninth Street; le panneau publicitaire haut perché, à l'affiche déchirée, qui dominait le dépôt de chemin de fer Northern Pacific. Les ignorants, ébahis, n'ont pu faire autrement que voir, bien que ne sachant pas ce qu'ils voyaient. Ils disaient : « Mais qu'est-ce que c'est?

On dirait une flamme, ou un flambeau » et encore : « Si c'est censé avoir un sens, lequel alors? » et surtout – chose la plus flatteuse à nos oreilles – « Comment diable ont-ils réussi à grimper là-haut? »

Quant à nous, jouant les espionnes dispersées sur tous les fronts, nous nous mêlions à ces ingénus pour surprendre leurs commentaires perplexes et les rapporter à FOXFIRE, mortes de rire. Et si nous avions deux agents ou plus au milieu d'Eux, nous osions à peine nous regarder de peur de trahir la jubilation qui éclatait sur nos visages.

Un exemple : contemplant la divine flamme peinte sur le mur de notre école (dont les briques enduites d'un beige maussade invitaient au barbouillage) le matin après que FOXFIRE l'eut peinte, un garçon nommé Ned Sullivan, un membre des Hawks, a dit qu'il pensait que c'était l'œuvre d'une bande du lycée Oldwick; fou de rage, il appelait à la vengeance quand une élève de terminale nommée Linda Fearing, meneuse de supporters et fille très populaire, dit : « Personnellement, je crois que c'est une sorte de signe rituel destiné à nous mettre en garde contre le " Début de la Fin ", comme si le monde menaçait de s'embraser. Vous voyez? » Et Lana Maguire, qui se tenait de l'autre côté de Linda, m'a jeté un regard qui m'a fait l'effet d'un choc électrique, comme si nous étions secrètement amoureuses l'une de l'autre, et a déclaré d'une voix haut perchée que je ne lui avais jamais entendue : « Oui. C'est ça : la Fin prochaine. C'est exactement ça. Je le sais. »

Puis elle a détalé, comme terrifiée à cette pensée, de sorte que les autres, après qu'elle eut filé, sont restés plantés là médusés à fixer le signe, tout aussi terrifiés qu'elle.

Voilà comment la fière flamme rouge de FOXFIRE (qui était également le tatouage secret de notre bande) a été dévoilée spectaculairement au monde, commençant à créer une certaine agitation.

Vous vous interrogez au sujet du tatouage de FOXFIRE. Vous vous demandez comment nous sommes parvenues à le cacher aux yeux des Autres, à nos familles, par exemple, ou l'été, quand nous allions nager. Eh bien, nous ne sommes pas allées nager cet été-là, sauf au crépuscule, ou même à la nuit tombée ; et quand nous nous déshabillions devant les autres, nous nous débrouillions pour le dissimuler.

Le mien a mis longtemps à cicatriser. La peau est restée sensible et enflammée pendant des semaines, mais je n'ai jamais eu peur qu'il s'infecte. Aucune d'entre nous, d'ailleurs. Un tatouage fait par un non-professionnel a des chances d'être bavoché, ce que le mien était (il l'est toujours), la peinture rouge ayant saigné sous la peau. Mais on voyait quand même qu'il s'agissait d'une flamme ou d'un flambeau : rien qu'à le voir, on pensait qu'on se brûlerait en le touchant.

(Maman, après son entrée intempestive dans la salle de bains, n'en a plus jamais reparlé, et j'ai fini par croire qu'elle ne l'avait pas vu, ou ne s'était pas vraiment posé de questions sur ce qu'elle avait vu – pas plus que moi je n'avais « vu » son coquard, ou ne m'étais demandé qui le lui avait fait. De même, par la suite, des années après notre victoire dans l'affaire de la machine à écrire, s'il arrivait à l'une d'entre nous de rencontrer par hasard Wimpy Wirtz dans le quartier, rien ne se passait – absolument RIEN : silence, un silence profond, guindé, enveloppant. Comme s'il ne nous connaissait pas... ni nous non plus, vous pouvez me croire – pas même moi, Maddy Wirtz, pourtant unie à ce vieux salopard par quelque vague lien du « sang ».)

C'est vrai qu'à l'école, en de rares occasions, me changeant dans le vestiaire pour le cours de gym, j'ai surpris des regards un peu trop appuyés ; mais une seule fois, en janvier, une fille m'a posé la question : « Qu'est-ce tu as sur l'épaule, Maddy ? C'est un tatouage ? » Elle s'appelait

Sonia Wilentz et parlait d'un ton sucré et hypocrite. Elle a ouvert de grands yeux alors que, sans hâte mais sans hésitation, j'enfilais mon tee-shirt. La regardant calmement dans les yeux, j'ai dit : « Une tache de naissance. » Elle a dit : « Mais... tu ne l'avais pas, avant, non ? », perplexe, lente à piger. Et j'ai dit : « Seulement depuis ma naissance. » Je l'ai regardée droit dans les yeux et elle a été obligée de battre en retraite. Blessée, Sonia Wilentz a battu des paupières et ne m'a plus jamais posé de questions sur mon tatouage, elle ne m'a même plus parlé du tout, quand elle pouvait l'éviter.

Quelques semaines plus tard, c'est Legs, convoquée dans le bureau du prof de gym, qu'on a interrogée sur son tatouage, mais elle s'est contentée de répondre : « Il est ce qu'il est. Point. » De nous cinq, c'était Legs, qui pourtant nous avait fait jurer le secret, qui était la plus négligente pour le cacher, ou peut-être la plus rebelle (pourquoi le cacher, elle disait, c'est un si beau tatouage), ce qui a commencé à susciter des rumeurs, et Miss Diggs a essayé en vain de la faire parler : « Vous savez que l'école interdit formellement la constitution de sociétés secrètes, n'est-ce pas, Margaret ? » Elle avait le regard perçant et, comme de nombreux professeurs, elle était encline au sarcasme, témoignant toutefois d'une prudence instinctive à l'égard de certains élèves, dont « Margaret Sadovsky ». Car on ne pouvait pas prévoir ce que pourrait bien dire ou même faire cette fille dégingandée avec son regard glacé, sa bouche pâle et crispée et son expression inflexible et indéchiffrable. Aussi quand Legs a murmuré « Je ne suis pas concernée par cette interdiction », Miss Diggs l'a regardée en silence pendant quelques secondes, décidant finalement de laisser tomber. Elle n'a pas non plus fait de rapport au proviseur, Mr Wall. Car certains d'entre Eux, bien qu'étant des ignorants à l'esprit confus, commençaient à se rendre compte que les choses s'emboîtaient mystérieusement, comme les pièces d'un puzzle : ces rumeurs de tatouage et d'un nouveau gang secret, les flammes rouge vif peintes à travers la ville et ces mots peints, également en rouge, sur la voiture de Lloyd Buttinger, FOXFIRE SE VENGE !

Mais plus que tout, le sort qui avait été réservé au professeur.

« On dirait qu'Ils ont peur de nous, dit Lana en se séchant les lèvres tellement c'est une chouette sensation.

– Y a intérêt, dit Goldie en souriant.

– Rappelez-vous le père Theriault : “ D'abord vient la peur, puis le respect. Les opprimés de la terre se soulèvent et font leurs propres lois ” », dit Legs ; elle sourit mais on sent qu'elle parle sérieusement.

5

FOXFIRE : aventures, missions, triomphes

FAIT DU JOUR : soixante-quinze dollars : récompense ou pari ? Un pari cruel du type : « Personne ici n'est assez agile, robuste, courageux, fou ou ivre pour grimper jusqu'au sommet du château d'eau de Memorial Park, non en utilisant l'échelle étroite et rouillée qui serait déjà dangereuse à cette heure (minuit passé et pas de lune), et en ces circonstances (l'atmosphère d'hilarité et de chahut qui règne en cette fin de pique-nique annuel de la fête du Travail organisé par le UAW-CIO [1]), mais en escaladant la face latérale de l'édifice, hérissée de galets en dents de scie et piquée tous les trente centimètres d'entretoises qui, en principe, devraient rendre la chose faisable. Les familles sont rentrées chez elles et seuls restent les buveurs, des hommes pour la plupart, mais également des jeunes filles et des jeunes femmes et quelques adolescents qui se tiennent à la périphérie de l'action, euphorisés par la bière que les mineurs ne sont pourtant pas censés consommer ou, pour certains, par ce qu'ils ont fait circuler, en riant et gloussant, et ont fumé à l'écart et dans l'obscurité. L'atmosphère du pique-nique a donc changé. Tous les ans, c'est la même chose : les jours qui suivent, il y a des plaintes et parfois même des arrestations, sans compter ceux qui, parfois, resteront brouillés

1. Syndicat des ouvriers de l'industrie automobile.

à jamais – mais naturellement personne n'y songe : ce n'est pas le moment. Soixante-quinze dollars, donc, pour qui parvient à grimper par la face latérale jusqu'au sommet du château d'eau, ce qui suppose de ne pas glisser à mi-hauteur et s'écraser au sol, neuf mètres plus bas, mort ou estropié à vie. Mais naturellement, personne n'y songe : ce n'est pas le moment : six ou sept volontaires fendent la foule et se présentent, impatients de relever le défi – pour l'argent, ou peut-être pour le danger même qu'offre une si belle occasion de frimer ; parmi eux, Heine (« Tronche de Patate ») : il enlève se chemise et, en débardeur, exhibe les muscles moites et saillants de son dos et ses épaules, mais Tronche de Patate est trop soûl pour qu'on lui permette de grimper. Un qui réussit, d'un pied mal assuré, à grimper quelques mètres, c'est Vinnie Roper, le chef des Viscounts – cette bande qui sème la pagaille au lycée Perry ; puis Steve, le frère aîné de Jake Korenjak, qui a servi dans la marine américaine avant d'être réformé ; puis un autre type, plus âgé – il doit friser la quarantaine –, dont on attendait plus de bon sens ; mais à cette heure de la nuit, au-delà de la tente à bière plantée à l'occasion du pique-nique de la fête du Travail, on ne dispute pas de la folie de certains comportements ou de certains espoirs.

Au milieu des hommes, se présente pourtant ce qui apparaît comme étant une fille, une adolescente de quatorze ou quinze ans ; il y a une discussion brève mais bruyante pour décider si elle a ou non le « droit » d'entrer dans la compétition et on le lui accorde, du moins à titre conditionnel. Elle a une queue de cheval blond cendré qui lui tombe jusqu'au milieu du dos et des allures de garçon manqué dans son tee-shirt, son jean et ses baskets ; elle entreprend son ascension avec une agilité de singe, sans aucune hésitation, comme si elle avait déjà escaladé le mur de cet édifice, et tout le monde l'observe, comme hypnotisé, alors qu'elle se détache de concurrents mâles qui se laissent distancer, abandonnent, lâchent prise ou perdent leur audace et qui, faisant machine arrière, redescendent laborieusement, dépités d'être ainsi vaincus, mais surtout vaincus publiquement par une fille, si jeune et si menue, de surcroît – la fille d'Ab Sadovsky, paraît-il, mais où donc est-il passé, celui-là ? Il serait stupéfait, fou de rage de voir sa fille se donner ainsi en spectacle et risquer de se rompre le cou pour soixante-quinze dollars, le pauvre gars a déjà bien assez de problèmes comme ça, des problèmes avec les femmes, avec son boulot, avec l'alcool – il ne lui manquait plus que ça! Quelqu'un affirme l'avoir vu un moment auparavant sous la tente à bière, mais, gagné par le sommeil, il a dû rentrer chez lui, ou s'être rendu, en compagnie de quelques copains, dans une taverne de Fairfax Avenue. Il n'y a donc personne ici pour exiger que la fille Sadovsky redescende, même si de rares spectateurs – des femmes pour la plupart – lui crient Attention, mon chou. ATTENTION! Mais voici que le dernier mâle abandonne, un gosse blond avec des rouflaquettes et une cigarette crânement coincée derrière l'oreille : une des entretoises située à six mètres au-dessus du sol, pourrie ou bouffée par les termites, lui reste pratiquement dans la main; pris de panique et soudain dégrisé, il redescend en crabe sous les huées, les lazzi ou les applaudissements de ses copains, et saute par terre, sain et sauf, en jurant et riant pour cacher le fait que, mince, il a presque pissé dans son froc et qu'il a envie de vomir – il a assez fait le pitre pour cette nuit.

Mais la gamine, la fille d'Ab Sadovsky, celle qu'on nomme Legs, continue son ascension. Le nombre de ses rivaux a diminué, ce qu'elle ne semble pas remarquer – ou peut-être s'en fiche-t-elle –, elle se contente de ralentir un peu l'allure, comme si la fébrilité initiale suscitée par une décharge d'adrénaline s'était soudain calmée; elle progresse maintenant d'un pied plus ferme, se hissant à douze mètres, quinze mètres au-dessus du sol, jusqu'au ciel, tandis que, dans une foule ébahie et presque exclusivement masculine, certains, inquiets, se taisent brusquement ; d'autres, braillant en chœur, continuent à applaudir, à hurler et à siffler : et d'autres encore – le petit groupe que constituent ses amies – crient Legs ! Vas-y, Legs ! Tu y es presque ! Remplies de terreur et d'exultation, elles se tapent sur les cuisses, le visage tordu par la tension que suscite leur désir éperdu de ne pas voir leur amie glisser et mourir sous leurs yeux, Oh, mon Dieu ! vas-y, Legs ! Croyez-le ou non, celle-ci est maintenant à dix-huit mètres du sol, elle est presque arrivée sous la passerelle bien que grimpant maintenant de manière plus hésitante – ou plus réfléchie – comme si cette distance qu'elle avait gravie pesait davantage sur ses frêles épaules. Dans l'assistance, l'émerveillement est presque audible : Oui ? Non ? Oui ? – va-t-elle parvenir au sommet du château d'eau et gagner les soixante-quinze dollars ? Ou va-t-elle tomber et se tuer ? Où est la police ? Où est son père ? Se trouvera-t-il quelqu'un pour lui ordonner de redescendre ? Mais Legs grimpe toujours, ne se souciant pas des Autres, de cette foule à ses pieds constituée principalement d'ivrognes ; ne donnant aucun signe qu'elle entend quoi que ce soit, pas même ses sœurs de FOXFIRE qui l'interpellent, elle parvient maintenant à agripper par en dessous l'extrémité de la passerelle, elle en saisit le bord avec des doigts sûrs qui doivent être durs comme l'acier. En bas, il y a un moment de panique : on entend littéralement les gens retenir leur souffle quand la gosse, aussi incroyable que cela paraisse, se balance dans l'espace telle une acrobate, en un geste extravagant, audacieux et totalement gratuit : ça y est, elle va tomber, mais non, elle a pris un élan suffisant pour revenir saine et sauve se coller contre la paroi de l'édifice, et elle commence à se hisser prudemment sur la passerelle, comme une nageuse chevronnée se hisserait sur le bord d'une piscine. Elle est sauvée.

Nous autres, en bas, agrippées les unes aux autres, défaillantes, délirantes de joie, gémissons Oh ! oh ! oh !

Lana, Goldie et une Maddy aux jambes flageolantes. Nous trois seules, Rita n'ayant pu sortir ce soir-là. Nous levons les yeux vers Legs dressée si haut dans le ciel que nous avons du mal à la voir jusqu'à ce que quelqu'un braque le faisceau d'une lampe-torche sur le bord d'une passerelle qu'elle arpente sans se presser, avec la souplesse, la grâce et l'assurance d'un chat, indifférente aux applaudissements, aux sifflements d'admiration, aux cris et aux acclamations avinées, planant au-dessus d'une foule constituée d'Autres, pour la plupart ivres, qu'elle méprise dans le tréfonds de son cœur.

Pourquoi je l'ai fait ? Pour FOXFIRE.

Non, j'ai pas eu peur. Pas une seconde. J'ai l'habitude de l'escalade.

Cette idée égoïste que les gens ont de vouloir vivre éternellement : le bla-bla sur l' « âme immortelle » c'est pas pour moi. Comme s'ils voulaient la Terre pour eux seuls et personne d'autre... c'est pas pour moi.

La moitié de l'argent est pour FOXFIRE – on se paiera tout ce qu'on voudra – habits, objets ou nourriture. L'autre moitié, je vais l'envoyer à ma grand-mère, là-bas à Plattsburg, parce que je me sens un peu coupable pour la façon dont je l'ai traitée l'an passé.

Là-haut sur la passerelle, sans un regard pour ce qui se passe à ses pieds, elle effectue des flexions de bras et de jambes. Comment ne pas voir que la vraie récompense ce ne sont pas les soixante-quinze dollars, ni même d'avoir relevé le défi, d'avoir triomphé publiquement de ces « Autres » qui, dorénavant, seront bien obligés de compter avec Legs Sadovsky. La récompense, c'est Legs elle-même. Mise en balance contre la Mort, elle a gagné.

FAIT DU JOUR : TYNE PETS AND SUPPLIES [1], dans Tyne Street : une cave étroite et mal éclairée qui

1. Animaux de compagnie et fournitures pour animaux. *(N.d.T.)*

vend des perroquets, des poissons rouges et des chiots. Quand on vient du dehors, de l'air libre, on est aussitôt saisi par une odeur d'ammoniaque, de désinfectant, de nourriture rance, de poussière et de déjections animales. Goldie, qu'on n'a jamais vue aussi bouleversée, dit : « Regardez-moi ces pauvres clebs ! Leurs cages sont devenues si petites qu'ils peuvent à peine se retourner : ils vont en faire probablement des estropiés », après nous avoir conduites toutes quatre à l'arrière du magasin où sont empilées contre un mur une douzaine de cages, dont trois assez profondes ; seule la moitié d'entre elles sont occupées par des chiens qui ont l'air si mal en point que votre cœur fond – pauvres bêtes ! Goldie, comme d'habitude, est énervée, elle parle tout fort d'un ton plein d'indignation justifiée, se fichant pas mal – ou peut-être ne se rendant pas compte – de ce que le propriétaire nous observe d'un air peu amical : « C'est mal ! C'est un crime ! Je suis déjà venue et le leur ai dit ! Voilà ce qui arrive à de pauvres chiots innocents trop grandis et que plus personne n'achète, dont personne ne se soucie ! » Dans une des cages, au niveau du regard, il y a un cocker au poil doré, affalé, apathique, contre le treillis métallique, à peine conscient de notre présence ; il y a un terrier blanc, quasi comateux, gisant sur sa nourriture et son bol d'eau ; il y a un teckel aux yeux tristes qui fait une tentative pour remuer un moignon de queue ; puis il y a le favori de Goldie, celui qu'elle achèterait si elle pouvait s'offrir un chien : un Husky au poil argenté et au museau de raton-laveur, dont les yeux s'allument fugitivement tandis qu'elle passe les doigts entre le grillage et commence à lui parler mais qui ne tente même pas de se lever – peut-être ne le peut-il pas, sa cage est si étroite.

« Il n'a pas l'air d'un chiot car l'espèce est énorme. Mais c'en est un. Il n'a que quatre mois, dit Goldie.

– Combien il coûte ? Tu pourrais l'acheter. Nous pourrions l'acheter pour toi, dit Lana.

– La question n'est pas là. La question, c'est qu'il faut

libérer tous les chiens qui croupissent dans ce trou, enfermés dans ces cages », répond Goldie, presque au désespoir.

On discute donc ainsi, toutes les cinq, et l'homme ne tarde pas à venir vers nous et à nous dire froidement, de sa voix ennuyeuse et déplaisante : « Vous voulez regarder ou acheter ? Parce que dans ce magasin, les badauds ne sont pas admis. » Comme lui et Goldie se connaissent et que leur antipathie est mutuelle, Legs intervient en vitesse avant que Goldie ait pu répondre : « Vous devriez mieux vous occuper de ces chiens, monsieur » – c'est un type d'une cinquantaine d'années, pas grand, plus petit que Goldie, aux épaules légèrement voûtées, presque chauve, aux yeux chaussés de lunettes à monture d'écaille, avec quelque chose de grisâtre, de geignard dans le bas du visage qui évoque le museau d'un vieux chien – et il dit de sa voix aigre : « S'il vous font de la peine, achetez-les », et Goldie répond : « Il existe des lois contre la cruauté envers les animaux ! Vous pourriez bien avoir des ennuis, monsieur », et Rita dit d'une voix mal assurée, en se haussant sur la pointe des pieds : « Je parie que vous ne les sortez jamais de ces cages. Je parie que vous ne les amenez jamais dehors prendre de l'exercice ! » Et nous voilà soudain toutes en train de nous disputer avec lui, qui nous ordonne de sortir, et juste à ce moment, un client pousse la porte et fait un pas à l'intérieur, à l'avant du magasin, puis, entendant le vacarme que nous faisons, ressort instantanément. Ce qui rend le propriétaire fou de rage : « Dehors ! Vous êtes des perturbatrices. Sortez, ou j'appelle la police ! » Legs nous fait alors signe qu'il vaut mieux nous tirer, ce que nous faisons.

Au début, avant que FOXFIRE soit connu, nous ne provoquions jamais d'incidents si nous pouvions l'éviter. Comme le disait Legs, il y a toujours d'autres moyens d'obliger les gens à faire ce que vous voulez qu'ils fassent.

Mais naturellement, impossible de ne pas revenir au

magasin. Maintenant, ce n'est plus seulement Goldie que la pensée de ces malheureux chiens (peut-être que les perroquets aussi étaient malades et même les poissons rouges, allez savoir) bouleverse, mais nous toutes. Il me semble que j'ai dû rêver des chiens en cage car, une fois, je me suis réveillée au milieu de la nuit, oppressée et terrifiée : on m'étouffait, j'étais enfermée très à l'étroit à l'intérieur de quelque chose qui se resserrait sur moi comme des barreaux, ou étais-je dans la situation du héros du conte d'Edgar Allan Poe, *Le Puits et le Pendule*, qui m'avait tellement impressionnée ? – nulle part où aller où ne soit la Mort.

Legs m'a dit avoir également rêvé des chiens. Ou de quelque autre créature en cage. Elle-même, peut-être.

« Je n'ai jamais eu d'animaux domestiques, chien, chat ou autre. Ma mère dit qu'ils mangent trop, qu'ils sont encombrants et qu'ils vous claquent ensuite entre les doigts », dit Maddy en faisant une grimace sarcastique – une grimace de singe : vous voyez sans doute ce que j'entends par là.

Mes amies rient. Pour rire, je peux toujours compter sur elles.

« Ce n'est pas tant le fait qu'il soit un petit capitaliste minable s'escrimant à gagner un dollar – à propos, j'ai trouvé son nom : il s'appelle Gifford – mais le fait qu'il soit un salaud. Pour vendre des créatures vivantes, il faut être le dernier des salauds, dit Legs d'un ton pensif.

– C'est un foutu nazi. FOXFIRE va lui donner une leçon », dit Goldie.

Nous avons donc élaboré une stratégie qui, selon Legs, se devait d'être raisonnable. Quelques jours plus tard, par un chaud après-midi de septembre, nous retournons chez TYNE PETS & SUPPLIES. Il y a un client dans le magasin, ainsi que la femme de Gifford – courtaude, les cheveux serrés dans un filet, elle fait penser à une grenouille; ça ne peut-être que sa femme car tous deux se ressemblent comme des jumeaux : mêmes yeux et, surtout, même bouche. On dirait que Mrs Gifford n'attendait que nous, car dès que nous franchissons la porte elle tente de nous barrer le chemin en nous demandant d'un ton acerbe : « Oui ? Qu'est-ce que vous voulez ? » Tandis que le mari nous fixe d'un air si outragé qu'il en laisserait presque tomber le sac de dix kilos de nourriture pour chiens qu'il est en train de hisser sur un comptoir. « Les filles, on ne veut pas de vous dans cette maison », nous dit Mrs Gifford. Goldie, faisant la lippe, l'écarte et entre en disant : « On veut juste regarder. Regarder, c'est pas un crime. » Goldie, Legs, Lana, Rita et Maddy marchent droit sur l'arrière-boutique où, apparemment, rien n'a changé : même odeur, seulement un peu plus prononcée, et mêmes chiens – le cocker au poil doré, le petit terrier, le teckel, le beau Husky argenté, tous à l'étroit dans leurs cages, comme avant. À Gifford qui nous a suivies, nous nous contentons de dire calmement que ces animaux nous font de la peine. « N'y a-t-il pas une façon plus humaine de les garder ? » demandons-nous. Et Gifford de répondre, comme citant quelque adage ou quelque ancienne injonction biblique : « S'ils vous font de la peine, achetez-les.

– Combien coûte ce chien esquimau ? s'enquiert Goldie.

– Quarante dollars.

– Combien pour TOUS les chiens ici présents ? »

Une lueur roublarde s'allume dans les yeux du vieux saligaud, réfractée comme dans un éclat de mica par le verre de ses lunettes. Il s'empresse de répondre : « Il faudrait faire le total », puis il ajoute en ricanant : « Mais vous, les filles, je ne pense pas que ce soit à la portée de votre bourse.

– Combien ? » répète nerveusement une Goldie très remontée. Mais Legs pose la main sur le bras de son amie et lui dit :

« Mettons qu'on achète tous ces chiens : il se contenterait d'en ramener d'autres. Si on les achetait tous, il y en aurait encore plus par la suite. Payer le prix demandé serait de la collusion avec l'ennemi. »

Imaginez le tableau : Mrs Gifford arrive, et elle et son mari se mettent à crier, nous ordonnant de filer avant qu'ils n'appellent la police pour trouble de l'ordre public et entrave au commerce. Certains chiens se mettent à aboyer – c'est la première fois que nous entendons le son de leur voix –, le petit terrier renverse son récipient d'eau, le husky fait un raffut du diable, et Maddy, haussant le ton pour être entendue, fait une déclaration que le couple Gifford est bien forcé d'entendre – et dont profite également une cliente, arrivée entre-temps ! « Il ne s'agit pas des chiens pris individuellement, il s'agit de principes : si vous ne respectez pas la vie, vous-mêmes ne méritez pas de vivre. » Déclaration si provocante dans sa bouche que tout se fige pendant quelques secondes.

FOXFIRE a une stratégie, mais nous avions décidé de laisser d'abord une autre chance aux Gifford. L'ayant fait, nous quittons le magasin pour aller récupérer les piquets que nous avions cachés derrière, dans la traverse : sur des morceaux de carton blanc, on peut lire ces mots, tracés à l'encre rouge : TYNE PETS EST CRUEL ENVERS LES ANIMAUX, et SI VOUS AIMEZ LES ANIMAUX N'ENTREZ PAS ICI, et HONTE ! HONTE ! HONTE ! Nous produisons aussi deux dessins de chiens confinés dans des cages si petites que leur nez et leur queue pointent entre les barreaux, surmontés respectivement de l'inscription AYEZ PITIÉ DE MOI et S'IL VOUS PLAÎT, AIDEZ-MOI. Puis nous mettons des masques de carnaval : celui de Legs représente un renard rusé, celui de Goldie, un loup féroce ; celui de Lana, un chat hautain ; celui de Rita, un panda ; et celui de Maddy, un singe malin, bien sûr.

Vous ne pourriez pas croire à quel point les résultats obtenus ont été rapides.

Même Legs ne s'en serait jamais doutée.

Les Gifford – le type même de gens qui ont peur du

scandale – sont si horrifiés qu'ils nous menacent d'appeler la police si nous ne vidons pas les lieux; nous leur répondons que le trottoir est à tout le monde et ils baissent alors le store, verrouillent la porte du magasin et se terrent à l'intérieur, terrifiés à l'idée de ce qui pourrait suivre. Ce qui ne nous empêche pas de continuer à manifester. À peine commençons-nous à scander : « Justice pour les animaux ! », « Pitié pour les animaux ! » et même, dans un souffle, « FOXFIRE SE VENGE », que déjà les passants, s'arrêtant pour nous regarder, s'attroupent et s'informent. Nous sommes ahuries de constater le degré d'intérêt que nous avons si vite suscité, et il nous semble aussi que la sympathie est de notre côté; certains habitants du quartier nous disent avoir remarqué que les Gifford traitaient mal leurs animaux, sans songer cependant à intervenir. Des piquets de grève, hommes ou femmes (plus rarement), nous en avons vu toute notre vie car Hammond est une ville au syndicalisme actif : la plupart des gens respectent un piquet de grève et ne le franchiraient jamais : donc ils nous respectent; mais nous éprouvons la surprise de notre vie lorsqu'un photographe du *Hammond Chronicle* s'approche pour nous photographier : demain, nous figurerons en troisième page, nous autres, sœurs de sang de FOXFIRE, incognito sous nos masques de carnaval et brandissant nos pancartes. Sous la photo, il y aura la légende suivante : « De jeunes amies des bêtes protestent contre les conditions de détention inhumaines appliquées à celles-ci par un marchand d'animaux de compagnie de notre ville. »

Lorsque j'ai vu le cliché, j'ai trouvé que les masques donnaient à l'action que nous avions menée une autorité sinistre, sans me souvenir qui, de Legs ou de moi, en avait eu l'idée.

Nous ne nous serions jamais doutées que les choses évolueraient si vite : le mardi suivant, suite à toute cette publicité et une visite de la SPA, les Gifford ont décidé de cesser leur activité. Ils ont bradé leurs chiens pour s'en débarrasser. Toby, devenu la mascotte de FOXFIRE, est venu vivre avec Goldie – Toby, le chien esquimau argenté au museau de raton-laveur, que FOXFIRE a acheté pour vingt-cinq dollars.

Les opprimés de la Terre se soulèvent et font leurs propres lois.

FAIT DU JOUR : Halloween. Les sœurs de FOXFIRE, déguisées en gitanes – longues jupes noires, foulards et bijoux exotiques complétés par des loups noirs et des capuches –, font des kilomètres pour aller faire la quête dans les quartiers chics de Hammond, s'amusant de voir la tête que font les riches propriétaires qui, leur ouvrant leur porte, se retrouvent en face de quêteuses un peu poussées en graine – Goldie, par exemple, qui mesure près de un mètre quatre-vingts et quémande sans un mot cachée derrière son loup leur semble particulièrement inquiétante – et, jubilantes, elles récoltent une vraie corne d'abondance : cadeaux, friandises, fruits, pièces et billets d'un dollar. Mais leur véritable mission, telle que Legs la conçoit, consiste en fait à se familiariser avec ce territoire étranger qu'est pour elles l'univers de la « bourgeoisie possédante ».

Rita s'inquiète : « Tu veux dire qu'on reviendra plus tard cambrioler ces maisons ? » et Legs répond en riant et en lui pinçant légèrement le bras pour la punir : « Mais non, voyons! La vulgaire fauche n'entre pas dans les objectifs de FOXFIRE. Nous sommes au-dessus de ça. Mais nous devons connaître nos ennemis. »

Maddy se dit que plus on voit le monde, plus on se découvre d'ennemis. Elle est un peu désorientée; étourdie. Cette soirée de chantage pour rire (donnez-moi un sou ou je vous joue un tour) dans le Hammond inaccessible des beaux quartiers, ces brefs aperçus d'intérieurs rutilants qui ressemblent à des décors hollywoodiens conçus pour épater, la marqueront à jamais. C'est avec un rire aigu qui détonne chez elle qu'elle répond : « " Au-dessus de ça – de la vulgaire fauche ? " Que tu dis! »

Goldie, Lana et même Rita rient avec elle. Legs se contente de les regarder fixement.

Plus tard le même soir. Infatigables, après avoir ôté leur costume de gitane mais gardé leur masque, elles vont, pleines d'une obstination joyeuse, barbouiller de cirage, de savon et de pastel rouge vif le verre triple des vitrines de certains établissements commerciaux situés autour de Main Street et présélectionnés à cette intention. SATAN EXISTE, écrit audacieusement Lana sur la vitrine de la bijouterie Van Leer. GAFFE AU CHAT! écrit Maddy, en capitales de trente centimètres sur celle des Fourrures Worthington; PAS DE SALUT. PAS DE PITIÉ. DOLLAR ($$$$) = MERDE = ABOMINATION = MORT! gribouille Legs en lettres hautes d'un mètre sur celles de la banque Empire State Finance and Loans Inc. Goldie révèle un vrai talent pour le dessin humoristique : elle trace, avec une délectation manifeste et sur toutes les surfaces possibles, de monstrueux organes génitaux masculins – pénis en érection caricaturés en fêtards avec moustaches, cannes et hauts-de-forme – ou en curés – qui font s'esclaffer ses amies; Rita, dont l'orthographe est incertaine, dessine des croix gammées au pastel rouge partout où elle le peut :

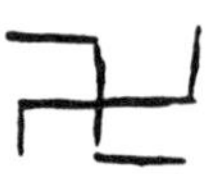

« Merde! tu l'as dessinée à l'envers. C'est du Red tout craché de faire les choses à l'envers, hein ? » dit Legs en riant. Les amies de Rita rient. Mais d'un rire de gamines espiègles, sans cruauté aucune.

Rita glousse joyeusement. Elle adore que Legs l'appelle « Red ».

« Peut-être. Mais il vaut mille fois mieux le faire à l'envers que ne pas le faire du tout », proteste-t-elle.

Déclaration qui les fait de nouveau pouffer – tellement logique, tellement vraie ! Même Maddy, dont la guerre contre la svastika a tué le père, et dont les yeux brûlent de larmes derrière le clinquant du loup noir.

Des années plus tard, devenue adulte, elle se rappellera la perspicacité du commentaire de Rita : quoique vous fassiez, que vous le fassiez seule ou non, à quelque moment que vous le fassiez, de quelque façon que vous le fassiez, pour quelque raison que vous le fassiez, quelque mystérieux soit le but dans lequel vous le fassiez, n'oubliez jamais que sur l'autre plateau de la balance il y a toujours le néant, la mort, l'oubli. Que c'est vous contre l'oubli.

« Attention où vous mettez la flamme de FOXFIRE, hein ! Il faut qu'elle ait de la grandeur. Ne la mélangez surtout pas à ces déconnages de Halloween », dit Legs, comme en passant.

Et l'idée leur vient. Une idée géniale : ne transcrire leur emblème, le flambeau, que sur des surfaces importantes, de brique, de préférence : les façades de l'église presbytérienne, de l'église catholique romaine St John, de l'église épiscopale All Saints, et de l'église luthérienne Prince of Peace.

Mais prudence ! Qu'arriverait-il si elles se faisaient prendre ?

Il se fait tard, le vent se lève, le moment est exaltant, dangereux, vertigineux. Les sœurs de FOXFIRE doivent se mettre à couvert lorsque passent les voitures de police qui sillonnent lentement les rues ; elles courent aussi le risque, le grand risque, d'être repérées par d'autres farceurs de Halloween, par des voitures bourrées d'hommes et d'adolescents sortis pour chercher la bagarre. Il est près de deux heures du matin ; sous une bruine fine et froide Legs, Goldie, Lana, Rita et Maddy descendent enfin Fairfax Avenue pour rentrer chez elles quand, derrière elles, surgit une voiture au moteur gonflé : reconnaissable entre mille le ronflement de ce système d'échappement dépourvu de silencieux, reconnaissable entre mille, ce bas de caisse peint de ce jaune canari incongru et rutilant zébré de zigzags noirs. L'Oldsmobile Rocket 98 de Vinnie Roper les dépasse en vrombissant, une brique vole, la vitrine de la pizzeria Angelo's explose, un éclat de verre frappe Maddy au bas du visage, elle saigne mais ne s'en rend pas compte, elle court, toutes courent, se réfugiant dans une ruelle, haletantes, effrayées, prises d'un fou rire nerveux, et ce n'est qu'après, à la lumière d'un réverbère, que ses sœurs voient le sang sur le visage de Maddy qui elle-même, le voyant luire sur ses doigts, tâte, furète et parvient à extraire les morceaux de verre de sa chair, l'esprit traversé par une curieuse pensée : « J'ai été touchée, je suis morte, c'est rien. »

À la stupéfaction inquiète de ses sœurs de FOXFIRE Maddy-Monkey rit, son sourire est aussi large que celui d'une lanterne de Halloween tandis que Legs, aux petits soins, un peu grondeuse, essuie on ne peut plus tendrement le sang sur son visage avec la manche de son chemisier. « Mon Dieu, Maddy ! Tu aurais pu nous dire que tu avais été touchée », et Maddy qui a du mal à reprendre son souffle – il est tard, elle a froid, elle est épuisée, au bord des larmes – s'entend répondre d'une voix curieusement forte : « Oh, ça ne me gêne pas ; peut-être que j'en aurai une comme la tienne », tout en effleurant du doigt la cicatrice sur le menton de Legs. « Pourquoi ça me gênerait ? »

FAIT DU JOUR : Legs dit d'un ton grave, presque pédant, « La base de la vie humaine, c'est la charité, c'est-à-dire l'amour pour des gens qu'on connaît pas toujours » : encore un emprunt probable au petit homme ratatiné, à ce père Theriault que Legs prend au sérieux – Legs prend tout au sérieux ; par exemple, quand elle a ce qu'elle appelle de la « petite monnaie » (en réalité, mystérieusement, elle est souvent en possession de billets de cinq, dix et même vingt dollars) elle demande à ses sœurs de FOXFIRE de rajouter des pièces – tout ce qu'elles ont en trop, aussi peu que ce soit, un dollar par exemple, ou même cinquante cents, oui, cinquante cents suffisent – et ce fonds, qu'elle nomme COLLECTE FOXFIRE, elle le conserve roulé dans un des foulards rouge orangé qu'on identifie désormais au gang secret qui suscite tant de rumeurs, tant de chuchotements. C'est une personne « méritante » du quartier qui en bénéficiera : par exemple, une Mrs Paxton de soixante-dix ans battue par une fille à demi folle qui vole les chèques adressés à sa mère par le service des pensions; une Wilma Lundt de seize ans obligée, parce que enceinte, de quitter définitivement Perry High School, et qui vit désormais seule, séparée de sa famille; un certain Fensted, un ancien combattant de l'armée américaine devenu infirme dont Lana, par son père, connaît la situation pathétique; une femme d'une trentaine d'années, nommée Kathleen ou Katherine, une ancienne petite amie d'Ab Sadovsky (contre laquelle, à l'époque, Legs avait éprouvé un violent ressentiment) et qui, aujourd'hui, précairement guérie de son alcoolisme, vient de sortir de l'hôpital psychiatrique de Milena, situé dans le nord de l'État. Et, officieusement, le vieux prêtre défroqué à qui Legs donne probablement, non de l'argent – on ne donne pas de l'argent à un homme qui a ses habitudes – mais de la nourriture et des vêtements chauds, en admettant qu'il accepte sa charité. Mais de cela, Legs refuse de discuter, même avec Maddy Wirtz, sa meilleure amie.

« Vous savez, un jour plus personne ne dépendra plus du don des autres. La charité disparaîtra », dit Legs, les yeux brillants.

Elle porte un caban et un jean effrangé, des bottes usées pleines d'éraflures, elle a les cheveux dans la figure, les narines rougies par un mauvais rhume et ses joues creuses sont d'une pâleur de cire.

Goldie observe pensivement : « Rien de plus dingue – de plus bizarre, je veux dire. L'année dernière, si quelqu'un m'avait dit que je donnerais de l'argent, même dix sous, je lui aurais ri au nez; mais quand on commence à le faire, surtout quand on peut pas vraiment se le permettre, on éprouve une sorte de... ça fait chaud au cœur... » Sa voix se voile, comme sous l'effet d'un trouble, d'une difficulté à s'exprimer. Goldie et Maddy sont toutes deux dans la cuisine des Siefried où Toby, le jeune Husky au pelage argenté et au museau de raton-laveur, gambade sur le sol recouvert de lino. C'est un matin de janvier, tout blanc car souffle une tempête de neige. Si Goldie et Maddy se retrouvent ainsi ensemble, c'est que Maddy est venue habiter provisoirement chez les Siefried : il y a, concernant sa mère, un « problème » qu'elle préfère ne pas évoquer, même devant ses sœurs de sang; Maddy tremble. Maddy a l'impression d'être écorchée vive. Elle répond à son amie un « oui » si faible que celle-ci l'entend à peine dans le vacarme joyeux que fait le chiot.

FAIT DU JOUR : « Mais c'est quoi au juste, votre truc ? C'est un secret ? Comment faire pour me joindre à vous ? Qu'est-ce qu'il faut que je fasse pour que vous me le permettiez ? Je ferais n'importe quoi... »

Violet Kahn, Toni LeFeber, Marsha Lauffenberg... Une à une, elles approchent les sœurs de FOXFIRE, avec leurs questions obstinées et leurs yeux remplis d'espoir. Oh, s'il vous plaît s'il vous plaît, dites-moi que faire, ne me rejetez pas. Oh, s'il vous plaît ! Passée la satisfaction initiale, vive comme un coup de poignard, de savoir qu'on est envié, survient un sentiment qui, on dirait, combine remords et générosité, puis se pose le problème suivant : au nouvel an 1954, un an après sa formation, FOXFIRE doit-il s'élargir ? La bande doit-elle admettre, initier de nouvelles adhérentes ? Et comment s'y prendre pour que celles-ci puissent prouver qu'elles sont dignes de FOXFIRE ?

FOXFIRE est devenu un fait public.

FOXFIRE est célèbre.

6

Homo sapiens

Pour chaque fait transcrit dans ces CONFESSIONS, j'en ai omis une douzaine, une centaine, mon Dieu, peut-être un millier d'autres.

Car écrire des mémoires, c'est comme s'arracher les tripes, lentement, centimètre par centimètre. Je l'ignorais quand j'ai commencé, mais maintenant je le sais.

Dit-on la vérité si on ne dit pas toute la vérité ? Et qu'est-ce que la vérité ?

Dans ces CONFESSIONS, il y a certains éléments que je ne parviens pas à caser. De même que je ne peux évaluer mon degré de sincérité quand j'explique tel ou tel incident. Parce qu'une chose découle d'une autre qui la précède, ou de beaucoup d'autres qui la précèdent, le tout formant une sorte d'immense toile d'araignée à l'intérieur d'un Temps qui n'en finit pas de remonter, sans vrai commencement ni promesse de fin, un peu comme en ces jours lointains où l'on croyait que l'univers était un réservoir continu et quasiment immuable de galaxies, de gaz et de vide se perpétuant tel le rêve, sans aucun but et tous azimuts, d'un bout à l'autre du Temps. Ce genre de Temps, on peut toujours s'accrocher pour dire où on se situe par rapport à lui, car il ne tiendrait même pas compte d'un claquement de doigts. Pas même de l'idée d'un claquement de doigts.

Par une sale journée venteuse d'hiver – ce doit être un

samedi – Legs et Maddy visitent le Muséum d'histoire naturelle de Van Buren Boulevard, dans le quartier résidentiel. Pourquoi Legs a voulu s'y rendre, je ne m'en souviens plus : ou c'est peut-être Maddy qui en a eu l'idée, une Maddy Wirtz à l'esprit plutôt scientifique qui n'a jamais oublié une certaine vision – ou intuition – qu'elle a eue un jour au cours de maths de Buttinger : celle de l'univers constant des Nombres, des faits immuables, des corps célestes. Voici donc Legs et Maddy situées sur l'ellipse de Temps postérieure à la naissance de FOXFIRE, cette bande qui a pris une forme inattendue, et même une sorte de force qui évoque la mauvaise herbe citadine, résistante au point de pouvoir infiltrer le béton et pousser à travers; mais ce n'est pas FOXFIRE, en cet instant même, qui occupe les pensées de Legs : si elle est dans tous ses états, c'est parce que certaines choses sont arrivées ces derniers mois, non à nous, ni même à des gens qu'on connaît, mais à certaines filles ou femmes du quartier. *Nous vivions une époque où la violence s'exerçait contre les adolescentes et les femmes mais, alors, nous ne disposions pas du langage qu'il fallait pour en parler.* Par exemple, une fille de Hammond, une élève-infirmière de dix-neuf ans, a été violée et étranglée, et son corps abandonné en dehors de la ville dans un fossé d'irrigation sans qu'on ait jamais attrapé le ou les types qui ont fait ça. Et une jeune femme enceinte, une jeune mariée de Sandusky (Sandusky n'est pas exactement un faubourg de Hammond, c'est une petite ville située non loin) a été poignardée à mort chez elle, par un intrus croyait-on, et le bébé qu'elle portait a également été tué, et on a fini par apprendre que l'« intrus » était son propre mari! Tout le monde n'a parlé que de ça pendant des semaines. L'année d'avant, c'est un type de Buffalo, le Tueur au foulard noir (ainsi nommé parce qu'il portait cet accessoire de soie pour dissimuler la partie inférieure de son visage) qui a été accusé d'avoir assassiné huit femmes en quinze mois, des jeunes et des vieilles, la plus vieille ayant dans les quatre-vingts ans; et dans un quartier de Port Oriskany, où vivent des cousins de Lana Maguire, il y a eu cette pauvre petite fille de six ans tailladée au rasoir par un fou, le visage « en lambeaux » comme a dit le journal, son ventre et même son petit vagin pareillement tailladés, et qui aurait saigné à mort si un automobiliste ne l'avait vue se traîner à quatre pattes dans un terrain vague : il a dit qu'il a d'abord cru voir un rat... Ces choses terribles n'ont aucune place dans les CONFESSIONS proprement dites et aucune de nous ne tenait tellement à en parler, ni même à y penser, sauf Legs, évidemment : « Ils nous haïssent, vous savez?... Ces fils de pute! Ça, c'est la preuve qu'ils nous haïssent bien que la plupart, probablement, ne le sachent même pas. Mais ils nous haïssent et nous tueraient s'ils le pouvaient sans être inquiétés, comme dans un rêve, comme dans le film Docteur Jekyll et Mr Hyde! » dit-elle fiévreusement, les pupilles dilatées, les mots se bousculant dans sa bouche; l'une de nous essaye alors de la calmer en disant que ces maniaques, ces assassins ne sont que des cas isolés, mais Legs nous interrompt, affirmant avec colère : « Non. Ils sont tous comme ça. Les hommes. On est en état de guerre larvée : ils nous haïssent, les hommes nous haïssent quel que soit notre âge, qui que nous soyons, mais personne ne veut l'admettre, pas même nous »; elle est si remontée qu'il est impossible de la raisonner, ce qui nous met mal à l'aise car, comme je l'ai dit (et c'est encore vrai en Amérique de nos jours) il y a des choses dont, à l'époque, on ne voulait pas parler si on était un être humain femelle – une fille ou une femme, par exemple, sont des êtres humains femelles, et ça n'est pas près de changer, pas vrai? Voici donc Legs et Maddy posées sur cette ellipse de Temps postérieure à la formation de FOXFIRE mais antérieure à la dépression nerveuse (c'est le terme consacré) de la mère de Maddy, qu'on sortira de la maison sur une civière sous les regards curieux des voisins attroupés, sanglotante, gémissante et faisant ses besoins sous elle comme un bébé : antérieure aussi à l'énorme bagarre à laquelle Legs prendra part au lycée et qui poussera Mr Wall à l'exclure, changeant ainsi à jamais le cours de sa vie. Les deux filles errent, mains dans les poches et chewing-gum à la bouche, dans les couloirs sépulcraux du vieux Muséum où seule une poignée d'autres visiteurs sont présents en ce samedi, avec de rares gardiens qui les surveillent de près en balayant d'un regard panoramique les déplacements de ces gamines vêtues de jeans, de blousons et de bottes, et qui portent toutes deux au cou le même foulard rouge orangé qui pourrait bien être la couleur d'un gang ; toutes deux sont minces, attentives, elles jettent un regard dubitatif sur les objets exposés, sur la peau parcheminée et pointillée de poussière de chaque dinosaure, sur les mannequins d'Amérindiens aussi toc que s'ils étaient en papier mâché, sur des fossiles qui semblent en plastique ; ça sent la crasse, le désinfectant, la laine mouillée, les bottes en caoutchouc et le Temps – on les dirait toutes deux à la recherche de quelque chose qui leur échapperait, quelque chose qui serait toujours ailleurs, au coin de ce couloir peut-être, en haut des marches usées de cet escalier de marbre, au cœur secret du Muséum – le noyau de toute connaissance adulte où les seuls mots, les mystérieux enchevêtrements de sons, ont un pouvoir inexplicable :

MÉSOPOTAMIE XOCHIPILLI NESTORIEN

AUSTRALOPITHÈQUE NEANDERTAL

PITHÉCANTHROPE CRUSTACÉS

TRILOBITES PALÉOZOÏQUE BRACHIOPODES

TYRANNOSAURUS REX MIOCÈNE ZINJANTHROPE

RAMAPITHÈQUE

Elles regardent attentivement le Ramapithèque simiesque aux yeux vitreux et à la mâchoire saillante, un « ancêtre probable de l'homme », puis contemplent l'ARBRE DE VIE : ÉVOLUTION, un bas-relief aux multiples rameaux présenté dans une vitrine de verre mal éclairée. Maddy est fascinée par sa complexité, par la multiplicité de ses branches – et encore, le diagramme lui-même n'est-il probablement qu'une simplification; terrifiant de penser qu'existaient dans des temps très reculés infiniment plus d'espèces animales qu'il n'en subsiste aujourd'hui; et encore plus terrifiant d'apprendre que quatre-vingt-quinze pour cent d'entre elles se sont éteintes en traversant les vastes océans du Temps. Mais pourquoi de telles pertes ? Dans quel but ? Lorsque apparaît une espèce, pourquoi devrait-elle disparaître, pourquoi naître si ce n'est que pour mourir, pourquoi venir au monde si c'est pour se transformer en espèce en voie d'extinction ? Quel but Dieu poursuit-Il ?

Elles repèrent l'Homo sapiens, une petite figure humaine perchée au sommet de l'un des rameaux issus d'une branche fine flottant dangereusement dans le vide. Sur le rameau et sur la branche, il y a aussi des humanoïdes anthropoïdes... des singes, quoi ! Le fou rire les prend : c'est ça, l'Homo sapiens ? Pas besoin d'en faire tout un plat ! En plus, il ne semble pas y avoir de logique dans le tracé de cet ARBRE DE VIE et dans la position qu'occupe l'Homo sapiens sur celui-ci – l'homme doté de pensée : quel Dieu humanoïde l'a-t-il créé à Son image ? Elles rient, elles raillent; Legs renifle et s'essuie le nez de sa manche : « Ben dis donc, on aurait cru que notre espèce, qui se prend pas pour de la merde, compterait pour plus que ça ! » Et Maddy, pour ne pas être en reste de culot (pourtant, n'a-t-elle pas le cœur brisé ? Pourra-t-elle prendre encore Dieu au sérieux ?), dit en riant de son rire aigu et nasillard – les nasales, ce son même du cynisme adolescent : « Ouais, hein ? »

7

L'équipée sauvage

Cet épisode-ci, je ris tout en le transcrivant.

Je le revois comme si j'y étais : surtout la fin.

FOXFIRE DÉFIE LA MORT.

Dans le carnet original, ne figurent que deux pages tapées sans soin et datées du 25 mars 1954 – c'est ce fameux jour où FOXFIRE a « kidnappé » une voiture pour filer à la campagne, ce qui a beaucoup fait jaser à Hammond : même les gosses qui ne nous connaissaient pas parce qu'ils vivaient dans d'autres quartiers de la ville étaient au courant, et s'en souviennent probablement encore aujourd'hui.

Naturellement, pour comprendre vraiment ce qui s'est passé, il faudrait que vous y ayez assisté, ou du moins, que vous ayez vécu avec nous à Hammond, à Lowerton, dans notre ancien quartier.

La voiture « empruntée » est celle d'Acey Holman : une berline Buick DeLuxe 1954 flambant neuve, d'un turquoise étincelant, aux pneus à flancs blancs, aux chromes astiqués et brillants, à l'intérieur tapissé de cuir noir qui sent le neuf, aux sièges avant et arrière recouverts de ce tissu de laine extraordinaire qui nous change drôlement du vinyl bon marché auquel nous sommes habituées et qui, l'été, colle aux jambes ou laisse une marque de sueur sous le derrière. Mais Acey Holman a de l'argent, il est connu à Lowerton pour être un escroc habile, un joueur. L'histoire ? Il laisse la clé de contact sur la Buick le temps de faire un saut au débit de tabac Eddie's, dans Ninth Street, pour ramasser l'argent d'un pari sur un match de boxe et quand, trois minutes plus tard, il en ressort, la Buick n'est plus là.

Pour expliquer comment ça s'est produit, il me faut revenir un peu en arrière.

« Snow White » (Blanche-Neige) est le nom secret que FOXFIRE lui a donné. Pour les Autres, elle s'appelle Violet Kahn.

De toutes celles qui sont initiées à FOXFIRE en janvier 1954, « Snow White » est le gros lot. Je suppose que c'est ainsi que vous la définiriez.

Quinze ans, élève de troisième au lycée – élève médiocre car, selon ses propres termes, elle a « du mal à se concentrer » –, elle est très amie avec Lana et habite dans la même rue, en face de chez les Maguire. Naturellement, nous connaissons toutes Violet, qui, déjà en sixième, avait plusieurs « fiancés » qui se battaient pour elle – j'entends par là réellement, à coups de poing – alors qu'elle-même est d'un naturel doux et d'une beauté déconcertante, avec cette peau absolument blanche et élastique dans laquelle on a envie d'enfoncer le doigt, comme dans du Wonder Bread, avec des yeux noirs dont la pupille semble avoir déteint dans l'iris, et des cheveux également noir de jais, raides comme ceux d'une Indienne, qui lui retombent jusqu'à la taille. Comme Lana, elle met un rouge à lèvres vif – cramoisi – et ses lèvres sont pulpeuses et humides. Lors de l'initiation, il me semble que nous y allons un peu fort : au moins deux d'entre nous restent de glace, donnant des ordres cruels qui réduisent cette fille nue à quatre pattes à un état voisin de la terreur tandis qu'elle chuchote : Oh merci ! Oh je vous aime toutes !

Comme Maddy, Violet Kahn tremble trop pour se tatouer seule... Il faut le faire pour elle.

Des quatre, « Snow White » est la seule à s'évanouir : la vue du sang – effet de la douleur ou de l'émotion ? Allez savoir...

Elle pleure, la gorge contractée de sanglots, mais ses larmes sont des larmes d'allégresse, comme celles que verserait quelque allumé genre « Témoin du Christ », et il y a tellement d'elle dans sa nudité qu'on a l'impression de pouvoir la saisir à pleines mains, comme un gros bébé, potelé, enrobé, dépourvu d'os, qu'on peut pétrir, presser, pincer et gifler – c'est Goldie qui gifle le plus fort, haletante, le visage déformé, les lèvres retroussées : à la voir faire Maddy ressent un pincement au cœur, une nausée, un sentiment de dégoût de soi, « pourquoi est-ce que je fais ça ? C'est pas de moi, cette cruauté. Faire du mal à un autre être humain, c'est pas ce que je souhaite, quand même... ». Elle reporte alors son attention sur une des autres initiées, apeurée, frissonnante et nue, mais sans pétrir, malaxer, pincer et gifler pour susciter la douleur – non que quelqu'un remarque sa réserve, car cette scène sauvage se déroule à la lueur des bougies dans la chambre d'initiation de FOXFIRE, une pièce à l'abri du regard des Autres située en retrait et au-delà de Fairfax, au troisième étage d'un entrepôt désaffecté proche du dépôt ferroviaire, et que de surcroît, les sœurs de FOXFIRE, en proie au délire, nagent en pleine extase, euphorisées par l'effet du bourbon et de ces minces cigarettes de papier parchemin que les Noirs nomment des « joints » et vendent (on peut les trouver partout), pour vingt-cinq cents pièce ; leur fébrilité, accrue à la vue du sang, inspire à Maddy cette terrible pensée : si on commence à lécher le sang ? Qu'est-ce qui nous arrêtera, alors ? En fin de compte, elles ne le font pas : elles se contentent de mêler leur sang, leur sang individuel – les cinq sœurs originelles de FOXFIRE et celles qu'elles viennent d'initier, Violet et Toni et Marsha, pleurant ensemble, s'enlaçant l'une l'autre, titubant, oscillant et proférant ces oh je vous aime ! vous aime vous aime vous aime toutes ! C'est

Violet, « Snow White », qui sanglote le plus fort, reconnaissante pour tout ce qu'on lui a fait subir. Ce qu'on lui a fait au juste, ce n'est qu'après coup que nous nous en souviendrons.

Goldie et Maddy étaient les deux membres de FOXFIRE les plus réservées quant à l'admission de Violet Kahn dans la bande – jalousie pour la beauté saisissante de celle-ci ou pour la partialité gênante que Legs, plaidant impatiemment en sa faveur, lui témoignait ? (Comme le déplorait Goldie avec amertume, Legs était flattée par la lèche que lui faisait cette fille. Ces yeux rêveurs et ingénus, ces sourires humides qu'elle lui adressait, il fallait être une sainte pour les ignorer et notre amie, malgré toutes ses prétentions à cet égard, n'en était pas une.)

Non, elles n'étaient pas jalouses – seulement prudentes. Leur argument : n'était-ce pas chercher les ennuis que de devenir sœurs de sang d'une Violet qu'on savait émotive, instable, comme tous les Kahn ? Cette fille était harcelée par les garçons de son âge qui s'intéressaient à elle, mais des types de vingt ans et plus lui couraient aussi après, passant lentement en voiture devant chez elle ou, dans le parking derrière l'école, la sifflant et lui criant : Eh, poupée, hé, Violet chérie, hé, beauté, une balade en bagnole, ça te dit ? Mais, exception faite des plus paisibles, des plus timides et des plus discrets, Violet ne sortait jamais avec eux : elle affirmait les trouver « répugnants, immondes, terrifiants »; et pourtant, comment interpréter ce physique à la Liz Taylor/ Debra Paget, ce visage poudré de blanc, ces longs cheveux soyeux et provocants, ces lèvres cramoisies ?

Goldie a simulé un haut-le-cœur, comme si la seule pensée de Violet Kahn lui donnait envie de gerber. Si Toby se trouvait sur ses genoux, se tortillant et l'embrassant à sa façon habituelle, pris d'une frénésie d'affection comme chaque fois qu'il nous voyait, elle prétendait que le chien était la pauvre Violet – langue sortie pour laper et lécher – et le repoussait. « Je sais qu'elle est gentille, je sais qu'elle veut désespérément faire partie de notre bande, mais je m'en balance : elle va nous foutre dans le pétrin, avec tous ces connards accrochés aux basques. »

Maddy, s'efforçant de garder une voix neutre pour ne pas trahir son chagrin (non, elle ne pensait pas à Legs qui consacrait son temps à Violet Kahn plutôt qu'à FOXFIRE, ou mieux, qu'à son amie Maddy), a répété une remarque inopinée faite par sa mère, il y avait des années de cela, et qui avait dû avoir une résonance profonde en elle tant la formule, dans sa laideur imagée, était féroce : « Cette Violet Kahn, c'est du miel abandonné dans une soucoupe – pour les mouches. »

Goldie a ri aux éclats, ça lui plaisait bien, à Goldie, « le miel pour les mouches » !

Legs, quand on abordait le sujet, adoptait la logique suivante : « Justement, nous devons l'aider. FOXFIRE sera la rédemption de Violet Kahn. »

Lana a immédiatement ajouté, d'une voix flûtée : « Ouais. C'est vrai. Violet est bonne fille, elle est douce, facile à manier. Ce truc – la " Rédemption " – c'est tout à fait ça. »

Et Rita, saisie ces derniers temps du démon de la charité pour avoir perdu six kilos grâce à un régime strict, sa propre volonté et les encouragements de FOXFIRE (plus besoin d'être jalouse de Violet Kahn !), Rita, naturellement, a dit : « Oh ouais, c'est vrai ! Pareil que pour moi quand vous, les filles, m'avez aidée. Quand vous m'avez sauvé la vie ! » Sur un ton tellement passionné que les autres en étaient gênées.

Ainsi Goldie et Maddy ont fini par céder.

Elles ont choisi de ne pas exercer leur droit de veto.

Goldie et Maddy et Toby, le jeune husky au pelage argenté et au museau de raton laveur, l'affamé d'AMOUR.

Lorsqu'elles annoncent la nouvelle à Violet Kahn celle-ci fond en larmes. Avec toutes les apparences du désespoir, elle leur saisit les mains, les tripotant et les embrassant maladroitement, aveuglée par les pleurs et hoquetant quelque chose comme : « Oh ! Oh ! Oh ! Vous voulez bien de moi ? Mon Dieu, je suis prête à m...mourir pour vous. » Au point que même Maddy est émue, se disant qu'après tout, ce n'est peut-être pas une erreur.

Lors de la cérémonie d'initiation, c'est Violet qui se montre la plus passionnée, la plus véhémente. Jurez-vous solennellement de vous consacrer à vos sœurs en FOXFIRE ? Oui, je le jure. D'adhérer à la vision du monde de FOXFIRE ? Oui, je le jure. De toujours penser à vos sœurs comme vous voudriez qu'elles pensent à vous ? Je le jure – par la révolution prolétarienne imminente, par l'Apocalypse imminente, par la Vallée des Ombres de la Mort et même sous la torture physique et spirituelle, je le jure. De ne jamais trahir vos sœurs en FOXFIRE en pensée, parole ou action et de ne jamais révéler les secrets de FOXFIRE, de ne jamais renier FOXFIRE dans ce monde ni dans l'autre ? Et surtout, vous engagez-vous à offrir votre fidélité, votre courage, votre cœur et votre âme et tout votre bonheur futur à FOXFIRE ? Oui, je le jure, que je meure si je faillis, je le jure, avec l'aide de Dieu. Je le jure à jamais et à jamais, jusqu'à la fin des temps. Je le jure.

Rétrospectivement, à propos de Violet Kahn, me vient cette idée bizarre et tordue que je ne peux pas caser dans les CONFESSIONS mais à laquelle je ne veux pas non plus renoncer : c'était une de ces filles pulpeuses et précoces dotées dès l'adolescence d'une féminité explosive et trompeuse qui les avait frustrées de maturité réelle. L'œil butait contre ce corps, ces seins, ces hanches et ces fesses tressautants – même l'œil bienveillant d'une sœur – et on se surprenait à fixer Violet, comme Marilyn Monroe, en pensant que derrière cette abondance de chair chaude et mammalienne, il y avait une personne – un être piégé et haletant. Si les yeux de Violet rencontraient les vôtres et s'y accrochaient, même fugitivement, vous saviez, et elle savait. Mais cela ne durait jamais.

En la présence même de la nouvelle sœur de FOXFIRE Goldie ne pouvait s'empêcher de marmonner à Maddy, du coin de la bouche : « Du miel pour les mouches. » Et toutes deux – les traîtres – de rire.

Personne, à part Maddy, n'avait la moindre idée de ce que voulait dire Goldie, ni d'où sortaient ces « mouches [1] ».

« Hé, Violet ! Poupée, tu viens faire un tour ?

– Hé, chérie ! Beaux nénés ! Ça te dirait une bonne...

– Mmmmmmmmm, " Snow White " ! »

Un jour de mars d'une clarté aveuglante ; il a neigé la nuit précédente et des plaques de glace glissantes et bombées luisent sur le trottoir derrière le lycée. Le soleil ressemble à une pièce de monnaie polie suspendue dans un ciel très bleu et tout le monde se sent bien – régénéré, culotté, téméraire. Il est environ midi quarante-cinq mais personne n'est prêt à regagner sa classe. Comme d'habitude à cette heure de la journée, surtout quand il fait beau, une demi-douzaine de groupes d'élèves traînent là, qui parlent, rient, s'apostrophent, se moquent les uns des autres, secoués par des accès aigus d'une hilarité fruste ; ici et là, un craquement d'allumette, quelques bouffées rapides tirées d'une cigarette interdite... mais ces élèves de Perry, ceux qui sont les plus prompts à sortir de la cantine pour se rendre dans le parking, sont une telle bande de glandeurs – de « cas disciplinaires », tant certaines filles qu'une majorité de garçons – que les autorités scolaires ne tentent même pas de les contrôler lorsqu'ils sont en dehors des murs de l'école.

Violet Kahn se trouve là en compagnie de trois des

1. Jeu de mots sur « flies », les « mouches » qui signifie également les « braguettes ». *(N.d.T.)*

sœurs de FOXFIRE, dont Goldie, qui a séché les cours ce matin-là mais qui, étant Goldie Siefried, c'est-à-dire « Boum-Boum », c'est-à-dire perverse, est venue vagabonder autour de l'école juste pour embêter le monde en jean et bottes de cow-boy, ses cheveux cuivrés fouettés par le vent, en compagnie de Toby, le jeune husky qui gambade sur ses talons en aboyant ; tout le monde à Perry adore cette bête qui est d'un naturel doux et accueille les marques d'affection avec gratitude, tout le monde veut faire des mamours à Toby, ce qui est aussi une façon de se concilier une « Boum-Boum » plutôt soupe au lait. Il y a aussi Lana Maguire, tête nue, sa chevelure d'un blond spectaculaire agitée par le vent ; elle est maquillée comme une star, de même que son amie Violet avec qui elle partage une cigarette dont elles tirent nerveusement de longues bouffées en se donnant beaucoup de mal pour ignorer les taquineries peu subtiles que leur adressent de loin les Viscounts ; ce que fait aussi la petite Toni LeFeber au visage de renard, qui est en leur compagnie. Legs Sadovsky, qui, à la mi-journée, se trouve d'habitude avec elles dans le parking, n'y est pas ; pas plus que Maddy Wirtz la maigrichonne – mais où donc est Maddy quand la bagarre explose ? Dans les toilettes vides à se tourmenter en contemplant son image dans des miroirs peu flatteurs ? Ces sœurs de sang de FOXFIRE arborent sans vergogne, à la vue de tous, les insignes d'une bande interdite : non seulement le foulard soyeux rouge orangé qu'elles portent identiquement noué au cou (d'une façon que nulle autre fille de l'école n'oserait imiter de peur de s'attirer des ennuis) mais aussi, depuis l'automne précédent, des blousons zipés, trop grands, en velours côtelé noir avec leurs initiales élégamment brodées en rouge orangé sur le sein gauche et le mot mystérieux, ou l'abréviation, « FXFR » sur le droit.

(Lorsqu'on demande naïvement à une de ces filles si elle appartient à une bande proscrite, elle tourne vers qui a posé la question des yeux absolument vides et innocents et répond : « Une bande proscrite ? Un gang ? Je vois pas de quoi tu parles. »)

Ces filles de FOXFIRE, avec leur assurance, leurs blousons noirs en velours côtelé et leurs foulards de soie suscitent des sentiments forts de la part des garçons du lycée, surtout ceux qui font partie d'une bande : les Viscounts, les Aces, les Dukes... chacune, exclusivement mâle, a ses propres « auxiliaires féminines », un réservoir changeant de « régulières » et de « coups », c'est-à-dire des filles disponibles ou faciles. Mais FOXFIRE n'est l'auxiliaire de personne, on ne s'approprie pas FOXFIRE, on ne peut même pas approcher FOXFIRE.

Aujourd'hui, en cette journée claire et glacée du 19 mars 1954, les Viscounts prétendent que la veille, Violet Kahn a donné à l'un d'entre eux, Moon Muller, un « signal trompeur », ce qui, naturellement, déclenche une vive polémique : Violet jure que non, elle n'a même pas regardé Moon, Moon jure que oui. Les garçons se rapprochent des filles, ils sont enjoués et moqueurs, mais comme toujours, on sent quelque chose de vaguement irrité dans leurs jeunes voix mâles et rudes, un courant sous-jacent de défi et de perplexité, perceptible dans leurs rires aigus, dans le flamboiement de leurs yeux et dans leur pas souple qui évoque une bande de loups prêts à bondir sur leur proie. Pourquoi leur attitude est-elle différente aujourd'hui ? Est-ce parce que Legs Sadovsky n'est pas là ? Et où est-elle ? Dans leurs blousons de cuir brun craquelé cloutés de cuivre, avec un V argent en tissu éponge collé dans le dos, ces garçons n'ont pas l'air de plaisanter malgré leur gaieté, leur chahut, leurs pitreries et leurs roucoulades : « Eh, Viooolet ! Mmmmmm " Snow White" ! Regarde par ici, chérie, Moon a quelque chose pour toi ! » ; la pauvre Violet Kahn essaye de ne pas entendre, elle murmure, tout en tirant une bouffée de la Chesterfield de Lana : « Oh merde ! J'en mourrais de honte ! » ; Lana dit alors, en forçant la voix au bénéfice éventuel de Vinnie Roper, Moon Muller et Bud Petko :

« Ignore ces sales cons, mon chou. C'est tout ce qu'ils sont ! »

Les garçons se rapprochent immédiatement en souriant. Comme si Lana avait inconsciemment tendu le bras pour les attirer.

Vinnie Roper, espiègle, s'empare du foulard de celle-ci ; c'est un garçon de dix-neuf ans, grand, taillé comme un bœuf, aux yeux exorbités et faussement féroces, aux cheveux noirs gominés dégageant le front et hérissés d'épis – un charmeur, oui, mais aussi un type mal embouché ; il siffle et dit : « Hé, c'est qui que tu traites de " sale con ", pouffiasse ? » Et Moon Muller, baissant et remontant de façon obscène la fermeture Éclair de son blouson, dit de sa voix de fausset : « Hé, bigleuse, tu veux baiser ? », ce qui fait se tordre de rire Bud Petko, mais voilà que, brusquement, Goldie Siefred s'interpose et de toute sa hauteur leur lance, furieuse : « Foutez le camp, bande d'enculés » tandis que Toby se met à aboyer frénétiquement ; aussi soudainement que si on avait jeté une allumette dans une flaque de pétrole, voilà que ces Viscounts-là et ces FOXFIRE-là commencent à échanger des insultes... le ton monte... c'est la bagarre... on entend résonner les cris de terreur de Violet... les groupes épars qui traînent derrière le lycée sentaient depuis un moment qu'un incident était imminent : tout le monde l'attendait et voilà qu'il se produit.

Tout à coup, surgie de nulle part, apparaît Legs Sadovsky. Dans sa main, un couteau à cran d'arrêt avec une lame de quinze centimètres.

Avant que Legs, sortie par la porte arrière de l'école, n'ait le temps d'accourir et avant que quiconque se soit aperçu de sa présence, il se passe ceci : deux des Viscounts se ruent sur Goldie-la-baraque. Avec une agilité qui donne à penser qu'elle a souvent pratiqué cette manœuvre acrobatique, la fille aux cheveux de cuivre pivote, remonte brusquement un genou qu'elle plante dans un scrotum sans défense et, presque simultanément, balance carrément son poing droit dans un visage stupéfait, faisant gicler trois dents et le sang avant que la victime, Bud Petko, se soit seulement rendu compte qu'elle allait frapper. Legs, preste et silencieuse, plonge sous le bras de quelqu'un et surgit brusquement devant Vinnie Roper pour amener le bout de sa lame près, très près – une proximité qui fait frémir – de la pomme d'Adam du garçon.

« Pas un geste ! », dit-elle.

Tout se fige. Ça dure.

Le silence s'est fait. Tous regardent, se haussant sur la pointe des pieds et bousculant leur voisin pour mieux voir.

Moon Muller et Bud Petko, hébétés, sont à quatre pattes dans la neige, le second pisse le sang ; Vinnie Roper, paralysé et livide, est tenu à la pointe d'une lame de quinze centimètres qui miroite comme un sourire. « C'est bien Roper ? Vinnie Roper ? Tenu au bout d'un couteau par une fille ? » Legs dit calmement, d'une voix qui tinte comme du cristal : « Tu as entendu ce qu'elle t'a dit, sale con ? Fous le camp. Foutez tous le camp. »

Legs Sadovsky ! Elle respire violemment, son souffle fume, sa tignasse blond cendré agitée par le vent ressemble à la crinière d'un cheval. Elle porte son uniforme de FOXFIRE : blouson noir et foulard rouge orangé, un pantalon de laine noire au pli très marqué, étroit du bas et à revers, comme celui d'un garçon. De toutes les filles de la bande, Legs est la plus téméraire, la plus extravagante. Je me dis maintenant que c'est une chance qu'elle soit restée à l'intérieur à regarder, car si elle était apparue trop tôt cette confrontation aurait fort bien pu ne pas se produire. Les Viscounts, ces lâches, auraient pu se dégonfler.

D'un geste de son couteau, Legs enjoint Vinnie Roper de dégager – ce gros lourdaud de Viscount avec le blouson de sa bande et ses cheveux gominés, réduit à une telle humiliation ! Sa peur est tangible, une peur animale : il aurait pu mourir. Il a trois ans de plus que Legs et doit peser facilement quarante-cinq kilos de plus, mais son maintien indique une sorte de fragilité, comme si sa carcasse était faite d'un verre filé ténu... La foule rassemblée émet un soupir collectif – mi-soulagement, mi-déception. Quelle victoire publique ! Pourtant Legs est magnanime, elle ne jubile pas comme l'aurait fait n'importe quel garçon, elle ne sourit même pas ; son couteau toujours levé luisant au niveau de la gorge de Vinnie Roper, elle échange avec celui-ci un long regard circonspect, un regard effronté, érotique, profondément sexuel comme seule une fille aussi belle, aux joues aussi nettement modelées que Legs Sadovsky peut en produire en de telles circonstances.

Vinnie Roper ne pourra jamais effacer ce regard de sa mémoire, pas plus qu'il ne pourra effacer la honte qui lui a été infligée en public et qu'il sera obligé de ruminer le reste de sa vie.

Tout ce temps-là, Toby a aboyé, ou plutôt a émis des sons pathétiques et gutturaux, comme s'il était possédé de la frénésie d'attaquer ; personne n'avait jamais vu ce chien, habituellement placide, dans un tel état. Goldie et Lana ont dû se mettre à deux pour le retenir, leurs doigts entrelacés autour de son collier. Goldie a le fou rire : « Chut, Toby ! Ça va comme ça, mon vieux. Nous sommes maîtresses de la situation ! »

Mais voilà que d'une porte dérobée sort Mr Zwicky, le professeur d'arts appliqués, qui est aussi l'entraîneur de football des garçons. A la vue de Legs pointant son couteau vers Vinnie et de Bud Petko, chancelant, qui essuie le sang de sa bouche, il marque un temps d'arrêt puis se précipite en criant, les mains en porte-voix : « Vous ! Je vous vois ! Jetez ce couteau ! » Les garçons reculent, tout le monde s'esquive, espérant n'être ni vu ni identifié – sauf Legs, qui, figée sur place, mesure du regard un Zwicky à qui, elle le voit bien, elle flanque également la trouille; elle se demande si elle ne devrait pas simplement rentrer la lame de son couteau, glisser celui-ci dans une poche, faire demi-tour et détaler, ou si elle devrait lancer ce couteau dans un talus de neige, sous une voiture garée. Puis sort le proviseur, Morton Wall, qui se fraye un passage en criant : « Que se passe-t-il ? Que se passe-t-il ? » Récemment, cet homme, très peu aimé des élèves de Perry, a eu des ennuis – des faits embarrassants le concernant ont été rendus publics – et il a une peur panique que quelqu'un soit un jour grièvement blessé ou même tué dans son établissement, qu'on l'en tienne pour responsable et qu'il y ait d'éventuelles poursuites judiciaires contre lui. Ce qui explique qu'avant même de voir la scène, entendant un chien aboyer férocement, il soit déjà au bord de la crise de nerfs; depuis des mois, depuis des années il se doutait qu'existaient des bandes interdites, mais il n'est pas parvenu à prendre des mesures, pas même le début d'une mesure. Et que voit-il maintenant ? Cette fille Sadovsky qui, à en croire la rumeur, est à la tête d'une bande de filles aussi dure et aussi inquiétante que celle des garçons : une fille dépourvue de moralité, au langage ordurier. Alors c'est elle, Sadovsky ? Un de ces cas disciplinaires du lycée ? Et que tient-elle à la main ? Un couteau ? un couteau à cran d'arrêt ? Brandi contre lui ?

D'une voix mal assurée il ordonne : « Margaret ? Margaret Sadovsky ? Laissez immédiatement tomber ce couteau ! » Sa voix conserve un peu de son autorité habituelle bien qu'il soit, dans sa terreur, proche de l'asphyxie.

« Vous le voulez ? Venez le chercher, répond Legs sans se démonter.

– Je vais vous faire arrêter, jeune fille.

– Oh, allez vous faire foutre. Vous savez même pas ce qui s'est passé. »

Les autres sœurs de FOXFIRE tentent d'expliquer la situation; Violet Kahn, en pleurant, assure que Legs n'a rien fait d'autre que la protéger. Mais Morton Wall est trop bouleversé pour entendre : Toby aboie, et il y a trop de gens qui se pressent autour de lui, bouche bée, regard fixe. Que se passerait-il si on ne pouvait soudain plus tenir ces adolescents ? S'ils se retournaient contre lui ? Une émeute ? Une émeute de voyous ? Wall n'écoute personne. Il dit : « Appelez la police. Que quelqu'un appelle la police ! » Puis : « Vous, Margaret, vous êtes exclue jusqu'à nouvel ordre. » Il est maintenant à moins de deux mètres de Legs, doutant qu'il soit judicieux de s'approcher davantage mais continuant à lui ordonner : « Posez ce couteau à terre ! Ce couteau, posez-le ! c'est scandaleux ! C'est illégal ! Dissimulation d'arme ! Un délit ! Je vais vous faire arrêter ! Renvoyer ! Vous êtes renvoyée, jeune dame ! Et vous aussi, Roper ! Vous, puis vous, puis vous ! Petko, c'est ça ? Et Siefried ? Et vous, là, comment vous appelez-vous ? »

Mais voilà que Toby échappe à Goldie et Lana. Le jeune chien esquimau, un animal en bonne santé qui doit peser près de quinze kilos, se rue sur Wall dont il déchiquette les jambes de pantalon : Wall supplie : « Au secours ! Arrêtez-le ! Rappelez votre chien ! » Alors Goldie, montrant peu d'empressement, s'approche d'un pas lent et fait semblant de gronder Toby en tirant à petits coups sur son collier pour libérer le pantalon de Wall des crocs du chien : « Ça suffit, Toby-Tigre, laisse ce trou du cul tranquille. C'est pas lui qui est dangereux. »

Legs rentre la lame de son couteau, qu'elle glisse nonchalamment dans sa poche. Elle confère brièvement avec ses sœurs de FOXFIRE ; on la voit serrer dans ses bras Violet Kahn qui l'étreint passionnément en retour, puis Legs s'en va, la foule s'écarte pour la laisser passer ; agile et gracieuse comme un chat elle court dans la neige, franchissant les dangereuses plaques de verglas agglutinées derrière l'école ; pourtant, dans sa foulée, il n'y a aucune suggestion de hâte, comme si courir, souffle fumant, cheveux au vent, sous un soleil maintenant brillant et froid, était simplement ce que ses jeunes jambes la poussaient à faire ; deux des garçons impliqués dans la bagarre se sont éclipsés : ils sont partis à toute allure, plus que désireux de vider les lieux ; Goldie file également, claquant des doigts pour entraîner Toby à sa suite – pour eux aussi, la foule s'écarte obligeamment ; Morton Wall reste planté là, pleurant presque de frustration, d'indignation, de peur, avec ses jambes de pantalon déchirées, chevrotant : « Renvoyés, vous m'entendez ? Vous êtes renvoyés ! Ne remettez jamais les pieds sur le terrain du lycée ! »

Morton Wall est un proviseur impopulaire : l'année précédente, lui et trois membres du conseil d'établissement ont fait l'objet d'une enquête pour « détournement de fonds publics » et bien qu'aucune charge n'ait été officiellement retenue contre lui ni ses amis, l'intuition générale est qu'il est un escroc, qu'il n'est donc pas habilité, au plan moral, à punir ou même à réprimander les étudiants qui relèvent de sa compétence. Un rire étouffé salue le spectacle qu'offre maintenant cet homme d'une cinquantaine d'années au ventre mou, au teint brouillé, échevelé, cravate retroussée sur l'épaule ; Wall suit des yeux les filles qui s'éloignent, il halète, semble avoir des difficultés à reprendre son souffle puis se presse soudain fortement la poitrine du plat de la main. C'est une crise cardiaque ? Nous regardons avec la plus grande attention, tous regardent avec la plus grande attention – nous sommes maintenant près de deux cents, Maddy Wirtz incluse, cloués sur place, à fixer Morton Wall ; on peut presque entendre monter une prière collective, non, pas maintenant. Pas Wall, pas ça, pas maintenant ! Tant d'événements inouïs se sont déroulés en si peu de temps qu'un seul de plus serait tout simplement du gâchis.

Regardez-les s'emballer ces deux filles nu-tête en blousons et foulards FOXFIRE, on ne les tient plus : en criant dans la rue, elles glissent sur la glace comme des gosses, elles planent, mais c'est une sensation qui dépasse de beaucoup celle que procure l'alcool, la marijuana ou le sniff au vernis à ongles, et en plus c'est contagieux : Toby, le husky au pelage argenté et au museau de raton-laveur, les dépasse à fond de train en aboyant furieusement, puis, comme le font tous les chiens, revient sur ses pas pour repartir de plus belle ; dans les bruits de klaxon et les crissements de freins qui emplissent la rue. Legs et Goldie sont déchaînées, leur sang court si vite dans leurs veines qu'elles n'ont pas besoin d'échanger un regard lorsque, au coin de Holland et de Seventh Streets elles se baissent pour ramasser dans le caniveau des blocs de glace qu'elles projettent avec violence – pour le plaisir, par pure méchanceté – sur les voitures en mouvement ; elles lancent leur projectile et partent en courant, tordues de rire lorsqu'un homme à bord d'une Lincoln Continental d'un noir de corbillard les regarde, ébahi, à travers un pare-brise craquelé en toile d'araignée, et que la glace de la vitrine du tapissier SHOOR vole en éclats dans un bruit surprenant pareil à un éternuement : mais les filles se sont déjà réfugiées dans une ruelle, Toby aux trousses, qui laisse pendre sa longue langue et dont les halètements se condensent en vapeur blanche ; sur Faifax Avenue, elles virent à droite en direction du fleuve : huit cents mètres plus bas, prise par les glaces, la Cassagada fait frissonner, froide, figée, ossifiée. Legs enfonce son coude dans les côtes de Goldie : elle a repéré la Buick DeLuxe turquoise qui les attend, garée devant Eddy's, le buraliste : naturellement le moteur tourne, vomissant des gaz d'échappement, ce qui indique que les clefs sont sur le contact, et naturellement, Legs n'hésite pas : c'est la Buick d'Acey Holman, aussi connue à Lowerton que l'est son propriétaire – connu, oui, respecté, et même craint, dans certains milieux, mais Legs et Goldie ne pensent pas à Acey Holman, elles n'ont pas plus le temps de penser à lui qu'à Morton Wall, ou qu'à Vinnie Roper qui faisait dans son froc quand Legs Sadovsky le tenait à la pointe de son couteau; ou qu'à ce que signifierait un renvoi du lycée. Le lycée, on s'en fout. « Monte ma vieille! Magne-toi le cul! » ordonne Legs, qui a déjà grimpé à bord de cette Buick basse et vaste carénée comme un yacht; Goldie obéit sans réfléchir. Goldie fera tout ce que voudra Legs : poussant une tyrolienne, elle grimpe sur le siège du passager, suivie de Toby, ses pattes glacées posées partout sur les filles à qui il donne de grands coups de langue chaude et humide au point que Legs doit le repousser du coude; inventoriant rapidement le tableau de bord de cette incroyable automobile, elle repère le levier de vitesse terminée par un élégant bouton de cuir; Legs sait conduire, on lui a appris, mais cette voiture-ci? – une Buick DeLuxe 1954 toute neuve, quatre portes, pneus à flancs blancs, tout juste sortie de la vitrine d'exposition du vendeur, turquoise, aussi brillante qu'un œuf de rouge-gorge, et tous ces chromes – pare-chocs, finitions extérieures, ailerons –, des chromes partout, et ce sublime intérieur de cuir noir, si voluptueux. Tout ça attendait FOXFIRE : les rêves ont leur logique, qui pourrait bien nous arrêter?

Legs passe en première, appuie sur l'accélérateur, appuie plus fort, faisant défiler la rue comme l'éclair, dérape légèrement avant que les pneus trouvent leur adhérence, et les voici maintenant en plein trafic : facile, qui pourrait nous arrêter? Les yeux écarquillés, totalement absorbée par les véhicules en mouvement, Legs s'approche trop des voitures garées dont elle frôle les flancs sous les exclamations inquiètes de Goldie (oh!); elle grille un feu rouge qu'elle ne voit qu'après, agrippée au volant et le pied à fond sur l'accélérateur : dans la logique du rêve, quoi de plus naturel que de voir apparaître, se traînant dans Holland Street, hébétées et songeuses comme du bétail abandonné, Lana, Violet, Toni et Maddy vêtues de leurs blousons de FOXFIRE et arborant leurs foulards rouge orangé? Elles semblent à la recherche de Legs et Goldie, ignorant où les trouver sinon quelque part dans cette direction; d'ailleurs, elles n'auraient pu rester au lycée cet après-midi – l'émotion a été trop forte; avançant de front sur la chaussée elles jacassent, éclatent d'un rire aigu, s'interrompent l'une l'autre. Celles qui ont vu de leurs yeux ce qui s'est passé sur le parking le racontent à Maddy qui s'exclame, non! sans blague! une Maddy jubilante que son hilarité – doublée d'un sentiment qui dépasse la simple hilarité – empêche de se demander ce que vaudront à Legs le couteau à cran d'arrêt et le scandale public; son amie a-t-elle vraiment menacé Vinnie Roper? A-t-elle vraiment menacé Mr. Wall? Et elle et Goldie sont-elles réellement renvoyées? Renvoyées pour de bon? Maddy, frissonnante, rit d'une rire incrédule; toutes rient, sauf Violet Kahn, qui pleurniche que tout est sa faute, qu'elle se déteste, qu'elle voudrait être morte et qui se griffe très fort les joues – folle « Blanche-Neige » qui entend vraiment s'écorcher le visage jusqu'au sang : Lana, d'une tape, lui abaisse les mains et lui demande sèchement de la boucler, « en quoi ça peut aider Legs, tes bêtises? ». Marchant toutes les quatre de front dans Holland Street, nu-tête dans le vent, elles regardent avec stupéfaction une voiture s'approcher rapidement d'elles, une voiture turquoise aux chromes rutilants qui fonce dans leur direction : c'est fou, c'est irréel de regarder la voiture d'un parfait étranger et de voir se matérialiser derrière le pare-brise le visage de leur commandante en chef, Legs Sadovsky, assise à la place du chauffeur. Et à côté d'elle, Goldie. Et aussi Toby. Trois têtes sorties d'un rêve; ces filles de FOXFIRE qui marchent comme des zombis dans Holland Street sont assommées par l'évidence de la logique du rêve : la Buick pile net, châssis au ras du sol, lorsque Legs s'arrête à un stop proche de l'intersection de Fifth Avenue; elle ouvre sa portière et leur crie : « Allez! Montez! Restez pas plantées là comme des veaux! »

Elles montent.

Elles s'entassent dans la voiture d'Acey Holman, ces

lycéennes hurlantes, dociles et crédules, prêtes à tout ce qu'ordonnera Legs Sadovsky, prêtes à la suivre n'importe où, et personne ne les arrêtera : Lana, Violet, Toni et Maddy, serrées l'une contre l'autre sur le siège arrière rembourré de la Buick. Les portières à peine fermées, Legs appuie sur l'accélérateur, les emporte, et la plainte des pneus qui s'arrachent à la chaussée et qui vous prend aux tripes agit sur elles comme une injonction de débrider tous leurs instincts; au milieu des cris éperdus, des jacasseries et du vacarme que fait le chien (dressé contre le dossier du siège avant, il essaie de lécher le visage des filles) quelqu'un a mis la radio très fort : Rosemary Clooney, de la voix heureuse d'une personne sans problèmes, chante *Si tu m'aimais seulement la moitié de ce que je t'aime.* Legs les emporte maintenant le long de Fourth Street, se faufilant entre les voitures dans un trafic très ralenti; Maddy, agrippée au bord du siège, tente de contrôler les battements de son cœur, se disant qu'elle a été à deux doigts de manquer ce moment, d'en être exclue – ce qui se serait produit si elle n'avait pas prêté attention au tapage provenu de l'extérieur; aux pas précipités le long du corridor, de l'autre côté de la pièce où elle se tenait; à la voix d'un de ses professeurs, soudain forte, puis à une autre voix en contrepoint, remplie de cette inquiétude, de cette peur d'adulte propre à vous embrouiller. *Si j'avais assisté seulement à la moitié de ce que j'ai loupé!* se chantonne-t-elle. La voiture franchit en cahotant les rails du chemin de fer, elle dérape un bref instant sur ceux du trolley, enfouis sous une neige très tassée, et les filles, d'une seule voix et comme si on les chatouillait, laissent échapper un oh! strident, puis le même, redoublé, oh! oh!, quand Legs donne un brusque coup de volant pour éviter un véhicule garé, le camion de livraison d'un boulanger; mais qui pourrait les arrêter? La Buick passe à l'aise, elle vole tout le long de Fourth Street jusqu'à Mercer Street, le long de Mercer jusqu'à Dwyer Street dans laquelle défilent les établissements

Holland Cement Co, et Mohawk Light et Power (fournitures électriques), puis elle amorce la longue descente en courbe de Fairfax Avenue : celle-ci, une fois passé d'anciennes usines, quelques entrepôts et un château d'eau, devient une nationale qui traverse la campagne en direction du lac Ontario – une route pleine de plaques de glaces nues striées et traîtres, avec une neige poudreuse et molle amassée sur les côtés en de dangereux écheveaux : Lana, gloussante, est projetée contre Maddy qui est projetée contre Violet (c'est quoi, ce parfum qu'elle porte, Violet ? On le sent encore, après toute cette effervescence) qui, poussant un cri aigu, est projetée contre Toni, la petite Toni au gabarit de poupée qui est elle-même projetée contre l'accoudoir ; elles sont maintenant en dehors des limites de la ville, aveuglées par le soleil qu'elles ont en pleine figure ; moins de deux kilomètres plus loin, elles dépassent le champ de courses d'Oldwick, avec ses bannières en lambeaux claquant au vent et ses panneaux de tôle enluminés, criblés de traces de balles de 22 long rifle, faisant de la réclame pour les cigarettes Camel, l'huile pour moteurs Sunoco et le tabac à pipes Mail ; puis le champ de foire du comté de Hammond, qui offre un aspect morne d'abandon hivernal ; c'est là soudain que, derrière elles, se fait entendre le mugissement d'une sirène, tout d'abord faible, puis fort, insistant, furieux, reconnaissable entre mille. Legs, jetant un bref coup d'œil dans le rétroviseur, murmure « oh merde ! », bien que tout d'abord elle ne puisse distinguer la voiture (celle d'un officier de police des autoroutes qui a chronométré la vitesse de la Buick : celle-ci roule entre cent trente et cent trente-cinq kilomètres à l'heure dans une zone où la vitesse est limitée à quatre-vingt-dix) ; sans plus réfléchir que lorsqu'elle a grimpé dans la voiture, ou sorti la lame de son couteau pour en poser la pointe contre la gorge de son ennemi, elle se penche en avant, tête rentrée dans les épaules et agrippe le volant de ses mains rougeaudes, petites mais robustes, les plaçant haut, à onze heures cinq : son visage exprime une détermination, une volonté d'adulte et elle appuie à fond sur le champignon tandis que ses sœurs de FOXFIRE poussent les cris aigus qu'on pousse sur les montagnes russes quand on pique du nez, quand la sensation de danger est délicieuse – mais cette folle randonnée-ci, où les précipitera-t-elle ?

« Legs, ne le laisse pas nous rattraper !

– L'enfoiré !

– Y peut toujours courir pour que je revienne !

– Ce qu'il nous faudrait, c'est un revolver !

– Pour tirer dans ses pneus !

– Il se rapproche ?

– Non !

– Il se rapproche pas !

– FOXFIRE NE REGARDE JAMAIS EN ARRIÈRE !

– Oh... Legs...

– Putain de merde ! »

Devant elles, un camion Diesel ralentit pour aborder une intersection signalée par des feux orange clignotants; même si elle le pouvait, Legs ne s'arrêterait pas; mais en l'occurrence, elle va trop vite : elle appuie à mort sur le klaxon et la Buick se remplit de cris tandis que, sans aucune visibilité, Legs se déporte sur la gauche et fonce pour dépasser l'engin; le visage ahuri du chauffeur ressemble à un ballon suspendu en plein milieu du pare-brise lorsque Goldie, s'étranglant de son gros rire de hyène, brandit son majeur en un geste obscène; Legs ramène alors la Buick sur la file de droite, évitant de justesse une collision de plein fouet avec une vieux con conduisant une guimbarde genre camionnette découverte, et la Buick dérape mais très brièvement, comme par taquinerie; la route descend progressivement pour s'enfoncer dans la campagne – un paysage de terres cultivées peu familier à leurs jeux de citadines : l'US 104, une autoroute à deux voies bordées de champs recouverts de neige brillante, avec des rangées de tiges desséchées de maïs au-dessus desquelles tournoient paresseusement de grands oiseaux noirs – des corbeaux ? Le flic lancé à leurs trousses a dû ralentir, mais elles entendent encore sa sirène dont une des filles assises à l'arrière cherche à couvrir le bruit en se penchant pour atteindre le bouton de la radio et en augmenter le son : la chanson « Moulin Rouge » explose à leurs oreilles, plaintive et nostalgique – une nostalgie d'une impudeur totale ; Maddy, remplie d'une terreur exquise, se pelotonne dans le creux que forme le corps de Legs sur le siège avant comme une toute petite fille épouserait en silence la forme de sa mère endormie et ferme les yeux, ses paupières abaissées frémissent contre ses globes oculaires mais ses yeux sont fermés, ô Dieu, ô cher Dieu, fais que... ce ne peut être une prière puisque Maddy-Monkey – à qui sa vivacité d'esprit, la sagacité qui l'empêche de gober les salades des Autres, ont valu le surnom de « Killer » – ne croit pas en Dieu ; elle est sûrement bien trop avisée pour croire en un quelconque Dieu-le-Père trônant là-haut dans les cieux (et à quel endroit du ciel, s'il vous plaît, pourrait-il bien être ? Elle a lu des ouvrages d'astronomie, ces derniers temps, et, la nuit, perplexe et fascinée, elle a observé ce ciel qui, pour n'être pas très clair au-dessus de la ville industrielle de Hammond, n'en est pas moins là) ; pourtant ses lèvres remuent malgré elle au mépris de toute raison ; elle se demande depuis combien de temps elle n'a pas dormi avec sa mère, avec cette femme, désormais perdue pour elle, qu'elle appelait maman, sa maman : pas besoin de savoir où commence votre corps et où finit celui de l'autre quand on éprouve une telle sensation de chaleur, d'intimité, d'amour ; mais elle revoit soudain le visage de sa mère, tout chamboulé, tout bouffi, tout de travers ; ses bras, attachés le long de son corps, sont méchamment contusionnés : elle s'est blessée dans l'escalier et s'est retrouvée en sang, couverte de bleus : l'ambulance, le brancard, c'est pour son bien ; sa bouche est distendue comme celle d'un poisson qui endurerait, muet, son supplice ; Maddy s'entend dire il faut rompre le charme, dissiper ce nuage qui pèse sur moi, mais sous les mots, derrière les mots, s'élève la sirène du flic ; l'enfoiré se rapproche mais Legs ne se rendra pas. FOXFIRE NE S'EXCUSE JAMAIS ! FOXFIRE DÉFIE LA MORT ! les arbres défilent à toute allure, des boîtes aux lettres penchées pointent sous des talus neigeux ; dans le ciel, un éclat bleuté s'infléchit vers le sol, colonnes de glace, aiguilles de glace, le vent gémissant souffle, ébranle la voiture remplie des exclamations des filles et des aboiements furieux du chien, et Maddy lovée en creux dans la forme de Legs, yeux fermés, croit qu'elle peut enfin sentir tourner la terre, sentir le courant invisible qui vous porte et vous meut, imperceptiblement, jusqu'à ce que votre propre mouvement devienne plus rapide que celui de la terre, vous libérant enfin de la gravité. FOXFIRE NE DIT JAMAIS « JAMAIS » !

Avant que la Buick turquoise et chrome se retourne – que de tonneaux ! – dans un champ rempli de congères situé au nord de Tydeman's Corners, Legs Sadovsky aura fait dix-sept kilomètres depuis le bureau de tabac de Fairfax Avenue, dont une dizaine avec, aux trousses, un véhicule de la police des autoroutes regagnant du terrain quand la voie était dégagée ; avec des filles excitées jusqu'à l'hystérie, baladées d'un côté à l'autre de la voiture, s'accrochant les unes aux autres en poussant des cris perçants ; Legs, voyant ce qui se présente à elle, fait la grimace : il s'agit d'un de ces points à l'ancienne comportant une rampe d'accès abrupte et exiguë et un étroit tablier de planches – un vrai cauchemar, mais pas le temps d'hésiter : elle ne freinera pas, elle est maligne, elle réfléchit, elle sait que le flic devra ralentir, l'enfoiré sera prudent : de quoi gagner quelques secondes, n'est-ce pas ? Quelques secondes peuvent faire toute la différence dans ce type de compétition ; elle lance donc la Buick à toute allure, franchit la rampe et s'engage sur le pont ; ses roues avant cognent, patinent, et elle semble tout d'abord se cabrer, comme sous le coup d'une surprise indignée, oh! oh!, mais, pour stupéfiant que cela paraisse, la voiture tient bon, c'est un engin lourd et puissant qui semble presque doté d'intelligence – jusqu'au moment où, sortant en trombe du pont, elle dérape sur une plaque de glace en partie fondue et fait une embardée; les roues arrière ont l'air de se soulever : un bref instant, on ne sent plus aucune adhérence, toute gravité est abolie, la Buick décolle, elle flotte, elle est propulsée dans l'espace en état d'apesanteur totale, elle n'est plus qu'un vaisseau de cris! Maddy a ouvert les yeux, elle se souviendra toute sa vie de ce *Ça y est! Ça y est!* – de ce moment probablement si lourd de conséquences – qu'elle prononce mentalement à l'instant où la voiture touche durement le sol, rebondit comme si elle était toujours en apesanteur, tournant, vrillant – réceptacle de la chair, des os, de la vie de six adolescentes –, dégringolant, glissant, roulant sur elle-même et ricochant sur le sol comme un insecte géant à la dure carapace qui déjà se redresse avant de retomber sur le dos dans des craquements terribles; la neige se déverse par les vitres cassées, le toit s'affaisse, comme pulvérisé par une main géante et le moteur ronfle toujours, comme s'il cherchait frénétiquement à fuir; elles sont ensevelies dans un cocon de blanc bleuté, on entend des gémissements, des halètements, des sanglots, les aboiements d'un chiot, on sent une forte odeur d'urine; puis Legs, coincée derrière le volant, incapable de se retourner, de regarder autour d'elle, de voir quoi que ce soit, s'écrie, d'une voix haletante vibrant à la fois de colère et d'exultation, « personne est mort, pas vrai? ».

Personne n'était mort.

Troisième Partie

1

La Rive Rouge

Un. *Deux.*
Trois. *Quatre.* *Cinq.* *Six.*
Sept. *Huit.*
Neuf.
Dix. *Onze.*

Elle compte : onze oiseaux de proie décrivant dans le ciel des cercles lents.

En souriant, elle compte : onze éperviers ce matin, un ciel brumeux, chauffé à blanc, le milieu de l'été, juillet oui, mais le combien ? Un jour sans nom.

Du pouce, l'une des gardiennes l'a pratiquement énucléée mais elle compte comme si sa vie, son âme en dépendaient : onze éperviers qui s'élèvent... descendent en vrille, si gracieux... puis s'élèvent... puis redescendent, en de lentes spirales. Plumes brun-gris, camouflage astucieux. Ailes largement déployées, si puissantes qu'elles n'ont presque pas besoin de battre pour porter les grands oiseaux.

Des chasseurs. Les maîtres de l'air.

Suis-je une des vôtres ? Prenez-moi avec vous.

Ici, dans La Pièce, qui mesure (elle le sait, elle a compté) deux mètres soixante-dix sur deux mètres quarante – l'« isolement », comme on l'appelle –, où, éveillée à toute heure et attendant pourtant impatiemment le lever du jour, elle peine maintenant, dressée sur la pointe des pieds, résolue à regarder par la petite ouverture crasseuse, semblable à un œil, creusée à contrecœur et creusée très haut, cruellement haut (pourtant Legs Sadovsky est grande : elle fait un mètre soixante-douze pieds nus) dans le mur de parpaings; elle doit se hausser sur la pointe des pieds, les muscles de ses mollets tremblent, elle se dévisse le cou, poussée par l'urgence de voir, pour qu'on ne la frustre pas de la capacité de voir le bleu du matin, le pâle ciel vaporeux, et ces rapaces; elle est toute remuée lorsqu'ils apparaissent, des éperviers, paraît-il. « Ici », c'est Red Bank (Rive Rouge), située en pleine campagne, à vingt-cinq kilomètres au nord-ouest de Hammond et, comme Legs est une fille de la ville, elle croit n'avoir jamais vu, bon Dieu, de ses yeux vu, un oiseau de proie auparavant, ces oiseaux dont la taille et la force sont si surprenantes : il est tôt, très tôt, et dans la semi-obscurité ils surgissent, haut dans le ciel, comme une musique inattendue : visibles seulement de cette fenêtre, de cette cellule, et non de la chambre qu'elle partage au « chalet » avec d'autres filles – seulement d'ici; ils s'élèvent sans effort apparent, comme simplement portés par le vent, leurs larges ailes, tout muscles et plumes, leurs larges ailes gracieuses les portent au sommet de la spirale, puis après une pause infime... le temps d'un battement de cœur... ils redescendent de nouveau en vrille vers le sol, décrivent des cercles lents... plongent, tombent... chevauchent les masses d'air qui les portent au-delà du mur d'enceinte en parpaings de la MAISON DE CORRECTION POUR FILLES de Red Bank, haut de près de quatre mètres et surmonté d'un entrelacs de barbelés qu'on n'aimerait pas porter autour du cou.

Je suis des vôtres.

Elle se frappe violemment le front contre le mur suintant, un front déjà orné d'un bleu douloureux; son œil est enflammé – le pouce de la gardienne – et elle n'arrive pas à se rappeler pour combien elle en a écopé cette fois, ni même si on le lui a dit.

Je suis des vôtres. Oh, mon Dieu, doux Jésus, faites-moi sortir.

2

« Justice »

Maintenant, c'est leur tour. Ils se vengent de nous. Ces Autres que nous méprisons, pensant qu'il nous suffirait de fuir pour les laisser derrière nous, pour ne jamais tomber dans leurs filets.

FOXFIRE BRÛLE ET BRÛLE! D'une certaine façon, nous en étions venues à le croire – comme dans un rêve, où on ne peut pas distinguer le bizarre du normal, tant les deux sont enchevêtrés.

Vous faites probablement partie de ces Autres... vous, si protégés, si supérieurs et si hypocrites, vous vous dites, des délinquantes juvéniles... du gibier de potence... des petites garces. Vrai ?

Ouais, je ne vous le reproche pas. C'est ce que pensent la plupart des gens de Hammond en apprenant ce que nous avons fait; que nous autres, de FOXFIRE, sommes vraiment dans le pétrin; arrêtées par la police, certaines d'entre nous sont inculpées pour délit aggravé.

Une ambulance nous conduit aux urgences du centre hospitalier de Hammond, puis nous sommes placées en détention préventive au centre d'hébergement juvénile – encore heureux que nous ne soyons pas mortes ou infirmes à vie. A part quelques rares membres de nos familles (et encore, pas tous, vous pouvez me croire) l'opinion générale est que nous devrions toutes (et pas seulement Legs Sadovsky) être enfermées à Red Bank plutôt que simplement placées en liberté suveillée.

Il y a même un éditorial dans le *Hammond Chronicle* évoquant la menace que représentent les « bandes de voyous » pour les établissements secondaires!

Mais six d'entre nous (Lana, Violet, Toni, Rita, Marsha et Maddy) ont de la chance : cinq mois de liberté surveillée, plus un discours interminable du juge qui nous met tout particulièrement en garde contre les « fréquentations dangereuses »; Goldie est condamnée à douze mois de liberté surveillée – une vraie chance car, un moment, il a semblé qu'elle finirait à Red Bank avec Legs, pour complicité avec cette dernière dans un vol qualifié (pour avoir emprunté la voiture d'Acey Holman! Ce n'était qu'une blague) et, à titre individuel, pour des délits sérieux tels que voies de fait et destruction avec préméditation de biens d'autrui. Legs écope de ce qu'on nomme une peine indéterminée, cinq mois minimum, avec un maximum non précisé, si bien que la détenue ne sait jamais combien durera une foutue « incarcération » au cours de laquelle elle se trouvera en permanence sous la coupe de ses geôliers – à savoir le personnel de l'établissement, mais aussi les détenues dites de « confiance », les privilégiées pour bonne conduite à qui, comme Legs ne va pas tarder à le découvrir, on ne peut pas faire confiance. Nous apprenons, notamment, que dans l'État de New York, les mineurs placés dans les maisons de correction doivent être impérativement libérés à dix-huit ans : la date à laquelle ils y sont entrés ne pouvant être prise en compte. Mais avec le système des peines indéterminées, ils peuvent aussi bien ne pas être libérés avant l'âge de dix-huit ans. On peut ainsi rester des années à Red Bank, accusé de quelque « délit » mineur pour lequel on ne peut inculper un adulte, du type fugue, absentéisme scolaire; ou parce qu'on a décrété que vous êtes incorrigible (« qu'est-ce qu'un incorrigible, si ce n'est quelqu'un dont un adulte désapprouve l'attitude? »

objecte Legs), ou de mœurs faciles. (Seules les filles peuvent être de mœurs faciles. Jamais les garçons.)

On pige tout de suite que ces accusations peuvent signifier presque tout ce que la police et les « tribunaux pour mineurs » veulent qu'elles signifient, ouais, pareil pour les parents, il y a plein de parents qui espèrent se débarrasser de leurs gosses; c'est pour ça que Legs essaye de discuter avec les gens du tribunal pour enfants, et même avec le juge en personne, soulignant quelle folie, ou tout simplement quelle injustice c'est de pouvoir condamner pour fugue une gosse de disons treize ans et l'envoyer à Red Bank où, si son attitude ne plaît pas au personnel, elle peut finir par purger une peine de cinq ans – autant que certains hommes adultes condamnés pour vol à main armée, et même pour homicide par imprudence!

Legs va jusqu'à dire au juge, un type nommé Oldacker, « je parie que c'est anticonstitutionnel de traiter les enfants comme ça. Comme si, parce qu'on est des mineurs, on n'était pas des humains ».

Oldacker, c'est ce bonhomme qui a décidé pour nous toutes lors de diverses audiences, un salopard au visage de pruneau qui nous regardait (et qui regarde surtout Legs Sadovsky) comme si nous étions la lie de la terre, comme si nous représentions un danger réel pour lui.

Legs a du cran, mais c'est plutôt casse-cou de parler comme elle le fait, insistant sur ses droits, répétant une douzaine de fois qu'elle n'a fait que protéger une de ses amies qui a été harcelée par plusieurs garçons, précisant qu'elle a dû sortir son couteau parce que c'est la seule forme de persuasion qui marche auprès des bandes de garçons. De plus, Mr Wall les ayant renvoyées du lycée, son amie Betty Siefried et elle, sans leur laisser une seule chance de se défendre, elles sont parties faire un tour en auto : « Nous n'avons pas volé cette voiture, dit Legs, nous voulions juste nous balader avec; nous allions la ramener mais le flic s'est lancé à notre poursuite : j'ai eu peur qu'il tire dans nos pneus, je crois que j'ai paniqué... et j'ai continué. »

Toutes les accusées de notre bande ont la même assistance sociale désignée par le tribunal : une femme du nom de Siskin. Elle a persuadé Legs de se brosser soigneusement les cheveux et de les discipliner par des barrettes : mais quand Legs secoue la tête, une partie de sa chevelure s'échappe, se dressant sur sa tête, toute frisure et ondulations. Le côté gauche de son visage, le plus meurtri, le plus tuméfié, lui fait la gueule de travers, ce qui lui donne l'air provocant. Désespéré. Elle dit, d'une voix soudain fluette : « Cette cour n'est pas compétente pour me juger. »

Oldacker a un petit sourire méchant en contemplant, de l'autre côté de son énorme bureau surélevé à la surface brillante, cette Sadovsky aux cheveux en bataille, cette gamine dévoyée.

« Ah oui ? Tiens donc ! »

Je retrouve, pliée dans le carnet de Maddy, une feuille de bloc-notes jaunie couverte d'un gribouillage hâtif trahissant l'inquiétude, l'effroi. Je la déplie, la défroisse et découvre qu'il s'agit d'une liste des charges officiellement portées, le 8 avril 1954, contre MARGARET ANN SADOVSKY par le tribunal pour enfants du comté de Hammond, dans l'État de New York.

Je n'ai plus le souvenir d'avoir écrit ceci, et pourtant j'ai dû le faire. Pour la « vérité historique ».

Mon Dieu, il s'agit de la liste des accusations portées contre Legs : vol qualifié ; conduite sans permis ; conduite imprudente ; excès de vitesse ; atteinte à la sécurité des personnes ; refus d'obéir à l'injonction d'un officier de police ; dommages aux biens d'autrui causés avec intention de nuire ; comportement contraire aux bonnes mœurs ; possession et dissimulation d'arme blanche ; tentative d'agression à main armée ; absentéisme répété, sans compter les étiquettes de « cas disciplinaire », de

« mineure incorrigible » et de « mineure de mœurs faciles » qu'on lui avait de plus collées!

C'est le propre père de Legs qui se rend au tribunal pour enfants. Pour la trahir. Pour témoigner avec des mensonges et des exagérations encore pires que ceux de Morton Wall (qui a fait un faux témoignage contre nous toutes). N'est-ce pas incroyable?

Ab Sadovsky! Partout, à Lowerton, on connaît son mauvais caractère, son caractère emporté, cinglé, sa nature querelleuse, son alcoolisme, ses problèmes avec les femmes et avec ses employeurs. Oh, la vue de cet homme, avec sa mine renfrognée, tanguant jusqu'à former avec le trottoir un angle dangereusement aigu, comme s'il avait une jambe plus courte que l'autre! pourtant bel homme – du moins, il l'a été –, bien que brun et gras, tout le contraire de Legs. Il se pointe donc au tribunal pour enfants avec sa fille, mais en la regardant à peine, comme si elle l'avait blessée, comme s'il en avait honte; totalement sobre, il est rasé de frais, et porte un costume et une cravate que Legs affirme ne pas lui avoir vu porter depuis la mort d'un de ses compagnons de beuverie – même qu'après l'enterrement il a disparu pendant trois jours pour finalement se retrouver dans la cellule d'isolement pour ivrognes du comté, et Legs a été obligée de payer une caution pour l'en faire sortir; avec Oldacker, il joue les personnes posées, « avouant » qu'il ne sait plus comment s'y prendre avec sa fille qui, comme beaucoup de gosses de nos jours, échappe à son contrôle, et que s'il s'était remarié après la mort de sa femme, la situation serait peut-être différente aujoud'hui... Legs dit qu'elle ne peut tout simplement pas en croire ses oreilles : ils se disputent beaucoup, c'est sûr, et s'évitent quand ils le peuvent, mais elle n'aurait jamais pensé qu'il la trahirait de la sorte, et devant des étrangers, « oh, Maddy, j'ai le cœur brisé, je ne lui pardonnerai jamais ».

Ils demandent à Ab Sadovsky si sa fille est mêlée à des affaires de drogue, si elle fait partie d'une bande, si elle couche à droite et à gauche, et ce traître se tait, menton baissé, faisant une série de plis avec le cou, comme s'il examinait ses chaussures et ne pouvait se résoudre à répondre.

Legs Sadovsky « couchant à droite et à gauche »! Legs, qui aurait tué n'importe quel type, animé de ce genre d'intention, qui aurait posé la main sur elle!

Donc Oldacker met peut-être dix minutes à délibérer avec le représentant des parties plaignantes et avec Mrs. Siskin, puis prononce la condamnation : pour Legs, ce sera la maison de correction pour filles de Red Bank, où nous avons toutes une peur bleue d'être envoyées. (Il y a un bâtiment séparé réservé aux garçons, deux fois plus grand, et plus proche de Red Bank-Ville. A Lowerton, la plupart des gens connaissent, ou ont dans leur propre famille, des enfants séjournant à Red Bank; pareil pour Mayhood (la prison d'État pour hommes) et Milena (l'hôpital psychiatrie d'État). Toute notre vie, on a entendu des blagues courir à propos de ces endroits, des blagues pas drôles, comme celles qu'on fait sur la Mort. Entendre ces noms au tribunal, de la bouche de quelques fils de pute qui n'ont pas la moindre idée de ce qu'ils signifient, et les voir retranscrits, donc concrétisés, parce qu'ils ont été effectivement prononcés, est une des expériences les plus terribles qu'on puisse imaginer.

« Cinq mois minimum... quel est le maximum? » demande aussitôt Legs, et Oldacker répond : « Cela dépendra de vous, jeune fille. »

Sous l'œil vigilant de l'auxiliaire féminine de police – des fois qu'on glisserait quelque chose en fraude à notre sœur de FOXFIRE – Legs nous étreint une à une : Goldie, puis Lana, puis Rita, puis Violet, puis Toni, puis Marsha, puis Maddy. Nous pleurons toutes (sauf Legs) comme si notre cœur se brisait. Maddy, Legs l'étreint plus fort que toute autre, jusqu'à l'étouffer, en grimaçant elle-même à cause de sa clavicule douloureuse, et lui chuchote – un son qui est mi-caresse, mi-chatouille pour le tympan : « Monkey-mon cœur, ne prends pas cet air triste ; je serai de retour dans cinq mois », serrant Maddy plus fort contre elle et lui murmurant à l'oreille un secret que personne d'autre ne peut entendre : « ... Et peut-être même avant. »

Cela signifie-t-il que Legs a un espoir de s'échapper de Red Bank ?

3

Une brève histoire des cieux

Quelque part, un ailleurs qu'on ne peut connaître.

France, Rouen, 1594 : une pluie de « pierres brûlantes », tombée d'un ciel vide, s'abat à flanc de coteau, tuant un homme âgé et blessant plusieurs spectateurs et quelques bestiaux : un médecin dissèque l'homme et découvre qu'une des pierres, d'un rose plombé, lui a traversé bien proprement la poitrine ; qu'elle lui a, de fait, traversé le cœur, le tuant sur le coup. Angleterre, Cheswick, 1701 : une « avalanche » de pierres semblables traverse le toit d'une église lors de l'office pascal, projetant le prêtre contre l'autel, produisant des flammes qui consument la plus grande partie de l'édifice, mais épargnent – ce qui tient de l'intervention divine – les fidèles qui s'enfuient. Ohio, Lima, 1889 : le fourgon de queue d'un train de passagers est criblé de roches, de cailloux et d' « aiguilles » lancées d'un ciel apparemment dégagé : on a dénombré neuf mille de ces objets, le plus petit étant de la taille d'un grain de raisin et le plus gros, d'un poids de trente-cinq kilos. « Nous avons cru que c'était la fin du monde, l'Apocalypse », ont dit les cheminots.

Connecticut, Salem Falls, 1923 : une grande réception donnée en plein air à l'occasion d'un mariage auquel assistent plusieurs centaines de personnes est interrompue par « une pluie de rocs brûlants » s'écrasant dans un fracas d'artillerie, à tel point que les invités, pris de panique, croient essuyer des coups de feu : on tire sur la noce. On a dénombré plus de quatorze mille de ces « rocs brûlants » tombés du ciel.

Sud Dakota, Wurmwell, 1931 : le dernier match de softball de la saison. On en est au neuvième tour de batte lorsque, avec un grondement de tonnerre, une grêle de roches de petite taille s'abat pendant plusieurs minutes, interrompant le match : certains témoins oculaires, terrifiés, rapportent que la terre, sur des kilomètres et dans toutes les directions, est marquée de cratères remplis de la poussière due à l'explosion. Dans une ferme voisine, la famille McNamara – le père, la mère et six enfants – vient juste de passer à table pour déjeuner lorsqu'un unique objet rond défonce le plafond, traverse la cuisine en roulant à toute allure et, comme téléguidé, se dirige vers les escaliers de la cave où il disparaît en rebondissant avec fracas. Mr McNamara s'exclame : « Mon Dieu, quelqu'un a défoncé notre toit avec une balle de bowling », et un de ses fils dit : « Ce n'est pas une balle de bowling, c'est une boule de feu. » Une fois consumé, l'objet apparaît comme étant un gros fragment de roche, brillant et presque parfaitement rond, d'un poids de seize kilos.

Ontario, Puce, 1952 : un soir d'été, au coucher du soleil, tout l'ouest du ciel s'enflamme, comme une vitrine de Noël illuminée par un dingue, et un objet de la forme d'un « ananas doté d'ailes » fonce vers la terre et explose, creusant un cratère de neuf mètres de profondeur et de près de seize mètres de diamètre. Autour de ce cratère et sur des kilomètres, une poussière noire sablonneuse et salée retombe sur tout ce qui est animé ou inanimé, se déposant sur le cuir chevelu, s'insinuant sous les ongles et dans les rides de la peau.

Les habitants de Puce ont dit qu'ils croyaient vraiment que les Russes avaient lâché la bombe H sur les États-Unis.

Non. Il s'agit de débris de roches provenant d'un au-delà plus lointain que la planète Mars.

Qu'est-ce qu'une météorite ? C'est la substance ferreuse d'un météore qui a survécu à sa traversée, fulgurante et violente, de l'atmosphère terrestre. Un météore ? Un ensemble de petites planètes ou de gros fragments de planètes qui, au contact de l'atmosphère terrestre, deviennent incandescents : ils laissent parfois un sillage de flammes.

Puis il y a les astéroïdes... les comètes... les « étoiles filantes », les « bolides ».

Des roches qui tombent du ciel. D'un ailleurs qu'on ne peut nommer.

Il s'agit là de notes prises, pour l'essentiel, à la bibliothèque municipale de Hammond car Maddy Wirtz brûlait tellement d'*apprendre,* de *mémoriser* un savoir qu'elle croyait définitif qu'après l'école, elle passait des heures assise à recopier consciencieusement les données recueillies dans les livres ; l'un d'eux, depuis longtemps oublié, s'intitulait *Une brève histoire des cieux.* (Tout ceci était sorti de ma mémoire. C'est seulement en tombant sur ces notes, si soigneusement pliées et insérées dans le carnet original, que je me le rappelle.) Maddy, lorsqu'elle dévisageait les gens – des adultes pour la plupart – et que (sans savoir ce qui se passait), ils lui rendaient son regard, ressemblait à une rêveuse tirée de son rêve : des informations, des illustrations, des diagrammes, tel un voile léger, venaient se surimposer sur leurs visages. Cette fille étrange présentait telle facette aux adultes et telle autre à ses sœurs de FOXFIRE ; mais telle autre encore – ou s'agissait-il du noyau le plus secret ? –, elle la gardait pour elle.

Personne ne me connaît. Personne ne peut me faire de mal.

Sauf qu'une fois, Maddy a lu à Legs un passage copié dans un livre, probablement *Une brève histoire des cieux* – celui concernant les « bolides », comme on appelle ces débris de roche de grosseur variable susceptibles de causer des dommages considérables à la terre lorsqu'ils la heurtent. Legs, qui n'en croyait pas ses yeux, a fait une plaisanterie trahissant sa stupéfaction et son inquiétude : « Alors n'importe quel foutu truc de ce genre peut à tout moment vous dégringoler sur la tête ? Vous arracher la tête ? » Et Maddy a répondu : « Ben, en fait, c'est assez rare. C'est pas quelque chose qui va arriver pour de bon. » Mais Legs refusait d'en rester là : il y avait, comme ça, des idées dont elle s'emparait et avec lesquelles elle jouait, qu'elle suçait comme un sucre d'orge, « merde, Maddy : juste quand le problème de Dieu et tout ce bazar est réglé, à savoir qu'Il est inoffensif pour la bonne raison qu'Il existe pas, voilà que s'amène un nouveau truc pour vous flanquer la trouille ! ».

Exact. Mais on ne peut pas passer sa vie dans la terreur d'un objet tombé du ciel, pas ?

Ainsi donc : Legs Sadovsky brandit le couteau à cran d'arrêt dont, pour son propre bien, elle a toujours été un peu trop fière, et de façon un peu trop ostentatoire. Puis Legs Sadovsky dévale la rue ; surexcitée et gonflée à bloc, et elle voit par hasard la Buick turquoise d'Acey Holman stationnée de la façon que j'ai décrite. Avec les clés laissées sur le contact, ce qu'il jurera n'avoir jamais fait auparavant. Et le hasard veut que quatre d'entre nous, lancées sur la piste de Legs, se trouvent dans cette rue sans trop savoir non plus ce qu'elles font – sachant seulement que quelque chose va se produire.

FOXFIRE BRÛLE ET BRÛLE !

Comme tout cela finit tristement ! Legs envoyée à Red Bank, là-bas, à la campagne : si seule au milieu de ces trois cents filles – des délinquantes juvéniles – reléguées derrière un mur de parpaings haut de plus de trois mètres cinquante et surmonté d'un entrelacs de barbelés. La seule personne qu'on n'aurait jamais dû enfermer est sous les verrous. « Je voudrais... j'aimerais pouvoir prendre sa place », je dis à Goldie : et Goldie me lance un drôle de regard ; elle tient Toby serré contre sa poitrine et lui aussi, je le vois bien, me lance ce regard qui signifie : « Oui, pourquoi c'est pas Maddy qu'on envoie au centre d'éducation surveillée ? Comme ça Legs serait libre. »

4

L'affront

Dans une sorte de transe elle se meut au fil des heures, au fil des jours, se réveillant comme les autres le matin à cinq heures trente, dans le noir, au son strident d'une sirène. Où suis-je, qu'est-ce que cela signifie, elle se demande, tout en suivant le troupeau à la salle de bains, aux douches qui suintent et puent, puis au réfectoire, et elle se demande aussi que faire pour que tout redevienne comme avant. Comme quelqu'un qui aurait reçu un coup sur la tête, ou dont le cerveau aurait été privé d'oxygène et qui serait pourtant encore capable de se tenir droit, de marcher et même de parler normalement ; elle semble lucide, pleinement consciente, mais en réalité elle ne comprend rien. Comment venger cet affront ? Mais quel affront, au juste ? Et comment comprendre ce qu'on ne peut nommer ?

Au cours de ce premier mois passé à Red Bank, au réveil, il lui arrive une demi-douzaine de fois, sous les rires moqueurs des autres filles, d'essayer d'ouvrir une porte : de tourner un bouton et de tirer, tirer comme si la résistance d'une porte verrouillée à son intention était un malentendu que seule une obstination d'enfant pourrait dissiper.

Jusqu'à ce qu'une des gardiennes (généralement Lovell) ou une des détenues « de confiance » (généralement « Dutchgirl ») vienne la réprimander. Lui empoignant l'épaule, elles la giflent parfois, amusées et désireuses d'amuser la galerie, quoique pas très rassurées par cette lueur, semblable à la réfraction du verre brisé, qu'elles voient s'allumer dans ses yeux.

Elles mettent Legs au défi de les frapper en retour. Ce qu'elle fait parfois.

Ce qui permet aussi de la punir. Tous ses manquements à la règle sont scrupuleusement notés, transcrits sous forme de rapports et soumis aux assistants du directeur, accompagnés de la liste des sanctions spécifiques qu'ils requièrent : privée de salle commune le jour, privée de douche, repas réduits (c'est généralement le déjeuner qui saute), travail supplémentaire (aux cuisines ? à la buanderie ? dans les toilettes ? dans les douches ? récurer les planchers ? travailler la terre ? – La maison de correction de Red Bank est une machine en perpétuel mouvement qui engendre sans cesse de nouveaux éléments de désordre auxquels, naturellement, il faut remédier) ; enfin la punition la plus redoutée : La Pièce – c'est-à-dire, l'isolement, pour un temps déterminé.

Quand elles portent la main sur elle, elle grimace d'une douleur qu'elle refuse de montrer. Foutue clavicule, lente à se ressouder.

Dutchgirl, avec son sourire rusé découvrant ses dents qui rentrent, verdâtres : « Tu es une vraie dure, une planteuse de merde, hein ? " Legs Sadovsky. FOXFIRE. " Ouais, j'ai entendu parler de toi. J'espérais bien te rencontrer. »

L'amour-propre l'exige : marche. Ne laisse pas ces salopes te traîner, mais c'est en la traînant, gémissante, pantelante, qu'on la conduit dans La Pièce, « bon sang, qu'est-ce qui m'arrive ? Je me reconnais plus, le plus marrant étant que Sadovsky – la nouvelle – déteste tellement sa compagne de chambre (Bobbie Meldon, un réel problème : une fille de ferme faible d'esprit, lente, renfrognée, qui dégage une odeur notoirement virulente, même si elle affirme se laver « exactement comme tout le monde ») qu'elle préfère encore le régime cellulaire. Pourtant elle semble l'oublier alors qu'on la traîne, jambes raides, ruisselantes de larmes, *où suis-je, qui suis-je ?* Elle est vigilante, ses muscles sont tendus et ses réflexes encore vifs, pourtant elle semble n'y rien comprendre, c'est quoi, ça : ces portes qui se referment, verrouillées, ces fenêtres garnies de treillis métallique ? Les genoux repliés sous elle, elle tombe – ou on la pousse – visage contre un matelas crasseux posé à même le sol parmi la débâcle de cafards qui rentrent dans un mur sur lequel on distingue des tuyaux à nu, et elle s'endort, se réveille, se rendort, la tête lourde comme un chaudron, puis se réveille de nouveau, dans le noir, le cœur battant, terrifiée mais alerte, elle a vite repris ses esprits et ne pense qu'à s'échapper, couchée là sur le côté, recroquevillée sur ce mince matelas puant souillé de sang menstruel, de vomi, d'ancien désespoir et de larmes des autres. *Maddy, je veux mourir, j'ai peur, je vais devenir folle. Je crie, je hurle, mais il n'y a personne.*

La Pièce est le lieu de la gravitation terminale : quand vous tombez, vous tombez vite, et vous tombez là.

On la traîne, jambes raidies, hors de la salle de récréation – c'est la première fois, quelques jours seulement après son admission, qu'elle perd tout contrôle, tirant soudain en hurlant la porte (verrouillée) puis enfonce son coude dans les côtes bien enrobées de la détenue « modèle », ce qui déclenche un chahut monstre ; une autre fois, on la traîne, jambes raidies, hors du réfectoire : il est six heures du matin, le soleil est à peine levé et elle a tout d'abord témoigné d'une « insolence silencieuse » dans la queue du libre-service quand la gardienne nommée Lovell a hurlé contre une demi-douzaine de filles (dont Legs), leur reprochant de pousser, mais qui poussait, bon Dieu ? Ça s'est produit en quelque sorte comme un glissement de terrain et, parce qu'une petite Noire effrayée (Marigold, de Fairfax Avenue, Lowerton, Hammond), était en mauvaise posture, Legs s'est plantée en plein milieu pour la protéger; Lovell a sorti Legs de la queue et, un instant plus tard, a dit quelque chose comportant les mots « amie des nègres ». Alors Legs a perdu son calme; elle ne s'est plus souvenue ensuite ce que, foutre, elle avait bien pu faire – elle se souvenait seulement qu'il fallait le faire.

L'HONNEUR DE FOXFIRE!

LA JUSTICE DE FOXFIRE!

« Espèce de petite merde! Espèce de petite conne! Ça, ma mignonne, tu vas le regretter! » dit Lon Lovell, le visage bouffi, moite d'aise, souriant comme si on venait tout juste de lui faire un cadeau inespéré. L'urgence leur conférant une certaine liberté de manœuvre pour agir contre ce type d'incident, Lovell et l'autre gardienne « isolent » immédiatement la détenue et la traînent bras tordus derrière le dos, ça fait si mal que Legs se met à vomir. À deux doigts de tomber dans les pommes sans que s'en soucient ces grosses costaudes de femmes, avec leur uniforme bleu marine amidonné et leurs bas épais pareils à ceux que portent les infirmières : ceci fait partie de leur boulot, elles sont payées pour le faire et, nom de Dieu, elles vont le faire.

Traînant Legs Sadovsky, livide de douleur, hors du réfectoire redevenu silencieux, elles passent devant la cuisine, toutes portes ouvertes sur le corridor, d'où s'échappent des ondes de chaleur humide et des odeurs puissantes de porridge roussi, de graisse, de détergent et d'un lait tourné à vous flanquer la nausée; elles passent ensuite devant F, G et H, les « chalets » (ce que ne sont pas, à proprement parler, ces petits bâtiments ramassés à un seul étage : ce ne sont que des débarras, des sortes d'appentis ou cages à poules en parpaings et béton dotés de petites fenêtres carrées aux vitres crasseuses protégées d'un grillage – le chalet H est celui de Legs Sadovsky mais elle n'y reviendra pas avant plusieurs jours); puis devant une cave plongée dans la pénombre et dépourvue d'aération : c'est l'infirmerie, et ses six lits sont constamment occupés; après un bref trajet à l'air libre – quel choc que cet air glacé du petit jour, et de voir soudain apparaître la voûte du ciel, c'est une sensation aussi déconcertante que si le sol se dérobait sous vos pieds, mais une sensation éphémère puisque déjà, dans la niche étroite jouxtant la remise abritant le matériel d'entretien, voici La Pièce.

Une chance pour Lon Lovell et l'autre gardienne qu'elle soit inoccupée, ce matin; elles n'avaient pas pensé à le vérifier au préalable.

Pas plus qu'elles n'avaient pensé à vérifier si le lieu était propre, prêt à être occupé par un être humain – par exemple, si les toilettes n'étaient pas de nouveau bouchées, ou si les cafards ne grouillaient pas trop ostensiblement.

« OK, princesse, l'amie des nègres, t'es rendue ! », commentaire suivi, pour la faire entrer, d'une violente poussée qui la projette au sol comme une vulgaire poupée de chiffon.

Maddy, j'ai si peur que je vais devenir folle. J'ai peur de pas être aussi forte que je le croyais.

La cuvette souillée du w-c sans rabat, le matelas posé à même le sol. Pas de drap, pas d'oreiller, et l'unique lucarne, mesurant approximativement trente centimètres sur quarante, placée si cruellement haut sur le mur. Une vitre très sale et l'habituel grillage, sauf qu'ici le grillage est à l'intérieur.

Comme ça, on ne peut pas casser la vitre et s'ouvrir les veines.

Toute une journée, une longue journée : un rectangle d'une lumière chiche a progressé et régressé sur le sol, baignant la couche délicate et duveteuse de poussière, de crasse et de cheveux qui font comme un tapis de graines pelucheuses de peuplier.

Le père Theriault l'appelle : « Margaret ? »

(Si ce vieil homme n'avait pas une vraie tendresse pour elle, c'était parce qu'il ne la connaissait pas. Mais quand il parlait, elle l'écoutait toujours. Elle ne pouvait pas ne pas le faire. Écouter.)

Il lui redit ce qu'il lui a dit un jour dans le parc, au sujet de la Mort.

Plus on vieillit, plus on « répète » sa propre mort. Comme ça, on a moins peur de mourir. Pas la Mort même, mais l'approche de la Mort : les pensées qui vous viennent alors; ce qu'on est soi-même en sa présence.

« Merde, je suis probablement une dégonflée, rien de plus », a dit Legs en riant.

Le père Theriault a ri aussi. Ce petit homme ratatiné, avec son précieux litron de bourbon dans un sac en papier. Il a dit : « Oh, que non, tu n'es pas une dégonflée, petite. Non.

– Ah oui ? Comment le savez-vous ? a demandé Legs, sceptique.

– Bénis soient ceux qui ont le cœur pur, Margaret. Toi, tu verras Dieu », a répondu le père Theriault.

Pour revenir en arrière, c'est au poste de police du quartier où on dresse le procès-verbal et où on l'interroge que l'affront commence. C'est là que la situation échappe à son contrôle.

Naturellement, elle a eu peur quand ce flic leur a donné la chasse sur l'autoroute. Une trouille bleue. Mais elle l'a cachée à ses sœurs de FOXFIRE qui ont besoin d'elle, qui lui font confiance. N'est-elle pas leur commandante en chef ?

Une fois entre les mains des flics, elle accepte l'idée d'être malmenée; peut-être même de se prendre deux claques, comme elle en recevait parfois de son vieux. Pas pour lui faire mal (pense-t-elle), juste pour assener un argument. Comme lorsqu'on ponctue une phrase. Comme lorsqu'on écrit une phrase au tableau noir. Mais les affronts que les flics lui font subir sont, de leur part, une façon de la considérer comme une fille facile, une sorte de putain au rabais; ils lui demandent constamment le nom de ses petits amis, le genre de services qu'elle leur rend, le nom de la bande à laquelle ils appartiennent – Viscounts, Hawks, Dukes? Ou s'agit-il de types plus âgés?

Par la suite, Legs dira que ça lui a fait un choc d'entendre ces noms de la bouche d'adultes; ces bandes de Lowerton, on croyait que seuls les jeunes les connaissaient ou s'en souciaient. Mais c'est sans doute parce que ces flics-là sont eux-mêmes du quartier. L'un d'entre eux, le plus grossier, celui qui l'appelle « Legs » et « Legs, mon chou », est un McGahan : il habite en haut de la rue où vivent Legs et son père.

Qu'ils en aient ou non le droit, ou que les droits de Legs en tant que « mineure » ne soient plus respectés parce qu'elle a commis certains délits plutôt sérieux – du moins le prétendent-ils, essayant peut-être de l'effrayer –, ils la retiennent cinq heures, en pleine nuit, au commissariat de Fourth Street, lui demandant inlassablement pour quel gang elle et ses amies « opèrent », recelant des armes et des marchandises volées. Chaque fois Legs répond : « Mes amies et moi, on est seules. Il n'y a que *nous* », et les flics hochent la tête sans écouter, ou lui font de petits sourires entendus et narquois, répétant : « Quel gang? Quels types? Des types plus âgés, comme Acey Holman? »

Il y a un va-et-vient continu de flics dans cette pièce privée d'air et brillamment éclairée, dans laquelle une auxiliaire de police n'est pas toujours présente. Plus l'interrogatoire se prolonge, plus il devient pénible pour Legs, qui proteste en hurlant presque : « Je vous l'ai dit. Vous n'écoutez pas. FOXFIRE, c'est nous seules : nous ne travaillons pas pour quelques foutus petits voyous du lycée. » Alors ils la mesurent du regard, alertes; ils aiment la voir s'énerver, l'entendre perdre toute prudence verbale. Comme si, en se comportant ainsi, elle leur donnait le feu vert pour faire de même.

Ils la frôlent, lui touchant par mégarde – exprès le bras, les seins. Ils disent : « Alors, mon ange, par lequel de ces " petits voyous " tu te fais mettre, hein ? Par tous, peut-être ? »

Legs a peur, elle se sent vulnérable : ces hommes, censément officiers de police, lui tombant dessus comme ça, employant, avec des sourires narquois, des mots aussi brutaux que « niquer », « limer », ou même « enfiler »; et elle est toute seule – elle a donné aux flics le numéro de téléphone de son domicile mais ils n'ont pas réussi à joindre Ab Sadovsky, ou peut-être ne se sont-ils pas donné grand mal pour le faire. Elle voit bien qu'elle ne fournit pas à ces salauds les réponses qu'ils attendent : des noms de bandes et d'individus isolés. Ce qui signifie qu'ils ne s'intéressent nullement à FOXFIRE : seuls comptent à leurs yeux les gangs masculins – les mâles.

C'est l'affront le plus grave. Il l'atteint si profondément que, sur le moment, elle est incapable d'en analyser les effets.

Les flics du commissariat de Fourth Street finissent par se désintéresser de Legs : peut-être ne détient-elle, après tout, aucune information précieuse : elle n'est qu'une malheureuse gamine de quinze ans, morte de trouille, qui ne comprend même pas dans quel pétrin elle s'est fourrée; signant un papier, ils la cèdent donc au centre de détention pour mineurs situé de l'autre côté de la rue. Plus tard, quand Mrs Siskin lui demandera si ces flics, lorsque l'auxiliaire féminine de police a quitté la pièce, ont fait plus que l'interroger, Legs, se mettant presque en rage, répondra en lui jetant un regard furieux : « Hein ? Mais j'aurais tué n'importe quel salaud qui aurait posé la main sur moi. »

Elle a peut-être déjà oublié qui l'a fait.

Depuis, Legs s'installe dans le rêve, un rêve éveillé interrompu par de brusques phases de frustration et de violence. Où je suis ? Pourquoi je ne peux pas ouvrir cette porte et m'en aller ? Pourtant une partie de son esprit, sachant pourquoi elle est captive, la pousse à accepter son sort sans l'empêcher de se rebeller lorsqu'elle se retrouve enfermée à clé dans une salle d'attente qui pourrait tout aussi bien être une salle d'observation, avec ses murs tendus de bandes verticales de capiton semblables aux tapis de sol de la salle de gymnastique du lycée, parce que – et Legs ne s'en souvient plus, elle refuse de le croire – elle s'est montrée « combative ».

Quelles preuves ont-ils ? C'est écrit dans un rapport.

On la déshabille de force – c'est une fouille, ils cherchent des narcotiques. Elle pleure d'humiliation, jamais elle ne survivra à cet affront, jamais ; à ces doigts gantés de caoutchouc lubrifié qui s'enfoncent à l'intérieur de son corps, dans les parties de son corps les plus secrètes, les plus cachées ; on lui pose également des questions au sujet de son tatouage : « Un travail si grossier ne peut être que du travail maison, hein, mon chou ? C'est ton petit ami qui te l'a fait, hein ? Tu as eu de la chance que ça ne se soit pas infecté. » Et on la tâte, là, sous les cheveux, ses cheveux fins, rebelles et emmêlés, en utilisant une petite torche pour inspecter son cuir chevelu, ses oreilles et même ses narines, même sa bouche. Pour ces surveillantes, Legs Sadovsky n'est maintenant plus qu'un corps, un nom, un numéro, elle est trop épuisée pour protester.

Le premier de Dieu sait combien de bains et de douches. Pris sous le regard scrutateur des surveillantes. Qu'est-ce que je fais ici ? Qu'est-ce qui s'est passé pour que j'aie tant changé ? Comme une enfant faible d'esprit à qui on apprendrait à se laver, à se récurer de pied en cap – n'oublie surtout pas de te savonner entre les orteils, mon chou ; tu sais que tu n'es pas un modèle de propreté –, à se shampouiner les cheveux avec ce shampooing Vitlav aussi décapant que de la lessive ; il arrive à ses surveillantes de s'amuser sans méchanceté de sa pudeur, ou de se moquer carrément, goguenardes (tu n'es pas la seule à être née avec des seins et un cul) – cela dépend de leur capacité personnelle à compatir. Plus long est le cortège de mineures admises tel jour au centre, plus réduit est le stock de compassion disponible.

Après ce premier bain pris au centre de détention, Legs doit récurer la baignoire – une énorme baignoire blanche vétuste, incrustée de taches, délabrée et montée sur des pieds en forme de griffes; elle doit le faire nue, pantelante, sanglotante, épuisée, honteuse de sa nudité, l'insulte logée dans la gorge comme une glaire. Puis, ainsi qu'on le ferait pour un animal, elles lui pulvérisent du désinfectant : de la lotion Récurax en bidon de quarante-cinq litres muni d'un tuyau terminé par une pomme, diffusant sous les bras, sous les seins et dans la région pubienne un liquide piquant destiné à tuer la vermine.

Legs : « Je vous ai déjà dit que j'avais pas de poux : ça se voit, non ? » Surveillante : « Bien sûr, mon chou. C'est ce qu'elles disent toutes. » Une autre surveillante, regardant Legs remettre ses sous-vêtements et un sarrau de coton bien trop grand pour elle, ajoute : « Là où tu vas, mon chou, et avec les compagnes que tu auras, tu risques d'en attraper. Malgré ces précautions. »

A Red Bank, au début, elle se raidit contre les autres. Ou plutôt, les Autres – pas seulement les gardiennes et les détenues de confiance mais aussi contre toutes les détenues, celles à qui on ne fait pas confiance, car Legs Sadovsky est hérissée d'orgueil, de doute, de souffrance, de rage, d'inquiétude, ses muscles sont douloureux, ils se crispent, elle a des contractures tel est son besoin de courir, de courir comme une perdue; même son cuir chevelu frissonne comme un banc de poissons minuscules qui, sentant le danger, ont un réflexe de fuite; elle vit dans un état de tension presque permanent, surtout quand elle ne s'épuise pas au travail, et il lui arrive plusieurs fois de se réveiller d'un sommeil léger et agité en grinçant si fort des dents que ses molaires du fond sont positivement brûlantes.

Et Bobbie Meldon, sa compagne de chambre dont les seuls bonheurs consistent à manger et dormir – surtout dormir –, la supplie d'une voix enfantine et désespérée. Pourquoi tu nous empêches de dormir ? Pourquoi tu es aussi... elle hésite, abrutie, la cervelle embrumée de sommeil, cherchant le mot juste... odieuse ?

John Dillinger, mitraillé dans le dos par des lâches, criblé de balles, gît dans la rue; il saigne à mort jusqu'à n'être plus qu'un tas de viande. Legs se penche sur lui, elle le touche, elle plonge un doigt dans le sang, puis les mains, dont les paumes sont toutes rouges.

Le danger, c'est que son tour peut venir : elle aussi risque d'être abattue par une grêle de balles et de se retrouver, agitée de sursauts, agonisante, sur ce même trottoir.

Elle se tient là, très droite, résolue. Elle attend ?

Autre rêve : elle est sur le parking du lycée. Elle court, son couteau à cran d'arrêt à la main. La lame luit au soleil, ses sœurs de FOXFIRE l'attendent, et cette fois, elle plonge la lame dans la gorge de Vinnie Roper, elle ne l'épargne pas car, elle, personne ne l'a épargnée.

Dans le chalet H, il y a une prisonnière modèle surnommée « Dutchgirl » : un gros tas de viande, une lourde fille qui lui rappelle Goldie, sauf que la « Hollandaise » en question ne montre aucune inclination à se soumettre à Legs.

D'emblée, Dutchgirl a repéré cette dernière. Elle la bouscule dans la queue qui se forme pour les douches ou pour le self-service et lui murmure : « Allez, toi, avance. » Et Legs, comme tirée d'une crise de somnambulisme, la regarde, plus surprise que fâchée, et lui répond, désignant les filles placées devant elle dans la queue : « Mais bon sang, j'peux pas leur marcher sur la tête ! » Alors Dutchgirl lui sourit – un sourire en coin – et lui dit : « Pas d'insolence, ma poule. Tu sais que ça te vaut rien. »

« Dutchgirl », dix-sept ans, dont la libération est prévue pour janvier 1955, pour son dix-huitième anniversaire, est la chouchou des gardiennes pour avoir cultivé les manières brutales et soupçonneuses de celles-ci ; un appétit de discorde brille dans ses yeux – des fois qu'elle pourrait affirmer son pouvoir en levant la main sur les filles les plus faibles tout en défiant les plus fortes, dont elle recherche la complicité. Elle est à Red Bank depuis deux ans pour avoir aidé son petit ami, âgé de vingt-neuf ans, à dévaliser une station-service et avoir caché son fusil après qu'il eut tué un homme. Elle a un visage brutal, taillé en botte, bosselé, plein de croûtes et de cicatrices, et des sourcils noirs et fournis qui se rejoignent sur l'arête de son nez ; sa morsure est cruelle et laisse une empreinte en forme de fer à cheval quand ses dents s'enfoncent avec voracité dans, disons, un toast au fromage. Elle mange en gardant la tête baissée sur son assiette et ses yeux deviennent rêveurs et lactescents, comme remplis de l'amour d'elle-même.

Le tatouage de Dutchgirl est un vrai tatouage, imprimé dans la chair grasse et musculeuse de son biceps droit ; elle l'a acquis chez un spécialiste d'Olcott Beach. C'est un cœur pourpre, comme on en voit sur les cartes de la Saint-Valentin, autour duquel s'enroule un serpent vert vif, avec les mots A DRAKE POUR LA VIE déroulés comme un drapeau au-dessus de la tête du serpent. Drake purge sa propre peine à Maywood et ils ont rompu. « Cette merde », comme elle l'appelle ; ce qui ne l'empêche pas de sembler fière de son tatouage. Elle l'a plus d'une fois comparé à celui de Legs en disant que le sien c'était de l'authentique – pas un bricolage artisanal –, curieuse cependant de savoir ce que représentait exactement celui de Legs : « FOXFIRE, c'est une sorte de gang ? Un secret ? Ou c'est le gang de ton petit ami ? » demande-t-elle.

Legs ignore Dutchgirl. Elle sait qu'il faut se méfier d'elle mais elle l'ignore.

Legs Sadovsky est capable, elle aussi, de vous tenir sous un regard dont on ne peut s'affranchir – le regard de ses yeux sans couleur, semblables à du verre biseauté.

Un matin, au milieu de l'été. Legs a été « isolée » et on vient juste de la ramener de La Pièce; elle est d'une humeur qui frôle ce que, à Red Bank, on nomme la « zone rouge » (synonyme de danger), ce qui n'empêche pas Dutchgirl de la provoquer en tyrannisant Bobbie, la compagne de chambre de Legs, alors que toutes trois sont de service aux cuisines, alors Legs demande calmement : « Pourquoi tu la harcèles ? C'est pas sa faute si elle est un peu lente » et Dutchgirl dit : « C'est une connasse » et Legs répond : « Fais gaffe à ce que tu dis » mais Dutchgirl ajoute, en se rapprochant : « Une demeurée. Une vache, une pauvre conne », alors Legs tressaille (Dutchgirl parle si fort) : « Ça suffit, maintenant tu laisses Bobbie tranquille » et Dutchgirl ricane : « C'est ta chérie ? C'est ça que tu fais avec elle ? » et Legs, plantant son doigt dans le sternum de Dutchgirl, dit : « Et alors, et puis après ? »

Dutchgirl ne s'attendait pas à cette remarque. Elle rit, interloquée, et se balance sur ses talons. Enfonçant sans ménagement son index dans le sternum de Legs, elle lui lance en riant : « Change de disque, Sadovsky, celle-là, c'est pas ton type. »

Huit, onze... quinze semaines. De l'autre côté du mur de parpaings haut de près de quatre mètres, c'est le printemps. Un été prématuré. Une chaleur pâle et gluante tombe du ciel et pèse, captive, à l'intérieur des bâtiments. Le temps ne s'écoule pas : chaque jour est le même jour parce qu'elle n'a pas de calendrier, qu'elle est la seule de toutes ces pauvres connes tristes à ne pas avoir de calendrier; la seule, aussi, à éprouver un véritable choc en découvrant qu'une porte, n'importe quelle porte, est verrouillée à son intention.

Quel choc de savoir que, quand elle tournera machinalement une poignée, la résistance sera aussi inflexible que la Mort.

DÉFENSE DE PARLER après l'extinction des feux ou durant l'appel. DÉFENSE DE PARLER dans les rangs. DÉFENSE DE PARLER dans les douches. DÉFENSE DE PARLER en se rendant des chalets au réfectoire, sur les divers lieux de travail, à la salle de récréation ou au parloir, à l'infirmerie. DÉFENSE DE S'ATTARDER, À QUELQUE MOMENT QUE CE SOIT. DÉFENSE DE FUMER en dehors de la salle de récréation. DÉFENSE de laver ses sous-vêtements dans les lavabos. DÉFENSE DE SE DOUCHER en dehors des heures indiqués. DÉFENSE DE S'ÉTENDRE SUR SON LIT AVEC SES CHAUSSURES. DÉFENSE d'étendre serviettes, lessive, vêtements dans les chambres. DÉFENSE D'ARRIVER EN RETARD AU RÉFECTOIRE. DÉFENSE DE MANQUER UN REPAS. DÉFENSE de franchir une seule LIGNE ROUGE lorsqu'on se met en rang. DÉFENSE de s'appuyer au mur. DÉFENSE de sortir des chambres, du réfectoire, des couloirs, etc. avant d'entendre le signal (sirène). DÉFENSE d'emprunter ou de prêter des objets personnels tels que vêtements, chaussures, affaires de toilette, argent, revues. DÉFENSE de sortir de la nourriture du réfectoire. DÉFENSE de recevoir de ses visiteurs argent, cadeaux et autres objets non expressément autorisés. DÉFENSE d'introduire de la nourriture dans les chalets. DÉFENSE de posséder plus de cinq (5) jeux de sous-vêtements. DÉFENSE d'avoir plus d'un (1) ouvrage de couture ou de tricot en train. DÉFENSE de coudre ou tricoter pour une autre détenue. DÉFENSE de posséder plus de cinq (5) produits cosmétiques. DÉFENSE de laisser sa chambre en désordre – les lits doivent être faits dès le réveil et doivent rester nets et impeccables toute la journée. DÉFENSE de porter foulards et pinces à friser dans la journée. DÉFENSE de marcher en chaussettes ou nu-pieds. DÉFENSE d'avoir sa poubelle personnelle. DÉFENSE de recevoir plus de deux (2) visites de trente (30) minutes par semaine. DÉFENSE de recevoir des visites de mineurs de moins de dix-huit ans. DÉFENSE de recevoir des visites d'anciens détenus ou de personnes en liberté surveillée. DÉFENSE aux détenues de communiquer par écrit. DÉFENSE de recevoir des paquets. DÉFENSE de recevoir des lettres de plus de quatre (4) pages de la taille réglementaire. DÉFENSE d'envoyer du courrier par un autre canal que celui du personnel affecté à ce service. DÉFENSE d'envoyer ou de recevoir des lettres n'ayant pas été soumises à l'inspection du personnel administratif. DÉFENSE aux détenues de posséder plus de cinq (5) instantanés, photographies, etc. DÉFENSE d'exposer plus de trois (3) de ces objets autour du lit. DÉFENSE d'échanger instantanés, photographies etc. avec d'autres détenues. DÉFENSE aux détenues d'avoir des contacts personnels tels que jouer, se battre, lutter, danser, se masser, se peigner, se brosser ou se tresser les cheveux, s'aider mutuellement à s'habiller, à laver ses affaires. DÉFENSE de pratiquer des jeux ailleurs qu'à la salle de récréation et sous la surveillance du personnel. DÉFENSE, À TOUT MOMENT, d'élever la voix, de crier etc. DÉFENSE DE DÉSOBÉIR AUX RÈGLES DE LA MAISON DE CORRECTION. TOUTE VIOLATION SERA PROMPTEMENT PUNIE ET FERA L'OBJET D'UNE PROLONGATION DE PEINE.

Maddy, j'ai tellement peur que j'ai l'impression que FOXFIRE n'est qu'un rêve.

Elle est dans La Pièce, préférant s'étendre sur le sol plutôt que sur le matelas crasseux, elle se cogne la tête contre le mur, méthodiquement, presque en douceur, mais elle fait des pompes et, assise sur son séant, des séries de redressements; sous l'effort, des flammes lèchent son visage et sa nuque, sous les cheveux, alors qu'elle tente des tractions dans le chambranle de la porte; mais ses doigts glissent, elle s'esquinte les ongles, elle tombe durement sur le côté, elle se fracasse comme un vulgaire pot de terre.

Elle est à l'infirmerie, elle tousse, elle crache des mucosités, ses poumons expectorent des matières chaudes et gluantes de la taille d'une pièce de monnaie : c'est une bronchite, déclare l'infirmière, sourcils froncés d'inquiétude, qui lui donne de l'aspirine en disant que la seule chose à faire est d'attendre que ça passe, que ce n'est pas mortel.

Maigrelette et agile comme un serpent, elle se glisse dans un interstice séparant deux bâtiments – personne ne pourra croire que Legs Sadovsky s'est insinuée dans un espace aussi étroit – puis elle court à l'air libre, dans le noir, sous une légère et douce pluie d'été, elle est déjà derrière le pâté de maisons qui constitue le cottage A. Pliée en deux, elle sent des yeux fixés sur son dos et le sommet de son crâne et elle se blinde contre une éventuelle grêle de coups de feu, comme dans les films sur la captivité, mais rien ne se passe, personne ne lui crie : « Qui va là ? », aucune alarme ne se déclenche; une fois le mur atteint – le mur ! –, elle n'hésite pas : elle bondit, empoigne un moellon froid et mouillé, sans arêtes ni prise, bondit comme une biche touchée au cœur, bondit, plus haut, encore plus haut, agrippe, empoigne et retombe, mordant jusqu'au sang sa lèvre inférieure; elle sourit en pensant à la stupéfaction, totale cette fois, de Maddy Wirtz quand elle se glissera dans sa chambre : FOXFIRE BRÛLE ET BRÛLE ! FOXFIRE NE REGARDE JAMAIS EN ARRIÈRE ! Mais bientôt elle sent des mains qui l'agrippent, on lui gueule quelque chose, on l'emmène de force en la portant à moitié, elle se contorsionne, elle lutte et une des gardiennes lui dit : « C'est une foutue chance qu'on t'ait reprise ici : si tu avais franchi le mur, tu aurais chopé six mois de plus, carrément. »

Maddy, je peux pas t'envoyer cette lettre parce qu'ils l'ont censurée, mais je me languis tellement de toi, de toutes mes sœurs de FOXFIRE, je t'aime, je pourrais mourir pour toi, tu le sais, hein ? Merci pour tes lettres & pardon de pas te répondre, à part des petites conneries de rien du tout, c'est parce qu'ils lisent ce qu'on écrit. Je peux pas le supporter, & si je me « conduis mal », ils vont me donner des mauvais points, j'en ai déjà récolté plein. Seigneur Dieu, je vais rester jusqu'à dix-huit ans (je blague, t'inquiète).

Cette folie qui me prend et me quitte ! J'ai peur parce qu'on vient d'expédier une fille à Milena, elle est devenue vraiment folle et a essayé de se tuer en avalant ce produit qui sert à déboucher les waters. J'ai peur qu'ils m'y envoient aussi mais, comme je t'ai dit, ça va ça vient c'est pas tout le temps c'est comme un ballon qui dérive et heurte le plafond : tu sais que c'est l'air qui le fait bouger, c'est imprévisible. Aussi je me réveille longtemps après tellement en colère que je peux plus parler je grince des dents & je pue je suis en nage mais il y a cette voix dans ma tête, presque comme ma propre voix mais calme, une voix de grande personne & elle me dit OK mais t'es vivante. Alors je me dis mon Dieu c'est vrai – j'suis vivante.

L'autre jour, en utilisant la ventouse dans un w-c bouché, t'imagine pas l'abomination, je me suis pour ainsi dire réveillée j'ai senti mon cœur battre, senti mes muscles etc. J' suis vivante, c'est l'essentiel.

Le père Theriault dit que le miracle, c'est pas Jésus se levant de la tombe. Le miracle c'est nous. Le fait qu'on soit vivant.

Alors tu te dis, bon Dieu, y en a tellement qui sont pas vivants, et penser ça te rend toute faible. & à quel point la terre se remplit de morts qui se perdent les uns dans les autres – y sont plus que de la terre. Souviens-toi de cette chose qu'on a vue au Muséum, L'ARBRE DE VIE, tant d'espèces éteintes que ça fait plus ou moins peur car on se demande quel est le but, mais la vérité c'est que ça n'a aucune importance de savoir quand le Temps a commencé, à quand ça remonte etc. : les seuls êtres vivants sont vivants maintenant.

Une des saletés qu'on m'a faites, un des pires affronts, c'est qu'ils m'avaient dans le nez pour mon « immoralité » à cause des mensonges de mon père, ils ont donc fait ces examens sur moi contre ma volonté, ils ont dû m'attacher pour me faire ce qu'on appelle un « pelvien ». NE LAISSE PERSONNE TE FAIRE UN PELVIEN, JAMAIS. En plus, ils m'ont fait une prise de sang pour voir s'ils trouvaient une maladie vénérienne ou je ne sais quoi (j'aurais pu aussi bien être enceinte) mais ce qu'ils ont trouvé, c'est que j'étais un peu anémiée. Quelque chose manquait dans mon sang, peut-être parce que je me nourrissais pas convenablement, donc ils m'ont donné des pilules au fer. Et c'est vrai que ça m'a fortifiée, je le sens.

Quand je me réveille de la façon que je t'ai dite et que la folie s'en va c'est comme le brouillard qui se dissipe quand le soleil se lève et je suis surprise de me retrouver où je suis faisant ce que je fais; comme une fois, au parloir, quand Kathleen Connors, une ex-petite amie de mon père, est venue me voir : elle est si adorable, elle m'a apporté des sous-vêtements des chaussettes et du cold cream Ponds parce que mes mains sont très abîmées, que je me suis mise à pleurer, ce qui est pas de moi & et elle m'aurait prise dans ses bras sauf qu'on peut pas tellement se rapprocher & j'essayais de lui expliquer : non c'est pas que ça va pas je pleure parce que je suis heureuse, j' peux pas t'expliquer. Quand on travaille aux cuisines ou dans le jardin on parle et on rit un maximum surtout quand la détenue de confiance est pas trop salope, oui, quelquefois même on rit quand on est de bonne humeur & qu'on se pose pas de questions.

Donc la folie et l'envie de mourir, c'est pas tout le temps. Je me tuerai jamais, ça c'est sûr. Hier dans la salle de récréation je me sentais un peu nerveuse & pouvais pas rester assise tranquille : j'ai regardé autour de moi & j'ai vu ces étrangères qui m'entouraient j'ai pensé Hé, tu peux *pas* ne pas savoir qu'elles aussi sont tes sœurs, certaines pâles & le teint cireux & l'air d'avoir le moral à zéro comme si elles avaient le cœur brisé, la peau en mauvais état à cause de ce qu'on mange ici & et les cheveux mous & il y a Triss, une des fugueuses, « fugueuses », c'est comme ça qu'Ils les appellent, elle vient juste de s'échapper de chez une famille d'accueil où le vieux l'embêtait elle a dit, & et c'est dans sa vraie famille qu'elle essayait de retourner mais elle s'est fait prendre & comme c'était pas la première fois elle est ici pour huit mois, ils l'ont épinglée en disant qu'elle était « incorrigible » comme moi, c'est écrit dans son fichier. & il y a Marigold si timide qu'elle peut pas parler sans chuchoter, elle a versé du débouche-chiotte Draino dans l'oreille du petit ami de sa mère parce qu'il les avait battues, Marigold et sa mère, & elle s'est excusée, il est pas mort mais il a été assez gravement blessé. & il y a Nicky qui te ressemble un peu, Maddy, c'est une futée, elle porte des lunettes, elle s'est fait coffrer pour vol à l'étalage & fugue & parfois elle voit des choses se ruer sur elle, elle se met à hurler & nous devons la calmer. & il y a Connie, dont je m'occupe. & il y a Ginger & Lori, puis il y a Bobbie, ma compagne de chambre, qui s'est fait ramasser par la police pour avoir caché des objets volés pour ce type qu'elle se plaisait à considérer comme son petit ami, pauvre Bobbie, elle est un peu lente, elle est trop crédule, elle remet rien en question & en ce moment précis elle a du chagrin pour quelque chose que j'ai dit ou pas dit et elle me lance des coups d'œil timides en se suçant les doigts comme Rita avant que Rita devienne notre sœur de sang & et il y a Dutchgirl qui bâille à se décrocher la mâchoire, il y a en elle quelque chose de dur lové comme un serpent, elle croit qu'elle est mon ennemie je sais pas pourquoi elle est l'ennemie de toutes les filles elle les dénonce aux gardiennes parfois elle veut être mon amie mais j'en ai rien à foutre & elle m'a à l'œil, puis il y Bernadette assise à l'écart le regard fixe et la bouche entrouverte, tout le monde l'évite parce qu'on raconte qu'elle a eu un bébé qu'elle a laissé mourir juste comme ça couché sur le sol, quelque part dans les toilettes pour femmes d'une gare & je regarde ces filles dans la salle de récréation avec son tapis crasseux à longs poils brun-vert & avec quelques revues comme *Life* & *Ladies, Home Journal* & *Readers Digest* qui traînent, offertes par quelqu'un & c'est comme si on m'avait donné une claque qui me réveille et me fait publier mes propres pensées bon Dieu, mais c'est mes sœurs, elles sont tout comme moi, tout comme mes sœurs de FOXFIRE que je me dis.

D'abord, ici à Red Bank on est toutes pauvres, les Blanches comme les Noires.

Une journée d'une chaleur étouffante : on l'informe qu'elle a une visite :

« Ton père.

– Lui ! Qu'est-ce qu'il veut ? » demande Legs en riant.

Mais elle tremble. C'est avec un goût de froid dans la gorge qu'elle se dirige vers le parloir.

C'est bien lui. Ab Sadovsky. Visage de la couleur du mastic, paupières ravagées; ce mince sourire fuyant et ces lèvres mouillées signifient probablement qu'il a bu. Dans la boîte à gants de sa voiture devrait se trouver un sac en papier contenant une bouteille d'un demi-litre de bourbon Four Roses. C'est sûr.

Ils se voient et aussitôt leur regard dévient – une trajectoire – glissante.

« Bonjour, heu... mon chou.

– Bonjour. »

Pourquoi est-il venu ? Il ne l'aime pas, il se fout d'elle comme d'une guigne. Impossible de ne pas le savoir. Il n'est pas venu la voir depuis quatre mois et demi. Il n'a pas non plus écrit – naturellement.

Comme il l'a déjà expliqué, il n'est pas du genre à écrire.

Il s'éclaircit la voix, déplace son postérieur étroit sur la chaise, essaie de sourire. Il dit d'une voix rauque (le tabac) :

« Eh bien, Margaret, tu sembles en bonne forme. Comment te sens-tu ? »

Legs, maussade, murmure timidement quelque chose.

« Quoi ? j'entends pas.

– J'ai dit : ça va.

– Ah oui ? Tu sembles... OK. Tu as l'air bien. »

Une pause. Il tente de nouveau de sourire, on voit qu'il est plein de bonnes intentions. Croyez-le ou pas, il porte un pardessus sport – en cet après-midi humide de juillet ; il s'est mouillé les cheveux et les a soigneusement coiffés en arrière.

« Tu dors bien ? Comment est la nourriture ?

– OK. »

Ces mots, « OK » – cette expression d'une telle banalité –, Legs les prononce avec un rictus de subtile ironie, avec l'ombre d'un sourire narquois.

Une fureur étrange et soudaine les saisit tous deux – le père et la fille. Qui les laisse vidés.

Puisqu'il a fait l'effort de conduire jusque-là, Ab Sadovsky se dit autant continuer ; on décèle quelque reproche dans sa voix, mais c'est vrai qu'il se donne du mal – ça se voit. Il parle lentement, sur un ton à mi-chemin entre la culpabilité et le défi, radotant sur des trucs qui n'ont aucune chance d'intéresser Legs, du genre : voici des nouvelles fraîches de Lowerton, des voisins, de certains membres de la famille (que lui-même ne connaît qu'indirectement), des actions syndicales menées dans l'usine où je travaille. Père et fille se font poliment face de part et d'autre de la table – quatre-vingt-dix centimètres d'aggloméré poisseux. Au-dessus de leur tête, haut sur le mur, est fixée une pendule qui marque deux heures vingt-cinq. L'aiguille rouge des secondes tourne distraitement. Deux gardiennes sont de service : mâchoire peu énergique, jupe bleue et chemisier blanc amidonné : une demi-douzaine de détenues rencontrent leurs visiteurs le long de la bande d'agglo : voix feutrées, un rire qui fuse de temps à autre, quelques larmes, peut-être, il y a toujours des larmes; personne ne regarde autour de soi, par respect pour l'intimité des autres : quand on est entassé comme des bêtes, on apprend à respecter l'intimité, c'est si précieux. À côté de Legs et de son père, il y a une famille nègre; une fille dont Legs ne connaît pas le nom, à qui la mère et une sœur aînée parlent gravement : la codétenue de Legs s'exprime avec véhémence; on sent qu'à mi-voix elle tente de les convaincre de quelque chose – pour celles-là, une demi-heure bourrée d'émotion alors qu'Ab Sadovsky et sa fille, sur leur siège, se raidissent sous l'effet d'une rage fruste et indéterminée, clignant les paupières sur des yeux restés secs et sombrant, plusieurs fois par minute, dans un silence embarrassant. Maintenant Legs observe son père plus franchement, ses yeux se rétrécissent, jugent. Elle veut que ce salaud devine ce qu'elle a dans la tête – s'il l'ose.

Comment tu as pu me trahir comme tu l'as fait? Raconter ces mensonges dégoûtants en public?

Comme s'il pouvait lire ses pensées ou interpréter le regard qu'elle lui jette, Ab Sadovsky use d'un ton plus agressif; il articule moins bien. Il dit qu'il sait par l'assistante sociale machin-chose que Legs, à Red Bank, a manifesté des « troubles du comportement », qu'elle a collectionné des « mauvais points » qui risquent de prolonger sa peine, qu'il a été navré, foutrement navré de l'apprendre : cela ne lui suffit-il pas d'avoir été arrêtée dans les conditions dans lesquelles elle a été arrêtée, d'avoir agi avec autant d'imprudence? Mais, bon Dieu, qu'essaye-t-elle donc de faire? Ruiner sa vie? Ruiner leur vie à tous deux? Et d'ailleurs...

Legs l'interrompt soudain, comme si elle n'avait pas écouté :

« Parle-moi de ma mère. Que lui est-il réellement arrivé?

– Quoi ?

– Comment est-elle morte ? Tu as quelque chose à y voir, n'est-ce pas ?

– Quoi ? »

Une longue pause. Ils se regardent maintenant sans broncher. Legs est assise toute droite, mains étroitement jointes sur les genoux, pieds à plat sur le sol. Récemment, elle s'est fort bien contrôlée : plus d'isolement, ces dernières semaines ; de fait, elle aide même le personnel à apprendre (ou à essayer d'apprendre) à lire et à écrire aux détenues. Elle mange, elle a pris du poids, et elle s'est fortifiée : depuis peu, elle pressent que cette force acquise, elle en disposera sa vie durant, qu'elle lui viendra sans à-coups et sans effort, comme on respire. Sauf que cet homme, ce menteur, ce traître, cet homme qui se dit son père se dresse devant elle comme une menace.

Prudemment, juste assez fort pour que seul Ab Sadovsky l'entende, Legs dit : « Une fois, je te l'ai demandé et tu n'as pas voulu me répondre. Comment aurait-elle pu mourir juste comme ça ? Comment ma mère aurait-elle pu mourir juste comme ça ? Une femme de trente ans ne meurt pas juste comme ça. Avec tout ce que j'ai entendu dans le voisinage sans vouloir le croire... Tu sais comment sont les gens... » Legs fait une pause, observant son père. Elle sent se déclencher en lui un réflexe de fuite, une forte envie de se lever et de franchir la porte sans se retourner.

« C'est toi qui l'as obligée à subir cette opération, n'est-ce pas ?

– L'opération ? reprend faiblement Ab Sadovsky.

– L'avortement – c'est bien ça ? »

Furieux et coupable, Ad Sadovsky murmure : « L'avortement ! Tu n'es qu'une gamine ! » Tâtonnant maladroitement pour trouver un Kleenex, il s'essuie la bouche, le bas de son visage empâté et suant : « Qu'est-ce que c'est que ces conneries ? »

Toujours calme, regardant son père de ce regard froid qui ne faiblit pas, Legs dit : « Raconte-moi, pa. »

Ce « pa » dans la bouche de Legs est aussi inusité que si elle avait prononcé un mot dans une langue étrangère. Exprime-t-il du dédain ou de la nostalgie ? Impossible d'en juger.

Ab Sadovsky hésite un long moment, puis se lance dans un monologue : il raconte à sa fille cette histoire qu'elle est censée entendre, qu'elle souhaite entendre. Sans rencontrer les yeux de Legs, clignant les paupières, reniflant, s'agitant sur sa chaise, il donne toutes les apparences d'un homme qu'on contraint à dire la vérité et qui en rejette la responsabilité sur qui la lui arrache – bon Dieu, si elle tient à savoir, elle va savoir.

Penchée sur lui, tendue comme un arc, totalement concentrée, Legs écoute.

« ... Il faut que tu saches que ceci s'est produit il y a longtemps... pas à la mort de ta mère, mais avant. Tu n'as jamais su comment elle était vraiment quand elle et moi, quand nous... avons commencé à sortir ensemble. Ouais, après, elle a changé. Tu parles, qu'elle a changé. Mais au début, Gloria était la plus belle femme que j'avais jamais vue. J'étais fou d'elle et elle de moi. Plus tard, c'était plus pareil – sauf ça, ce qu'on avait éprouvé, le souvenir de ça. Une gosse comme toi, Marg'ret – dis voir, mon chou, t'as que quatorze ans, hein ? ou quinze... bon, quinze. Le problème, c'est que t'es qu'un bébé : tu gaspilles ta vie comme si t'allais vivre pour toujours, mais bon Dieu, tu vivras pas pour toujours (rire irrité), absolument pas. Ton vieux père est ici pour te le dire. Alors écoute, mon chou : avant que toi, Marg'ret, ne naisse, ta mère et moi on était fous amoureux, mais vraiment amoureux, comme vous autres, les petits futés, les gosses d'aujourd'hui, n'en avez même pas idée, aucun de vous ; OK, Gloria avait un tas de petits amis parce qu'elle était une sacrément belle femme, avec des cheveux et un visage à provoquer des embouteillages, j'exagère pas, je suis sérieux : belle, elle l'était à ce point ; en plus, elle savait se tenir comme toute femme le devrait – pas comme une grue ou, pire, comme une femme qui se laisse aller, qui se fiche complètement de son apparence et gaspille son potentiel, comme toi : tu pourrais être époustouflante, mais regarde-toi, tu te conduis comme un foutu garçon, t'habilles comme un garçon chaque fois que tu le peux ; comment peux-tu espérer, avec tes façons brutales, qu'un gars puisse s'intéresser à toi ? C'est une triste ironie du sort de voir la propre fille de Gloria Mason se comporter de la sorte ; ce surnom de " Legs ", ces foutues manières de gars, genre trimballer un couteau, voler une voiture, oh, bon Dieu, tu aurais fait honte à Gloria, tu me fais honte : je suis un homme, et j'ai honte, bon, qu'est-ce que je disais ?... Gloria et moi on était fous amoureux... pas encore mariés parce qu'il y avait tous ces autres gars qui en pinçaient pour elle, dont un avait de l'argent – c'est ce qu'elle disait – combien, je ne l'ai jamais su parce que ta maman ne disait pas toujours la vérité-vraie-jurée-sur-la Bible, elle aimait entretenir le mystère, mais au fond, c'est moi qu'elle aimait, elle l'a admis. Quand un autre gars la ramenait chez elle, elle s'en débarrassait et nous sortions tous deux nous soûler. Ça a duré commme ça un certain temps... Ça semblait long mais j'crois bien que c'était pas plus que quelques mois... A cet âge, quand on est amoureux, c'est presque insupportable : on se dit « si j' peux pas l'avoir, je mourrai », une semaine semble longue, même un jour ! Puis, autant dire les choses carrément, Gloria s'est retrouvée en cloque ; OK ; on était pas encore mariés mais on vivait plus ou moins ensemble dans Holly Street, au-dessus de Diamond's, un restaurant disparu depuis – en fait j' crois que le bâtiment lui-même n'existe plus –, ce qui me gêne pas, vu que c'était un bouge. Mais ta mère et moi... à l'époque, je conduisais un camion, avant que ces fils de pute me fassent des ennuis et me suppriment mon permis... je parle du permis poids-lourd, pas de l'autre... J'étais donc souvent absent, parfois deux, trois jours à la file, occupé à faire l'aller-retour Pittsburg, et ta mère disait, oui, elle disait : " Tu ne t'attends pas à ce que je reste assise à la maison à tricoter, n'est-ce pas? " Elle disait : " Moi aussi je me sens seule ", alors elle sortait; certaines fois, je croyais ne pas pouvoir le supporter, je songeais à revenir à l'improviste, tu sais, comme au cinéma, pour la surprendre avec ce petit ami qu'elle avait, ce m'as-tu-vu, cet escroc de troisième ordre, ce joueur... en fait, il était lui-même bookmaker; donc pour une fois, je reste à la maison, au lieu d'être sur la route, je suis chez moi, et on se dispute ou je n' sais quoi; je m' souviens plus très bien, mais en tout cas j'étais là, à essayer de dormir alors que ta mère s'était rendue quelque part – chez une amie, qu'elle avait dit... tout ça parce qu'on s'était disputés : elle attendait un enfant et ne savait pas qui était le père, alors j'ai dit, OK, salope, OK, traînée, je peux encaisser ça, je ne serais pas le premier à encaisser ça... parce que, en secret, je savais que c'était moi le père – qui ç'aurait pu être d'autre? J'avais fait mes calculs. Je savais mieux que ta mère parce que, contrairement à elle, j'étais sobre la plupart du temps. Elle est donc sortie : à mon insu, elle a pris rendez-vous avec un type censé être médecin... peut-être qu'il l'était, j' sais pas, il y a toutes sortes de médecins! Elle va chez lui, tout ça à mon insu; elle a bu, mais ça l'empêche pas d'être totalement lucide, terrifiée – je veux dire qu'en fait, elle n'est qu'une gosse de vingt ans qui, à part les mecs, vit seule depuis l'âge de seize ans : elle monte donc l'escalier de cet endroit dans Sixth Street, un endroit qui, dit-elle, ressemble à un vrai cabinet médical, sauf que c'est un peu miteux et pas trop propre et qu'il n'y a pas de machin... de salle d'attente : elle entre donc directement dans le cabinet et il lui dit de se déshabiller; il a les yeux injectés, son haleine sent l'alcool, il titube presque comme s'il était soûl mais, comme elle dit, elle est hypnotisée, ou paralysée, ou je n' sais quoi, elle arrive pas à réfléchir correctement, donc elle fait ce qu'il lui dit, elle se déshabille juste du bas, monte sur la table et il est prêt à l'opérer – OK, inutile de mâcher les mots, à l'avorter –, il va pratiquer l'avortement sans éther ni rien, alors ta maman dit qu'elle est prête, elle n'a pas le choix, elle est prête, tout à fait sobre, elle est étendue là, tremblante, et ce type – elle dit qu'il était presque complètement chauve, avec des cheveux blancs qui lui faisaient comme une couronne autour du crâne, une sorte de père Noël, plutôt joufflu et gras, qu'on aurait dit heureux de vivre, alors que, d'après ta mère, il avait une foutue trouille, sursautant chaque fois qu'il entendait un bruit comme un claquement de portière ou un cri dans la rue – ce type, donc, a pris ce truc, cet instrument qui ressemble à une grosse tenaille destinée à, beurk, à vous ouvrir, ainsi qu'un petit objet tranchant comme un rasoir, un rasoir droit, je veux dire un... un scalpel ? avec lequel il va racler, sauf qu'elle voit que les mains de cette crapule tremblent et qu'il parle à toute allure, ne s'interrompant que pour rire et s'essuyer le visage de sa manche ; et il force cet instrument, cette tenaille, en elle, elle est étendue là, en nage, priant pour que ça ne dure pas une éternité ; c'est sûr que Gloria n'a pas fait preuve de beaucoup de jugement mais, comme elle a dit, le type lui avait été recommandé par une de ses amies et d'ailleurs, on voyait bien à son cabinet qu'il était un vrai médecin, ou l'avait été. Donc il lui met cet instrument à l'intérieur, elle se met à crier tellement ça fait mal et le docteur lui dit de se taire, qu'elle va ameuter la police ; mais elle est paniquée, elle rampe à reculons et réussit à descendre de la table ; il s'avance vers elle, yeux écarquillés comme s'il allait la tuer ; elle voit qu'il y a déjà du sang sur la tenaille et qu'il y en a sur le devant de sa blouse blanche : ça la rend tout à fait folle, elle bourre ce salopard de coups de pied dans les couilles, elle crie, elle sanglote : tout ce qu'elle veut, c'est sortir d'ici : elle dévale les marches de l'escalier, nue sous sa jupe, ou sa combinaison... la voici, pissant le sang, sur le trottoir où l'attend, dans sa voiture, l'ami qui l'a accompagnée – pas un petit ami (elle le jure), juste un ami – ta mère avait des tas d'amis, vivant seule comme elle le faisait depuis l'âge de seize ans, et avec son air si... j' veux dire que Gloria était le type de femme qui n'avait qu'à regarder quelqu'un dans les yeux pour qu'il croie tout ce qu'elle lui disait : on était prêt à la croire avant même qu'elle ait ouvert la bouche, j'en parle en connaissance de cause. J'étais donc à la maison, ne sachant foutre rien de ce qui se passait car elle avait ses secrets : elle est entrée et s'est dirigée droit sur moi en pleurant comme je ne l'avais jamais vue pleurer – mais soûle, elle ne l'était pas – et elle m'a dit " oh, je t'aime, je n'aime que toi " : quoique surpris, j'étais l'homme le plus heureux du monde; on s'est donc mariés, mariés la semaine suivante, elle a eu le bébé et, bon Dieu, plus un seul mot sur qui pouvait bien en être le père car le père, c'était Ab Sadovsky, et le bébé, Marg'ret, le bébé, c'était toi. »

Pauvre Legs! Tout au long, elle écoute avec une attention farouche; pourtant, au début, elle semble ne pas entendre. Ou, si elle entend, elle semble ne pas comprendre. A la fin, il y a une pause : Ab Sadovsky la regarde, ce sourire luisant accroché sur ses lèvres léchées, une lueur malveillante dansant dans ses yeux comme une lumière filtrant à travers des vitres sales; alors elle se lève sans un mot, en tâtonnant et trébuchant, le pied pris dans le barreau de la chaise; Ab Sadovsky s'éclaircit la voix et dit, un peu plus fort, en tendant le cou comme un serpent qui ajuste son angle d'attaque : « Quant à la mort de ta mère, ça s'est passé dix ans plus tard, dans un vrai hôpital, les poumons détruits par l'alcool, et c'est une autre histoire – pas pour tout de suite.

– Non. Oh non! » dit Legs, dans un souffle.

La voyant se lever et remarquant sur son visage l'expression d'une enfant forcée d'assister à un spectacle d'une horreur sans nom, les gardiennes, alertées, s'avancent vers Legs, avant même que celle-ci commence à hurler. « Non, non non! Je t' crois pas! Menteur! Assassin! », martelant la table de ses poings; elles sont prêtes à la saisir et à la maîtriser : on leur a appris à maîtriser une internée en évitant ses poings, qui font des moulinets fous, ou ses morsures; ce sont des costaudes, des jeunes femmes vigoureuses, et elles ont une grande expérience de ce genre d'éclat.

Voici comment s'est terminée la seconde et dernière visite d'Ab Sadovsky à la Maison de Correction pour Filles de Red Bank. Une fin abrupte.

5

Océan d'orages, mer de tranquillité, lac des rêves, lac de mort

Ces noms, j'adorais ces noms. Des noms lunaires que j'écrivais sans me lasser dans mon carnet de notes de FOXFIRE, toujours en pensant à Legs : peut-être était-elle sur la lune ? Peut-être cette Rive Rouge où on l'avait expédiée était-elle là-haut, sur la lune, et non à vingt-cinq kilomètres de Hammond ?

Son absence a duré de longs mois – plus de cinq mois, du fait de sa conduite, de tous les mauvais points qu'elle avait accumulés – et nous toutes, ses sœurs en FOX-FIRE, avions très peur qu'elle ne nous revienne jamais. Aussi, quand les gens nous demandaient comment allait Legs, comment ça se passait pour elle à Red Bank, nous mentions et répondions « très bien », refusant de donner aux ennemis de FOXFIRE la satisfaction de savoir ce qu'il en était réellement.

Avec la personne qu'on aime le plus, on partage le monde. Quand cette personne n'est plus là, le monde demeure mais ce n'est pas la même chose, une certaine distance s'instaure entre lui et vous.

En fait, ce n'est plus le même monde. Il a si peu de prise sur vous que vous pourriez aussi bien vous en éloigner, dériver jusqu'à la lune, par exemple.

Ces mots, OCÉAN D'ORAGES MER DE TRANQUILLITÉ LAC DES RÊVES LAC DE MORT, je voulais les lui écrire mais une lettre comme ça, c'est sûr qu'Ils l'auraient censurée. Je montrais les lettres de Legs à mes amies, ou les leur lisais tout haut : « Ici, tout va bien. Ici, je me fais des amies. On suit des cours d'écriture, de coiffure, plus quelque chose d'autre qui s'appelle la " cosmétologie ". Moral OK Nourriture OK. Ils nous font travailler assez dur, donc on a de l'appétit. » Cette drôle de voix atone, morte, qui sortait des pages poussait presque Goldie à vous arracher celles-ci des mains pour les déchirer, tant elle était bouleversée et furieuse. En riant, elle disait : « Merde, écoutez-moi ça ! c'est pas Legs, ça ! Comme pour mon cousin Mickey qui était à Red Bank, chez les garçons : ces fils de pute censurent tout ce que vous écrivez. »

Étant en liberté surveillée, et de plus, mineures, aucune d'entre nous ne pouvait rendre visite à Legs. C'était le plus cruel. Les seules nouvelles fiables que nous avions d'elle venaient de Kathleen Connor, qui la voyait peut-être une fois par mois et voulait bien jouer les messagères : certains membres de sa famille allaient également la voir, mais nous n'osions pas les contacter. Personne, bien sûr, pas même Goldie, ne voulait parler à Ab Sadovsky : quand ça nous arrivait de le rencontrer dans la rue, il faisait mine de cracher et, en plus, il disait que nous étions des provocatrices et des salopes et que, tout comme sa fille, nous méritions la maison de correction.

Kathleen Connor, qui aimait beaucoup Legs, disait que voir celle-ci en prison lui brisait le cœur ; apprenant que notre amie affirmait que tout allait bien, qu'elle mangeait bien et dormait bien, elle objectait que ce devait être faux, ou du moins en partie, puisqu'elle récoltait des mauvais points, qu'on l' « isolait » et qu'on avait un peu prolongé sa peine. La véritable détresse et les souffrances de Legs, je ne devais les apprendre que quand celle-ci sortirait et me les raconterait de sa bouche ; mais même alors (et aujourd'hui encore !) il me fallait en inventer certaines. J'étais obligée d'imaginer – de me fondre en elle pour imaginer – puisque Legs Sadovsky était le type de fille qui intériorisait tellement ce qui lui arrivait qu'elle-même n'en aurait jamais soufflé mot.

Elle riait, embarrassée, et me disait : « Mieux vaut ne pas m'accorder autant d'importance, Maddy – mais les autres filles, elles, me semblent tellement enlisées. »

Personne n'était mort; la Mort nous avait toutes épargnées.

Cette virée sauvage, dans la Buick empruntée par Legs à Acey Holman, à travers une campagne que nous connaissions à peine, restera à jamais gravée dans nos mémoires.

Il m'arrive encore parfois de la rêver. Et de me réveiller terrifiée mais souriante. Parce que j'ai trompé la Mort une fois – cette unique fois – et que tout le monde ne peut pas en dire autant.

Il est vrai que la plupart d'entre nous ne s'en sont pas sorties indemnes. Legs a été blessée de la façon que j'ai dite et saignait d'une douzaine de coupures à la tête et au visage : Goldie a perdu une dent de devant et Lana a eu deux doigts cassés : Maddy et Toni LeFeber se sont cogné mutuellement et violemment la tête, et chacune a gardé pendant des mois une bosse au front. Le pauvre Toby était dans un état de terreur tel qu'il a aboyé comme un possédé et n'a plus jamais pu le faire normalement – lorsqu'il essayait, ne sortait de sa gorge qu'un son enroué et rocailleux. (Il n'a pourtant jamais semblé nous le reprocher. A aucune des filles de FOXFIRE, et surtout pas à Goldie et à Legs : Toby aimait comme un fou, sans connaître le doute. Qu'on soit chien ou fille, on est comme ça envers qui vous a sauvé la vie.)

L'ironie, c'est que la seule d'entre nous à n'avoir pratiquement pas été blessée était Violet Kahn.

Pourtant c'est elle qui a crié le plus fort quand la Buick a dérapé à la sortie du pont, alors que, comme on le constatera par la suite, elle n'avait pas même une égratignure au visage.

Lorsque le flic de l'autoroute – cause première de tous nos ennuis puisqu'il s'est lancé à nos trousses – est arrivé, en progressant d'un pas lourd dans la neige jusqu'à la voiture renversée dans un talus, il a crié : « Quelqu'un est-il vivant ? Y a-t-il quelqu'un de vivant, là-dedans ? », et qu'il est parvenu à ouvrir une des portières arrière, la première fille qu'il a extraite a été cette belle brune aux grands yeux, à la peau d'un blanc de céruse : comment n'aurait-il pas été stupéfait en la voyant quasiment lui tomber dans les bras – elle sait faire – en sanglotant : « Oh, lieutenant ! oh, ne nous arrêtez pas ! oh, c'est la faute de personne, j' vous jure !... c'est pas la faute de Legs ! Cette sale vieille bagnole continuait à rouler ! de plus en plus vite. Elle voulait pas s'arrêter, elle continuait juste à rouler ! »

Arrêtées, nous l'avons été. Ça ne faisait pas un pli : des filles de Lowerton, surtout celles vivant dans les environs de Fairfax Avenue, en bas, près du fleuve, on ne pouvait que les arrêter. « Gamines affiliées à un gang », voilà comment les journaux nous ont définies : comme si nous opérions pour un gang de malfaiteurs plus âgés – vrais criminels, voleurs de voitures ou autres.

Durant ces mois de liberté surveillée au cours desquels je n'allais pas au lycée, dont j'avais été temporairement exclue, j'avais du mal à dormir, et même à rester assise tranquillement le temps qu'il faut pour lire, taper à la machine ou réfléchir. Comme un incendie échappant à votre contrôle ou même se déclarant à votre insu, la notoriété de FOXFIRE grandissait. C'était excitant de penser que tout le monde connaissait notre nom et racontait nos exploits, mais certaines histoires nous revenaient exagérées : par exemple, Legs aurait véritablement fait couler le sang de Vinnie Roper avec le couteau qu'elle lui avait mis sous la gorge; et cet autre gars appartenant aux Viscounts serait tombé à genoux en suppliant qu'on ne le tue pas! On racontait aussi que Legs Sadovsky était une petite amie d'Acey Holman et qu'elle s'était vengée de lui en employant le meilleur moyen qu'elle connaissait.

Raison pour laquelle, selon Legs, je devais noter les faits tels qu'ils s'étaient réellement produits.

« Si tu ne le fais pas, et si on n'y fait pas gaffe, FOXFIRE va nous échapper », m'a-t-elle dit.

Raison pour laquelle, je crois, n'importe qui écrit sur pratiquement n'importe quoi.

Donc Legs a été envoyée à Red Bank. Et nous ne pouvions pas lui rendre visite. Et nous ne pouvions pas lui envoyer des lettres écrites du fond du cœur ni en recevoir d'elle – seulement ces billets bizarres (à peine trois), que je retrouve ici même, pliés dans le vieux carnet de notes. (Je viens juste de les regarder, essayant de les relire. Mais mes yeux se sont remplis de larmes et j'ai dû les remettre en place.)

Ma vie au-dehors ressemblait à celle que Legs menait en prison : étouffante comme un cauchemar et tout aussi circonscrite; tout le temps où j'ai été exclue du lycée et durant le long été où j'ai habité avec ma grand-tante Rose Packer, j'ai senti ma vie se défaire – une angoissante impression de glissade et de chute, comme au cinéma quand on ne contrôle plus le déroulement de la pellicule et que l'image n'est pas au point. Je savais que si je n'avais pas eu FOXFIRE, la nostalgie de mon amie Legs, mon petit boulot (aux cuisines du White Eagle Hotel, où ma tante était femme de charge) et certains intérêts qui m'étaient propres, comme lire des trucs sur les étoiles et sur le Temps et comme taper à la machine sur ma vieille Underwood chérie, oui, je crois, je n'aurais plus su du tout qui j'étais. Ni même peut-être si j'existais.

(Je sais qu'il faudrait que j'explique où était ma mère, ce qui lui était arrivé et pourquoi. Que je dise pourquoi j'ai passé un certain temps chez Goldie, puis chez les voisins, avant d'emménager dans la chambre du fond de chez Rose Packer, dans Lafayette Street : je crois, je *sais*, que j'évite de rapporter certains faits, mais tant pis. Marre de raconter des choses qu'en premier lieu je n'aurais jamais voulu savoir ! Je veux pouvoir me contenter de dire : ma mère, à cette époque, ne vivait plus à Hammond ; elle n'était plus en état de s'occuper de moi, ni de personne. Et ce n'est pas mentir d'ajouter qu'elle ne me manquait pas. Pas plus que mon père mort ne m'a manqué. Comment quelqu'un que vous n'avez pas connu pourrait-il vous manquer ?)

Une fois, au début, nous sommes allés en voiture à Red Bank, pensant que, d'une façon ou d'une autre, nous verrions Legs. Que nous pourrions l'approcher suffisamment pour lui crier quelque chose. Le type à qui appartenait la voiture, une vieille Chevrolet 1947 cliquetante et rouillée, était un cousin de Violet. Il traînait parfois avec cette dernière et Lana, et avait noué des rapports amicaux avec FOXFIRE, comme commençaient à le faire les garçons – du moins, certains d'entre eux. (Ce n'était pas seulement les jolies filles qui les attiraient, c'était quelque chose qui tenait à FOXFIRE même. Aussi longtemps qu'ils étaient des amis, et non des petits amis, FOXFIRE n'avait pas d'objection.) Ce jour-là, Mike nous a donc conduites – Violet, Goldie, Lana, Rita et, bien sûr, Maddy – et nous avons fait de cette occasion une fête, buvant des bières et fumant des cigarettes, si grandes étaient notre excitation et nos craintes.

Tout le monde savait qu'on avait construit les institutions pénitentiaires en pleine campagne pour décourager les visites aux détenus. Celles, par exemple, de gens trop pauvres pour posséder leur propre voiture. Et naturellement, n'existait aucune ligne directe d'autobus. Red Bank-Ville était située entre rien et nulle part : de taille trop exiguë pour être qualifiée de « ville », ce n'était qu'une colonie bâtie sur les contreforts des Chautauqua Mountains. Aux alentours, la terre avait un aspect désolé

– pas celui qu'on associe généralement à la campagne : quelques rares fermes, une terre rouge argileuse couleur de sang séché : sur des hectares, des épaves de voitures, une carrière de pierre abandonnée se dressant, aussi soudaine et incongrue qu'un rêve, et tout le long de la route, ces panneaux avertisseurs déglingués : DÉFENSE DE CHASSER DÉFENSE DE PÊCHER DE TENDRE DES COLLETS DÉFENSE DE DÉPOSER DES ORDURES ; atteignant finalement la route étroite et caillouteuse qui, à travers un bois miteux, menait à la prison, nous sommes tombés sur cette pancarte, criblée de trous de balles.

MAISON DE CORRECTION DE RED BANK.
INSTITUTION POUR FILLES.
ENTRÉE INTERDITE SOUS PEINE D'AMENDE SAUF AU PERSONNEL ET AUX VISITEURS MUNIS D'UNE AUTORISATION.
PIÈCES D'IDENTITÉ EXIGÉES.

Et, soudain dégrisés, nous avons vu, ne pouvant rien faire d'autre que rester assis là à regarder. Maddy a mis ses doigts dans sa bouche et Goldie a chuchoté « merde ».

Peut-être que, jusqu'alors, nous ne croyions pas vraiment à l'existence de ce lieu.

De là où nous étions, nous ne pouvions pas voir le ou les bâtiments – seulement le mur qui était à quelque distance de nous. Nous avons décidé, surtout celles qui étaient en liberté surveillée, qu'il valait mieux ne pas rapprocher la voiture. Mick a donc fait demi-tour. Nous avons pris une autre direction, nous engageant dans un chemin de traverse, ignorant totalement où il conduisait mais parlant fort, riant et finissant la bière. Il faisait presque nuit. Nous passions devant des champs vides, des bois aux arbres rabougris, des ravins profonds qui se remplissaient d'ombres. J'ai dit, venant tout juste d'y penser : « S'ils construisent ces bâtiments dans ce genre d'endroit, c'est pour que, s'il y en a une qui s'échappe, elle ne sache pas où aller.

– Oh, mais ça ne peut pas lui arriver si elle a des amies ! » a répondu cette petite salope de Violet, comme si on s'était disputées.

Nous avons garé la voiture, sommes descendus, nous sommes engagés dans les bois par petits groupes, et là de nouveau nous pouvions voir se dresser le mur, si haut, et couronné de barbelés donnant à penser qu'on se mettrait les mains en lambeaux si on s'y agrippait pour se hausser. Il n'y avait pas de tour de guet, du moins nous ne l'avons pas vu ; le lieu semblait plutôt abandonné. Goldie, mettant les mains en porte-voix, a appelé doucement : « Shee-na ! Sheee-na ! » et les autres ont repris en chœur « Sheee-na ! Sheeee-na ! » étirant les syllabes aussi longtemps qu'elles le pouvaient. Nous savions qu'il ne fallait pas crier « Legs » : si quelqu'un avait entendu, nous l'aurions mise dans le pétrin. Nous nous contentions de marcher en suivant le mur, en retrait de six mètres par rapport à celui-ci, au cas où il y aurait eu des gardiens ; toutes (pas Mick), appelant « Sheee-na ! » d'une voix douce, basse et chantante qu'on aurait dit être une seule voix. (Mick était resté en arrière dans le bois, canette de bière en main. Il avait compris qu'il aurait été de trop, bien qu'ayant eu le courage de nous accompagner jusque-là.)

Le ciel s'assombrissait. Progressivement, nous nous sommes mises à crier plus fort, de façon plus pressante et plus désespérée « Sheee-na ! Oh, Sheeee-na ! » Brusquement, des projecteurs se sont allumés et quelqu'un s'est mis à hurler ; nous nous sommes tues, puis, terrifiées, avons détalé séparément, courant vers les bois sans plus savoir ce que nous faisions tellement nous avions peur, mais, en même temps, c'était amusant – je courais mi-riant, mi-sanglotant, pliée en deux, hors d'haleine ; je me suis tordu la cheville et suis tombée face contre terre, bondissant aussitôt sur mes pieds pour repartir ; non loin, j'ai vu une de mes sœurs de FOXFIRE : nous nous sommes prises par la main, Maddy et Rita, ne sachant toutes deux, pendant plus d'une heure, où étaient passées les autres, ce qui s'est produit aussi pour Lana. Dieu seul sait comment nous avons réussi à retrouver la voiture de Mick, à nous retrouver tous.

Mick a conduit un moment tous feux éteints. Aplaties au fond de la voiture, nous nous attendions à être arrêtées par un barrage ou à recevoir une grêle de balles. Nous nous disions : « Tu crois que Legs nous a entendues ? Tu crois qu'elle sait que c'était nous ? » Et : « Bien sûr, qu'elle nous a entendues, bien sûr qu'elle sait que c'était nous. Qui ç'aurait pu être d'autre ? » Sur le trajet de retour, nous faisions des projets pour la prochaine fois : nous reviendrions à Red Bank, nous apporterions une échelle et de la corde, nous escaladerions le mur, nous arrangerions une évasion par le truchement de Kathleen Connor. C'est pour Legs que nous avons tiré ces plans en regagnant Hammond dans la veille Chevrolet bringuebalante de Mick, mais nous ne sommes jamais retournées là-bas, pas une seule fois.

Cela se passait en mai 1954. Nous ne devions plus voir Legs avant juin 1955.

6

Les oiseaux de proie

Juste avant de se réveiller, elle les a vus en rêve. Juste avant de se réveiller et d'aller d'un pas chancelant vers la fenêtre où elle se hausse pour voir : oui, elle est toujours vivante, elle a survécu à une autre nuit passée dans La Pièce, et elle n'est plus qu'espoir, prières.

Un

Deux. *Trois.*

Quatre.

Cinq.

Six. *Sept.*

Huit. *Neuf.*

Dix.

Onze.

Ces éperviers qui chevauchent l'air dans le bleu du matin, elle se demandait si elle les reverrait jamais et voilà qu'elle les observe de son œil valide; l'autre, dans lequel une gardienne a vicieusement enfoncé son pouce, est enflé et douloureux, mais elle ne veut pas y penser, penser à l'humiliation d'avoir été mi-traînée, mi-portée jusqu'à La Pièce sous le regard de ses sœurs de détention, pas plus qu'elle ne veut penser à l'histoire que lui a racontée Ab Sabovsky – vérité? Tissu de mensonges venimeux? Pourquoi te soucier de lui, de cet homme, de sa masculinité, il ne t'est rien et tu n'es rien pour lui; n'existe entre vous aucun lien d'amour, ou de compassion, ou de simple politesse et peut-être pas même de lien du sang (tu l'as entendu!), peut-être n'est-il pas ton vrai père : alors laisse-le tomber, laisse-le mourir. Elle observe les grands oiseaux. Littéralement, elle pleure pour les apercevoir – prédateurs visibles seulement de ce lieu infamant – et son cœur se dilate de joie en voyant leur force, leur beauté, la façon dont ils chevauchent l'air, l'adresse avec laquelle ils utilisent le vent, toujours vigilants bien qu'apparemment nonchalants, languides même, dans la grâce des mouvements courbes qui les portent au sommet d'une spirale invisible, si haute dans le ciel que Legs ne peut la voir; pour y parvenir, elle se dévisse le cou et rétrécit les paupières de son œil intact, le droit, mais en vain, tellement est mesquine cette ouverture creusée dans le mur, jusqu'à ce que les créatures aux larges ailes réapparaissent, lui faisant battre le cœur : calmement, elle les compte comme on égrène un chapelet, sauf que les éperviers, eux, sont vivants, les éperviers sont réels : ils lui apprennent la liberté, l'astuce, la vigilance constante en présence de l'ennemi, *fais-leur payer, fais-leur regretter tout ce qu'ils t'ont fait, à toi et à tes sœurs, mais qu'ils ne sachent jamais qui tu es, la force qui est en toi, la force que tu représentes*; soudain, la voici parmi eux, ses bras, douloureux pour avoir été attachés derrière le dos, sont des ailes, des ailes aux plumes brunes et aux muscles puissants qui l'élèvent dans les airs : au-dessous d'elle, évanoui le mur de parpaings, évanouis les toits des lourds bâtiments dégradés par les intempéries, et même la terre. Il n'y a plus que le silence, et le ciel! Le ciel est immense! Elle scrute, presque terrifiée, l'espace infini qu'ils peuvent encore gravir, elle et les autres éperviers, ces souples créatures de l'air capables de monter, plonger et monter encore d'un mouvement joyeux, l'assurant qu'elle n'aura plus jamais besoin de retrouver sa vie, son identité préalable puisqu'elle est devenue l'une d'entre elles, puisqu'elle connaît désormais leur force secrète.

Maîtres de l'air, je suis des vôtres.

7

Volte-face

Au jour de l'an 1955 : Legs Sadovsky est devenue une détenue jouissant de certains privilèges pour cause de bonne conduite.

En avril 1955 : elle est devenue une prisonnière modèle, au point que la directrice de Red Bank a raccourci sa peine de sept semaines, fixant la date de sa libération au 1er juin. Ce dont Legs lui est drôlement reconnaissante, flatteusement reconnaissante, tout en réussissant à garder sa dignité et murmurant, les yeux remplis de larmes, merci, oh, merci.

Reconnaissante, elle l'est sincèrement. À seize ans, elle sait déjà que le pouvoir n'a jamais besoin de céder le moindre pouce de pouvoir : qu'on doit laisser croire à ceux qui décident de votre sort que leur attitude à votre égard leur est dictée non par l'humeur, non par le caprice, non par une forme inversée de cruauté, mais par une authentique intégrité.

Souriante et animée, elle remercie la directrice : « Je n'oublierai jamais cette gentillesse, Miss Flagler ! je ne vous oublierai jamais ! »

Cette femme, avec sa peau sèche et marbrée de femme vieillissante et ses traits qui semblent avoir été serrés dans un étau, la scrute alors d'un regard sombre, l'ombre d'un sourire d'autosatisfaction aux lèvres : « Mais j'y compte bien, Margaret. »

Lorsque, ce matin-là, Lon Lovell, la plus chameau des gardiennes, vient libérer Legs de quarante-huit heures de détention dans La Pièce, un seul regard lui suffit pour savoir ce qu'elle doit savoir : cette peau granuleuse, cet œil gauche enflammé, cette expression de calme triste et résigné signalent un changement.

« Volte-face », comme l'appelle le personnel. Imprédictible, le phénomène est toujours reconnaissable.

La fonctionnaire Lovell, une femme entre vingt-huit et trente-deux ans, aux cheveux cuivrés, aux hanches larges et aux muscles durs, est le genre de personne dont on dit, une fois qu'on la connaît, qu'elle n'est pas si mauvaise; elle est surprise, presque désolée du spectacle pitoyable qu'offre sa vieille ennemie. La voyant chanceler, elle se penche sur elle pour l'aider à se lever, touche du bout du doigt son œil enflé et lui dit : « OK, mon chou. Finies les conneries, hein ? »

Legs, d'un pas mal assuré, sort dans le soleil. Une matinée aveuglante à vous donner le vertige – le mois ? elle ne pourrait le dire, ni même l'année. Elle a dormi du sommeil de la Mort sur ce matelas crasseux. Ou elle n'a peut-être pas dormi du tout pendant quarante-huit heures.

Elle essuie le liquide gluant qui suinte de son œil gauche et ses lèvres gercées, ourlées de pointillés douloureux, s'étirent en un sourire piteux. Elle dit, comme s'il s'agissait d'une bonne blague, comme si Lovell avait eu le dessus et le savait : « Ouais, fini. Plus de conneries. »

Pendant quelques jours, tout Red Bank ne parlera plus que de ça. Même les filles qui, sans la connaître bien, l'admirent de loin, épatées. Comment Legs Sadovsky, qui a toujours tenu tête au personnel, qui, parfois, a des réactions presque folles, qui se montre si téméraire dans le défi et si protectrice vis-à-vis des plus faibles a changé : comment elle a été « retournée ».

Ça arrive. Pour n'être pas fréquent, ce n'est pas sans précédent. Surtout de la part de filles jeunes et émotives dépourvues de forts liens familiaux. Une détenue apparemment intraitable, incapable de repentir et de réadaptation peut, du jour au lendemain, et souvent après une rapide intensification du schéma confrontation-punition, devenir malléable, raisonnable, obéissante, gentille.

Dutchgirl, qui dix-huit mois auparavant a vécu semblable retournement, vient donc vers Legs, lui enfonce son coude dans les côtes et, se pressant contre elle comme si elle allait lui faire un suçon dans le cou, elle lui dit en clignant de l'œil : « Il était temps, mon chou. »

Personne ni rien ne me touchera. Plus jamais. Si quelqu'un doit tuer, ce sera moi.

Bien sûr, Legs Sadovsky n'est pas du tout comme Dutchgirl. Elle fait partie des détenues privilégiées populaires. Elle aide à apprendre à lire et à écrire à ses sœurs quasi analphabètes ; elle aide à organiser des parties de softball, de volley-ball et de basket-ball ; elle assiste le professeur d'« hygiène personnelle » et de « cosmétologie » ; en cas d'urgence, elle est là. Elle ne dénoncera jamais ses sœurs, mais ne mentira pas non plus pour les couvrir. Est-elle croyante ? En tout cas, elle chante le dimanche à la chorale ; sa voix rauque de contralto est devenue fausse mais elle est puissante, optimiste, assurée.

J'apprends, Maddy ; jour après jour, je deviens plus forte. Personne ne posera plus son pied sur ma nuque. Plus personne, jamais, ne me fera chier.

Un matin venteux et glacé du début du mois d'avril. Le dimanche des Rameaux – une semaine avant le dimanche de Pâques, donc. Huit filles (comment les qualifier : de jeunes femmes, ou de jeunes filles de bonne famille ?) très mal à l'aise, des bénévoles membres du mouvement œcuménique de Hammond, viennent à Red Bank dans une voiture de location pour inaugurer le programme Grande Sœur/Petite Sœur, initiative des Jeunes Filles chrétiennes.

C'est ainsi que, fortuitement, Legs Sadovsky rencontre Marianne Kellog.

Legs est la « petite sœur » de seize ans; Marianne Kellog, la « grande sœur » de dix-neuf. Très jeune et très inexpérimentée pour son âge.

Les détenues sont rassemblées dans la salle de récréation (qui semble, ou presque, ne plus présenter la désolation habituelle : les bénévoles ont offert pour l'occasion trois exquis lys de Pâques à l'odeur à la fois astringente et sucrée); gauches et décontenancées, elles sont confrontées à leurs huit visiteuses, des filles visiblement alarmées portant de beaux habits du dimanche, des bas et des escarpins de cuir verni. Legs, pensant que ce « programme » pourrait fort bien n'être pour elles qu'une distraction, un simple passe-temps, est soudain frappée de timidité : raide et embarrassée, elle regrette d'avoir accepté d'y participer. Doit-elle confesser qu'elle n'y est pas à sa place ? – elle n'est même pas chrétienne.

Un membre du personnel la pousse en avant : voici la « sœur » qu'on lui a attribuée; grande, svelte, le teint clair, c'est une laide presque jolie, portant une robe de lainage écossais dans les rouges et des lunettes à monture de plastique rosâtre. Avec un gentil sourire, elle tend la main à Legs : « Bonjour, je m'appelle Marianne Kellog! Vous êtes... Margaret ?

– Ouais... oui, Margaret », marmonne Legs sur un ton presque inaudible. Le prénom sonne bizarrement dans sa bouche, comme si elle ne l'avait jamais prononcé auparavant.

Pour autant qu'elle s'en souvienne, Legs n'a jamais serré la main à quelqu'un. La poignée de main est un geste strictement masculin, et encore, ce sont les hommes du monde qui l'échangent dans les films. Quelle coutume étrange! Elle tend la sienne à l'aveuglette, referme maladroitement ses doigts sur ceux, froids et humides, de Marianne Kellog et les lâche presque aussitôt. Avec un petit rire nasal destiné sans doute à cacher son malaise, Marianne lui dit : « C'est une coïncidence : nos prénoms sonnent presque pareil... ils sont presque pareils. »

Ce à quoi Legs, paralysée de timidité, éprouvant le même sentiment d'irréalité que si elle venait de recevoir un coup sur la tête, ne trouve rien à répondre.

Elles s'assoient sur un des canapés recouverts de vinyle. Elles échangent un vague sourire. Marianne se racle la gorge, remontant d'un petit air sage ses lunettes sur son nez et dit : « J'imagine que la situation est un peu délicate. Nous ne sommes ici que pour nous présenter à vous, pour vous rendre un peu visite. Juste pour parler, vous savez », ajoute-t-elle d'un ton joyeux, rempli d'espoir.

Legs tripote machinalement la petite cicatrice qu'elle a sur le menton. En présence de Marianne Kellog, elle se sent par trop visible.

La visite ne dure que trois quarts d'heure mais le temps semble nettement plus long. Du coin de l'œil, Legs enregistre la présence de ses sœurs de détention, dont chacune est en conversation – une conversation apparemment chrétienne – avec une « grande sœur ». On offre du café, du chocolat chaud et des biscuits aux pépites de chocolat mais les filles de Red Bank, d'ordinaire voraces, mangent et boivent frugalement; les « grandes sœurs » manient leur serviette à thé avec délicatesse mais ne montrent pas beaucoup d'appétit. Marianne Kellog, de toutes les visiteuses, est la plus sympathique, décide Legs. Cheveux soyeux et brillants, sourire étincelant, ongles non vernis soigneusement manucurés. Marianne parle avec douceur de ses activités liées à l'Église : petite fille, elle voulait, dit-elle, devenir missionnaire en Chine; maintenant, elle doute : « Ça peut être dangereux, à mon avis. Je veux dire, d'apporter la parole divine là où elle n'est pas désirée. »

Legs, troublée par la proximité de cette fille, par son bavardage insistant (toutes les « grandes sœurs » questionnent des « petites sœurs » timides, réticentes ou incapables de s'exprimer), ne peut se concentrer ; elle serait incapable de dire avec certitude ce que l'autre lui a raconté. Vive comme un dard de serpent, lui vient cette pensée : Marianne Kellog est sûrement issue d'une de ces familles riches vivant dans ces quartiers bourgeois, résidentiels des hauts de Hammond que FOXFIRE a investis le soir de Halloween.

Elle répond abruptement, avec un sourire que Marianne Kellog serait bien en peine d'interpréter, « Dangereux ? Ah ouais ? »

Quatrième Partie

1

Célébration

Qui est, qui était, Maddy Wirtz ? Et pourquoi devrions-nous la croire ?

Plus elle mûrit, apportant son témoignage avec un sens accru de l'ambiguïté, de l'ironie et du doute de soi propres aux adultes, moins ses souvenirs sont clairs. (Et plus embrouillés sont les comptes rendus figurant dans le carnet de notes.) Imaginons qu'il y ait un miroir : vous comptiez sur sa surface parfaitement unie pour vous donner une image du monde, lorsqu'il se brise soudain en mille morceaux dont chacun révèle des angles de vue miniaturisés, neufs, et qui pourtant avaient dû être là tout le temps, cachés derrière la surface lisse du miroir sans que vous l'ayez su.

Qui est, qui était...

Pour qui lit ceci, en admettant qu'il le lise jamais, est-il important que notre ancien « moi » soit perdu pour nous aussi sûrement que l'est le passé, ou suffit-il de savoir que, oui, jadis nous étions vivants et que, l'étant toujours aujourd'hui, le lien doit exister – de même qu'un fleuve long de centaines de kilomètres existe simultanément à sa source et à son embouchure ?

Ce que j'ai appris, entre autres choses – transcrire ces CONFESSIONS me l'a enseigné –, c'est que nous savons beaucoup plus de choses quand nous sommes jeunes que, l'âge venant, nous nous souviendrons d'avoir sues. Une forme particulière d'amnésie doit opérer. Une forme de réinvention de nous-mêmes. Peut-être parce qu'une grande partie de ce que nous savions alors, nous n'aimions pas le savoir et avons œuvré pour l'oublier : si bien que si nous n'avons pas tenu un journal ou quelque chose qui y ressemble (et de nos jours personne ne le fait plus), nous réussirons à oublier ce qui est mystérieux, dérangeant.

Comme, par exemple, ce que Legs, complètement défoncée lors de la fête que FOXFIRE a organisée pour célébrer son retour de Red Bank, a dit à Maddy : qu'elle avait découvert là-bas une vérité qu'elle sentait profondément ancrée en elle, à savoir que nous avons des ennemis – ouais, les hommes sont nos ennemis, mais pas seulement eux : quel choc de constater que des filles ou des femmes, parfois, peuvent l'être aussi ; elles vous ressemblent assez pour être des sœurs mais elles vous suceraient le sang si elles le pouvaient ; elles représentent un mal pire que celui mentionné par le père Theriault car elles n'ont aucune raison de vous détester et pourtant elles le font, tout simplement.

Un moment heureux, que cette célébration. Maddy aussi planait (nous y reviendrons), au point de ne pas vouloir entendre l'exacte vérité. Aveuglée d'amour. Oui, c'était de l'amour. Quoi d'autre ? Jeune comme elle l'était, elle imaginait ce sentiment tel un puits alimenté si profond par une source souterraine si infinie qu'elle ne se tarirait jamais et, bon sang, qu'espérer d'autre sinon ne pas s'y noyer. En fait d'espoir, ça suffisait.

2

Drôles de surprises

Qu'est-ce qu'une surprise sinon ce qu'on ne sait pas venant remplacer ce qu'on croyait savoir ? Et qu'est-ce qu'une sacrée surprise sinon que, de surcroît, ce qu'on sait depuis peu vous affecte comme on ne s'y serait jamais attendu ?

Primo, nous apprenons qui va nous conduire à Red Bank pour ramener Legs ; et lesquelles d'entre nous sont invitées à l'accompagner.

1er juin 1955 : c'est une date que nous avons toutes inscrite sur nos calendriers. Ici, dans le carnet de notes, elle figure au haut d'une dizaine de pages en grandes capitales rouges. Maddy a commencé à compter les jours sept semaines auparavant, quand la date de libération de Legs est devenue officielle ; elle a divisé les semaines en sept jours, les barrant solennellement d'une croix, imaginant qu'elle-même était au régime cellulaire dans une sorte de prison (en un sens, elle l'était, il n'y avait qu'à voir sa chambre chez la tante Rose – pas plus grande qu'un placard, située en haut et à l'arrière de la maison, au-dessus de la soute à charbon, donc glaciale : de plus, Rose Packer, qui était la plupart du temps d'une humeur de chien, sarcastique et amère, semblait en vouloir à une gamine de quinze ans de ce que sa mère eût été une « mauvaise mère ») ; et espérant que, quand Legs serait enfin revenue, quand FOXFIRE aurait repris des forces, elle, Maddy, serait également LIBRE.

(Car, autant le mentionner tout de suite, les sœurs de sang en FOXFIRE espèrent vivre ensemble dans une vraie maison. Dans la dernière lettre qu'elle a envoyée de Red Bank, Legs évoque cette possibilité, disant que nous pourrions en louer une, et même en acheter une un jour, peut-être dans la campagne, comme des « vraies sœurs d'une seule et même famille ».

Mais la première sacrée surprise, c'est d'apprendre qui ira chercher Legs! Pas Ab Sadovsky, naturellement – en fait, ce traître ne vit même plus à Hammond; pas même Kathleen Connor, qui a rendu régulièrement visite à Legs et a joué les messagères entre elle et nous; ni aucun des membres de la famille de Legs.

Non, c'est Muriel Orvis.

Muriel! La petite amie de son père. Celle que Legs a toujours détestée – du moins, elle l'affirmait.

Imaginez notre surprise quand Muriel nous contacte. Legs lui a dit qui inviter à se joindre à elle et Muriel nous donne des ordres, comme si elle était la sœur de Legs, une sœur aînée, une mademoiselle-je-sais-tout.

Muriel Orvis tient si peu de place dans nos vies que j'aurais cru que c'était pareil pour Legs. Cela explique que, jusqu'ici, je n'en aie jamais parlé. Mais, à notre insu, elle est allée à Red Bank, affirmant que notre amie, cette pauvre « demi-orpheline » lui faisait de la peine : et quand Ab Sadovsky et elle ont rompu alors que Muriel était enceinte, celle-ci s'est mis en tête, Dieu sait pourquoi, qu'elle avait quelque lien de parenté avec Legs, réussissant à l'en convaincre.

(Du moins, c'est ce qu'elle croit. Elle a du mal à croire autre chose – par exemple que Legs ait pu revenir sur les sentiments qu'elle lui portait : avant, elle semblait ne pas supporter la seule mention du nom de Muriel et maintenant, les voilà proches.)

Donc, le 1er juin, tôt le matin, nous partons pour Red

Bank dans le break Ford de Muriel Orvis – ou, plutôt, dans celui qu'elle a emprunté : même enceinte de quatre mois, Muriel est une de ces femmes qui ne manquent jamais d'amis hommes pour leur prêter une voiture. Voici donc Goldie (avec Toby sur les genoux), Lana, Rita, Violet et Maddy écoutant Muriel qui, de sa voix nasale et flûtée, se plaint de n'avoir jamais eu de chance avec les hommes – prenez par exemple son premier mari : il la battait, ou Ab Sadovsky : il s'est montré « brutal » et « malfaisant » avec elle qui l'avait pourtant aimé comme elle n'avait aimé aucun homme ; que tous les jours ça devenait pire – pensez, buvant comme il buvait – d'ailleurs lui aussi la giflait ; puis il est parti, l'abandonnant enceinte, quittant Hammond sans dire au revoir et en devant de l'argent à peut-être une douzaine de personnes sans compter les deux mois de loyer en retard, nettoyant quasiment sa maison de tout ce qui avait de la valeur, ne laissant derrière lui que des ordures, les vêtements de sa fille – la pauvre – ainsi que de rares possessions, rien de plus ; pour autant que Muriel sache, Ab est simplement monté dans sa voiture ce jour de mars et a mis le cap au sud – direction Tampa, en Floride – accompagné de sa nouvelle petite amie ; il a dit qu'on lui y avait promis du travail dans une raffinerie de pétrole, un emploi payé le double de ce qu'il pouvait obtenir à Hammond : « Mais tout le monde sait que si Ab Sadovsky a quitté Hammond, c'est qu'il avait honte de sa conduite envers les deux seules personnes au monde qui lui étaient proches et auraient dû représenter quelque chose à ses yeux, celles qui lui avaient fait confiance – sa fille unique et moi », dit Muriel.

Ses auditrices ponctuent ce discours par quelques murmures exprimant sympathie, étonnement, l'ombre d'une stupéfaction polie. Rita demande timidement si être enceinte fait mal, et Muriel la sidère en répondant avec un petit rire reniflé : « En réalité, c'est agréable ;

jamais je n'aurais été plus heureuse si ce fils de pute ne m'avait pas trahie comme il l'a fait, me brisant le cœur ! La dernière fois que je suis allée voir Marg'ret, je lui ai raconté ce rêve dingue que j'avais fait, dans lequel le Seigneur Jésus lui-même m'avait comme donné ses instructions : ce bébé devait naître car il serait tout à fait exceptionnel : ce serait une petite fille. »

Cette extraordinaire déclaration laisse les filles sans voix.

Muriel Orvis, tout le long de l'autoroute qui traverse la campagne, conduit le break prêté comme si elle lui en voulait, à lui ou à la route. Elle est si absorbée par son monologue qu'elle accorde peu d'attention au paysage ; ou aux voitures, camions, engins agricoles qui se traînent sur la file de droite. Maddy, assise à l'arrière et penchée vers le siège de Muriel, est consumée par une étrange, une irritante jalousie dont elle ignore le motif exact. Oui, c'est à cause de Legs, du lien secret que cette femme entretient avec Legs, mais ce n'est pas tout. (Maddy, pourquoi ne pas l'admettre, est aussi férocement jalouse de Violet Kahn qui, à son sens, n'a aucun droit d'être dans ce break, ce matin : aucun droit de faire partie du contingent spécial de FOXFIRE invité à ramener leur amie de Red Bank. Qu'est-ce que Legs peut bien lui trouver ?) Attentive, elle scrute donc Muriel dans le rétroviseur, tolérant que des mèches de cheveux blond vénitien soulevées par le vent, dégageant une odeur douceâtre de sueur et de cendre, viennent lui chatouiller le visage. Muriel Orvis est une femme d'environ trente-cinq ans, bien en chair, à la peau rouge de santé, les yeux brillants de détermination et d'honnête colère, la bouche semblable à un fruit écarlate. Le genre d'Américaine en pleine maturité dont le visage étincelle comme une carrosserie d'automobile. Quand Muriel Orvis couchait avec son père, Legs disait d'elle : « Cette pute a un groin de cochon et tortille du derrière », eh bien, ça se voit – du moins en ce qui concerne le visage : la bouche ainsi que le nez retroussé sont trop saillants, ce qui n'empêche pas Muriel d'être jolie et de se comporter comme si elle le savait. Elle vient de quitter son travail chez Ferris, l'usine de matières plastiques (l'odeur lui donnait des nausées); mais, des années auparavant, ayant plus ou moins été associée à une entreprise – un institut de beauté du voisinage –, elle aime se définir comme une « femme d'affaires »; son objectif actuel est de s' « installer à son compte ».

Quelque chose ne colle pas. Des années – trois ou quatre, vraisemblablement – de vie dure avec Ab Sadovsky à se coucher tard, boire sec et fumer des cigarettes, rien de tout cela ne semble avoir tempéré la pétulance de Muriel Orvis, pas plus que le renflement de son petit ventre pointant sous la jupe d'été en coton tricoté ne semble la gêner. Maddy se mord les lèvres en pensant. Cette femme est enceinte! Elle n'est pas mariée! Comment peut-elle montrer publiquement autant de culot, de fierté, même?

Une fois à Red Bank, c'est naturellement Muriel qui entre chercher Legs tandis que les autres les attendent impatiemment au-dehors; quand Muriel réapparaît avec notre amie, toutes deux se tenant par la taille, des traces de larmes sur leur visage, Maddy respire un bon coup et dit tout haut : « C'est parce que Muriel attend le petit frère ou la petite sœur de Legs que ces deux-là sont devenues si intimes. » Dans la bousculade qui accompagne l'apparition de notre amie, seule Violet Kahn semble avoir entendu : elle dit, non pour contredire mais pour développer : « Ouais, Maddy, mais il n'y a probablement pas que ça. »

Puis il y a la surprise qu'offre la vue même de Legs Sadovsky.

Pas exactement une sacrée surprise, mais, oui, une surprise.

Elle court vers ses sœurs de FOXFIRE, l'air résonne de petits cris et de pleurs qui semblent presque douloureux, toutes soudain sanglotent, s'enlacent, s'embrassent, s'exclament, oh, mon Dieu! Mon Dieu! Toby, le beau chien esquimau au poil argenté, saute sur Legs, lui lèche les mains, essayant frénétiquement d'émettre un son rauque, sifflant et quasi silencieux; elle s'agenouille carrément sur le gravier de l'allée pour le serrer dans ses bras et il lui embrasse le visage, le mouillant de sa langue rose et souple, et tout le monde rit : toutes à la fois tentent de toucher Legs qui tente à son tour de les toucher; encore des étreintes, et pour Maddy un baiser planté si fort qu'elle en reste meurtrie, le souffle coupé; Muriel Orvis, son visage rond et coloré sillonné de larmes, recule pour prendre des photos avec son Brownie.

Au-dessus de leurs têtes, un soleil jaune comme un citron; un début d'été pas trop chaud encore, l'odeur de la forte pluie tombée la nuit précédente.

Le plus grand choc, c'est que Legs s'est coupé les cheveux.

A moins que ce ne soit le fait qu'elle ait vieilli.

Est-ce vraiment elle? Maddy est un peu hébétée et ses côtes lui font mal – effet délicieux de la violente étreinte de son amie. Pendant tout le trajet de retour, dans le break bondé, elle va observer Legs assise à l'avant (sympathiquement coincée entre Muriel et Goldie qui tient un Toby gauche et reconnaissant sur ses genoux), pensant : « C'est elle? C'est bien elle? », tellement Legs semble changée; on lui donnerait vingt ou vingt et un ans au lieu de seize, et elle est pleine d'assurance, presque belle. Ses cheveux coupés court donnent du modelé aux plans et aux angles de son visage; les pommettes sont particulièrement aiguës, les yeux semblent plus grands. Même le regard de son œil gauche semble bizarre : on est désorienté par cette nouvelle et minuscule tache de sang piquée sur l'iris.

Maddy se demande si son amie a été blessée à cet œil, si sa vision en est affectée.

C'est un vrai pique-nique roulant! Coca et 7-up tièdes, bière tiède, paquets de chips graisseuses et salées, plus des Camel pour Legs. Le break est plein de voix de filles, de rires rudes. Le volume de la radio est tourné plein pot sur une station de Hammond qui joue de la musique populaire. Maddy murmure une demi-douzaine de fois, émerveillée : « J'arrive pas à y croire – Legs sortie! » Personne n'arrive à y croire. Legs non plus. Elle fond en larmes à plusieurs reprises, ce qui les embarrasse toutes, et se reprend en faisant une plaisanterie, une pitrerie quelconque. Puis elle se penche au-dessus du siège avant et saisit les mains de Rita, Lana, Violet, Maddy, elle encadre leur visage entre ses doigts, répétant, comme si elle savait qu'on ne peut répondre à ce genre de questions, qu'on ne peut même pas les poser : « Comment ça va, vous? Oh, putain, que vous m'avez manqué! Comment ça va? » Elles en sont toutes au premier stade de l'ivresse lorsqu'elles traversent la Cassadaga pour entrer dans Hammond, cette ville de cheminées, de flèches d'églises, d'usines dressées sur les collines comme pour lutter contre la pesanteur, et abordent la longue pente raide conduisant à Lowerton, à Fairfax, le seul chez-soi qu'elles connaissent. Au volant, Muriel Orvis est soûle ou presque... De mémoire de FOXFIRE n'a existé un jour aussi heureux et aussi tendre.

Tout du long, Maddy a observé jalousement Legs Sadovsky en cachant ses sentiments réels (qu'elle trouve minables, mesquins, le genre de sentiments dignes d'une sale conne), ne sachant que penser de cette quasi-étrangère, de cette amie qui lui a à peine écrit en quatorze mois, qui a fait de la prison. (On n'est pas censé considérer les institutions pour mineurs comme telles, pourtant c'est qu'elles sont.) Ces mois ont semblé durer toute une vie; traîtreusement, avec des souvenirs qu'elles ne peuvent partager, ils ont creusé entre elles un abîme. Quand, faisant le singe, Maddy saisit les cheveux de Legs sur la nuque en demandant : « Pourquoi tu les a laissés faire ça ? J'adorais tes cheveux avant », Legs, avec une sorte de sourire forcé qui découvre ses dents, lui desserre les doigts pour se libérer et lui dit, comme si sa dignité était offensée : « J'ai mes raisons. » Ce que Maddy ne peut prendre que comme une rebuffade.

Moment que choisit Violet Kahn pour se pencher vivement et toucher également les cheveux de Legs, les lissant en arrière pour dégager son front et roucouler, la bouche en cul de poule : « Moi, j'adore cette coiffure. Quoi que tu fasses, Legs, c'est toujours toi. »

Legs sait désormais des choses que je ne sais pas, pense Maddy.

Quel genre de choses exactement – brutales, intimes, charnelles ? Et à quel point ? – Maddy refuse de s'interroger.

Autre suprise : à notre insu, Legs a invité à la fête donnée pour célébrer son retour plusieurs personnes, étrangères à FOXFIRE. Elles ne resteront pas longtemps, sachant peut-être qu'elles ne sont pas les bienvenues, mais ce n'était pas du tout ce à quoi les sœurs de sang de FOXFIRE s'attendaient.

Muriel Orvis est l'une d'entre elles, ce qui n'est pas trop grave : les filles en sont venues à l'aimer bien, même une Maddy hypercritique à l'égard des femmes adultes, et que les femmes enceintes mettent particulièrement mal à l'aise ; d'ailleurs, sa présence peut se justifier : Legs habitant chez Muriel (provisoirement, en attendant de trouver un lieu à elle), inviter celle-ci répond à une certaine logique. Puis il y a Kathleen Connor qui, elle aussi, s'est montrée si amicale envers FOXFIRE que les filles ne peuvent vraiment s'étonner de la voir là; et quoi de plus amusant, de plus audacieux que de faire se rencontrer (officiellement, du moins) ces deux ex-petites amies d'Ab Sadovsky et les voir se mesurer, rire, s'enlacer et s'éclipser ensemble pour échanger de bonnes histoires? Ce qui n'est possible que dans ce genre de soirées où il y a à boire en abondance et où règne une atmosphère de gaieté bruyante.

Ab Sadovsky, ce fils de pute! Quelqu'un sait-il exactement où il est?

Mais la sacrée surprise – du moins pour les filles de FOXFIRE – c'est la présence des deux autres invitées.

Legs a dit que l'une d'entre elles était une amie de Red Bank, une fille en qui elle avait confiance, libérée quelques semaines plus tôt. Comme elle parlait chaleureusement de cette inconnue nommée Marigold Dempster, nous étions réconciliées avec l'idée de la rencontrer. Mais vers neuf heures du soir, devinez qui franchit le seuil – gauches, intimidées au point de sembler prêtes à ressortir aussi sec? Rien de moins que deux Noires. Non seulement des étrangères, mais des Noires.

Si le son du tourne-disque n'avait pas été réglé si fort, la pièce entière serait devenue silencieuse.

Seule Goldie, les yeux quasiment hors de la tête, stupéfaite au point d'en renverser sa bière sur le devant de ses vêtements, s'exclame tout fort : « Des négresses! », si bien que Maddy, espérant que les deux filles n'ont pas entendu, s'approche d'elle et corrige, d'un ton de reproche : « Des Noires. » Goldie parvient à récupérer suffisamment pour lui dire à l'oreille : « Tu peux leur donner le nom que tu veux, en tout cas elles sont pas blanches. »

Non que Marigold et Tama soient restées longtemps. À peine une heure.

Non qu'on leur ait fait sentir qu'elles n'étaient pas les bienvenues – pas exactement.

Les sœurs Dempster sont également de Lowerton, quoique du quartier noir de la ville ; si elles fréquentent – ou ont fréquenté – notre lycée, personne ne s'en souvient. Excepté Rita et Maddy, aucune des filles de FOXFIRE ne fait le moindre effort pour être aimable avec elles ; l'air est lourd de sentiments blessés, de rancune puérile. Comment Legs pouvait-elle se montrer si insensible ! En un pareil moment ! Il s'avère que Tama est une parfaite étrangère pour notre amie, ce qui rend l'invitation d'autant plus incongrue. Quant à Marigold, une fille terriblement timide, elle n'est en rien l'une de ces Noires pétulantes, au rire chaleureux, qui sont populaires à l'école auprès de la majorité blanche ; elle semble gentille mais elle est laide, avec une peau très sombre, un nez aplati et de petits yeux enfoncés, inquiets, qu'elle garde constamment baissés. Malgré le bras que Legs a passé autour d'elle et le feu rapide de ses questions, Marigold n'a pas grand-chose à dire, se contentant de répéter qu'elle est heureuse que Legs soit dehors, oh, Dieu, que rien n'est plus important que d'être dehors, que chaque jour, chaque minute, elle remercie Jésus d'être dehors et qu'elle ne retournera jamais dedans.

Legs, donc, l'enlace étroitement, sa tête blond cendré un peu en retrait mais tout près de celle de la Noire, s'exclamant : « Tu l'as dit, mon chou : il va falloir qu'ils s'arrangent pour me refroidir avant de me refoutre *dedans* ! » Cela dit avec tant de passion, tant de défi que tout le monde se sent un peu embarrassé. Tant les filles de FOXFIRE que les sœurs Dempster.

Ne sachant plus exactement où poser son regard.

Il est tard. Les Noires sont parties, Kathleen Connor et Muriel Orvis sont parties. Ne reste à la fête que FOXFIRE, n'entourent Legs Sadovsky que les membres de FOXFIRE ; il n'y a plus de place pour les susceptibilités, les malentendus, la colère, le trouble.

(Pourquoi n'aimez-vous pas Marigold ? Mais oui, on l'aime ! Non, vous l'aimez pas. Allez vous faire foutre, salopes au cul blanc, pour qui vous vous prenez, comment vous osez ? La couleur de votre peau, vous l'avez héritée à la naissance, point. Alors comment osez-vous ? Eh bien, non, rien de tout ça. Ces mots terribles n'ont pas été prononcés.)

Dans leur lieu secret éclairé à la bougie ne restent que les huit sœurs de sang de FOXFIRE, celles qui ont juré de rester liées éternellement : Legs et Goldie et Lana et Rita et Maddy et Violet et Toni et Marsha : c'est leur célébration secrète et exclusive qui se perpétue à travers la nuit ; il y a largement de quoi boire (la bière est dans un baquet plein de glace), des douzaines de sandwiches, un gâteau au chocolat à trois couches fièrement confectionné par Rita/« Red » et glacé par Maddy/« Monkey », sur lequel on peut lire, tracée au chocolat fondant et vanillé, l'inscription BIENVENUE À LA MAISON, LEGS ! Celle-ci déclare que c'est le gâteau le plus délicieux qu'elle ait jamais mangé.

De quoi fumer aussi : marijuana. Fournie par Goldie, grâce aux anciens contacts de Legs. Celle-ci, très vite, devient euphorique ; elle rit, elle fait le pitre – ça fait si longtemps qu'elle en est privée !

Maddy n'a pas l'habitude de boire ; encore moins de fumer des joints. Elle s'endort, étendue à plat sur le sol, puis se réveille, puis se rendort. Il est minuit ? Plus de deux heures du matin ? La CÉLÉBRATION DE FOXFIRE s'éternise parce que personne ne veut qu'elle finisse. Si une fille s'endort, elle se réveillera plus tard, si deux filles s'endorment, il y en aura toujours d'autres pour rester éveillées ; le tourne-disque est réglé à fond, les flammes des bougies sont hypnotiques, Maddy danse, elle est si déchaînée, si inspirée que les autres s'émerveillent ; mais devant leur hilarité, Maddy se rend compte à quel point elle est jeune, physiquement immature à côté d'elles – même de nouvelles comme

Violet, Toni et Marsha, qui sont dans la classe en dessous de la sienne; elle danse pour se rendre intéressante et Legs danse avec elle, Legs hurle de rire, l'appelant « Killer », lui disant qu'elle lui a manqué plus qu'aucune autre, « tu sais, Maddy, t'es mon cœur ».

Puis Legs entraîne brusquement Maddy : avec force chut! et gloussements, elles gravissent en secret l'escalier qui mène au toit et Legs, tenant à bout de bras une bougie, dit à Maddy, sur un ton plus sérieux, qu'elle est la seule à avoir traité Marigold Dempster et sa sœur comme des êtres humains et non comme des monstres; Maddy proteste faiblement, essayant de défendre les autres, mais Legs n'écoute pas : « Tu sais, j'ai presque honte de FOXFIRE pour avoir aussi mal accueilli ces filles. Ça, tu verras, je l'oublierai pas! » Mais elles débouchent sur le toit et oublient tout en sentant l'air de la nuit baigner leur peau échauffée, en voyant ce ciel, la profondeur du ciel de la nuit, aussi insondable qu'une mer sans fin, si beau, si émouvant que Maddy sent son cœur lui faire mal. Debout au bord du toit, oscillante, la tête rejetée en arrière, elle dit : « Dans les temps anciens, les gens croyaient que le ciel était si bas qu'il suffisait de grimper d'une hauteur équivalente à celle où nous sommes pour effectivement s'en rapprocher. »

Legs, qui est en train d'allumer un joint, répond négligemment : « Ah ouais? Eh ben, c'est vrai. »

La lune, aux trois quarts pleine, avec cette phosphorescente hostile, ce rien de meurtri, de disséqué, de bosselé, de mutilé qui lui est propre, la lune a souffert plus que quiconque peut l'imaginer. Et les étoiles... tant d'étoiles... avec un télescope puissant on en verrait plus... et plus... et encore plus... Maddy rit, elle frissonne en y pensant sauf que, probablement, penser l'infini est impossible. Ou presque. L'air frais et humide est imprégné de l'odeur saumâtre d'un fleuve un rien sinistre – ce qui devrait la calmer mais apparemment ne le fait pas; pourquoi est-elle si énervée? Il y a à peine une heure, elle était endormie comme une masse et la voilà maintenant sur pied, avec la peau chaude et comme fiévreuse, et le cœur battant. De nouveau, Legs est un être neuf, pense Maddy qui n'a qu'une peur, c'est que son amie lui dise d'une voix neutre qu'à Red Bank, elle a longuement réfléchi et qu'elle a tiré certaines conclusions « définitives » sur la vie – Maddy ne veut rien entendre qui soit susceptible de l'effrayer. Pas maintenant.

Legs Sadovsky a grandi – elle doit mesurer au moins un mètre soixante-douze; visage anguleux, regard inquisiteur, affamé, impatient : elle est belle, oui, mais comme elle ne prend aucun soin d'elle sa beauté ne durera pas. Maddy l'observe, se demandant quel lien existe entre elles, et ce qu'il en adviendra – Maddy Wirtz et cette jeune femme au corps presque masculin, si mince, si dense, si musclé : aux cheveux coupés court sauvagement dressés sur le front comme une crête d'oiseau. Legs porte un pull de coton sans manche de couleur chartreuse, assez moulant pour souligner ses vertèbres et ses petits seins durs aux mamelons pointus, un pantalon noir à taille basse avec une ceinture à médaillons d'argent, cadeau de quelqu'un (une des gardiennes?) à la sortie de Red Bank; rien que dans sa façon de se tenir, il y a quelque chose d'agressif et de sexuel : os iliaques et pelvis saillants, estomac si plat qu'il en est presque concave, contrastant avec un mont de Vénus subtilement bombé, et ses pupilles sont si dilatées que ses yeux semblent noirs – Ils ont raison, elle est dangereuse.

Et alors?

Là-haut, sur le toit, Legs tente de parler sérieusement à Maddy des ennemis de FOXFIRE, pas seulement les hommes mais aussi des filles, des femmes telles que les gardiennes de Red Bank : « Nom de Dieu,

Maddy, ça arrive de rencontrer le mal à l'état pur. J'espère que, toi-même, tu en feras jamais l'expérience.

– J'ai eu ma façon à moi de la faire, Legs. J'ai été là-bas avec toi. Tout le temps », répond Maddy avec insouciance – elle est si heureuse.

Legs dit comme si elle n'avait pas entendu, ou ne voulait pas entendre :

« Ce mal, il suffit de savoir qu'il est là. Le père Theriault pense que c'est à cause de la société qu'on peut pas être frères et sœurs, à cause du capitalisme, parce qu'on doit se vendre soi-même, tu vois ? Je crois que c'est vrai, mais c'est pas tout : par exemple, pourquoi une fille t'enfoncerait le pouce dans l'œil ? Quelqu'un qui te ressemble assez, à part la figure, pour qu'on soit sœurs jumelles. » Elle se frotte l'œil gauche, songeuse, non pas maussade – elle sourit – mais pitoyable ; elle a envie, besoin de parler. Et Maddy veut entendre, tout en ayant peur d'entendre car elle est jalouse de Red Bank, de la laideur même de Red Bank, de certaines expériences qu'elle n'a pas eues et qu'elle ne peut même pas imaginer. Legs est accroupie au bord du toit et Maddy vient l'y rejoindre, oscillant un peu, d'humeur rieuse, comme chez le dentiste quand il lui administre l'anesthésique. Legs dit : « Un homme, bon, je peux accepter qu'un homme soit l'Ennemi. OK, je peux l'accepter : prend l'Homo sapiens du Muséum, celui qui pense : et l'une des premières putains de choses à quoi il pense c'est à tuer ; tout ça, on le sait ; je veux dire qu'on n'aurait plus de guerres si l'homme n'adorait pas ça ; or il y a toujours des guerres. OK, ça, je peux l'admettre. Mais quelqu'un appartenant au même genre que vous, qui est de sexe féminin, ça c'est... inattendu. »

Maddy demande d'un ton hésitant : « Est-ce qu'ils t'ont fait mal, Legs ? Ton œil...

– Personne ne m'a fait mal. J'étais trop maligne pour eux. Le temps venu, je me suis échappée – changée en épervier », dit Legs, qui rit, battant l'air de ses bras ; Maddy craint qu'elle s'envole – ou tombe – du toit. « Bel oiseau. Foutrement bel oiseau », elle ajoute.

Ce pourrait être dangereux de se tenir aussi près du vide mais Maddy, tirant des bouffées de marijuana, éblouie de bonheur, se sent sûre d'elle : c'est la nuit de FOXFIRE, c'est la fête, LEGS EST RENTRÉE DE RED BANK, elle et Maddy se sont éclipsées ensemble. Peut-être a-t-on commencé à remarquer leur disparition. Peut-être le temps leur est-il compté – donc précieux ; ces minutes sont précieuses. Non loin, la Cassadaga River, ridée de vaguelettes froides et blafardes, semble vivante : ses ondulations éclairées par la lune sont comme des frissons courant sur la peau et son autre rive clignote de lumières – lumières des rues, lumières des maisons, minuscules étoiles s'élevant dans l'obscurité des collines sans qu'on distingue celles-ci, ni même leur contour : on ne voit que la nuit – la Nuit. Comme si le ciel de l'Univers choisissait, pour révéler l'unicité de la substance qui le compose, non pas le jour (car la lumière du jour ne se brise-t-elle pas, ne s'obscurcit-elle pas, ne se désintègre-t-elle pas en une multitude de morceaux, tel un miroir cassé ?) mais la nuit seule.

Legs, depuis un moment, regardait Maddy fumer. Elle lui demande maintenant en riant, avec une exaspération de grande sœur : « Merde, mon chou – c'est comme ça que tu fumes un joint ? Comme une nigaude de gamine ? »

Pour lui montrer comment faire, elle prend la mince cigarette des doigts de Maddy, la plante au centre de sa bouche arrondie en une parodie de baiser, ferme les yeux et en tire des bouffées profondes, encore plus profondes, retenant la fumée pendant dix longues secondes (qu'arriverait-il si la police débarquait en pleine fête de FOXFIRE ? Que se passerait-il si on trouvait Legs Sadovsky, sortie le jour même de la maison de correction de Red Bank, en possession de marijuana ?) avant de l'exhaler voluptueusement, quoiqu'en une quantité curieusement réduite. « Tu dois laisser le temps à la fumée de pénétrer dans tes poumons – et dans ton sang, je crois », dit Legs en passant le joint à Maddy ; celle-ci fait exactement ce que Legs lui a indiqué mais quelque chose semble aller de travers : sa bouche et sa gorge la brûlent, elle se met à tousser, s'étranglant presque, des larmes coulent le long de ses joues. Legs ne rit pas, ne se moque pas ; elle attend simplement la fin de la quinte et lui dit : « OK, mon chou. Prends ton temps. On a toute la nuit. Essaie encore, tout doucement. » Maddy craint d'avoir une nouvelle quinte mais elle fait une autre tentative – Legs plante même la cigarette entre les lèvres de Maddy qui inhale en fermant les yeux pour n'être déconcentrée ni par le fleuve, ni par la nuit, ni par le visage de son amie, oui, elle retient au fond de ses poumons la fumée qui les irrite et soudain, le sommet de son petit crâne bien clos cède ! Le clair de lune y entre librement ! Les yeux de Maddy s'ouvrent brusquement, Maddy flotte, Maddy est aéroportée. Maddy-Monkey rit, elle a vaincu la pesanteur. Alors c'est ça ? C'est si facile !

Legs lui semble très loin. Mais non, elle est là, tout près. Elle appuie sa tête contre celle de Maddy, son bras mince et musclé passé autour de ses épaules pour la serrer, pour la protéger : « Maintenant, mon cœur, tu sais ce que " planer " veut dire, pas vrai ? »

3

Paradoxe de la chronologie, la naine

Mon Dieu, ce matin j'étais certaine d'écrire sur notre rêve à toutes – notre ferme, LA FERME DE FOXFIRE – qui, bien que s'étant soldé par de l'amertume et du chagrin, n'en a pas moins représenté pour nous une promesse de bonheur... mais si je veux être fidèle à la chronologie réelle, à la tâche de coucher par écrit les événements, non comme je me les rappelle mais comme ils se sont produits, je suis forcée de transcrire ici l'étrange épisode de la NAINE, daté du milieu de l'été 1955.

Cet épisode laid et déplaisant reste pour moi un mystère total (pourquoi Legs y a-t-elle été autant impliquée, et l'a-t-elle été autant qu'elle le prétend ?) ; je l'aurais totalement oublié si feuilleter le carnet de notes ne me l'avait rappelé – ne pouvait que me le rappeler. Encore plus dérangeant que cette laideur et cette obscénité est le paradoxe de la chronologie, qui apparaît lorsqu'on tente d'évoquer des événements historiquement vrais ; le problème, avec le fait de transcrire un document tel que ce carnet de notes, c'est qu'il s'agit de mémoires, ou confessions, et qu'on n'a pas la possibilité d'inventer des épisodes, des gens, des lieux, une « intrigue », etc., mais qu'on doit tout consigner comme cela s'est produit. L'agent, c'est la mémoire, non l'imagination, quoique dans les deux cas, l'instrument soit le langage, et peut-on faire confiance au langage ?

Pourrait-on mentir sans le langage ?

(Non que je mente : je crois vraiment ne pas l'avoir fait une seule fois au cours de ces mois éprouvants passés à déterrer mes années FOXFIRE. Mais une vérité qui n'est pas toujours valide, pas toujours évoquée – ni même connue – avec exactitude n'est-elle pas une forme de mensonge ? C'est comme l'Église catholique, avec son dogme relatif aux péchés d'omission – les plus difficiles à comprendre puisqu'ils n'ont pas d'existence réelle !)

Le paradoxe de la chronologie est détestable car on est toujours obligé de rechercher des causes plus lointaines que celles qui sont à portée de main. Ainsi suis-je obligée de salir cette belle matinée d'hiver froide et ensoleillée avec le souvenir d'une NAINE (que Maddy Wirtz n'a jamais ne serait-ce qu'aperçue) attachée à son lit et maltraitée par des hommes alors que j'espérais décrire, donc me souvenir, en prenant plaisir à cette remémoration, la vieille ferme délabrée que FOXFIRE désirait tellement acheter – LE RÊVE DE FOXFIRE / LE FOYER DE FOXFIRE – ce bâtiment vacant d'Oldwick Road que Legs, un jour de cet été-là, a découvert du camion de Parks & Recreation, organisme pour lequel elle travaillait – un travail temporaire que Miss Flager, la directrice de Red Bank, s'était arrangée pour lui trouver; avant ça (c'est ce que je veux dire en qualifiant de « détestable » la chronologie : on est obligé de savoir que tout ce qui arrive est précédé d'autre chose, et d'autre chose encore, jusqu'aux tout débuts du Temps!) il fallait voir avec quelle stupéfaction et quel cynisme Legs parlait de cette Miss Flager qui, avec ostentation, avait déclaré publiquement que « Margaret Sadovsky » était une des détenues les plus dignes de confiance, les plus travailleuses, les plus intelligentes, les plus honnêtes, les plus totalement réadaptées que Red Bank ait vues passer depuis des années; Legs, bien sûr, lui en était reconnaissante – un peu, qu'elle l'était, car son père s'étant tiré, elle avait intérêt à se trouver un petit boulot pour subvenir à ses besoins et vivre sans que les adultes s'en mêlent, ce qui était son rêve depuis toujours; mais comme elle disait, dans ce genre de situation, avec le genre de conneries qu'on vous débite sur vous-même, vous finirez sûrement un jour, écœurée, honteuse et troublée, par laisser tomber le bienfaiteur qui « intercède en votre faveur » – comme si ce geste, ce geste si chrétien d'intercéder en faveur de quelqu'un, anticipait l'heure du désappointement, de la désillusion, de la trahison!

Aussi, comme le lui avait dit le chef d'équipe du camion – un type d'une vingtaine d'années, arriviste et agressif, mais qui, du moins, avait son franc-parler – l'emploi de Legs à Parks & Recreation (le seul de cette équipe-là tenu par une fille car il exigeait un gros effort physique en plein air) n'était pas une sinécure – c'était le moins qu'on puisse dire; il était payé tout juste le minimum pour l'époque : un dollar de l'heure, *avant impôts.*

En plus, Legs apprendra plus tard qu'en tant que fille, elle gagnait moins que les hommes alors qu'elle travaillait autant, sinon plus, qu'aucun d'entre eux.

Mais je me rends compte que tout cela nous entraîne loin de la NAINE. Je m'en excuse.

Vous pouvez constater que je ne suis pas un écrivain expérimenté : je ne « mène » pas ce texte, mais me laisse mener par lui et parfois mon cœur défaille quand je pense, « Dieu sait où cet épisode-ci va me mener; vers quelle honte et vers quel chagrin ».

Legs nous a dit après que la « naine » n'était pas une vraie naine : qu'on la nommait ainsi seulement parce qu'elle avait subi un retard de croissance, qu'elle était quelque peu difforme, et mentalement attardée : « Les gens éprouvent toujours le besoin de nommer ce qui est différent d'eux », a-t-elle ajouté d'un ton de dégoût. C'est par hasard qu'elle a rencontré cette femme, qui se prénommait Yetta. Son équipe nettoyait des sous-bois à l'extrémité nord de Cassadega Park – presque la campagne, mais une sorte de campagne broussailleuse dont les vraies fermes avaient disparu, remplacées par de nombreux pavillons enduits de bitume, de caravanes posées sur des dalles de béton, et de décharges interdites. « Petits Blancs pauvres » : c'est ainsi qu'on nommait les habitants du voisinage. Ce jour-là, Legs voit une taverne, fermée mais jouxtant une habitation, et comme elle meurt de soif, elle traverse en courant l'autoroute pour demander un verre d'eau à ses occupants. Aucun des types qui sont avec elle ne veut l'accompagner, mais elle n'y attache aucune importance. Elle frappe à la porte – pas de réponse (c'est une vieille ferme, mal entretenue, avec une cour jonchée de débris, comme si ses habitants n'avaient aucune fierté) ; elle a donc l'idée – c'est du Legs tout craché – d'aller par-derrière tirer elle-même de l'eau du puits au cas où il y en aurait un, et là, elle voit cette créature dont elle ne peut dire d'emblée si c'est un homme ou une femme ; puis elle voit que c'est une femme, d'âge indéfinissable, pas jeune en tout cas, aussi petite qu'une naine – un mètre trente-deux ou trente-cinq –, de la taille d'une enfant mais sans les proportions d'une enfant, avec un torse long, un dos contrefait et un visage pas vraiment laid mais bizarrement de travers, comme sa colonne vertébrale, portant des vêtements d'homme ; elle se retourne pour regarder Legs en louchant mais en lui souriant déjà, comme si elle la connaissait et l'aimait bien, et le choc – une horreur totale qu'il faut à Legs une bonne minute pour surmonter – vient de ce que cette femme porte un collier de chien autour du cou, qu'au collier est attachée une chaîne fine et que la chaîne coulisse sur une corde à linge tendue en travers de la cour, permettant à la femme de se déplacer librement aussi loin que la longueur de la chaîne le lui permet... Legs est donc plantée là, clignant les yeux, en sueur, vêtue elle-même d'un jean et d'un T-shirt, un mouchoir rouge noué autour de la tête, et la femme lui dit « Hello, je m'appelle Yetta », et elle sourit à Legs – avec une sorte d'espoir – d'une façon qui a fait penser à mon amie qu'elle doit être retardée mentale.

Cette naine qui lui sourit, qui attend quelque chose d'elle, comme si elles se connaissaient...

La femme répète son nom – Yetta – d'une voix mince et aiguë. Elle a un œil vitreux. Legs se tient devant elle comme si un poids lui était tombé sur les épaules avant de pouvoir répondre « Hello, est-ce que je pourrais avoir un verre d'eau ? » – comme si sa cervelle continuait à fonctionner de façon autonome tandis que Legs Sadovsky elle-même se tenait à distance, bouleversée et perplexe – et la femme la mène au puits situé tout près, à l'arrière de la maison; Legs prend le gobelet de fer-blanc qui y est attaché et Yetta se met à pomper, levant et baissant à fond la poignée, riant comme une enfant en amorçant la pompe pour faire affluer à la surface la froide eau de source, faisant signe à legs de ne pas placer tout de suite le gobelet sous le jet, mais d'attendre que l'eau soit fraîche et bonne. Ce qu'elle fait.

Elle boit donc – une eau délicieuse, si différente de celle de la ville qu'elle n'en revient pas – non pas un mais deux gobelets, et s'essuie la bouche d'un revers de main en remerciant la naine assez près de laquelle elle se trouve pour remarquer son cou à vif, écorché par le collier; pourtant la femme ne semble pas malheureuse : debout, elle attend, souriante; à son tour, Legs essaie de sourire, bouleversée mais gênée aussi, comme on l'est quand on examine une personne qui, pour être humaine, ne l'est pas à la façon habituelle; elle se dit qu'elle ne peut quitter les lieux sans parler à l'un de ses occupants, mais il semble n'y avoir personne : aucune voiture en vue excepté quelques épaves échouées dans l'allée; elle demande alors à la naine si elle ne meurt pas de chaleur, dehors comme ça en plein soleil, s'il y a quelqu'un dans la maison, et qui l'a attachée ainsi.

Yetta se contente de glousser en regardant Legs entre ses doigts, comme si elle ne comprenait même pas ce qu'on lui disait.

Rejoignant son équipe, Legs interroge les hommes :

que savent-ils de cette malheureuse ? Mais aucun ne veut admettre qu'il sait quoi que ce soit ; ils se regardent les uns les autres avec un drôle de petit sourire qui donne à penser à Legs qu'ils savent mais vont feindre l'ignorance, lui faire des cachotteries.

Ce soir-là, Legs fait le tour de la ville pour interroger les gens. Personne ne sait rien au sujet d'une naine nommée Yetta vivant à Mantree Road. Ou ne veut rien dire.

Mais Legs ne peut cesser de penser à ce qu'elle a vu. Au collier de chien, au cou écorché. À ces yeux fixés sur les siens.

Le vendredi soir, elle et Goldie se font conduire en voiture à Mantree Road par un type que Legs connaît ; il les dépose et, sur les instances de Legs, s'en va ; la taverne n'est pas ouverte mais les alentours de la maison présentent des signes d'activité – quelques voitures et camionnettes sont garées dans l'allée. Les deux amies n'ont d'autre solution que de rester cachées dans les buissons qui bordent le bâtiment et regarder ; elles voient alors ce qu'elles ne se seraient jamais attendues à voir, ce qu'elles souhaiteront plus tard n'avoir jamais vu : au fond de la maison, il y a une pièce où on garde la naine, éclairée par une simple ampoule pendue au plafond, occupée par un meuble unique – un lit à colonnes – sur lequel elle est étendue, nue, écartelée, poignets et chevilles attachés aux montants, offrant le spectacle terrible de son corps difforme complètement exposé, complètement ouvert... un par un, des hommes entrent dans la chambre. Et ferment la porte derrière eux.

Accrochées l'une à l'autre sous l'effet de la stupéfaction et du dégoût, les filles de FOXFIRE voient, en trois quarts d'heure peut-être, entrer, ivres et titubants, dans la chambre du fond, non un, mais deux, mais trois hommes ; la naine attachée sur le lit se met à gémir, l'homme descend son pantalon et grimpe sur elle, ils luttent, se débattent comme s'ils se noyaient, la naine pousse des cris aigus, des cris d'enfant... comme ce ne sont pas des cris de douleur, Goldie dit qu'il vaut peut-être mieux qu'elles décampent, mais Legs dit qu'il leur faut faire quelque chose.

Elle est assez folle, et assez gonflée, pour marcher droit sur la porte d'entrée de la maison, Goldie essayant de l'en dissuader – elles sont à huit kilomètres de Hammond, sans voiture, deux filles seules avec un nombre indéterminé d'hommes présents sur les lieux – mais impossible de retenir une Legs dans tous ses états, vous savez comment elle est. Elle martèle la porte à coups de poing et un homme ouvre, un gros homme au gabarit d'ours, avec de petits yeux brillants et mauvais, et un visage semblable à un pruneau cru; Legs lui dit d'emblée qu'elle sait ce qui se passe dans cette maison, qu'elle est au courant pour Yetta et qu'il faut que ça cesse, qu'il y a des lois contre ce genre de choses – mauvais traitements, prostitution forcée – et qu'elle va prévenir la police de Hammond; qu'elle connaît des gens au Bureau d'aide sociale et qu'elle va également les contacter. Le type écoute tout ça en clignant lentement les paupières, mais c'est un vrai saligaud à la grande gueule et il lui dit de rentrer chez elle, que ce que les gens font dans l'intimité de leur domicile n'est pas ses oignons, et que même si sa sœur Yetta a jacté, ça ne la regarde pas. Dans l'intervalle, deux ou trois autres hommes arrivent à la porte, ne pouvant croire ce qu'ils voient : deux filles, jeunes, sorties de nulle part, là.

Donc Legs et l'homme qui reconnaît être le frère de Yetta ont des mots. Pendant près de cinq minutes, énervés, s'interrompant l'un l'autre.

Très vite, Goldie tire Legs par le bras, essayant de l'entraîner. Jamais elles n'ont vécu situation plus dangereuse – toutes deux seules, à pied, au milieu de tous ces hommes que, oui, on pourrait qualifier de « petits Blancs pauvres » si on voulait trouver le moyen le plus convenu de les décrire. Mais Legs dit au type de la porte, à tous les autres, bouche bée et souriants : « Des porcs, voilà ce que vous êtes! De sales porcs! »

Goldie murmure : « Allez, mon chou, viens », arrachant pratiquement Legs de là et l'entraînant vers la route. Mais Legs engueule toujours le frère, qui les suit dehors en criant lui aussi, un gros homme lourd d'une quarantaine d'années à l'air hébété et sauvage qui se frotte les mains, se frotte le ventre et le scrotum comme s'il bandait pour elle et voulait lui sauter dessus, et elle continuant à l'asticoter, disant : « Vous avez intérêt à la laisser partir ! Je vais avertir la police, vous avez intérêt à la laisser partir ! » et lui répondant : « Ah ouais ? Elle ? Et pour aller où ? » et Legs dit : « Rendez-lui sa liberté » et le type dit : « Vous savez rien sur elle, vous savez rien sur rien », en ricanant et agitant le poing : « Où elle irait ? C'est ici qu'elle est heureuse. »

Ce type avance donc sur Legs et Goldie avec un sourire qui découvre le plombage en or au milieu de ses dents de devant mal plantées et jaunies, et qui brille. « Ouais, vous comprenez rien à rien : c'est ici que ma sœur est heureuse. »

Le soir suivant, un samedi, Legs revient seule – non que Goldie ait refusé de l'accompagner, mais Legs ne le lui a pas même demandé – et, sans avoir de plan précis, elle se cache de nouveau près de la maison, plus près, cette fois, prenant position derrière un bouquet de saules, persuadée de ne courir ainsi aucun danger d'être découverte. Il y a ce soir-là davantage de voitures et de camionnettes dans l'allée, et il lui semble même (peut-elle en être sûre ? sans doute pas) que l'une d'entre elles est un véhicule de police, qui reste garé là environ dix minutes puis s'éloigne dans un brusque crissement de gravillons; Legs peut distinguer du mouvement dans la chambre de Yetta, elle peut même entendre ses cris aigus et extatiques, des cris semblables à des sanglots, des cris d'animal, pleins d'une angoisse, d'une détresse, d'une gratitude inexprimables – des cris qu'elle ne veut pas entendre mais ne peut s'empêcher d'entendre; même en enfonçant furieusement ses doigts dans ses oreilles elle les entend comme si elle était dans cette pièce de cauchemar (elle-même n'a pas dormi depuis vingt-quatre heures) : ce lit, les quatre colonnes de ce lit, ce corps de femme luttant, contrefait et complètement ouvert, poignets et chevilles liés, cette complète nudité révélant non seulement la toison pubienne mais les lèvres écartées du vagin et la vulve, comme seule une chèvre exposerait sa vulve, et cette bouche également ouverte en O, toute grande, en un gémissement – terrible à voir. Un à un ces hommes – ces bêtes – entrent dans la pièce; un à un, cul nu, les testicules enflés, le pénis raide comme une tringle, ils montent la naine – cette femme-qui-n'est-qu'un-corps –, un à un ils injectent leur vie en elle, suscitant de sa part ces cris qui rendent Legs incertaine de ce qu'elle doit faire, incertaine même de devoir faire quelque chose – ses menaces d'alerter les services sociaux ou la police n'ayant été que du bluff puisque ces gens lui font peur, qu'elle s'en méfie comme de la peste, surtout des flics, et que de plus elle sait qu'elle ne doit attirer leur attention ni sur FOXFIRE ni sur elle. Elle pense qu'une fois – ça remonte maintenant assez loin – le père Theriault, ce prêtre défroqué, ce clochard alcoolique, assis sur son banc de parc avec ses petites jambes dont les pieds touchaient à peine le sol, a dit à une Legs Sadovsky penchée vers lui, à la fois inquiète et avide d'entendre, que nul individu ne peut remédier à l'injustice; que la terre que nous foulons est faite des os finement broyés de ceux qui, non contents de souffrir, souffrent en silence, d'une souffrance à la fois humaine et animale à laquelle nous ne supportons pas de penser alors que nous le devrions. Legs a murmuré : « Mais que pouvons-nous faire ? » sans que le vieil homme ait paru l'entendre, occupé qu'il était à discourir sur la société, le capitalisme et sur cette malédiction consistant à voir des êtres humains se tenir mutuellement pour de la marchandise; le plus tragique étant que les hommes et les femmes non seulement s'utilisent les uns les autres comme ils le feraient avec des objets, mais qu'ils se présentent, se vendent eux-mêmes... comme des objets.

Mais que pouvons-nous faire ? Dites-moi que faire.

Legs s'aperçoit qu'il est tard. Dans le ciel, la lune a changé. Ce qui s'est passé cette nuit-là sous ses yeux ne peut être défait. Toutes les voitures sauf une ont quitté l'allée et les lumières de la vieille ferme sont désormais éteintes – une maison endormie. Une maison endormie peut présenter une certaine quiétude, et même une sorte de beauté, mais Legs Sadovsky tremble de rage en quittant sa cachette ; déboulant, glissant à flanc de colline, elle s'insinue ingénieusement dans une petite grange située derrière la maison, où l'alerte immédiatement une odeur de pétrole ; elle soulève un conteneur de vingt litres ; elle le transporte vers la maison, répandant le liquide à l'odeur âcre dans les hautes herbes qui l'entourent, agissant méthodiquement, sans hâte mais avec les gestes du somnambule qui, au-delà de l'action immédiate, ne répond qu'à une seule directive : surtout, ne pas se réveiller sous peine de mort ; une fois le conteneur vidé, elle le repose prudemment par terre et, prenant dans sa poche une boîte d'allumettes, en allume une, rêveusement mais délibérément, qu'elle laisse tomber, prête à filer, souple comme un chat ; souriant d'anticipation, elle se détourne et se met à courir, mais sans hâte ni nervosité excessives, alors que jaillissent déjà les premières flammes, de petites flammes semblables à des dents, un collier de dents de flammes qui encercle et la vieille maison et la taverne, spectacle que Legs Sadovsky, fuyant tête baissée, s'interdit de regarder de peur, une fois encore, de faire volte-face.

4

Le rêve de FOXFIRE
La ferme de FOXFIRE

Comme je l'ai dit au début de ces confessions, FOXFIRE est devenu un vrai gang. Proscrites, nous le sommes devenues davantage avec le temps. Mais nous nous étions engagées à ne pas éprouver de remords – FOXFIRE NE REGARDE JAMAIS EN ARRIÈRE!

Certaines d'entre nous avaient peur. Peur d'aller là où Legs nous conduisait, peur de ce qui nous y attendait. Maddy-Monkey plus que toute autre, peut-être.

Nous nous doutions des ennuis que la position de hors-la-loi pouvait nous valoir. Le fait d'être un gang de filles.

Mais je crois encore aujourd'hui que nous aurions pu réussir – que notre principal espoir aurait pu se réaliser, s'entend : posséder une maison, y vivre en vraies sœurs de sang, débarrassées une fois pour toutes des Autres (à l'exception de Muriel Orvis, venue vivre avec nous, elle et sa pauvre petite fille au cœur faible, née cinq semaines avant terme), chacune payant ce qu'elle pouvait et acceptant ce dont elle avait besoin, ainsi que Legs l'avait souhaité. Nous aurions pu réussir, qui sait?

Si nous n'avions pas pris tant de risques.

Si nous ne nous étions pas engagées à ne pas éprouver de remords – FOXFIRE BRÛLE ET BRÛLE!

Notre maison, ou plutôt notre future maison, se trouve dans Oldwick Road, une zone semi-rurale située à environ cinq kilomètres au sud de Hammond et à moins de deux kilomètres du champ de foire du comté. C'est une vieille et belle ferme à la charpente de bois – très vieille : ses fondations de pierre datent de 1891 et sa haute cheminée est à moitié en ruine. A l'étage, il y a trois chambres au plafond bas et aux papiers peints en lambeaux; en bas, il y a quatre petites pièces, dont une cuisine équipée d'une antique cuisinière à bois et d'un réfrigérateur cassé. Derrière la cuisine s'ouvre une alcôve avec un w-c rudimentaire et une baignoire à pieds pattes de lion terriblement tachée. (Dans le jardin derrière la maison, à environ un mètre d'elle, il y a d'anciens cabinets extérieurs à utiliser en cas d'urgence, quand les w-c intérieurs ne fonctionnent plus.) La véranda située en façade est infestée de termites et envahie de roses sauvages et de catalpas, les bardeaux pourris du toit sont de guingois, le revêtement extérieur bitumé est sérieusement dégradé par les intempéries; plusieurs vitres, cassées, sont « réparées », remplacées par des panneaux de contreplaqué. Alors, c'est pas beau ? a demandé Legs. Quand Maddy a vu la maison pour la première fois, elle s'est mise à pleurer tellement elle l'a trouvée belle : comme une vieille et noble épave de goélette affrontant encore les vagues; elle est entourée de champs envahis d'une végétation luxuriante, tout brillants de vives couleurs – boutons d'or, minuscules asters blancs et bardane bleu lavande. Et partout, les guêpes et les abeilles bourdonnent d'une vie secrète et foisonnante.

Des quatorze hectares originaux ne reste qu'un peu plus d'un hectare comprenant la ferme, une grange à demi écroulée, quelques appentis. Des instruments agricoles rouillés. Des clôtures inclinées, comme ivres. Personne n'a cultivé la propriété depuis des années; ses derniers occupants, une famille de huit enfants vivant de l'aide sociale, ont déménagé une nuit à la cloche de bois en laissant des mois de loyer impayé et la maison sale comme une porcherie.

Le loyer est donc modique – quarante-cinq dollars par mois.

Le prix de vente l'est aussi – trois mille deux cents dollars, négociables.

Lana dit d'un ton animé, pourquoi pas, mon Dieu, pourquoi pas ? Et Rita, ses yeux bruns chauds et pétillants arrondis de stupéfaction, oh oui, pourquoi pas ? Goldie s'exprime avec sa fougue habituelle. Maddy, elle, les embarrasse toutes par ses pleurs. Quant aux autres, les initiées les plus récentes, elles disent : « On peut toutes s'y mettre pour la payer, on peut vivre ici ensemble, y être heureuses... oh ! mon Dieu, pourquoi pas ? »

Toby, le beau chien de traîneau au poil argenté passé de l'état de chiot à celui d'un chien adulte de quelque vingt-cinq kilos, bondit partout dans l'herbe haute et puis dans une grange dont il ressort aussitôt pour aller effrayer les oiseaux et chasser quelque rongeur invisible, muet mais en extase, comme si FOXFIRE lui avait enfin trouvé un foyer.

C'est le lendemain de la fête du Travail que, du camion de Parks & Recreation, Legs voit pour la première fois la ferme d'Oldwick Road avec sa pancarte A VENDRE. A cause de son œil gauche qui larmoie – son œil « malade » – elle lui apparaît tout d'abord dans le brouillard, une vision incomplètement matérialisée (ou peut-être a-t-elle versé des larmes de rage silencieuse), et elle doit cligner les paupières et la fixer intensément pour voir vraiment la maison, notre maison. C'est comme si un morceau de verre lui perçait le cœur : elle sait immédiatement que c'est un endroit où FOXFIRE peut vivre.

Elle prie donc le chauffeur de s'arrêter car elle veut descendre (elle est à l'arrière du camion découvert); comme il se contente de donner un léger coup de frein, elle saute, filant déjà vers la maison. Dans son dos, l'équipe beugle, proférant ces taquineries à la fois affectueuses et déplaisantes qu'elle a subies tout l'été, dont elle est saturée, et à laquelle elle ne prête plus attention : « Hé, Legs! tu vas t'abîmer les nénés à sauter comme ça! »

– Hé, Legs chérie! Compte pas sur nous pour t'attendre!

– Mais où tu vas, bordel? »

Legs continue à travers champ, trébuchant, à deux doigts de tomber mais retrouvant son équilibre – pas facile de courir avec les bottes qu'elle porte; son T-shirt humide lui colle à la peau et ses muscles sont douloureux après nombre d'heures de travail manuel, mais elle continue à courir vers la maison. Celle-ci représente déjà pour elle une sorte de sanctuaire. Elle sait déjà que les Autres, ces putains d'Autres, ne pourront l'y suivre.

(Pourquoi Legs aurait-elle pleuré dans le camion? Sans doute à cause de la grossièreté de certains types, des types avec qui elle a cru pouvoir s'entendre et qui la harcèlent au point d'en devenir vraiment mauvais. Au début de l'été, ça s'est en général bien passé : les autres membres de l'équipe respectaient Legs Sadovsky qui aurait presque pu passer pour une des leurs – elle ne demandait jamais aucune faveur en tant que fille et elle travaillait certainement aussi dur, sinon plus, qu'aucun d'entre eux. Puis progressivement, deux ou trois ont commencé à rivaliser pour attirer son attention, à faire des plaisanteries suggestives, à la pousser du coude, etc. – ce genre de flirt merdique qu'elle trouvait méprisable : « On dirait qu'ils savent pas qui je suis: je suis Legs Sadovsky, je suis FOXFIRE, je perds pas mon temps avec les mecs. »)

Du temps, Legs n'en perd pas : téléphonant à l'agent immobilier, elle prend rendez-vous pour que nous visitions la propriété. Le premier samedi après la fête du Travail, Muriel Orvis nous conduit – FOXFIRE au complet – pour nous faire découvrir notre ferme.

Ce que j'ai vu là, je m'en souviendrai toute ma vie. Ce que j'ai vu là m'a immédiatement fait monter les larmes aux yeux.

L'employé de l'agence, que nous retrouvons sur place, est un type à lunettes, grassouillet, avec un teint pâle plutôt terreux; il doit être le pire de l'équipe pour qu'on l'ait chargé de cette vente-ci. Legs joue donc sur du velours pour le convaincre du sérieux de nos intentions.

« Peut-être qu'on ne pourra pas acheter la maison tout de suite. Mais en attendant, pourquoi ne pas la louer ? »

On jurerait que Legs a au moins vingt et un ans. Donc l'âge légal pour signer un contrat.

Nous avions décidé que Muriel Orvis tiendrait le rôle d'intermédiaire.

Ce sont donc Muriel et Legs qui parlent, posant toutes les questions tandis que l'agent immobilier leur fait visiter la propriété. Agité mais inefficace, l'homme a vaguement l'air de s'excuser pour l'extrême délabrement de celle-ci. Comme le répète Muriel : « On dirait qu'elle a été habitée par des cochons! »

Le reste de FOXFIRE explore seul les lieux. Au début, nous affectons le plus grand sérieux, examinant les planchers, les fenêtres, la chaudière (au charbon) tout juste bonne pour la ferraille; puis nous nous mettons à chahuter, nous poursuivant les unes les autres et poursuivant Toby : l'escalier tremble sous nos pas et les pièces du haut résonnent de nos rires : même chose en bas, dans la cave froide au sol de terre battue, humide et puante : « Vous croyez que quelqu'un est enterré ici ? » demande l'une d'entre nous, et Lana, dans un fou rire, répond : « À l'odeur, certainement! » Et dehors, sous un soleil qui darde des rayons brûlants à vous donner le vertige. Et dans l'herbe haute qui nous chatouille les mollets, avec les guêpes, les papillons et les abeilles. Et dans la vieille grange où les odeurs de compost, de foin pourri, de déjections d'oiseaux et de décennies de chaleur et d'incurie nous submergent, nous laissant étourdies et défaillantes. Si heureuses! Nous sommes si heureuses! Sachant que c'est là que Legs va nous conduire, et que nous y serons en sécurité. Sachant que là est la DESTINÉE DE FOXFIRE.

Car pas une seule d'entre nous n'est pas – ou n'a pas été – brouillée avec sa propre famille – ou ce qui en tient lieu dans nos vies respectives.

J'ai déclaré précédemment que je ne parlerai pas des adultes sauf s'il le fallait absolument. Et pas plus qu'il ne le faudrait. Je ne le ferai donc pas. D'ailleurs les adultes sont rarement mentionnés dans le carnet.

Pourtant des souvenirs m'assaillent : Rose Packer, sa tante, extrayant de Maddy Wirtz jusqu'au moindre sou pour ce qu'elle nommait, de ce ton à la fois aigre et compassé qui lui était propre, le « GÎTE ET LE COUVERT ». Jusqu'au moindre penny de ce que sa pauvresse de nièce pouvait gagner à l'hôtel du White Eagle à trimer, d'abord dans la fournaise d'une cuisine embuée, puis comme femme de chambre : Maddy payait scrupuleusement chaque semaine ce gîte et ce couvert parce que sa mère était une coureuse (et Dieu sait si, des coureuses, la tante Rose en connaissait), même si on se demandait quel homme aurait bien pu vouloir de sa mère, avec sa beauté perdue, ses dents pourries qui lui tombaient de la bouche, et l'argent qu'elle empruntait effrontément sans la moindre intention de le rendre; elle riait au nez de Rose Packer, lui raccrochait même au nez, refusant d'accepter ses responsabilités concernant sa propre fille, la nièce de Rose, cette gamine maussade au dos voûté dont toute la rue parlait – de la graine de gangster traînant avec une bande de garces notoires, de délinquantes juvéniles, et portant déjà les flétrissures de la vie de gang, à savoir cette cicatrice en forme de toile d'araignée qu'elle avait sur la joue et que votre premier réflexe était d'essuyer, mais comment pourrait-on essuyer une vraie cicatrice ? Cette fille-là avait endurci son cœur contre sa tante, qui avait prié et reprié la Sainte Vierge d'intervenir, mais en vain : Rose Packer devait donc maintenant prendre des mesures plus sévères : prévenir cette sale fille que, si elle avait encore des ennuis au lycée, si elle était renvoyée, même provisoirement, sa tante serait obligée de la déférer au tribunal pour mineurs en tant qu'« incorrigible » et alors elle verrait ce qu'elle verrait ! – quelques mois à Red Bank derrière des barreaux comme cette atroce Sadovsky, et sa nièce regretterait d'être venue au monde.

Mais Maddy Wirtz – « Monkey », ou (parfois) « Killer » pour FOXFIRE – ne regrettait pas d'être venue au monde : cette fille avait du bonheur dans le cœur, un bonheur secret, lové comme un serpent. Debout, elle écoutait en silence cette voix au débit de mitraillette – sachant que la colère froide qui débordait de la voix de sa tante, celle qui brillait dans ses yeux aux paupières pratiquement dépourvues de cils s'épuiserait d'elle-même si elle ne protestait pas ; si elle ne la provoquait pas ; si elle baissait la tête, baissait les yeux, restait plantée là, douce et soumise, tout en pensant, oui, mais C'EST FOXFIRE QUE J'AIME, oui, mais tu ne sais pas qui je suis et tu ne le sauras jamais, tu n'as pas le pouvoir de me blesser, je me tiens là devant toi, attendant que mon heure vienne.

Maddy était si convaincue qu'elle viendrait, qu'elle était venue, en un sens.

Ce que je tiens à déclarer ici – et clairement, au cas où vous auriez des velléités de me plaindre – c'est que je me suis enfuie.

« Tu parles sérieusement ?

– Bien sûr.

– Mais... comme ça ? De façon aussi impulsive ?

– Pourquoi " impulsive " ? Qu'est-ce que ça peut bien foutre ?

– ... sur un coup de tête ?

– Oh, merde, écrase.

– Comment suis-je censée m'écraser alors que c'est moi qui vais signer le contrat ? J'ai le droit de donner mon avis, non ?

– Écoute, Muriel, ta cervelle est tout entière concentrée dans ton ventre. Laisse-moi...

– Quoi ? Tu te rends compte de ce que tu me dis ?

– ... Prendre moi-même ma foutue décision. »

Exaspérée, Muriel Orvis regarde Legs ; toutes deux discutent à voix basse dans un couloir de la vieille ferme, loin des oreilles de l'agent immobilier. Tout ce que veut Muriel, c'est que Legs prenne un peu de temps pour réfléchir, au moins une nuit, et elle en appelle à nous : tant de réparations à entreprendre dans ce lieu pour le rendre ne serait-ce qu'habitable ; séduisant, c'est sûr qu'il l'est, oui, du moins en théorie – l'idée d'habiter là ressemble à un rêve – mais, bon Dieu, penser à tout le travail que cela représente ! Et tout de suite, avant même d'emménager ! De plus, quelle expérience, nous, les filles, avons de la tenue d'une maison, du paiement du loyer et des services, de l'enlèvement des ordures, en admettant qu'il y ait un service de ramassage, ce dont elle doute ; quelle expérience avons-nous des courses, de la cuisine ? Et cette plomberie, si sommaire, et ce réfrigérateur, cassé, comme l'est probablement la chaudière ? Et la moitié des fenêtres qu'il faut remplacer, et certains planchers pourris qu'il faut refaire, et le froid ? Oui, que se passera-t-il quand il fera froid, quand hurlera la tempête, quand la neige succédera à la chaleur de cette journée d'automne, hein ? La voix de Muriel se fait aiguë, comme celle d'une soprano, pour évoquer toutes ces difficultés, mais aucune ne veut l'écouter. N'est en état de l'écouter.

« Vous connaissez l'impulsivité de Legs, non ? Êtes-vous toutes aussi extrêmes ? »

Muriel est congestionnée, elle a le souffle court : nous

l'exaspérons; elle est gauche, et sans doute pathétique, car sa grossesse avancée commence à la terrifier. Son ventre est gros comme une pastèque, et elle doit se rejeter en arrière et se caler sur ses talons pour équilibrer son poids; elle rejette également les épaules en arrière, et même la tête, avec raideur, comme si elle avait peur de piquer du nez. Le bébé doit naître début novembre, mais pourra-t-il attendre aussi longtemps ? Et la pauvre Muriel elle-même, pourra-t-elle attendre aussi longtemps ? (sa grossesse, à laquelle Legs prend tant d'intérêt, n'est pas aussi heureuse que Muriel l'a espéré. Peut-être, à trente-six ans, est-elle trop vieille pour attendre un premier enfant ? Peut-être, comme Ab Sadovsky, le père du bébé, le lui a conseillé, aurait-elle mieux fait de le faire passer ?) Muriel est maintenant franchement furieuse, au bord des larmes. « Vous, les filles! vous ne savez rien à rien! Une maison, même en location, peut être comme un mariage : on veut y entrer, puis soudain on veut en sortir. »

Legs, riant avec impatience, lui dit : « Merci, Muriel, mais nous sommes capables de prendre nous-mêmes notre décision. » Elle brandit son portefeuille, un portefeuille bourré de billets! de petites coupures, principalement, mais bourré quand même. Elle extrait ces billets pour compter quatre-vingt-dix dollars – ça suffit pour deux mois de loyer, n'est-ce pas ? –, stupéfiant ainsi tant ses sœurs de FOXFIRE que Muriel Orvis et l'agent immobilier. L'œil gauche de Legs est rouge et larmoyant mais son menton, volontaire, décidé : personne ne peut douter qu'elle sache exactement ce qu'elle veut, et qu'elle l'aura. Elle dit à Muriel : « C'est gentil de ta part de tant t'inquiéter, mon chou, mais crois-moi : j'ai longtemps réfléchi à la question.

– Ah bon ? Vraiment ? Et depuis quand au juste, mademoiselle-je-sais-tout ? demande Muriel, les poings plantés sur les hanches.

– Toute ma putain de vie, si tu veux le savoir », répond Legs, désinvolte.

5

Évasion

Hammond, cette ville américaine, avec sa partie haute et sa partie basse formant un contraste si brutal, nous y vivons depuis toujours sans vraiment la voir, jusqu'au moment où nous pouvons habiter notre chère ferme, le FOYER DE FOXFIRE.

Pourquoi voulez-vous partir ? nous demande-t-on.

Tu sais que tu n'en as pas le droit ? dit la tante Rose Packer à Maddy.

(Sans toutefois mettre à exécution sa menace de la dénoncer aux services des mineurs. Elle aurait bien trop honte d'avoir une nièce en détention, surtout à Red Bank.)

C'est vrai que la partie résidentielle de Hammond est à l'époque en plein essor – construction de hauts immeubles, rénovation de l'hôtel de ville et du tribunal du comté, repavage des rues et réfection des trottoirs. Obligées, maintenant que nous sommes devenues indépendantes, d'acheter certaines choses pour la maison, nous nous hasardons dans les grands magasins, dans les magasins de meubles et dans divers magasins spécialisés : rideaux, doubles rideaux, tissus, « électro-manager ». Nous y découvrons une vraie mine de marchandises, un univers d'objets. Nous chassons les bonnes affaires, épuisées, grinçant des dents au point d'en avoir mal aux molaires. La maison d'Oldwick Road devient une sorte de puits de lumière qui engloutit insatiablement nos efforts – qui risque de nous engloutir insatiablement.

« FINANCES » est notre nouveau mot. LES FINANCES DE FOXFIRE.

Est-ce Legs qui, la première, a employé cette expression, ou est-ce une autre ? Maddy par exemple, car je vois ici, dans le carnet de notes, une page entièrement couverte de colonnes de chiffres où domine, menaçant, le signe $, surmontées des mots : LES FINANCES DE FOXFIRE LES FINANCES DE FOXFIRE LES FINANCES...

Tant qu'on n'a pas essayé d'avoir son propre chez-soi, sans plus dépendre d'aucune aide extérieure, j'imagine qu'on ne sait pas ce que le mot FINANCES veut dire.

Pourtant nous sommes heureuses – malignes que nous sommes – d'avoir échappé à Fairfax Avenue !

Lowertown, la partie basse de Hammond, semble se déliter ; les signes de déclin sont à présent partout : ces guimbardes pompeusement dénommées « autobus municipaux » vomissent des gaz d'échappement comme ne semblent pas (du moins pas autant) le faire ceux qui desservent les beaux quartiers ; les camions Diesel roulent sur les pavés bombés des rues dans un fracas d'enfer, défonçant complètement la chaussée ; des herbes folles et des arbustes poussent dans les fissures des trottoirs. Huron, l'usine de radiateurs, le principal fournisseur d'emplois de Hammond (du moins se vantait-elle de l'être) a débauché le cinquième de ses salariés l'année précédente, avec l'intention avouée d'aller s'établir à l'ouest de l'État de Virginie, où on peut embaucher des ouvriers non syndiqués. Il y a eu aussi une longue grève, sporadiquement violente, contre les usines de matières plastiques Ferris, où Muriel a travaillé : nous avons vu les ouvriers défiler en brandissant des pancartes où était écrit en rouge GRÈVE DE L'AFL (Fédération américaine du travail), nous avons vu leurs visages creusés, leurs yeux inquiets, des yeux d'hommes et de femmes ne contrôlant plus leur avenir, conscients du fait que les FINANCES sont le noyau véreux de notre civilisation – comment peut-on vivre dignement lorsqu'on est confronté à pareille vérité ?

Le ciel, gris d'un voile de vapeurs chimiques, presque toujours bas et pesant dans la journée, s'embrase brusquement au soleil couchant, déclinant une somptueuse gamme de jaunes – la pollution, je pense. L'odeur d'un sang ancien et ranci provenant des abattoirs situés en bordure du fleuve (fermés depuis 1949!) imprègne l'air les jours d'humidité. Cet air même vibre d'une sorte de pulsation – percussion au tempo décalé évoquant un énorme et invisible cœur qui bat bat bat.

Dans Fairbax Avenue, au sud de l'endroit où Maddy et sa mère ont jadis habité, l'usine de papier Collier est inoccupée depuis six ans, après qu'un incendie « suspect » l'eut obligée à fermer. Dans Fourth Street, le sol d'asphalte de la cour de récréation de Rutherford Hayes, l'école primaire que nous, les filles de FOXFIRE, avons toutes fréquentée, est jonché de verre et autres débris. A Memorial Park, le tank commémorant la Seconde Guerre mondiale, en face duquel le père Theriault avait son banc (qu'est devenu l'ancien prêtre ? Depuis l'épisode Red Bank, Legs ne l'a plus revu), est cartonné de fiente de pigeons et barbouillé de graffiti ; de fait, partout, sur les murs, sur les trottoirs et même sur les arbres, s'étalent ces mots d'une effrayante laideur : DEHORS, ENCULÉS DE NÈGRES, accompagnés de dessins obscènes; commis par des garçons du voisinage, ils ont presque complètement effacé les slogans et les flambeaux de FOXFIRE. Comme si une éternité s'était écoulée depuis que nous les avons tracés.

Ouais, ça semble loin. Nous avons fait du chemin.

Comme si, avec Legs, nous avions traversé l'épreuve de Red Bank et en étions sorties plus fortes et plus avisées.

Aucun de ces spectacles inquiétants n'est réellement une surprise pour les filles de FOXFIRE : nous nous apprêtons à lâcher l'endroit où nous avons grandi car il nous semble soudain que c'est Lowerton qui nous lâche.

Comme le père Theriault – mais où peut-il bien être ? se demande Legs, qui l'a cherché en vain.

(Maddy a entendu des rumeurs contradictoires à son sujet : le vieil homme est mort ; on l'a trouvé gisant, inconscient, sur le trottoir et emmené à l'hôpital, l'internant d'office « pour son bien ». Elle trouve plus sage, plus charitable, de n'en toucher mot à son amie.)

Legs croit qu'une fois la révolution faite – si elle se fait jamais –, peu importera où vivront les gens : « Tout se vaudra. Il n'y aura plus un lieu pour les riches et un lieu pour les pauvres. Mais je commence à comprendre que c'est pas pour demain. »

L'une des anciennes fantaisies de FOXFIRE remonte probablement à l'époque où, affublées de masques d'animaux, nous dévalions Main Street en cassant les vitrines de certains temples du luxe et de la consommation – les sociétés de crédit immobilier, les assurances, les banques, les bijouteries, les boutiques de vêtements coûteux aux vitrines à la fois sinistres et fascinantes, pleines de soieries, de laines mousseuses, de fourrures et de tissus arachnéens drapés sur des mannequins maigres comme des bouts de bois, avec leurs petites têtes lisses, et leurs visages composés et parfaitement peints. LA JUSTICE DE FOXFIRE LA COLÈRE DE FOXFIRE : il fallait voir le verre se briser, les débris voler, tomber et venir, miroitants et silencieux, se loger sous la peau...

Un jour d'octobre, Legs et Maddy, qui se promènent, s'arrêtent pour contempler, parmi une rangée d'autres semblables, la maison minable dans laquelle les Sadovsky ont vécu, habitée maintenant par une famille noire dont Legs ignore le nom. Les deux amies se taisent, perplexes... puis Maddy fait une plaisanterie laborieuse, ou ce qu'elle croit être une plaisanterie, en remarquant les ordures croupissant dans le caniveau : pas seulement les habituels morceaux de verre, morceaux de papiers et feuilles d'arbres en putréfaction, mais le corps aplati d'un écureuil ou d'un rat – la pauvre bête a dû être heurtée par un véhicule, puis par d'autres, pendant des jours et des semaines, et ce corps jadis vivant est réduit en bouillie contre le trottoir, aussi plat qu'un bout de carton : « Voilà comment une chose, qui est à l'origine réelle, finit par devenir juste une idée. En supposant qu'il y ait quelqu'un dans les parages pour l'avoir », dit Maddy en frissonnant.

Legs, qui se tient là, mains sur les hanches, perdue dans un rêve, contemple la façade de cette vieille maison prise dans un alignement hasardeux qui évoque la trajectoire d'un ivrogne, pense peut-être à Ab, son père, qu'elle aimait probablement plus qu'elle ne le croyait; ou peut-être à sa mère, morte depuis si longtemps et dont le nom n'était jamais prononcé; ou peut-être encore à la nuit où elle s'est enfuie, sautant, volant de l'un à l'autre de ces toits. C'est donc avec l'air de quelqu'un qui se force à revenir sur terre qu'elle se tourne vers Maddy, lui faisant un petit, puis un large sourire – son sourire insolent et joyeux –, glissant son bras autour des épaules de son amie et lui disant : « Ma vieille, c'est comme ça que tout finit – par l'abstraction ou l'extinction. »

Ce même soir, à Lowerton, FOXFIRE achète une voiture. Nous l'amenons chez nous, la repeignons de toutes les subtiles couleurs de l'arc-en-ciel zébrées de chaque côté d'éclairs en zigzag d'un bronze doré, et la baptisons L'ÉCLAIR.

« Les gens auront du mal à ne pas nous remarquer sur la route », dit Legs.

L'ÉCLAIR est une Dodge 1952, censément en bon état, achetée (croyez-le ou non) à Acey Holman pour deux cent vingt-cinq dollars. Le châssis est quelque peu oscillant et vaguement tordu, effet probable d'une collision (Acey a pourtant juré qu'elle n'a pas été accidentée); la tôle des ailes et les pare-chocs sont rouillés au point de ressembler à de la dentelle; le pot d'échappement crache en explosant un nuage de fumée semblable à celui de la bombe A, mais c'est une VRAIE voiture, avec de VRAIES roues : du jour au lendemain FOXFIRE trouve la place qui lui revient dans les rues de Hammond, parmi les nombreux véhicules destinés à attirer l'attention conduits exclusivement par des garçons – chaque bande arborant ses « couleurs » sur une machine reconnaissable de loin : sauf qu'eux ont des moteurs trafiqués, préparés pour les courses de hot-rods et autres jeux de mômes alors que notre ÉCLAIR est bien plus digne, plus noble et plus belle.

Elle ne dépasse d'ailleurs pas les cent kilomètres à l'heure. Une nuit, alors qu'on tentait une course départ arrêté avec des Hawks, les garçons conduisant une vieille Ford pétaradante dépourvue de silencieux, avec de grandes roues et un moteur sophistiqué sous le capot, L'ÉCLAIR s'est mise à vibrer et à ahaner, son pot d'échappement pétaradant et lançant des étincelles! La question était donc réglée.

Nous avons accepté la défaite. Nous avons laissé les Hawks nous distancer. Quand on n'a pas le choix, il faut savoir perdre, tout en sachant que certaines défaites n'ont aucune importance.

5 *bis*

Transaction

Ceci n'est pas un vrai chapitre – seulement une sorte d'additif au chapitre précédent.

Juste quelques précisions au sujet de la façon dont Legs achète L'ÉCLAIR à un Acey Holman qui, comme chacun le croit, appartient au camp de l'Ennemi : ce type ne peut que haïr FOXFIRE pour l'humiliation que lui a infligée le « kidnapping » de sa voiture, dont les gens du voisinage parlent encore, et dont ils rient encore.

Ouais, nous sommes surprises, et personne plus que Maddy (qui a traîné toute la journée avec Legs et ne s'est doutée de rien), persuadée que Legs Sadovsky et Acey Holman ne s'adressent pas la parole – et qu'a fortiori ils ne peuvent entretenir de rapports amicaux ou professionnels. Mais voilà Legs qui dit soudain : « Allez, les filles, retrouvez-moi à sept heures à l'Empire State New & Used Cars, le hall d'exposition de voitures neuves et d'occasion situé au coin de Fairfax et Tideman Avenues. Vous allez avoir une surprise ! » – et pour une surprise, c'en est une.

À Lowerton, tant pour les Noirs que pour les Blancs, aucun terme n'est plus péjoratif que maquereau. Et maquereau est un terme parfois attaché à la personne d'Acey – peut-être en matière de plaisanterie, mais peut-être pas. Legs elle-même le désigne ainsi. Nous pensons donc qu'il lui déplaît, mais la voilà soudain qui déclare : « Oh, Acey n'est pas un mauvais bougre. Acey est quelqu'un avec qui on peut traiter. »

Ce que faisait au juste cet homme, personne ne le savait vraiment. Avec du recul, je dirais que c'était un racketteur, quelqu'un qu'on pourrait apparenter à un escroc à la petite semaine : il avait de l'argent mais pas autant que les caïds, et sa mort, quelques années plus tard, a tenu de l'exécution : une balle dans l'arrière de la tête et son corps jeté dans la Cassadaga – pauvre Acey. Mais à l'époque qui nous intéresse, il jouit à Hammond d'une réputation tapageuse : c'est un filou et, du fait qu'il ramasse l'argent perdu par les autres sur les paris, il a la mainmise sur un grand nombre d'affaires du coin, dont Empire State New & Used Cars. C'est là que nous (je devrais dire Legs) marchandons cette berline Dodge 1952 que nous baptisons L'ÉCLAIR.

Pour en revenir à la transaction, celle-ci s'engage donc sur-le-champ, dehors, dans le parking où le plastique des bannières rouges s'agite et claque au vent au-dessus de nos têtes. Acey Holman a des cheveux noirs gominés à mort, un air fanfaron, des yeux endormis à la Dean Martin et des vêtements chers qui, sur lui, semblent bon marché. Il veut deux cent quatre-vingt-dix-neuf dollars pour la Dodge, qualifiée de « comme neuve, ou presque »; Legs en offre deux cent vingt-cinq (allez, c'est réglé!). Les autres filles, dont Maddy, plantées autour d'eux, les regardent tour à tour comme si elles assistaient à un match de tennis. Acey est de ces types qui vous touchent lorsqu'ils vous parlent, ce qu'il ne manque pas de faire avec une Legs résolue à garder son calme et qui, de ce fait, ne le prend pas mal – quand elle le veut, elle peut être très charmeuse. Avec les hommes, je veux dire.

En fait, Legs est toujours charmante avec les filles et les femmes; c'est sa vraie nature. Avec les hommes, elle joue un rôle. Elle y est aidée par son physique – ses cheveux attirent l'œil de n'importe quel type à cinq cents mètres – mais elle sait s'y prendre avec les hommes, comme elle le fait avec Acey, jouant les dures, échangeant des vannes, mais « féminine » aussi – comme dans les films.

Et puis, comme le constate Maddy, Violet est là.

Pourquoi, ce soir-là, la somptueuse et stupide Violet Kahn serait-elle parmi nous (Goldie, Lana, Rita et Maddy) sinon pour qu'on la voie ? Elle regarde Acey Holman avec de grands yeux, la bouche arrondie en un sourire proche de la moue, une peau blanche et poudrée moelleuse comme de la pâte à pain et son blouson de FOXFIRE, au zip négligemment ouvert pour révéler des seins bonnets D moulés dans un tricot de coton rouge vif.

Les yeux de braise d'Acey, ses yeux furtifs, ont donc, quand ils se détachent du visage de Legs, quelque chose de gratifiant à quoi s'accrocher.

Stratégie ou hasard ? En tout cas, ça marche.

Après environ quarante minutes de marchandage badin, Acey Holman dit : « OK, mon chou. Tu as gagné : deux cent vingt-cinq dollars. Plus un plein d'essence et un pneu de secours presque neuf. » Il regarde Legs comme s'il voulait la lécher de haut en bas – il ne peut tout simplement pas s'en empêcher. « Manifestement, tu es le genre de filles modernes qui ne plaisantent pas en affaires. »

Legs rit joyeusement, elle est comme qui dirait rayonnante.

Joyeuses, c'est sûr que nous le sommes toutes. Poussant quelques « hourra ! » nous grimpons dans cette auto qui, maintenant, nous appartient.

Avec un Toby frénétique coincé entre nos jambes, essayant d'aboyer, tout rauque et comique ; Goldie le soulève et le lance à l'arrière, déclenchant une hilarité générale.

Nous autres, sœurs de sang en FOXFIRE, vêtues de nos blousons noirs et de nos foulards de couleur vive, sommes aussi excitées que des gosses devant un sapin de

Noël. Nous avons une AUTO. Enfin! Où Legs a-t-elle trouvé l'argent (du liquide, c'est ce que voulait Acey), personne ne le sait et personne ne demande rien. Nous avons une AUTO.

Peu après, en nous disant au revoir, Acey Holman se penche sur la vitre de Legs; il nous sourit à toutes en nous faisant un clin d'œil amusé – et peut-être un brin narquois pour celles d'entre nous qui sont assez fines pour en juger, puis il nous dit : « Ouais, à mon sens vous êtes toutes des filles modernes, pour qui les affaires sont les affaires! »

Plus tard, certaines d'entre nous diront que, de toute façon, Acey Holman n'avait jamais voulu pour la Dodge plus que ce que Legs lui en offrait. Quand on s'est rendu compte du nombre de foutues imperfections qu'elle présentait.

Mais ça, c'est après coup.

6

Les finances de FOXFIRE
L'appât et l'hameçon

Comment ça commence ?

Il faut avouer que tout commence avec notre bonheur même, avec ce foyer de FOXFIRE qui engendre un besoin soudain et implacable de FINANCES, avec notre inquiétude au sujet des FINANCES quand, tard dans la nuit, assises frissonnantes dans la cuisine où le poêle à bois brûle en dégageant une chaleur sporadique mêlée de fumée, nous parlons, conspirons et calculons ; FINANCES encore, dès les premières lueurs du jour, quand nous nous éveillons dans nos lits disséminés dans des chambres glaciales (pas vraiment des lits mais des matelas posés à même le plancher : des matelas puants et tachés achetés d'occasion quatre dollars pièce au Charity Shop de Myrtle Street) ; FINANCES toujours, menaçantes comme le tonnerre grondant au loin et planant au-dessus de nos têtes toute une longue journée (nous, les filles, nous sommes pourtant lancées avec sérieux dans des activités qui nous valent un emploi du temps séparé : Legs, Goldie et Lana ont trouvé des petits boulots en ville ; Maddy, Rita et Violet ont repris le lycée), alors que nous partons tous les matins pour Hammond dans L'ÉCLAIR couleur d'arc-en-ciel zébré de bronze, unies non seulement par des liens de sang mais par les FINANCES DE FOXFIRE car, comme je l'ai dit précédemment (et comme Muriel nous en a averties), cette vieille ferme que nous louons pour y vivre ensemble en vraies sœurs, ce FOYER DE FOXFIRE que nous ne cessons d'aimer, est en même temps un gouffre de lumière où disparaissent nos efforts individuels et collectifs..., un vrai gouffre que Maddy a vu en rêve et dans lequel elle et les autres tombent sans fin.

Maddy a fini par se demander, au cours de ces sept ou huit mois où elle s'est enfin sentie libérée de l'ingérence et de la tyrannie des adultes, si ce n'était pas le simple fait d'être adulte, le fardeau paralysant de la condition d'adulte, qui avait rendu sa mère inapte à la vie quotidienne, à la Vie tout court – cette obsession de n'envisager l'avenir qu'en termes de FINANCES, de chiffrer les entrées et les sorties, car chaque mois chaque saison dans leurs éprouvantes variations ne résonnent plus que de ces mots FINANCES FINANCES FINANCES écrits sur les pages du carnet de notes de FOXFIRE, discutés des heures durant passées à se tracasser à comploter à chiffrer le loyer mensuel plus les services, nos besoins étant sans limite : nourriture (donc courses pour se la procurer), essence, chaussures, réfrigérateur d'occasion, tapis, vaisselle, brosses de chiendent, canapés, dépannage, plomberie, pâte à calfater, matériaux d'isolation, poison pour les rats, désinfectant, cigarettes, bière, marijuana pour planer. (Maintenant, tu sais ce que planer veut dire, hein ?)

Autre façon d'expliquer ce qui va nous arriver, de même que l'attitude d'une Legs prête à tout, donc si imprudente et si cruelle – du moins en apparence : une fois qu'on le regarde avec des yeux avertis, on ne peut plus jamais voir le monde comme un bloc, comme une forme définie de dimensions constantes ; on ne perçoit plus que son MOUVEMENT furtif car, comme nous l'avons appris au XXe siècle, les choses matérielles ne sont que le produit de champs de force invisibles.

Ce qui est visible, c'est la conséquence, non la cause.

On subit donc la fascination, non de ce qui est immédiat, mais de ce qui exerce une domination sur l'immédiat : nous autres de FOXFIRE, par exemple, sommes à ce point captives d'un foyer devenu à la fois notre paradis et notre purgatoire que nous ne pouvons pratiquement plus penser à rien d'autre.

Legs dit un soir, en frottant son œil malade, la bouche molle et indécise – c'est l'époque de ce qu'elle appelle son « job de merde » chez Mohigan Viandes :

« Tu sais, une maison est le lieu de naissance de la mémoire; mais je me demande si, pour nous, ce n'est presque pas trop tard. Comment va-t-on s'y prendre pour déterrer les vieux souvenirs et les remplacer par de nouveaux ? »

À propos de cet œil malade, souvent enflammé et douloureux, à l'iris piqué de cette minuscule tache de sang, nous essayons de raisonner Legs – en particulier Maddy : « Qu'est-ce que tu attends pour aller consulter un ophtalmo ? De devenir aveugle ? » Legs, qui n'est jamais à court d'arguments, répond en souriant : « Sûr que j'irai consulter un ophtalmo. Dès que je pourrai m'en payer un », ou, d'un ton brusque et plein de défi : « Pourquoi ? Écoute, il n'y a rien qui cloche vraiment avec cet œil; je peux le contrôler par ma volonté. »

Quand on nous a interrogées, nous n'avons pas pu dire qui, au juste, vivait dans notre maison, car ça changeait tout le temps. J'ai mentionné les noms des sœurs de FOXFIRE qui se rendaient ensemble en ville en voiture, mais il y en avait très souvent d'autres; Violet rentrait parfois à Hammond et à plusieurs reprises (ce qui, comme vous pouvez l'imaginer, suscitait des controverses amères) des filles et/ou des femmes n'appartenant pas à FOXFIRE ont été invitées à passer la nuit ou plusieurs jours chez nous, par exemple la sœur aînée d'Agnes Dyer (Agnes Dyer était une nouvelle initiée, entrée à FOX-

FIRE en novembre 1955) que son ivrogne de mari battait et menaçait de tuer sans que les flics de Hammond lèvent le petit doigt pour la protéger; naturellement, nous l'avons accueillie et cachée aussi longtemps qu'il le fallait car c'était une question de vie ou de mort et, quand on en arrive à de telles extrémités, toutes les femmes sont sœurs.

(D'une manière ou d'une autre, le beau-frère d'Agnes a appris où sa femme se cachait et, un soir, ce jeune type costaud a débouché en voiture dans notre allée, a écrasé la pédale de frein, est sorti en titubant, braillant « Nicole! Espèce de salope! Nicole! », menaçant de la tuer si elle « ne se magnait pas le cul » pour rentrer à la maison, car il en avait assez de ces conneries, il n'allait pas tolérer plus longtemps qu'elle le ridiculise aux yeux de tous, il beuglait, martelant du poing notre porte d'entrée, verrouillée, bien sûr, puis la porte de derrière, également verrouillée alors que nous, toutes lumières éteintes, observions sans qu'il puisse nous voir ce type en manches de chemise qui tournait autour de la maison en menaçant d'y mettre le feu, et ce n'est que lorsqu'il a envoyé un caillou dans la fenêtre de la cuisine que nous avons fini par lâcher Toby qui gémissait, impatient de sortir pour courir, bondir à l'attaque, renverser ce salaud qui gueulait couché sur le dos dans la neige et nous implorait de rappeler notre chien, suppliant qu'on l'épargne, et nous, il fallait voir comme nous étions fières de notre husky promu chien de garde – incapable d'aboyer mais émettant du fond de la gorge un grognement digne des bêtes sauvages les plus meurtrières, chaque poil argenté de son beau manteau hérissé, ses babines découvrant, comme s'il riait, des dents fortes et pointues.)

Et bien sûr, il y avait Muriel Orvis : pauvre Muriel! On l'avait chassée de son appartement en ville car elle était en retard dans le paiement du loyer, et son bébé, né prématurément, était à l'hôpital – un « enfant bleu », comme on les appelait, qu'il a fallu opérer du cœur non une fois, mais deux; quand Muriel n'était pas au chevet de son bébé, au Hammond General Hospital, elle habitait chez nous – où donc cette malheureuse aurait-elle pu aller ? (Muriel était devenue une vraie ruine, ces derniers mois. Et il fallait voir à quel point Legs se sentait impliquée – sa toute petite sœur, comme elle disait, si près de la mort les semaines qui ont suivi sa naissance et qui ne serait probablement jamais « normale »; et, mon Dieu, l'énormité des frais médicaux, des milliers de dollars... puisque Muriel n'avait aucune assurance ou couverture sociale, s'étant vue dans l'obligation de quitter son emploi chez Ferris, et cette canaille d'Ab Sadovsky qui, naturellement, ne lui avait jamais envoyé un sou.)

Seule une Noire nommée Irene, une collègue de travail de Legs que celle-ci souhaitait présenter à FOXFIRE a été éconduite... j'ai honte de l'avouer.

Après peut-être une semaine de parlote, de débats, de querelles teintées de beaucoup d'amertume Legs et trois de ses alliées (dont Maddy Wirtz) soutenaient que FOXFIRE devait s'ouvrir à toutes les filles ou femmes ayant besoin de protection ou de sympathie en période de crise; n'empêche que le reste de FOXFIRE a voté « contre » à bulletin secret. Non que les filles aient eu le moindre préjugé contre les Noirs (disaient-elles), non qu'elles aient manqué de charité ou de générosité (disaient-elles), mais ne valait-il pas mieux que chacun reste avec ceux de sa propre espèce ? N'est-on pas plus heureux ainsi ?

(Dans ces mémoires, j'ai juré de dire la vérité, tant au sujet de FOXFIRE que de Maddy Wirtz; laissez-moi donc vous révéler ici que cette dernière se réjouissait puérilement de la hargne de Legs envers les autres; surtout du désaccord entre Legs et Goldie. La plupart des sœurs de FOXFIRE ne s'opposaient à Legs qu'avec une certaine réticence mais Goldie, étant « Boum-Boum », disait carrément ce qu'elle pensait et Legs, étant Legs, ne mâchait pas non plus ses mots. Ces deux amies, autrefois si intimes et sans secret l'une pour l'autre ont donc très vite commencé à échanger des paroles assez vives : « De quel droit tu opposes ton veto à Irene, ou qui que ce soit d'autre ? Tu crois que ton cul est blanc comme un lys ? Que tu es supérieure à n'importe quelle Noire, n'importe où ? » a soudain demandé Legs un soir, et Goldie a répondu, en haussant également le ton : « Ouais, exactement ! Je le suis ! Il se trouve que je pense que je le suis. Alors, va te faire foutre, Sadovsky ! » Et Legs, criant tant elle était furieuse, a répliqué : « Va toi-même te faire foutre ! » claquant la porte d'une maison devenue aussi silencieuse qu'une tombe après son départ, puis faisant sauvagement ronfler le moteur de L'ÉCLAIR ; elle n'est rentrée qu'à quatre heures du matin, et ses sœurs de FOXFIRE (Goldie exceptée) étaient folles d'inquiétude à l'idée qu'il lui était peut-être arrivé quelque chose.

Voilà comment tout a commencé.

Quelques jours après cette engueulade à propos de l'amie noire de Legs (incident que notre amie, faute de pardonner, a choisi d'oublier), celle-ci fait, à notre insu, une chose audacieuse : prenant le téléphone, de sa voix de contralto bien modulée, elle prend rendez-vous en ville, dans le centre des affaires, avec un certain « B. J. Rucke, docteur en philosophie », en réponse à l'annonce qu'il a passée dans le journal ; il cherche des « jeunes hommes entre dix-neuf et vingt-six ans dotés d'INTELLIGENCE, d'INITIATIVE, d'un TEMPÉRAMENT DE GAGNANT & d'un POTENTIEL DE VENDEURS ». Depuis la fin de son contrat à durée déterminée à Parks & Recreation, Legs a dû se coltiner une série de petits boulots, tous peu gratifiants et mal payés, « des boulots de merde », comme elle les nomme. Elle est donc prête à tout.

Les FINANCES DE FOXFIRE la minent, FINANCES FINANCES FINANCES, et c'est à elle qu'en incombe la responsabilité – du moins pour l'essentiel. Puis il y a la pauvre Muriel et son bébé, Evangeline, dont on ne croit pas qu'elle vivra car elle pesait seulement un kilo neuf à la naissance... qui aurait pu se douter que Muriel Orvis accoucherait d'un avorton, et qui aurait pu se douter qu'il faudrait ensuite autant d'argent pour remédier à la situation ? L'argent, toujours L'ARGENT.

Legs éprouve un regain de fureur contre son père, une fureur presque chauffée à blanc contre ce salaud d'Ab qui a abandonné Muriel et son propre enfant nouveau-né. Muriel en a déjà pour plus de deux mille dollars en frais médicaux, et ce n'est pas fini (Evangeline étant toujours à l'hôpital).

Comme Legs le confie à ses amies, elle a l'impression d'avoir la tête enfermée dans une cloche – sa tête est devenue une cloche – tant les clameurs FINANCES FINANCES FINANCES sont assourdissantes.

Elle se rend donc à l'entretien d'embauche fixé par « B.J. Rucke, docteur en philosophie ». Bien que n'étant pas un « jeune homme », elle en a marre du genre de boulots que peuvent obtenir à Hammond les jeunes possédant ses capacités.

D'ailleurs, on la prend souvent pour un garçon. Pour un garçon blond astucieux et séduisant. Vêtements d'homme, cheveux coiffés en arrière avec banane et semblant de rouflaquettes, pas de maquillage, bien entendu, et cette voix basse et rocailleuse : Legs est un mec, pour ainsi dire.

Legs se rend à l'entretien en voiture, mais elle est assez maligne pour garer une ÉCLAIR par trop voyante à quelque distance de la maison de brique beige de Mr Rucke, située dans Merritt Boulevard. Avec ravissement, elle constate qu'on la convoque non dans un bureau mais dans une habitation privée – une belle maison, solide et cossue, située en bordure de l'un de ces quartiers résidentiels chics où elle a, cette fameuse nuit de Halloween, conduit ses naïves sœurs de FOXFIRE... mon Dieu, il semble y avoir de cela un siècle.

Cependant la maison en question est desservie par la ligne d'autobus de la *city*, et certaines de ces belles vieilles demeures situées sur cette partie du boulevard ont été transformées en immeubles de bureaux et en appartements.

L'entretien est fixé à dix-huit heures trente – une heure bizarre pour un rendez-vous professionnel. La nuit est tombée et le temps est humide et froid. Elle gravit les marches, appuie sur la sonnette, aperçoit, par la fente de la boîte aux lettres, un vestibule faiblement éclairé. On est en décembre, donc en plein hiver, mais Legs ne porte pas de manteau ; elle est trop coquette pour mettre un vêtement minable, or tous ses vêtements chauds sont minables ; elle est vêtue d'une veste de velours côtelé rouille bien ajustée et boutonnée sur un torse long et mince, d'un pantalon de lainage fin couleur crème, à braguette et au pli bien marqué. Et aussi d'une chemise blanche, d'une cravate à raies vertes que Rita, en gloussant, a nouée pour elle ; ses cheveux bien lissés sont coiffés d'un chapeau mou en daim crème (du style qu'affectionnent les Noirs de Lowerton : campé sur le coin de l'œil, comme les acteurs de cinéma). En quittant la maison, elle s'est sentie embarrassée, et peut-être un peu flattée lorsque Rita, Lana et quelques autres l'ont sifflée : « Arrêtez vos conneries. C'est sérieux », elle leur a dit en riant.

Nous passons notre vie à nous poser cette question : ce qui est en train de m'arriver, est-ce que c'est sérieux ou non ?

Si ça ne l'est pas, alors...

Tandis que Legs attend sur le perron, voilà que sort en trombe de la maison, les yeux baissées, un jeune homme à lunettes aux montures d'écaille. Sans un mot, il la bouscule presque et elle lui dit : « Fais gaffe, mon pote. »

Elle se sent de plus en plus garçon. Elle est aussi à l'aise dans sa peau que dans ses beaux habits. Elle sait qu'elle offre un spectacle agréable à l'œil et cela la fait sourire – non comme elle sourierait en tant que fille (car il est probable qu'elle ne sourierait pas) mais en tant que... ce qu'elle est dans l'instant : un jeune homme convoqué à un entretien professionnel devant se dérouler dans une digne et antique demeure de Merritt Boulevard.

Un homme d'une cinquantaine d'années, avec une grosse tête et un corps mou et grassouillet apparaît sur le seuil, invitant Legs à entrer. « Hello ! je suis B.J. Rucke », dit-il en lui tendant la main, et Legs répond : « Hello ! Je suis Mike Sadovsky », le nom roulant si aisément de sa bouche que B.J. Rucke l'intercepte sans l'ombre d'une hésitation ; cependant, le regard qu'il lui jette n'est-il pas légèrement ébahi ? Le type semble nerveux. Il porte une veste de tweed brun avec des pièces de cuir au coude et un pantalon dont le pli aurait besoin d'un coup de fer. Sa poignée de main est brève, moite, timide.

Legs le suit le long d'un corridor rempli de tableaux, puis dans une pièce bien meublée, à l'éclairage chaleureux, qui sans être un bureau n'est pourtant pas exactement une salle de séjour – antique secrétaire à cylindre, fauteuils de cuir caramel, tapis lie-de-vin, si beau que les yeux ne peuvent se détacher du sol.

L'ARGENT, pense Legs.

Elle sourit, découvrant ses dents saines et blanches avec l'assurance un peu fanfaronne d'un représentant de commerce convaincu que ce « job » est fait pour lui.

B.J. Rucke commence d'emblée à parler, à toute allure : son produit s'appelle Encyclopedies Merritt, et la technique de vente est le porte-à-porte. « Mike Sadovsky » a-t-il quelque expériences dans ce domaine – celui du « relationnel » en général ? Et Legs ment sans sourciller, déclarant qu'elle est « dans le commerce » depuis des années – son dernier emploi consistant à vendre des voitures chez Acey Holman, l'éminent propriétaire d'Empire State New & Used Cars. « Mr Holman me promet de me donner une recommandation de premier ordre », ajoute-t-elle, radieuse.

Plusieurs tomes des Encyclopédies Merritt sont posées sur le bureau ; de lourds volumes frappés d'or. Mr Rucke l'invite à les examiner, ce qu'elle fait en feignant l'intérêt, consciente de ce qu'il la regarde en clignant des yeux et en se léchant les lèvres. Elle se demande si ce n'est pas mal élevé de sa part de garder son chapeau.

B.J. Rucke, docteur en philosophie. Face de pudding, petits yeux rapprochés, touffes de poils dans les narines et les oreilles. Ses cheveux, d'un brun terne et grisonnant, sont clairsemés par endroits. Sa respiration est audible, comme s'il avait de l'asthme. Sur le bureau, près de son coude, est posée un appareil-photo visiblement sophistiqué auquel est fixé un énorme flash.

S'efforçant d'adopter un ton cassant et impersonnel, Rucke interroge « Mike Sadovsky » : antécédents ? scolarité ? domicile ? liens familiaux ? Il invite Mike à « parler » en toute simplicité pour que lui-même puisse juger de sa « personnalité ». Legs, arborant son sourire le plus commercial et regardant cet étrange personnage droit dans les yeux, bavarde aimablement du temps qu'il fait, de ce qui se passe à Hammond, de l'importance de l'éducation aux États-Unis, de l'importance de la sagesse et des « progrès personnels » que tout individu, en permanence, doit s'efforcer de faire.

Sans le montrer, elle commence à se sentir mal à l'aise sous le regard de Rucke, qui se pose comme par inadvertance sur ses pieds (qu'elle a longs et minces, pas spécifiquement féminins) pour remonter lentement – on pourrait presque dire de façon caressante – vers son visage.

Rucke lui pose encore quelques questions, avec un certain respect, semble-t-il – pour elle ou pour l'aimable « Mike » Sadovsky ? Il lui sourit beaucoup et l'observe en plissant les yeux. Puis, comme rassemblant son courage, il s'éclaircit la gorge et lui demande : « Votre chapeau... Portez-vous toujours un chapeau à l'intérieur, Mike ? Consentiriez-vous à... l'enlever ?

– Certainement », répond Legs. Prenant soin de ne pas défaire sa banane blond cendré soigneusement ondulée et graissée avec une lotion odorante, elle ôte le chapeau mou couleur crème, le balançant nonchalamment sur son genou. Elle entend Rucke reprendre bruyamment son souffle.

Il lui demande timidement : « Quel âge avez-vous, Mike ? » Levant calmement les yeux, elle les plante droit dans ceux de l'homme, le regardant un moment sans répondre. Qu'est-ce que c'est que ce trou du cul ? Il me le file, ce boulot, ou quoi ? se demande-t-elle. Puis elle répond : « Je crois vous avoir déjà dit que j'avais vingt-cinq ans ?

– Vous avez l'air... plus jeune. »

Embarrassée, elle hausse les épaules. Elle sent son visage s'échauffer ; elle n'aime pas la façon dont ce type la regarde, ni le voir se rapprocher d'elle. (Il est assis sur un fauteuil pivotant muni de roulettes.)

« Vous rasez-vous ?, demande-t-il.

– Si je me rase ? Bien sûr.

– Votre visage est si... extraordinairement lisse. »

Legs, irritée, hausse de nouveau les épaules. Elle reporte son attention sur les Encyclopédies – sur le tome I, A/E – qu'elle feuillette distraitement. Legs Sadovsky est presque toujours trop tendue, trop impatiente pour rester tranquillement assise à lire ; elle a du mal à se concentrer, sauf lorsqu'il s'agit de choses concrètes, cruciales, telles que le calcul de l'équilibre nécessaire pour marcher au sommet d'un mur ou un toit, le degré de coordination voulu pour escalader un mur, la dextérité foudroyante exigée pour sortir son couteau à cran d'arrêt de la poche intérieure de son blouson, l'ouvrir et le brandir pour frapper... ou, sinon pour frapper, du moins pour prouver qu'elle ne plaisante pas.

La sonnette retentit, soudaine et criarde comme un croassement de corbeau. Tout d'abord, apparemment envoûté par son interlocuteur, Rucke ne semble pas l'entendre; puis il se lève lentement et distraitement de son fauteuil, titubant un peu : « Un autre candidat! Déjà! Ne vous inquiétez pas, Mike, je vais le renvoyer! » Il lui touche légèrement et comme fortuitement l'épaule au passage, et elle se rend compte alors que ce qu'elle sentait depuis un moment sans en être vraiment sûre, c'était le whisky de son haleine, masqué par une puissante odeur de bain de bouche à la Listerine.

Rucke ne s'absente qu'une minute – pas assez pour que Legs puisse fouiller la pièce. Elle ouvre plusieurs tiroirs du bureau, n'y découvrant rien d'intéressant – seulement de la paperasse, des documents, des crayons à la mine branlante, taillés jusqu'au bout. Dans le tiroir du milieu, se trouve un carnet d'adresses très usagé, bourré de petits morceaux de papier et même de coins de serviettes de restaurant, remplis de noms et de numéros de téléphone précieusement conservés.

Lorsqu'il revient, Rucke ne se rassied pas tout de suite; il rôde autour de Legs, son visage exprimant un profond... regret? Il sourit, ou plutôt, il tente de sourire. Il donne l'impression d'un homme que les circonstances ont forcé à changer d'avis.

« – Je... je pensais consacrer plusieurs jours à ces entretiens mais..., balbutie-t-il.

– Vous voulez dire que c'est moi qui ai obtenu le job? demande Legs.

– Eh bien, je...

– Qu'est-ce qui ne va pas?

– Oh rien! Tout va bien. Mais je, je... » Rucke pose les yeux sur l'appareil et dit très vite : « Ça ne vous ferait rien que je vous photographie? C'est, à mon sens, la façon la plus pratique de... se souvenir d'un visage. En le joignant au dossier, vous voyez. »

Legs se raidit. « Je suppose que je ne peux pas refuser. Je reste tout simplement assis ici?

– Oh oui! Oh oui! tout simplement... là. »

Rucke, s'affairant avec l'appareil, prend une demi-douzaine de photos au flash d'une Legs qui ne peut s'empêcher de loucher, de grimacer. Voltigeant autour d'elle, il murmure, comme en chantonnant, ces mots qu'il s'adresse à lui-même : « ... Si remarquable. Si... beau. »

Legs, haussant soudain de plusieurs tons sa voix de contralto, demande : « Écoutez : cet emploi, vous me le donnez ou non ?

– ... Le jeune homme le plus extraordinairement éthéré que j'ai jamais... une tête de sculpture grecque... »

« J'arrive pas à y croire », pense Legs en voyant la main que Rucke a posée sur son genou; relativement calme, elle sent l'haleine chaude et imbibée d'alcool de l'homme, elle lit dans ses yeux l'espoir nu, la lutte contre soi-même, la détresse; comme si l'âme même de ce type était soumise contre son gré; elle perçoit son angoisse mais elle sera sans pitié. Un homme la toucher! Elle! Elle est si révoltée qu'elle n'a même pas peur quand la main, initialement timide, commence à s'animer, remontant, avide, le long de sa cuisse.

Rapide comme un serpent, Legs bondit en arrière pour se libérer de l'étreinte de Rucke et sort son couteau à cran d'arrêt de sa poche, comme si elle avait pratiqué maintes fois cette manœuvre. Sous les yeux stupéfaits de l'homme, elle appuie vivement la pointe de la lame contre son visage, la déplaçant de gauche à droite comme si elle maniait un rasoir traditionnel.

« Oh! Oh mon Dieu...! »

Rucke chancelle, le sang ruisselle entre ses doigts.

« Oh! Qu'avez-vous fait ? Vous... vous m'avez blessé! » Reculant en titubant, il tombe à moitié assis dans son fauteuil. Pendant un moment vertigineux, il semble qu'une Legs enragée, le cœur cognant presque joyeusement contre sa cage thoracique, va le frapper à mort avec son couteau... Mais bon Dieu non, l'homme est inoffensif, l'homme est pathétique. Il pleure, honteux, le visage caché derrière les mains, disant qu'il n'a pas voulu toucher mais seulement regarder, admirer : « S'il vous plaît, pardonnez-moi! Ne me dénoncez pas! Je voulais juste...

– Un peu, que je vais vous dénoncer! Je vais appeler la police! dit Legs non sans malice.

– Non, je vous en prie, ne soyez pas cruel... La cruauté gratuite est inutile... »

B.J. Rucke est assis, vaincu, sur son fauteuil pivotant, le sang coulant entre ses doigts. Il pleure comme Legs n'a jamais vu pleurer un homme adulte, et elle découvre que ce spectacle lui plaît – c'est captivant. Si seulement ses sœurs de FOXFIRE pouvaient y assister! Du sang et des larmes. Captivant.

B.J. Rucke murmure qu'il a brièvement perdu la tête; en réalité, il n'avait aucune intention de toucher. Peut-elle, ou plutôt : « Mike Sadovsky » peut-il lui pardonner? « Cher et admirable garçon, ne soyez pas cruel! Vous m'avez balafré, ça ne vous suffit pas? Personne ne doit être au courant, cela porterait un coup terrible à ma famille... Je jure que, à ce jour, je n'ai jamais... pas comme ça... »

Rucke la regarde d'un air interrogateur, terrifié mais non dénué d'excitation; il a les yeux écarquillés, les pupilles dilatées; son visage est strié d'une dentelle de sang. La lame, inclinée de bas en haut et utilisée selon une trajectoire latérale, de gauche à droite, a marqué toute la joue gauche, franchissant le dessus de la lèvre supérieure pour entamer environ deux centimètres et demi de joue droite, créant une boursouflure semblable à un bâillement désinvolte. Le sang en coule assez abondamment mais non à flots, la blessure n'étant pas profonde. Si Legs l'avait voulue profonde, elle l'aurait faite ainsi. « Vous ne serez pas balafré. N'y comptez pas », lui répond-elle avec mépris.

Rucke abaisse une main pour prendre son portefeuille

qu'il fouille en sanglotant et le laisse tomber à terre. Il supplie Legs d'y prendre tout l'argent qu'il contient, de prendre sa montre, sa bague, son appareil-photo et, oh mon Dieu, tout ce qu'elle voudra ; il a encore de l'argent, il ne sait pas exactement combien, mais il y en a dans l'un de ces livres posés sur la tablette de la cheminée, dans ce gros ouvrage d'Audubon, *Birds of North America...*

Legs se baisse prestement pour essuyer la lame de son couteau à cran d'arrêt sur le tapis lie-de-vin. D'une voix moqueuse de petit garçon elle dit : « On dirait que vous êtes en train d'essayer de me corrompre, m'sieur. »

A vingt et une heures, elle est de retour. Certaines d'entre nous sont en train de nettoyer la cuisine de notre ferme bien-aimée, LE FOYER DE FOXFIRE, lorsqu'elles entendent L'ÉCLAIR s'engager dans l'allée ; une minute plus tard, Legs entre en trombe dans la cuisine, grande, mince, resplendissante et belle dans sa veste de velours côtelé bien ajustée, avec ces jambes interminables qui lui valent son surnom et ce chapeau crânement incliné sur l'œil ; nous la regardons en nous demandant ce qu'elle peut bien faire avec ce gros appareil-photo doté d'un flash – manifestement un outil de professionnel ; elle jette sur la table une montre d'homme en or, puis une lourde bague en or ornée d'un onyx cerclé de minuscules diamants, puis un banal sac en papier rempli de quelque chose d'odorant qui se révèle être de la marijuana (ce qui signifie que Legs s'est arrêtée à Lowerton avant de rentrer à la maison) ; désormais sûre de bénéficier de toute notre attention – celles qui n'étaient pas à la cuisine sont accourues en entendant les cris de surprise, les rires et le vacarme –, elle pose enfin une liasse composée principalement de billets de cinquante et vingt dollars, le tout pour un montant de onze cent seize dollars.

Nous en restons abasourdies, frappées de mutisme, le souffle quasiment coupé.

Les finances de FOXFIRE. L'appât et l'hameçon

Jusqu'à ce que Goldie, oubliant que, depuis leur querelle, elle avait secrètement décrété qu'elle détestait Legs, s'exclame sur un ton où le respect mêlé de crainte le dispute à la stupéfaction : « Mon Dieu, où as-tu trouvé ça ? » Calmement, en souriant, Legs répond : « Oh, c'est seulement quelque chose que j'ai trouvé accroché à mon hameçon. »

C'est ce qui a donné à FOXFIRE l'idée de pratiquer l'ENTÔLAGE.

7

« L'entôlage » de FOXFIRE : morceaux choisis, hiver 1955-1956

FAIT DU JOUR : la salle d'attente rénovée et brillamment éclairée de la gare ferroviaire de South Main Street, Hammond, État de New York. Parmi les voyageurs, nombreux en cette période de vacances, assis en rang d'oignon sur des fauteuils rivés les uns aux autres, une jeune fille d'environ dix-sept ans, l'air désemparé ; elle a un joli visage piqué de taches de rousseur, des cheveux roux bouclés et un corps plein – non pas lourd, mais charnu, compact, agréablement potelé. Elle sort un poudrier de son sac. Elle se regarde anxieusement dans le petit miroir et se remet du rouge à lèvres – un rose pâle « Fascination » acquis dans une grande surface – dans l'espoir que cela lui facilitera la tâche. C'est tout ce qu'elle fait : attendre, et sa solitude et ses boucles rousses la désignent à tous les regards, en plus, on ne sait pas trop quel est son train car elle est entrée dans la gare et a pris place dans ce coin de la salle d'attente à dix-neuf heures ; or il est dix-neuf heures quarante et elle vient d'attirer l'attention admirative d'un autre voyageur – du moins, c'est ce que ce monsieur semble être – d'environ quarante-cinq ans, trapu, plutôt rouquin, avec un front plissé qui se dégarnit ; il est vêtu d'un bon manteau en poil de chameau et il y a chez lui quelque chose de paternel, d'avunculaire ; on le voit s'approcher de la fille rousse avant que celle-ci, surprise, ne l'aperçoive soudain devant elle ; mais il se montre amical, il sourit : qu'elle se rassure, elle n'a rien à craindre, sa méfiance n'est pas de mise ; il s'assied à côté d'elle et, très vite, la voici qui, détendue et rieuse, glousse derrière ses mains ; nous trouvons cette fille peut-être un peu trop confiante à l'égard de cet étranger, peut-être est-elle une de ces filles naïves que le doute de soi pousse à pratiquer l'autocritique, flattée qu'elle est par le moindre signe d'attention qu'un homme lui prodigue ; peut-être aussi se sent-elle désespérément seule puisqu'elle se lève après avoir accepté l'invitation de l'homme à aller boire un café, ou autre chose ; il la conduit hors de la salle d'attente, lui jetant des regards de côté comme s'il ne croyait pas à sa bonne fortune – des regards furtifs et affamés que la fille ne remarque pas. Puis les voilà dehors, dans l'obscurité venteuse. Et l'homme entraîne la fille dans le parking. Vers sa voiture ? Se peut-il qu'elle soit assez naïve pour monter dans sa voiture ?

C'est dans ce parking que nous attendons.

FAIT DU JOUR : à bord de L'ÉCLAIR, six ou sept d'entre nous empruntent une voie expresse de l'État de New York, direction Endicott, un faubourg de Rochester. Là se trouve l'hôtel Decatur qui se dresse haut dans le ciel, luxueux, illuminé comme un sapin de Noël ; l'une d'entre nous y pénètre, celle qui a une peau d'une pâleur mortelle, des lèvres appétissantes, de grands yeux de biche et des cheveux noirs bien lisses formant un rideau autour de son visage, oui celle-là même, vous la reconnaissez ! Vêtue d'un spectaculaire costume de daim noir, bottée de cuir jusqu'au genou, elle est debout dans le hall de l'hôtel, en train de fouiller dans son sac. Une fille superbe, apparemment soucieuse, à qui il est difficile de donner un âge – dix-sept, dix-neuf, vingt-deux ans ? Enfin l'homme qui convient s'approche d'elle – précédemment, deux autres ont été poliment éconduits mais celui-ci est parfait – et mûr, de plus : il gobe l'hameçon de sa petite bouche à la moue suffisante – une bourse plutôt qu'une bouche –, les yeux avides, remplis d'espoir.

Plus tard, durant le trajet de retour, L'ÉCLAIR est remplie de nos rires; certaines d'entre nous sont défoncées, aussi allumées que des feux-follets, et Violet Kahn redouble notre hilarité quand elle nous dit : « Ce que j'ai fait ? Rien. Ou plutôt, j'étais prête à faire, comme la dernière fois, t' sais ? A déshabiller le saligaud, ou juste à déboutonner sa chemise, t' sais ? Mais finalement, j'ai eu de la chance car j'ai même pas eu besoin de faire ça : il a eu peur trop vite – je veux dire vraiment peur. T' sais, quand le groom est monté dans la chambre avec une bouteille, y m'a fait entrer me cacher dans la salle de bains, alors j'ai programmé ma sortie juste pour le moment où le groom quitterait la chambre, un truc du genre " j'ai besoin d'aide mais surtout ne me regardez pas ", t' sais ? Eh ben, y m'a pas vue – je veux dire le groom – parce que c'était bien minuté. Alors l'autre – ce pauvre con, y m'a dit qu'y s'appelait " Bradley " mais je suis sûre que c'est un faux nom – ce pauvre Bradley me regarde avec incrédulité tellement j'ai changé... dans la salle de bains, j'ai ébouriffé mes cheveux et ouvert ma veste pour qu'elle ait l'air de me tomber des épaules et je sors en larmes. Je pleure si fort que j' peux pas m'arrêter, quand je commence c'est comme ça, c'est comme descendre une pente en courant, t' sais ? quand on est lancé, c'est facile; alors Bradley me dit : " Mon Dieu, Veronica, que se passe-t-il ? " Et je m'éloigne de lui en hurlant presque : " S'il vous plaît, ne me faites pas de mal ! oh, s'il vous plaît ! j'ai que quinze ans, je veux sortir d'ici ! ", puis je dis que je me suis enfuie de chez moi le matin même et que probablement la police me cherche car mon papa, qui est colonel dans l'armée américaine, est du genre à ameuter la police; et Bradley a si peur qu'y me semble qu'y va s'évanouir ou avoir une crise cardiaque : tout a changé si vite ! Une minute je suis la pauvre conne qui suit cet enculé dans sa chambre, le laissant me pousser dans la salle de bains et la minute d'après me voilà, pleurant comme une folle – et c'est grave pour lui de se retrouver dans cette situation, genre détournement de mineure, hein ? Alors ça fait pas un pli : il essaye de m'acheter, bien sûr c'est pas ce qu'y dit, y dit qu'il a jamais eu l'intention de me toucher, " ... pas un seul cheveu de votre tête, Veronica. J'espère que vous me croyez. J'ai moi-même une fille ". Mais y compte quand même l'argent, ses mains tremblent salement quand il le prend dans son portefeuille, et je continue à pleurer si fort que j'arrive pas à voir combien y a, c'est seulement quand je me retrouve dans l'ascenseur que je peux compter : deux cent soixante-dix-sept dollars. Nets d'impôts, bordel ! »

FAIT DU JOUR : elle s'appelle Lori, ou est-ce Louise ? Elle est parfois Lulu, celle qui aime tant s'amuser. Une fille bien roulée, avec une spectaculaire chevelure blond platine crantée et frisée à la Marilyn Monroe, dont elle peut d'ailleurs imiter la moue en avançant les lèvres et même la démarche incertaine, en se dandinant, vacillante, sur des talons aiguilles. Une fille mûre pour son âge – oui, mais quel âge ? Elle ne va plus au lycée, qu'elle a quitté en troisième. Elle travaille à la pharmacie Lathrup. Fréquentée par des hommes – les mariés, les divorcés, ceux au regard qui traîne, avide. Une fois, vers l'heure de fermeture, l'un d'eux entame avec elle une conversation, essayant lourdement d'être drôle ; elle ne l'encourage point car, malgré sa blondeur, son rouge à lèvres écarlate et son corps galbé, elle est probablement une fille bien, une bonne catholique – ce que doit être aussi ce type : bon mari, bon père... tu parles ! Un peu plus tard, quittant la pharmacie, elle le voit qui l'attend garé au bord du trottoir ; la voiture est une vraie surprise, une bonne surprise : une Lincoln noire et luisante construite comme un tank ; il sourit en disant qu'il espérait qu'elle allait bientôt sortir, et que dirait-elle d'une balade en auto ? Juste pour poursuivre cette conversation ?

Par la route qui grimpe dans la colline, ils se rendent donc à Tannersville, cette ville située au nord de Hammond. Là ils entrent dans une taverne, la Tannersville Inn, où le barman ne vérifie pas les cartes d'identité avant de servir de l'alcool. Il y a un juke-box – Eddie Fisher chante une chanson d'amour. Et Steve est ivre. C'est l'un de ces Irlandais qui sont ivres d'un coup, sans prévenir, comme s'ils dégringolaient un escalier. Il serre la main de Lulu, il pleure presque. Et il a quarante-sept ans, le croiriez-vous ! Il n'y croit d'ailleurs pas lui-même. Il a une femme et cinq enfants, le croiriez-vous ? Lulu dit plutôt gentiment qu'elle veut rentrer chez elle mais Steve ne l'entend pas. Il est si triste, il lui touche le bras et, du sien, lui effleure le haut de ses seins. Il se sent si seul. Ça fait trois ans qu'il essaye de s'arrêter complètement de boire mais si c'est ça, la vie, autant mourir tout de suite : alors il reboit, mais seulement le week-end. Ce que sa famille ignore. Tant qu'elle l'ignore, ça ne peut pas la blesser. Et d'ailleurs ça ne regarde personne. Dehors, dans le parking, il tente d'embrasser Lulu, qui s'esquive – elle a peur, elle semble plus jeune, à présent ; quand il monte dans la voiture elle lui dit, s'il vous plaît, ramenez-moi. Il démarre donc, mais quelques kilomètres plus loin, il quitte l'autoroute pour s'engager sur une voie à moindre circulation. Il pleure à demi. Elle a du mal à saisir ce qu'il dit. Il lui dit que, ne le connaissant pas vraiment, elle ne se doute pas à quel point il serait capable de l'apprécier. Qu'un jour, il n'y a pas si longtemps, il a eu son âge. Qu'il parie que son œil a dû la faire souffrir, cet œil légèrement divergent, comment appelle-t-on ça, déjà ? Il parie que les garçons sont cruels à cet égard, et grossiers. Mais lui pense qu'elle est vraiment ravissante. Lui la trouve belle.

Rien de plus pour cette nuit-là. Mais il y a une autre nuit, et une autre encore ; Lulu se laisse enfin embrasser.

Mais non la toucher comme il voudrait la toucher. Il s'excuse. Il est vraiment désolé. Il songe à se trouver une chambre, quitter la maison, mais il a peur, « je n'ai jamais vécu seul, tu sais ». Sa femme et lui étaient encore au lycée quand ils se sont mariés, puis les bébés sont arrivés, et... il n'a jamais vécu seul, c'est un fait.

« Oh, vraiment ? » roucoule Lulu.

Elle est compatissante – appât, mais aussi hameçon.

Elle est roublarde – hameçon, mais aussi appât.

Steve loue une chambre dans Elmwood Street, un quartier résidentiel de Hammond, sous un nom d'emprunt ; mais maintenant, Lulu connaît son vrai nom, oui, et elle sait aussi où il habite et où il travaille (l'entreprise de pompes funèbres O'Donnel & Fils – Steve est l'un des fils) : elle sait encore deux ou trois choses sur la vie de cet homme qui espère être son amant : qu'il est un ivrogne pleurnichard tendant à s'apitoyer sur lui-même, mais surtout qu'il l'entretient. Il est temps que l'argent change de mains – n'est-ce pas d'ailleurs la dernière devise de FOXFIRE : L'ARGENT EST FAIT POUR CHANGER DE MAINS ?

Et comment !

FAIT DU JOUR : voici enfin une « Killer » qui, d'une heure à l'autre, ne sait plus si elle est heureuse, si heureuse, plus heureuse qu'elle ne l'a jamais été avec ses sœurs de FOXFIRE, libérée de l'ingérence et de la tyrannie des adultes, ou si elle a presque tout le temps peur : peur de la police, peur de ce qu'elles sont en train de faire, peur de ce qu'elles feront. « Killer » est vêtue d'un manteau court en fausse fourrure, bon marché mais non sans chic, acquis par Legs après Noël lors d'une fièvre d'achat, d'un pantalon noir aussi collant qu'une seconde peau et de bottes sexy qui montent jusqu'au genou, propriété de Violet ; elle brûle de prouver à ses sœurs de sang qu'elle est aussi hardie qu'elles, tout aussi désireuse de courir des risques pour ramener de l'argent à la maison, oui, à vrai dire, ça l'excite même, car il y a un réel plaisir dans la ruse et la méchanceté et, oui, dans le fait même de faire souffrir les Autres, surtout ces hommes qui sont l'ennemi n° 1 de FOXFIRE. C'est donc Maddy Wirtz, ce soir, qui est assise, timidement mais bien en vue, dans la salle d'attente très animée de la gare routière de Mount Street, à Hammond. Elle attend ce qui va se produire.

L'ARGENT EST FAIT POUR CHANGER DE MAINS !

FOXFIRE BRÛLE ET BRÛLE !

En venant, dans la voiture, elles ont bu des bières et Maddy se sentait bien, très bien même. Elle fumait une cigarette en inhalant profondément la fumée, une sensation agréable. C'est une nuit d'avril, pluvieuse et froide ; on est en milieu de semaine et elle est censée aller demain en classe, mais au diable l'école : elle a manqué si souvent les cours, dernièrement, qu'une fois de plus ne fera pas grande différence : elle pourrait aussi bien ne plus les suivre du tout. Elle est dans cet état d'euphorie où on s'aperçoit soudain que RIEN N'A D'IMPORTANCE... à moins de se persuader du contraire.

Même le souci que représente les FINANCES DE FOXFIRE s'est un peu atténué, récemment. L'espoir de pouvoir un jour acheter la maison et le terrain, le loyer mensuel et les factures, les dettes qui traînent, les quelques milliers de dollars qu'elles espèrent pour accéder à la propriété, pour payer les notes d'hôpital de Muriel Orvis – tout cela, Legs l'a pris à sa charge : « C'est moi qui vais tirer des plans pour pouvoir payer les foutues factures. Vous autres, vous vous contenterez de m'assister du mieux que vous pourrez. »

À chacune selon ses capacités, à chacune selon ses besoins, dit Legs.

Un principe acquis du vieux père Theriault (que Legs croit mort, désormais).

Contentez-vous de m'assister, dit Legs.

C'est donc une « Killer » gonflée à bloc qu'on retrouve

assise à la gare des autobus où elle attend en jetant un coup d'œil à un journal abandonné sur le siège contigu. Elle est l'appât, mais aussi l'hameçon. L'hameçon, mais aussi l'appât. Sauf qu'elle n'est pas seule : plusieurs de ses sœurs sont dehors, non loin. Elle a maintenant seize ans mais elle fait moins; d'apparence mal nourrie, elle a des yeux bruns sérieux; ses cheveux châtains, coupés court, sont pleins de boucles et de crans; elle est mince, anguleuse, vigilante, pensive. Elle a surpris une conversation où ses sœurs parlaient d'elle, de ses chances de succès. Lana a dit, de sa voix traînante au ton supérieur – Lana, si brillante dans l'entôlage : « Oh, Maddy est une brave gosse, mais je ne crois pas qu'elle soit assez jolie, t'sais ? » Et Rita a répondu, avec véhémence. « Ça va pas, non ? Maddy est au moins aussi jolie que moi; et je me suis pas mal débrouillée, non ? » Et Goldie, qui se montre de plus en plus impatiente ces temps-ci, peut-être parce qu'elle ne pourra jamais être l'appât – donc l'hameçon – et qu'elle ne contribue aux FINANCES DE FOXFIRE que par son salaire (ou carrément par ses vols), a dit méchamment : « Puisqu'on aborde le sujet, ce qui m'inquiète avec Wirtz, c'est que c'est une dégonflée : en un sens, elle est pas des nôtres, t'sais ? »

En un sens; elle est pas des nôtres...

Maddy s'est retirée à pas de loup, frappée au cœur. Oh, si blessée ! Si incrédule ! Elle n'a pas voulu en entendre plus, savoir qui prendrait sa défense – en admettant que quelqu'un la prît.

Jamais, dans le carnet de notes, elle n'a consigné ses propres doutes sur elle-même ou FOXFIRE. Pourtant, en ce printemps 1956, elle est dotée d'assez de jugeote pour se rendre compte qu'il va se passer quelque chose... qu'un dérapage est imminent. Comme pour L'ÉCLAIR, conduite tout d'abord au maximum de sa puissance, puis même un peu au-delà, dont le châssis commence à trembler et à vibrer. Les nouvelles initiées à FOXFIRE, Agnes, VV, « l'Exécutrice », Marion, Ginny, Toy, elle ne leur fait pas vraiment confiance, et d'ailleurs elle les connaît peu. Il n'y a que Legs en qui elle ait une foi aveugle. Des dévoyées, des criminelles, des garces, voilà ce qu'elles sont pour Rose Packer. Et Maddy est l'une d'entre elles. Ce n'est pas pour rien si elle se trouve là maintenant.

C'est comme si, toute sa vie, on se surprenait soi-même en se retrouvant dans tel ou tel lieu, ne sachant pas pourquoi on y est, ni même comment on y est venu. Je suis ici. C'est moi qui y suis, et non une autre.

C'est le cas pour « Killer » qui, le 8 avril 1956, attend à la gare routière.

Dans la demi-heure qui suit un homme l'aborde. Depuis plusieurs minutes, elle était consciente de sa présence, sans oser lever les yeux. Comme par hasard, il s'assied près d'elle et engage la conversation, lui demandant où elle va, si elle est lycéenne, si elle est seule en ce lieu, si l'heure n'est pas trop avancée pour l'être... et elle oublie les instructions que Lana lui a données – à savoir de ne pas répondre à n'importe quel homme qui lui adresse la parole; la stratégie consiste à le jauger immédiatement pour voir s'il fera l'affaire (il faut qu'il ait l'air aisé). « Ne perd pas ton temps avec des minables, ne gaspille pas notre temps avec eux », mais dans son inexpérience et son trouble, elle oublie. Cette situation la dépasse. Comme si elle était dans une barque dépourvue de rames et de gouvernail, portée au loin par le courant, ne sachant même pas où elle va.

Oh, mon Dieu! Je suis morte de peur!

L'homme doit avoir dans les quarante-huit ans. La vague ressemblance qu'il présente avec un de ses professeurs du lycée, l'un de ses préférés, un professeur qui lui témoigne de l'intérêt, achève de la dérouter – cheveux grisonnants coupés en brosse, sourire en coin, yeux injectés et manifestement intelligents, peau bronzée sillonnée de rides. Voilà un homme qu'elle n'a jamais vu de sa vie et qui, soudain, non seulement s'assied près d'elle mais tente d'engager la conversation, se confie à elle : il revient de Floride : la Floride et le soleil sont si importants pour le corps, l'esprit, l'âme...

« Killer » le dévisage en battant des paupières. Elle attend la suite.

Elle se demande si ses sœurs de FOXFIRE l'observent à travers la vitre. Elle regarde dans cette direction mais ne distingue pas grand-chose.

Bien que la salle d'attente soit surchauffée, elle frissonne. Elle sourit et opine ; l'effort qu'elle fait lui plisse le coin des yeux. Contente-toi de sourire, flirte un peu, dis n'importe quoi – ça n'a aucune importance car ils n'écoutent pas vraiment, lui a dit Legs. Tout ce qui les intéresse, c'est de t'attirer à l'écart pour pouvoir fourrer leur bite en toi, ou une quelconque variation sur ce thème. Donc, t'en fais pas.

Quelques minutes plus tard, l'homme hâlé tout juste rentré de Floride demande à la fille au manteau de fausse fourrure si ça la tenterait de manger un morceau. Elle a l'air d'avoir faim, ajoute-t-il avec un sourire paternel-autoritaire.

Elle répond lentement : « Oui pourquoi pas, d'accord », bien que son estomac soit noué. Elle se lève et se dirige déjà vers le buffet quand l'homme lui touche le bras et lui dit : « Allons ailleurs, dans un endroit plus agréable. »

Ils sortent donc. Les voilà dans la rue, dans le froid et l'humidité. La fille regarde autour d'elle mais ne distingue aucun visage familier. Où est garée L'ÉCLAIR ? Nulle part en vue, en tout cas.

L'homme porte un trench-coat qui, sans être neuf, est de bonne qualité bien que froissé comme s'il avait dormi avec. Il est troublé. Ça se voit rien qu'à sa façon de se moucher.

Il lui demande son adresse, son âge – apparemment, elle est en âge de fumer et de voyager seule. Il lui demande aussi si ses parents savent où elle est. À cette question « Killer » répond avec un mépris surprenant, sur un ton aussi violent qu'un éternuement : « Non, certainement pas ! »

C'est exactement ce qu'il fallait dire.

Ils marchent le long du trottoir luisant d'humidité. Elle essaie de garder son équilibre. Son compagnon s'enquiert : jolie comme elle est, elle doit avoir quantité de petits amis, non ?

« Non, certainement pas ! »

Affirmation qui, curieusement, semble drôle, désopilante même. Tous deux rient.

Elle rit mais elle a la gorge serrée. Est-elle en train de se noyer ? Déjà ? Les hautes bottes sexy lui font mal aux pieds ; le vent charrie des morceaux de papier et de la poussière qui la forcent à plisser les paupières. Au-dessus de sa tête, inaccessible, son amie la lune, qui brille ce soir d'une clarté blafarde d'ampoule électrique. Une de ses sœurs de FOXFIRE avec qui Maddy a partagé son matelas à la ferme lui a demandé pourquoi elle lisait des ouvrages d'astronomie (bien sûr, ce n'est pas le terme qu'elle a employé) puisque ce n'était pas une matière inscrite au programme scolaire ; Maddy a réfléchi et a fait la réponse la plus sérieuse qu'elle ait jamais faite : « Parce que le ciel est toujours là. »

Inaccessible, mais là.

« Killer » dit en riant qu'elle a faim ; oui, elle veut un steak-frites, et une glace pour dessert. Et elle veut boire quelque chose.

L'homme hâlé dit que lui aussi prendrait bien un verre. Il la regarde avec un intérêt affectueux teinté d'anxiété.

Comme si elle était un jeune animal folâtre et imprévisible, une pouliche prête à s'échapper.

Il la conduit dans un endroit qu'il connaît, situé en bordure du fleuve : « Où on sert des steaks de premier ordre, c'est un endroit agréable, il vous plaira, petite fille, je vous le promets, dit-il.

– J'ai faim.

– Bien sûr ! Moi aussi. »

Ils descendent Mount Street, dépassent le centre commercial – la boutique de lingerie Lorelei où des mannequins à moitié nus paradent dans des poses raides et grotesques, un magasin de spiritueux dont la vitrine obscure est protégée par une lourde grille. Il se trouve que l'homme a sur lui une bouteille d'un demi-litre de bourbon dont il tire quelques goulées et que, courtoisement, il passe à Maddy. Elle a envie de la repousser – ainsi que la main qui la tend – au lieu de quoi elle s'entend dire : « Oh oui, oui ! Merci. »

Mais elle se contente de s'humecter la langue et les lèvres avec le liquide brûlant.

« Je m'appelle Chick Mallick, dit-il. Et vous ?

– Marg'ret.

– Pardon ?... Pas entendu.

– MARG'RET.

– Eh bien, Marg'ret, vous êtes une jolie fille. Une bien jolie fille.

– Ah ouais ?

– Si je vous le dis, c'est que c'est vrai.

– Ouais ? »

Elle jette, par-dessus son épaule, un coup d'œil rapide et anxieux.

Oui, la voiture est là. Du moins, une voiture, dont elle distingue les codes. Elle est derrière eux, à moins d'un bloc de distance. Elle avance lentement, elle les suit.

Oui, ce doit être L'ÉCLAIR. Legs a promis à Maddy qu'elle ne la perdrait pas de vue. Racoler est dangereux. C'est la guerre.

Et si c'est bien leur voiture, Legs doit être au volant, son chapeau mou couleur crème – son trophée, son porte-bonheur – crânement planté sur sa tête ; avec Goldie assise à côté, bien droite, menaçante – plus « Boum-Boum » que jamais ce soir, prête à l'action. À l'arrière, les deux nouvelles initiées de FOXFIRE : « VV » aux yeux durs, la protégée de Goldie, et Toy.

Maddy les connaît peu mais elle sait que, comme toutes les nouvelles recrues de FOXFIRE, elles brûlent de montrer leur zèle.

Chick Mallick retient un rot. Il dit doucement, touchant le manteau de fausse fourrure de « Marg'ret » : « Très joli ça, mon chou. C'est du renard, ou quelque chose d'approchant ? »

Elle tente de ne pas se rétracter à son contact. Elle sait qu'il est condescendant. Elle répond en riant, comme si elle seule pouvait goûter la plaisanterie : « Exactement. Du renard ! »

Chick Mallick, à son tour, rit joyeusement. Il a profité de la bonne humeur qui règne entre eux pour lui prendre la main. Tandis que ses gros doigts solides emprisonnent les siens, une pensée absolument folle, absolument inacceptable traverse l'esprit de Maddy : papa !

Elle en est aussitôt suffoquée d'indignation.

Elle se retient à grand-peine de lui planter son coude dans le ventre et de détaler.

Il lui dit avec un petit rire, comme se parlant à lui-même : « ... Délicieuse. Vous êtes une fille exquise, Marg'ret. Mais vous n'êtes pas une fugueuse ?

– Une quoi ? Non, je ne suis pas une fugueuse. »

Elle prononce le mot avec un dédain délicat, comme s'il était obscène, incongru.

« C'est sûr ? Parce que, si vous l'êtes... »

Ils quittent Mount Street pour s'engager dans une rue plus étroite – une ruelle. La voiture pourra-t-elle les y suivre ? Legs les a-t-elle vus la prendre ? Le vent, comme en signe de bienvenue, porte à leurs narines l'odeur du fleuve, des débris charriés par le fleuve – une odeur d'effluent et de mort. Les crochets vides d'une boucherie attendent les carcasses qui sortiront demain de l'abattoir. La puanteur de la viande, du sang, des entrailles, de la sciure est insupportable.

Chick Mallick soupire. Un des malheurs de l'humanité, c'est qu'on est de la viande. Et que, toute sa vie, on dépend de la viande.

Marg'ret frissonne. Elle voudrait pouvoir se retourner pour voir si on distingue les codes de la voiture à l'entrée de la ruelle, mais elle n'ose pas.

Chick Mallick ajoute, comme si cette affirmation découlait logiquement de ce qui précédait : « Vous savez, autrefois je voulais être pasteur. J'ai commencé à suivre les cours, dans un séminaire de Badgersville, en Pennsylvanie. Mais en ce qui me concernait, ce n'était ni le bon moment ni le bon endroit.

– Je veux le steak que vous m'avez promis », dit Marg'ret, saisie d'un accès incontrôlable de gloussements.

« Oh oui ! Vous l'aurez, votre steak. Nous y allons de ce pas. »

Ses doigts enserrent gentiment et paternellement les siens et un bras sournois se glisse autour de sa taille. Ils marchent d'un pas maladroit, hanche contre hanche. On entend la respiration de l'homme, on voit la légère condensation de son souffle. Son haleine sent l'alcool, mais on discerne derrière quelque chose de plus sucré et d'à la fois suri qui évoque la pourriture.

Ils tournent de nouveau, s'engageant dans ce qui est plus un simple passage entre des maisons qu'une ruelle. Marg'ret est étrangement, inexplicablement docile ; raidie mais docile. Elle pense à la façon si passionnée dont jadis sa mère l'étreignait, l'embrassait encore et encore, à lui couper le souffle – c'était il y a des années : une mère et sa toute petite fille, pas besoin de mots. Elle pense à son père, qui est peut-être là-haut sur une lune voilée de nuages fins comme de la gaze.

Chick Mallick s'exclame, sur un ton presque irrité : « Dans quelques années, Marg'ret, vous serez une vraie beauté. Pas de doute ! »

La Cassadaga est plus bas, à une trentaine de mètres. Est-ce le bon chemin pour la taverne ? Est-ce un raccourci pour s'y rendre ? Tous deux, comme une paire de joyeux ivrognes, avancent en trébuchant dans un champ jonché de gravats où, précédemment, se dressait un immeuble.

D'un ton soudain déplaisant, Chick Mallick dit : « Je sais ce que vous êtes. J'ai trouvé le mot qui s'applique à vous : une fugueuse.

– Non.

– Vous êtes une fugueuse et la police vous recherche. Vous êtes une fille qui a fait des bêtises, n'est-ce pas ?

– Non.

– Une vilaine fille qui a fait des bêtises !

– J'ai dit non.

– Quand tu seras entre les mains de la police, petite fille, on te fera des choses que tu n'aimeras pas. Tu le sais, hein ? dit-il, excité, le souffle court.

– Vous feriez mieux de me...

– Tu le sais, hein ? »

Là où ils se trouvent, il n'y a aucun chemin, personne pour les entendre. Sur le pont, à quelque distance de là, on voit luire les phares de véhicules qui passent par vagues.

Marg'ret se met brusquement à pleurer. Maintenant qu'il est trop tard, elle pleure.

L'homme lui dit doucement : « Vilaine petite fille. Une petite salope, hein, c'est ça que tu es, hein ? »

Il est vigoureux. Posant ses grosses mains sur ses épaules, il la serre très fort contre lui. Il tente de l'embrasser. Penché, pantelant, il écrase sa bouche contre sa bouche qu'il ouvre de force avec sa langue : paniquée, elle résiste, elle se met à lutter. Mais il est vigoureux. Il est furieux. La maîtrisant rien que par sa masse, son poids, il lutte avec elle comme s'il s'agissait d'un jeu brutal auquel elle ferait mieux de se plier. « Petite salope, oh, vous, les foutues petites filles », dit-il en grognant, d'un ton doux et caressant ; puis il se met à faire ce bruit bizarre et étranglé, aah-aah-aah ! Il s'appuie si fort contre elle qu'il lui fait perdre l'équilibre. Elle tombe. Elle tente de crier mais il applique sa main sur sa bouche ; aah-aah-aah ! continue-t-il à gémir en lui arrachant son manteau, son pantalon. Elle tente de le repousser mais il est trop lourd, il a planté son genou entre ses cuisses, il lui fait mal entre les jambes ; il est au-dessus d'elle, il grogne – il ne sourit plus, il est dangereux. « Tu veux, hein ? Tu veux ? Je vais t'arracher la tête, je vais déchirer ton petit con ! » Son poids la suffoque, elle sent la pression croissante de son avant-bras sur sa gorge. Oh, maman, à l'aide ! Oh, maman, où es-tu ? Au secours. Elle étouffe, elle sanglote, son nez saigne, elle avale le sang qui coule dans sa bouche. Chick Mallick a presque arraché son manteau de ses épaules, ce pathétique manteau de fausse fourrure que FOXFIRE considère comme un des fleurons de sa garde-robe, bien fait pour Maddy car maintenant, ses bras sont pris dans les manches comme dans une camisole de force, et l'homme a également à moitié arraché son pantalon, déchiré sa culotte de coton blanc, il a ouvert sa braguette il appuie contre elle sa grosse bite qu'il bouge en grognant, s'agitant contre son corps comme un homme qui se noie, aah-aah-aah !

Et tout d'un coup voici que derrière lui, se dressant au-dessus de sa tête, survient silencieusement une Legs Sadovsky, les traits déformés de rage. Elle abat quelque chose sur sa tête. Le coup est fort, d'une précision à fracturer un crâne. L'homme ne crie même pas, il soupire. Le corps qui pesait sur Maddy glisse de côté, désormais aussi inoffensif qu'un sac de sable.

Oui, c'était imprévisible, et oui, c'était dangereux.

Oui, nous en sommes vite venues à aimer ça. La plupart d'entre nous, je veux dire.

Non, nous ne lisions pas le journal local pour savoir comment notre ENTÔLAGE était commenté ou même si, compte tenu de sa nature particulière, il l'était. C'est Legs qui se chargeait de lire attentivement les nouvelles, et elle nous rapportait ce que nous avions besoin de savoir.

Oui, nous étions convaincues du bien-fondé de nos actions, car elles se justifiaient bel et bien.

Oui, nous avions l'impression de mener une GUERRE NON DÉCLARÉE.

LES HOMMES SONT L'ENNEMI!

FOXFIRE BRÛLE ET BRÛLE!

C'est vrai que nous avons eu des ennuis mais, pour la plupart, ils n'étaient pas liés à l'entôlage : l'hiver de cette année-là et le printemps suivant, il nous est arrivé plusieurs fois de voir s'engager dans notre allée des voitures conduites par des hommes en colère, comme le mari de la sœur d'Agnes Dyer, qui tiraient sur ou vers notre maison, convaincus que FOXFIRE avait fait disparaître leurs femmes; à deux reprises, des officiers de police dépêchés par le shérif du comté sont venus faire une enquête – en réponse aux plaintes déposées par des parents bouleversés par la fugue ou l'enlèvement de leur fille mineure vivant dans une « communauté de criminelles ». (Quand les flics se sont présentés, ils n'ont trouvé aucune des filles sur les lieux. Pas de pot!)

Nous avions développé une sorte de schéma : chaque mois, nous toutes, sœurs en FOXFIRE, avions nos règles en même temps – à force de cohabiter, j'entends. Nous dormions dans les chambres du haut sur des matelas jetés un peu partout à même le sol mais garnis, dès que nous avons eu de l'argent, de jolis draps, de couvertures de vraie laine. Et même de dessus-de-lit.

8

FOXFIRE :
« la solution finale »

Les quelques mois d'ENTÔLAGE DE FOXFIRE ont produit des résultats irréguliers mais, dans l'ensemble, positifs. Legs dit, de cet air méditatif qui ne permet pas de juger si elle parle ou non sérieusement : « Vous savez, ce qu'il nous faudrait, c'est un gros coup, un ultime coup, disons, d'un million de dollars. Nous pourrions alors payer nos putains de dettes. Et toutes nos factures, à vie. Et nous pourrions acheter cette maison et y vivre pour toujours. »

Pour toujours est un mot qui lui plaît. Un son caressant qu'il faut arrondir la bouche pour produire.

L'une d'entre nous dit sans doute : « Un million de dollars, une paille ! Et que faire pour ça ? Kidnapper un millionnaire ? »

Legs rit de cette façon nonchalante qui est la sienne et, s'étirant comme un grand chat maigre répond : « Pourquoi pas ? »

Cinquième Partie

1

« ...Tu ne renieras jamais FOXFIRE, ni dans ce monde ni dans l'autre... »

Maintenant que nous approchons de la fin de ces CONFESSIONS, j'ai du mal à poursuivre.

Pas seulement parce que c'est la FIN.

Pas seulement parce que je vais perdre à jamais Legs Sadovsky.

Pas seulement parce que FOXFIRE était ce que mon cœur avait de plus cher et que j'ai dû y renoncer.

Mais parce que, violant le serment sacré qu'elle a prêté, serment consacré par son propre sang, Maddy Wirtz a manqué à ses engagements de fidélité et de loyauté quand ces vertus ont été mises à l'épreuve. Parce que, en mai 1956, quand on a eu besoin de sa prétendue facilité d'expression pour rédiger les demandes de rançon et orchestrer le déroulement du kidnapping, Maddy Wirtz a refusé de coopérer.

« Refusé » n'est peut-être pas le mot – mieux vaudrait dire qu'elle a reculé, qu'elle s'est dérobée.

C'est en tout cas ce qu'elle a fait quand elle a compris où Legs voulait en venir, quand elle a saisi le sens de ses paroles « ... Le kidnapping de l'enfant Lindbergh a été un désastre. Le kidnappeur, je me rappelle plus son nom, était un crétin d'avoir tué ce pauvre petit bébé. Le tuer tout de suite, alors qu'il aurait dû le garder avec lui toute sa vie! Ma théorie est qu'un kidnappeur sérieux doit être intègre. On garde l'otage jusqu'à ce qu'on reçoive l'argent de la rançon, puis on le relâche sain et sauf; mais si la famille ne veut pas, ou ne peut pas payer, on relâche l'otage de toute façon, sain et sauf. Pour montrer... sa bonne volonté. Son absence de rancune! » a dit Legs, en accompagnant ces mots d'un grand geste.

Maddy se contente de la regarder fixement. Frappée de mutisme.

« ... Eh ben quoi? Tu me regardes comme... j' sais pas, moi. Tu penses qu'une stratégie de ce type ne marcherait pas puisque les victimes de kidnapping sont toujours relâchées, que l'argent de la rançon soit payé ou non? Mais l'idée, bien sûr, c'est que ça ne peut marcher qu'une fois. La première. Car il n'y aura pas de seconde fois quand nous aurons notre million de dollars. »

Maddy se détourne, hébétée, pressant ses doigts contre ses paupières. Muette.

Legs, commençant à perdre patience, dit alors: « Écoute, il n'est pas question de blesser qui que ce soit. De tuer qui que ce soit. Mais ça, ça resterait notre secret. Que la famille paie ou non, l'otage sera relâché. »

Donc Legs parle. Elle cajole. Il est un peu plus que trois heures du matin; en haut, les autres dorment. Legs et Maddy sont seules à la cave, dans un coin de cette sorte de grotte au sol recouvert de terre battue qui abrite les réunions de FOXFIRE.

« On ne se lancerait pas là-dedans si on n'était pas sûres du résultat final. Mais bordel, Maddy, on sera maîtresses de la situation du début à la fin, on pourra anticiper, tu vois?... Ce serait comme si, perchées en haut d'une tour, on regardait en bas: on verrait alors des choses que personne d'autre ne pourrait voir, tu comprends? »

On se sent bien au chaud dans ce coin de cave, d'abord du fait de la proximité de la chaudière à charbon, mais aussi parce qu'il comporte quelques meubles provenant de l'Armée du Salut et que les murs de pierre sont tapissés de restes de tissus rouge flamme – des satins, des soieries et même un métrage d'une panne de velours ancienne, légèrement tachée mais encore belle. Illuminé par la flamme d'une vieille lampe à pétrole, ce lieu secret est d'emblée apparu à Maddy – et probablement à toutes ses sœurs de FOXFIRE – comme le plus précieux de tous leurs lieux secrets.

Un lieu semblable aux cavités du cœur.

Sauf qu'à cet instant, frappée de consternation en entendant les paroles de son amie, Maddy n'est plus animée du même enthousiasme. Elle ne peut qu'essayer de faire bonne figure. Elle sent son dos se raidir, comme si des morceaux de glace s'étaient logés entre ses vertèbres.

Legs dit : « Tu ne seras pas mêlée au kidnapping proprement dit. Je n'ai pas l'intention de te le demander. De faire des trucs comme faire sortir le type de chez lui, ou de quelque lieu que ce soit. L'amener ici. Utiliser sans doute un revolver. Pas à toi. Non, la seule chose que tu feras, j'ai pensé, c'est d'aider à élaborer le projet. Toi et moi, on calculera tout. Comme écrire le parfait billet de demande de rançon, et il faudra peut-être même en écrire plusieurs; les avoir tout prêts à l'avance, tu vois? Comme ça, ce sera pas la panique et le merdier à la dernière minute. »

Mais Maddy se tait toujours. Elle est dans l'incapacité de parler. Non, Legs! oh non! jamais! pense-t-elle; mais osant à peine le penser, comment oserait-elle le dire?

Legs se tait à son tour, regardant Maddy. Un de ces longs longs regards.

« ...Alors, Killer? C'est non? »

Elle pose sa main sur l'épaule de Maddy. Gentiment, sans la rudesse espiègle dont elle est coutumière.

Je pense que tu me faisais peur. Depuis l'épisode « Chick Mallick », depuis cette terrible nuit. Tu m'as sauvé la vie mais quand je t'ai vue le frapper de la sorte, j'ai eu peur de toi.

Et des autres, mes sœurs, quand j'ai vu la frénésie, la

sauvagerie avec laquelle elles le martelaient de coups de poing et de coups de botte, le battaient avec des morceaux de tuyaux de plomb, avec tout ce qu'elles pouvaient ramasser au sol.

Comme l'oncle Wimpy quelques années auparavant. Sauf que cette fois-ci, c'était sérieux.

Vous vibriez d'un FEU joyeux et ardent, mes sœurs, mais pas moi.

Aussi, quelques jours plus tard, Legs, quand tu m'as pardonné d'avoir été aussi stupide – oui, ç'aurait pu être une erreur fatale que de laisser « Chick Mallick » (nom bidon, comme le montreront les papiers d'identité trouvés dans son portefeuille) m'entraîner dans des ruelles où vous m'avez presque perdue de vue – quelques jours plus tard, tu as lu en moi ce que je ne pouvais moi-même y lire. Je pleurais, mais tu m'as vue telle que j'étais. Je t'étais si reconnaissante de me pardonner, de m'aimer comme tu l'as toujours fait...

Taquine, tu m'as donné une bourrade comme au bon vieux temps, abattant ton poing sur mon épaule, pour rire, mais ça faisait mal, et tu m'as dit : « OK, mon chou... si tu veux partir, quitter FOXFIRE, je le comprendrai. Je peux m'arranger pour le faire aussi comprendre aux autres.

– Mais où j'irai ? » Voilà tout ce qu'une pauvre Maddy-Monkey terrifiée a trouvé à répondre.

2

Le complot (1)

Il y a toujours eu chez elle ce côté silencieux et secret, telle une planète pressentant une éclipse partielle, qui vous amenait à prendre la partie pour le tout; nous n'aurions donc pas dû être surprises, après sa « mort » (si j'emploie ce mot entre guillemets, c'est qu'on n'a jamais repêché son corps dans le fleuve) d'avoir découvert, la concernant, des faits nouveaux pour nous, ses sœurs de FOXFIRE, les êtres les plus proches d'elle.

Pour nous qui avons survécu, s'entend.

Par exemple, il suffit de se rappeler les temps anciens, ceux qui ont précédé la naissance de FOXFIRE : Legs nous surprenait en nous faisant des petits présents, des petits plaisirs; elle nous a amenées plusieurs fois au cinéma, nous a payé des séances de patins à roulettes et des « virées » (comme elle les appelait) en autocar à Rochester. Ces surprises ressemblaient à des tours de magie : surgissait quelque chose là où il n'y avait rien, oui, alors que nous prenions ce rien comme notre dû; mais elles découlaient toujours de la nature secrète de Legs, d'une générosité... dont nous nous gardions bien de chercher à découvrir l'origine.

« Tu crois qu'elle vole ? » a demandé une fois Rita à Maddy et Lana, non sur un ton d'inquiétude ou même de légère désapprobation mais de simple curiosité enfantine; et ses deux amies, en riant, lui ont répondu : « Si tu veux le savoir, demande-le-lui. » Mais Rita n'a rien demandé. Pas plus que Maddy et Lana. Jamais.

Il est apparu plus tard, grâce aux témoignages de gens qui n'étaient en rien liés à FOXFIRE mais avaient connu Legs tout simplement parce qu'ils habitaient notre ancien quartier que, depuis des années, elle jouait un certain rôle dans leurs vies. Pas en permanence, mais fidèlement. Aussi imprévisible que l'éclair, elle apparaissait, disparaissait, réapparaissait. Elle allait par exemple rendre visite à une vieille femme qui avait perdu son mari, une ancienne voisine de Fairfax. Legs lui apportait un poste de radio en plastique, ou une de ces somptueuses corbeilles de fruits qu'on voit dans les boutiques fines, ou un gros bouquet de roses (cueillies par elle dans un jardin public ?) ou seulement de l'argent : quatre billets de vingt dollars, neufs et craquants, qu'elle laissait discrètement en partant sur le plan de travail de la cuisine. Il y avait aussi des enfants, des jeunes veuves, des religieux (nous étions au courant pour le père Theriault mais pas pour une bonne sœur d'une soixantaine d'années travaillant à l'école primaire Saint-Vincent-de-Paul ; c'était une cousine au second degré d'Ab Sadovsky, donc quelqu'un uni à Legs par un lien de sang ; selon ses dires, elle servait à cette dernière de « conseiller spirituel » (ça veut dire quoi ?) ; une autre religieuse appartenant aux Sœurs de la Miséricorde, la sœur Mary Joseph, que Legs semblait avoir rencontrée dans un autobus des années auparavant, se définissait elle-même par rapport à notre amie comme une « sœur spirituelle plus âgée », quoique l'ayant connue sous le nom de « Margaret Ann Mason »).

Les Noirs comme les Blancs – tout le monde à Lowerton semblait avoir connu Legs ou avoir entendu parler d'elle. Ils ont témoigné soit pour l'accabler, comme l'ont fait les familles des membres de FOXFIRE, soit pour la défendre, assurant que c'était une fille de cœur, généreuse et pleine de vie. Même Acey Holman ! Mais le lien qui unissait ces deux-là, Maddy n'a pas eu envie d'en découvrir la nature.

(Après avoir acheté notre voiture, nous avons eu un tas de pépins avec. Certaines d'entre nous, en particulier Goldie, la grande gueule, pensaient qu'Acey aurait dû nous rendre une partie de l'argent. Mais Legs s'est empressée de dire : « Non. Un marché est un marché. Acey ne nous rembourserait pas un radis. Il nous dirait que personne ne braque un revolver sur la tempe de quelqu'un pour l'obliger à acheter quoi que ce soit. C'est un des principes de ce putain de capitalisme qu'il faut accepter. »)

Dans la constellation des relations de Legs Sadovsky, c'est l'amitié (le terme est peut-être mal choisi) entretenue avec Marianne, la fille du riche Kellog, qui s'est révélée la plus inattendue.

Personne n'était au courant. Un jour de novembre 1955, nous n'habitons notre maison d'Oldwick que depuis près d'une semaine quand Legs entre en trombe à la cuisine, jette sur la table le journal de Hammond ouvert à la rubrique mondaine et dit de ce ton badin qui vous fait chaque fois douter qu'elle parle sérieusement : « Vous voyez cette demeure dans le style néo-grec ? Votre servante y a été invitée. »

La photo représente la maison d'un millionnaire, avec des colonnes genre temple, et la légende la désigne comme appartenant à une vieille famille de la région, les Kellog – nom que tous les habitants de Hammond connaissent sans savoir toujours ce qui fait sa notoriété. Il s'avère que Legs connaît la fille de Whitney Kellog pour l'avoir rencontrée à Red Bank!

Elle n'était pas là-bas en tant que codétenue (bien que Legs nous fasse marcher un moment, prétendant qu'elle l'était peut-être) mais en tant que visiteuse – une chrétienne en mission de charité.

Legs nous met au courant du projet Grande Sœur/

Petite Sœur, initiative des Jeunes Filles chrétiennes; des visites à la prison – six en tout – que leur ont faites ces filles de famille, auxiliaires du mouvement œcuménique de Hammond. Elle nous dit que l'ambiance de ces visites n'a pas tardé à se gâter : en effet, même les détenues les plus gentilles (au nombre desquelles Legs ne se comptait pas) ont fini par en vouloir à ces filles qui, à les croire, étaient les seules à fréquenter Jésus-Christ – en clair : on ne pouvait pas en dire autant pour celles de Red Bank.

Mais Legs et sa riche Marianne s'entendent comme larrons en foire. Legs y a veillé.

Non qu'elle ait deviné que Marianne était issue de ces Kellog-là. Elle ne l'a su qu'après.

Mais il était clair pour elle que « Marianne venait d'une autre planète, aussi différente que la mienne que le jour l'est de la nuit. Il n'y avait qu'à la regarder, qu'à la sentir pour s'en rendre compte! Et à écouter les folies qu'elle proférait avec une douceur qui prouvait qu'elle avait une bonne nature; et aussi qu'elle était intelligente, quoique pas maligne. Je ne lui ai jamais posé de questions directes, vous savez; au début, je l'ai juste un peu « travaillée au corps » à la façon d'un boxeur qui travaille ses directs. Je me disais que c'était ainsi que devaient être les gens riches, ceux qui, au lieu de gagner eux-mêmes leur argent, ont été élevés dedans. Je me rendais compte aussi qu'elle était comme ces oiseaux qu'on a trouvés dans quelques îles du Pacifique : des explorateurs ont découvert que certaines espèces ne pouvaient pas voler. Leurs ailes étaient courtes et chétives du fait qu'il n'y avait aucun mammifère prédateur sur l'île, et ce depuis sans doute des milliers et des milliers d'années. Ces oiseaux, n'ayant jamais eu besoin d'ailes, les avaient perdues. Il suffisait qu'un mammifère mangeur d'oiseaux s'amène et clac... ».

Legs a claqué des doigts en souriant.

Une fois sortie de Red Bank, notre amie est invitée chez Marianne Kellog, qui l'invite également à assister à un office à l'église épiscopale de La Grâce, la paroisse de la famille de Marianne. Legs accepte la première invitation et décline la seconde. De fait, à l'insu de ses sœurs de FOXFIRE, elle est allée plusieurs fois en visite dans la « demeure de style grec » : oui, elle a fait la connaissance de Mrs Kellog mais pas de Mr Whitney Kellog Jr, qui a gagné des millions de dollars dans une affaire de traitement de l'acier.

Nous lui posons alors des questions sur la maison et ses habitants mais Legs, comme cela lui arrive souvent, a perdu tout intérêt pour le sujet : elle s'arrête au milieu d'une phrase, nous arrache le journal et le jette dans le poêle à bois où il s'enflamme aussitôt.

Elle fait la grimace, comme s'il y avait une mauvaise odeur dans la pièce.

Ce n'est que six mois plus tard que nous entendons de nouveau prononcer le nom de « Kellog ».

Legs nous informe un soir au dîner que Whitney Kellog est notre homme et qu'elle a tout combiné.

L'une d'entre nous, pas très sûre d'avoir bien entendu, répète : « " Notre homme ? "

– Oui, l'élément X de notre complot, répond Legs.

– Quel " complot " ? demande une autre.

– Mais la " solution finale " de FOXFIRE. Celle qui nous permettra d'acheter cette maison, dont personne ne pourra plus nous chasser. Où nous pourrons vivre pour toujours », elle répond.

À cet instant toutes les filles assises autour de la table comprennent. Même Maddy Wirtz.

3

« Sous le vent »

Invitée pour la première fois chez les Kellog, Legs éprouve l'impression bizarre d'avoir rapetissé d'un bon nombre de centimètres, comme si elle avait *rajeuni.*

Tous ses sens sont en alerte et ses nerfs frémissent sous l'effet d'une tension douloureuse.

Oui, elle a voulu venir, sa duplicité le lui a commandé, non, ce n'est pas sans appréhension qu'elle le fait : et si ce qu'elle allait voir lui plaisait un peu trop ? Oui, bien sûr, elle n'a rien désiré aussi passionnément : à onze ou douze ans (quand Ab Sadovsky était sorti, ou pire, était à la maison, mais soûl), n'avait-elle pas, gamine lâchée dans la nuit, erré dans les rues pendant des heures, sur des kilomètres... Comme soumise à un principe de gravitation perversement inversé elle se retrouvait dans la ville haute, perdue dans la contemplation des demeures seigneuriales de Whitchurch Drive, de Pembroke Avenue, de Merritt Boulevard, de Jelliff Place et imaginant la façon dont, un jour, elle y pénétrerait, dotée du pouvoir mystérieux – qui sait, peut-être même celui de se rendre invisible – d'y faire autant de dégâts qu'elle le souhaiterait. Ou de ne pas en faire du tout si tel était son bon plaisir.

Mais elle n'a jamais imaginé qu'on la convierait à y entrer. Le fait de l'être la rend gauche, muette. Elle se sent dans la situation du type, dans un film, qui frappe à une porte : une fille magnifique lui ouvre, et il faut qu'il lui annonce qu'il l'aime.

Elle remarque pourtant la propre nervosité de Marianne Kellog qui tortille une mèche de cheveux sur son index et se passe la langue sur les lèvres – et ça aide Legs. Elle est d'ailleurs convaincue que dans n'importe quelle situation impliquant deux personnes, seule l'une d'elles doit avoir des raisons d'être inquiète.

C'est donc le prédateur, l'intrus, qui possède l'avantage sur l'autre.

La « demeure dans le style grec » des Kellog se trouve à Jelliff Place, au n° 8. Située sur un promontoire boisé qui domine le fleuve, c'est une bâtisse de pierre calcaire rose pâle, de granit et de brique, peinte en blanc, et ses quatre colonnes doriques suggèrent vraiment la solennité d'un lieu de prière. Legs n'a jamais rien vu de pareil – non tant à cause de l'immense pelouse méticuleusement entretenue et de la grille de fer forgé haute de plus de trois mètres qui l'entoure, ou de son ameublement et sa décoration classiques que son œil de faucon remarque immédiatement, mais parce que, étrangement, elle porte un nom.

Sur l'un des montants du portail est fixée une plaque proclamant fièrement, en lettres de quinze centimètres : « SOUS LE VENT ».

Lors de cette première visite, cherchant un sujet de conversation qui ne soit en rapport ni avec la foi chrétienne ni avec Red Bank (ce qui serait embarrassant). Legs demande pourquoi la maison s'appelle ainsi. Cette curiosité enfantine à propos du nom, ce visage ouvert : voilà une fille sortie d'une maison de redressement qui, sous l'œil bienveillant de Marianne Kellog, souhaite sincèrement s'amender ! (Elle s'est habillée joliment pour l'occasion et s'est fait les ongles, qu'elle a habituellement inégaux et cernés de crasse. Autour de son cou, à une fine chaîne d'or, pend une petite croix du même métal, à la provenance douteuse.) Marianne Kellog lui répond en évoquant plaisamment une légende qui court dans sa famille; elle est à l'aise en la contant, amusante même, sachant, avec une certaine magnanimité, se moquer des prétentions des Américains fortunés: « " SOUS LE VENT " est le nom de ce château en Écosse appartenant à la famille de papa – oh, ce ne sont que des parents éloignés et d'ailleurs ce nom n'a été emprunté que parce qu'il s'appliquait à merveille à ce lieu-ci, si venteux et si glacial l'hiver. Oh, Margaret, vous n'avez pas idée à quel point il peut faire froid... »

Marianne frissonne, comme si, à l'instant même, le vent la transperçait.

Est-ce une sorte de code qu'il faut décrypter? Comment cette riche fille de famille, chaudement vêtue d'un joli chandail de cachemire blanc, d'un kilt – un vrai, avec lanières et boucles – et de mi-bas blancs à côtes peut-elle frissonner? Puis Legs Sadovsky comprend: on lui demande, à elle qui a passé la plus grande partie de sa vie dans un taudis de Lowerton, de compatir parce que le papa de quelqu'un a hérité de son propre papa une grande maison tout en haut d'une colline dominant la Cassadaga River – un lieu où le vent venu du lac Ontario, et même du Canada, peut souffler librement au-dessus de leur tête.

Va te faire foutre, pense-t-elle.

« Oh, mais je crois que j'imagine! » s'exclame « Margaret » en ouvrant de grands yeux, tripotant la petite croix pendue autour de son cou.

Y eut-il jamais chez les Kellog, reçue dans le salon du bas, fille perdue plus amendée?

Marianne Kellog jacasse, évoquant avec enthousiasme le programme Grande Sœur/Petite Sœur dont on leur a dit qu'il est un succès; ses camarades « missionnaires »; ses amies; le Cassagada Women's College, université où elle étudie le latin et le français; et enfin ses parents, qui croient aux vertus de l'instruction pour les filles – pour les femmes. Il est difficile d'éviter de parler de la maison de correction de Red Bank, même indirectement : mais Marianne, avec tact, emploie le terme d'« institution » : « Avez-vous gardé le contact avec certaines filles de l'institution, Margaret ? » Et celle-ci de répondre, avec l'ombre d'un reproche surpris dans le ton : « Oh, mais ils ne le souhaitent pas, vous savez ! surtout avec celles qui sont encore là-bas : on n'a pas le droit d'aller les voir, ni même de leur écrire.

– Excusez-moi. Je l'ignorais », répond, Marianne en rougissant et en remontant sur son nez ses lunettes à monture de plastique rose.

Peu après, Mrs Kellog entre dans la pièce, dissipant le léger malaise qui y régnait : elle est impatiente de rencontrer cette « Margaret » dont elle a tellement entendu parler, déclare-t-elle.

La mère de Marianne est une femme d'environ quarante-cinq ans : silhouette en forme de poire, cheveux bruns semés de fils d'argent et savamment mis en plis, teint clair – comme sa fille – mais maquillage assez lourd. Elle volette dans la pièce, vêtue, pour un jour de semaine, d'une époustouflante robe de lainage noir et parée d'un grand nombre de bijoux, dont des boucles d'oreilles d'or en forme de soleil. Le reste du temps de visite est occupé par son aimable bavardage que leur invitée, cette pécheresse repentie, écoute avec une gravité respectueuse, murmurant les mots adéquats – ceux propres à véhiculer intérêt, admiration, curiosité, stupéfaction et approbation : « Ah oui ? vraiment ? Non ! » s'exclame-t-elle, assise toute droite, l'air guindé, ses épaules étroites rejetées en arrière, le menton levé mais pas trop. Ses lèvres fermées s'étirent en un petit sourire attentif. Elle porte une jupe grise stricte, un chemisier rayé gris et blanc, des bas et des chaussures de cuir verni. Des habits du dimanche.

Pendant tout ce temps, le regard de Legs erre de la mère à la fille, de la fille à la mère. Les envie-t-elle ? Quelle raison aurait-elle de le faire ? Personnellement, elle n'apprécierait guère d'être soumise au contrôle tatillon et affectueux d'une femme plus âgée.

L'épouse d'un homme riche. La fille d'un homme riche. Des ennemies de classe. Sans le savoir, sans même s'en douter.

Toutes trois sont assises dans cette magnifique pièce octogonale donnant sur la partie en pente du parc. Quel calme! C'est trop! Tu deviendrais folle à force de t'entendre penser. Le mobilier, pour l'œil vigilant mais peu exercé de Legs, est un fatras de formes contournées; ce qu'on nomme des antiquités, suppose-t-elle, à savoir des choses anciennes, des choses de prix. Des bois très sculptés; des velours, des soies, des brocarts; des vases et des statuettes disposés à profusion sur les tables. Et comme les pieds sculptés des sièges sont comiques, avec leur forme d'éventail, de spirale, de griffe, de patte, et même de sabot fendu! À côté de Mrs Kellog, il y a un guéridon sur lequel était posée une lampe au pied de céramique surmontée d'un énorme abat-jour d'émail cloisonné dans d'exquises teintes de rouge, de bleu et de pourpre, avec des motifs en forme de soleil aussi lumineux que le vrai; Mrs Kellog assure fièrement Margaret qu'il s'agit d'une « authentique » lampe Tiffany. Non loin, se trouve un meuble recouvert d'une tablette de marbre dont le bois verni, sillonné de frises, est orné de petites têtes sculptées. Mrs Kellog le désigne comme étant une pièce « retour d'Égypte » qu'elle a elle-même découverte dans un magasin de meubles d'occasion d'Albany, et payée une partie infime de son prix réel.

Bien sûr toutes ces choses sont superbes. Même si on les déteste – elles, ou ce qu'elles représentent –, elles n'en restent pas moins belles.

De puissantes odeurs de cire s'exhalent tant des meubles que du parquet. Remarquant combien ce dernier est brillant. Legs se dit que pour obtenir ce résultat, quelqu'un a dû se traîner à quatre pattes et mettre un sacré coup d'huile de coude.

(À Red Bank, pour occuper les filles, on les faisait surtout nettoyer les planchers. Balayer, passer la serpillière, récurer, cirer partout où c'était possible – l'idée présidant à cette activité étant de nettoyer avant que ce soit sale.)

Mrs Kellog, portant une main pleines de bagues à sa gorge, fait une pause. Elle vient de parler du mouvement œcuménique de Hammond, pour lequel elle travaille – comme membre du comité directeur, ajoute-t-elle modestement. De son mari – « Whitney », comme elle dit – et de son action en faveur de l'emploi des jeunes. Elle demande enfin à Margaret quels sont ses projets d'avenir, prononçant ces mots comme s'il s'agissait d'une maladie, à tout prendre, respectable, bien que d'un pronostic sombre. Margaret murmure, ses doigts aux jointures épaisses croisés sur ses genoux, les yeux modestement baissés, qu'elle espère s'inscrire dans une école de commerce, quand son présent emploi lui aura permis de mettre assez d'argent de côté.

« De quel emploi s'agit-il, Margaret ? demande Mrs Kellog.

– Je suis vendeuse chez Kresge.

– Oh, dans Main Street ? Nous y allons souvent, n'est-ce pas, Marianne ? Nous adorons Kresge's pour... vous savez, le fil et les boutons.

– Euh, je veux dire chez Woolworth. À Lowerton, dans Mount Street.

– Êtes-vous satisfaite de votre emploi, Margaret ? Ou n'est-il pour vous que purement alimentaire ? »

Margaret fronce les sourcils, comme si la nuance lui échappait.

Elle se tait. Mrs Kellog, dans un élan d'émotion, les joues aussi colorées que celles de sa fille, les yeux brillants de bonnes intentions, dit alors : « Vous savez, ma chère Margaret, vous devriez nous permettre – je veux dire Whitney et moi – de vous aider dans vos études. À acquérir une qualification utile, dans quelque domaine que ce soit. L'école de commerce est une si bonne idée ! Il y en a une excellente ici même, à Hammond. Je crois que, depuis maintenant quelques années, Whitney embauche un certain nombre de jeunes filles qui en sortent : des secrétaires, des documentalistes, des sténographes et que sais-je encore... des comptables ? Il dit que c'est une très bonne école. »

Surprenant une expression indéfinissable sur le visage de son invitée, Mrs Kellog s'arrête, puis reprend sur un ton un peu hésitant : « Ne serait-ce pas une bonne idée pour votre avenir, Margaret ? »

Sourire poli et circonspect de l'intéressée : « Oh, tant qu'il ne s'agit pas de charité... je veux dire, tant qu'il s'agit d'un prêt », répond Margaret – ou devrait-on dire Legs ? Car mère et fille sursautent.

Réponse qui, sans être insultante, les remet à leur place.

Avant de partir, Legs demande à aller aux toilettes. C'est un lieu carrelé de mosaïques vert-jaune, aux appareils étincelants de propreté, dont la chasse d'un w-c encastré dans un coffrage en teck est tellement silencieuse et fait si peu de remous que Legs, inquiète, croit tout d'abord qu'elle ne fonctionne pas. Dans un miroir au cadre de nacre, son image flotte, fâcheusement pâle et irréelle, et la petite tache de sang piquée sur son œil gauche brille comme une larme. Comme elle a opté, en vue de cette visite, pour une coiffure plus féminine – demi-frange sur le front et oreilles couvertes, son apparence est moins sévère, son allure moins garçonnière. Mais reste son regard : dur, froid, légèrement railleur. Et ses pommettes hautes et larges : « Toi aussi, va te faire foutre », murmure-t-elle à son reflet.

Ouais, elle est déçue. L'épouse et la fille de l'homme riche ont gagné, il semble.

Ce jour-là, à aucun moment, elle n'a pensé à leur soutirer de l'argent. Il est parfaitement vrai qu'elle ne demande pas la charité – ni à ces femmes ni à personne. Et qu'elle veut encore moins d'un prêt pour préparer un diplôme à l'école de commerce de Hammond... Legs Sadovsky fréquentant l'école de commerce de Hammond !

Quant à l'éventualité de kidnapper l'une des Kellog, sans compter celui qui est absent en la circonstance, Whitney Kellog Jr, elle ne l'a pas même envisagée. L'idée l'aurait-elle effleurée qu'elle l'aurait aussitôt rejetée comme totalement folle.

Dans le hall, d'une main légère qu'elle laisse traîner, elle ramasse sur une table un petit objet en or en forme de coquillage – un cendrier ? une coupe à bonbons ? – et le met dans sa poche. Elle sourit en se disant que maintenant ces bons chrétiens seront obligés de la réinviter au moins une fois. Pour lui montrer qu'ils ne la soupçonnent pas de ce larcin.

Un mois plus tard, lors de la seconde visite de Legs, Mrs Kellog est absente – « Maman est à l'hôpital, avec son groupe de visiteuses bénévoles », – il n'y a là que Marianne, avec son sourire timide et doux et ses yeux remplis d'espoir. Legs sent que la fille est une bonne nature. Peut-être n'est-ce pas sa faute si son papa est un gros capitaliste connu pour sa haine des syndicats. Peut-être qu'un jour Marianne, reniant ses origines, viendra vivre avec FOXFIRE.

Quel coup de maître ce serait, se dit rêveusement Legs, que d'introduire une riche héritière dans le gang !

Mais il lui suffit de pénétrer dans le vestibule des Kellog, d'en respirer l'air pour se sentir infantilisée – une impression quasi physique : muscles affaiblis, bras et jambes atrophiés, comme si elle était frappée de poliomyélite.

Pour l'occasion, elle porte une robe-chemisier de coton soigneusement lavée et repassée, les mêmes chaussures et les mêmes foutus bas. Incroyable comme Legs peut détester ces accessoires, sans compter le porte-jarretelles ! Marianne Kellog, les cheveux tirés en une courte queue de cheval, porte pour sa part un bermuda, un pull, des chaussettes blanches et des chaussures de tennis.

Le ton de cette seconde visite est tout à fait différent de

la première. Comme si, dans l'intervalle, quelque chose était survenu entre les deux adolescentes. Marianne est gaie, encline au fou rire, à la fois intimidée et libre dans ses propos. Elle fait faire à son amie Margaret un tour du propriétaire, lui montrant les roses de maman, son « jardin des neiges » constitué uniquement de fleurs blanches; puis les clématites de maman. (Dans la roseraie, un Noir bossu aux cheveux gris, occupé à labourer le sol, lève les yeux, sourit et marmonne : « H'llo, Mizz Kellog » – allez croire, après ça, que la roseraie est l'œuvre exclusive de « maman »!) Puis, situé derrière ce qui était jadis une étable, Marianne lui montre son potager personnel, son « jardin triomphal », comme elle l'appelle. Il s'agit d'un terrain en pente de sept mètres cinquante sur sept mètres cinquante où grimpent des plants de tomates enroulés le long de tuteurs, où poussent des rangées de carottes, de cantaloups, de haricots verts qui, dans leur profusion, ressemblent à de la vigne grimpant sur un treillage. Marianne, comme si elle confiait un secret à son amie, lui dit : « Les haricots verts sont le légume préféré de papa. Il les adore crus. Il vient ici quelquefois fumer son cigare, et il les mange sur le plant.

– Mon père aussi. Quand il était vivant, je veux dire, répond Legs.

– Votre père est mort à la guerre, n'est-ce pas? s'enquiert Marianne.

– Je crois. On n'a jamais retrouvé son corps, répond Legs.

– Et votre mère? Vous m'avez dit... »

Margaret marmonne vaguement quelque chose de nature à exprimer le chagrin.

Marianne dit d'un ton hésitant, comme si elle ne voulait pas insister : « Quelles épreuves Jésus nous inflige, afin que nous exprimions notre foi en Lui... ce doit être très... dur pour vous. »

Margaret passe une main vigoureuse dans ses cheveux pour dégager son front et ses oreilles. À la surprise de

Marianne elle répond, avec un brusque sourire qui fait briller ses dents blanches et ses yeux obliques : « Non. Pas s'Il est toujours présent dans votre cœur. En ce cas, c'est facile. »

Marianne montre ensuite sa chambre à Margaret. Située au second étage de la maison, cette pièce est la plus jolie qu'on puisse imaginer, un vrai sucre d'orge avec ses raies roses et cramoisies. Il y a un lit à colonnes surmontées d'un baldaquin sur lequel s'empilent des oreillers à l'ancienne recouverts de taies brodées – broderies ressemblant à celles que font les vieilles femmes de Lowerton, ces immigrantes qui parlent le tchèque, le polonais, le hongrois et l'allemand plutôt que l'anglais. Legs, un instant déroutée, est brusquement saisie d'une rage inexplicable. Comment le fin travail exécuté par des pauvres, le produit de leur fatigue, de la lassitude de leur âme, le travail d'esclave, d'esclave-salarié, peut-il finir inévitablement entre les mains des riches ? C'est la voix du père Theriault, mais aussi sa voix propre qui résonnent à ses oreilles, bien qu'elle sache combien ces échos conjoints sont peu raisonnables : il est en effet fort possible que ce délicat travail d'aiguilles ait été exécuté par de riches oisives qui ne l'ont entrerpris que par plaisir. *Autant pour toi, ma fille !*

Si le travailleur vend de son plein gré – et même avec empressement – le produit de son travail, on n'y peut rien. Comment, après des millénaires de cette pratique, pourrait-on transformer le cœur avide de l'homme ? *Autant pour toi, ma fille !*

Sur un bureau blanc, dans des cadres dorés, s'étalent des photos dont quelqu'un d'aussi peu sentimental que Legs trouve le nombre choquant. Se peut-il qu'il y ait autant de Kellog dans cette famille ? Tous ces hommes, ces femmes et ces enfants sont-ils chers au cœur de Marianne ? Celle-ci les passe fièrement en revue : « Maman, papa et moi quand j'étais petite ; grand-maman et grand-papa Kellog ; bonne-maman et bon-papa

Crome; tante Mathilde et oncle Simon; tante Effie et oncle Stephen; mes cousins Jill, Ethan, Mason, Bo; voici un portrait de maman et de moi quand j'avais dix ans; et ça... » – *ça* intéresse Legs tout particulièrement : un portrait du papa, un homme presque chauve au visage plein de force, avec un grand, un curieux sourire à fossettes, des yeux ronds et brillants qui semblaient crever le papier : Whitney Kellog Jr! – « ... ça, c'est papa. Il est beau, non ? Je veux dire, à sa façon ».

Margaret contemple longuement, solennellement, admirativement le cliché, une photo d'art retouchée. Puis elle répond doucement : « Oh oui ! son âme est là, qui brille dans ses yeux.

– J'ai une idée, Margaret », dit Marianne sur un ton d'excitation plus propre à une gamine de dix ans qu'à une jeune femme de vingt : « Pourquoi n'irions-nous pas tous ensemble à la messe dimanche prochain ? Je sais que papa serait ravi de faire votre connaissance.

– Ce dimanche-ci ? Je dois aller à Plattsburg rendre visite à ma grand-mère », répond Legs très vite.

Une réponse instinctive. Elle pense qu'elle doit rencontrer Whitney Kellog, puisqu'il faut bien connaître son ennemi, mais elle ne le souhaite pas vraiment; de fait, elle ne le souhaite pas du tout : sa contemplation du portrait du capitaliste est, en ce jour précis, totalement dénuée de l'arrière-pensée de lui soutirer de l'argent – ou d'en soutirer à sa famille en se servant de lui.

« Peut-être le dimanche suivant ? suggère Marianne.

– Peut-être », répond Legs sans conviction.

Marianne montre ensuite à Margaret une luxueuse chambre d'amis pleine de meubles anciens, sûrement d'époque; puis la « salle de couture » de maman; puis un balcon, auquel on accède par des portes-fenêtres, qui donne sur un des côtés de la pelouse et sur une vaste étendue plantée d'arbres à feuilles persistantes au travers desquelles, en contrebas, on voit couler la Cassadaga River. Margaret, pauvre sotte qu'elle est, s'exclame naïvement : « Vous avez de la chance que la forêt pousse de telle sorte que vous pouvez voir jusqu'au fleuve »; et Marianne, d'un ton embarrassé, répond : « Oh non ! C'est papa qui a fait couper et émonder les arbres pour qu'on ait la vue. »

À l'extrémité d'un long corridor, se trouvent les appartements des parents, « la suite privée de papa et maman », comme les nomme Marianne, « où ils préfèrent que je n'aille pas », ajoute-t-elle bizarrement. « Vous voulez dire que vous n'avez pas le droit de voir leur chambre à coucher ? » demande Legs. « Leur suite, corrige Marianne. J'y suis allée des centaines de fois mais, voyez-vous, c'est leur territoire personnel. De même que ma chambre est mon propre territoire. »

Margaret continue à avancer, comme oublieuse des mises en garde, pourtant raisonnables, de Marianne.

Une Margaret joviale, toute en jambes, dont les cheveux courts dégagent maintenant hardiment les oreilles.

Marianne la suit : « Margaret, où allez-vous ? demande-t-elle.

– Juste là.

– Oh, mais comme je vous l'ai dit, c'est la suite personnelle de papa et maman et ils préfèrent que...

– Ils sont sortis, non ?

– Oui, mais...

– *Non ?*

– Mais... »

Culottée, Margaret Sadovsky pousse la porte et entre. Son amie lui semble d'un coup si totalement transformée que Marianne Kellog a du mal à comprendre. Que lui répondre ? Et que peut faire, dans ce genre de situation, une fille aussi bien élevée qu'elle : user de la force envers son invitée ? crier au secours ?

Peut-être aussi se rappelle-t-elle la coupe en forme de coquillage – le mystère de sa disparition.

Les appartements des parents Kellog sont constitués d'une sorte d'antichambre sur laquelle s'ouvre le dressing-room de madame; d'une salle de bains; de la chambre proprement dite, aux proportions gracieuses et aux meubles néo-grecs dont un énorme lit présentement défait pour aérer la literie; et du dressing-room de monsieur, dont un mur entier est occupé par des placards, leurs portes à claire-voie entrouvertes comme si une femme de chambre avait interrompu ses rangements.

Marianne, sans oser vraiment toucher le bras de l'intruse, lui dit d'un ton suppliant : « Oh, mon Dieu, Margaret! Je crois que nous ferions mieux de partir. Si maman savait, elle serait si contrariée... »

Margaret, occupée à fureter dans les placards de Mr Kellog, ne semble pas entendre. Elle s'extasie devant l'un d'eux, rempli de costumes de lainage sombre et de tweeds; un autre est rempli de costumes aux tons plus clairs, et de tweeds; un troisième, de pulls et de chemises soigneusement enveloppés de cellophane et empilés sur des étagères; un quatrième, de plusieurs rangées de chaussures – chaussures habillées, chaussures de sport, pantoufles; un cinquième, de cravates déclinant toute une gamme de couleurs, de la plus claire à la plus foncée. Il y en a tant! Et d'une telle qualité!

« Margaret, je vous en prie... »

Sur une étagère, tout en haut de l'un des placards, est remisée une douzaine de chapeaux qui semblent avoir cessé de plaire. Des casquettes de golf, des chapeaux mous, un canotier, un melon noir; Margaret place ce dernier sur son index, le fait tourner, le plante en souriant sur sa tête blonde et lisse et se dirige vers le miroir pour se regarder. Le chapeau, bien que trop grand, a du chic sur elle. Ouais, c'est chouette.

C'est un miroir en pied qui, du fait des deux portes-fenêtres situées à l'autre bout de la pièce, jouit d'un bon éclairage permettant à Margaret de contempler à loisir ses pommettes larges et hautes, ses yeux. Ces yeux qui cherchent ceux de Marianne dans le miroir.

Celle-ci, horrifiée mais jubilante, plaque ses mains sur

sa bouche, poussant un petit cri : « Oh, Marg'ret! Ohhhh ! »

Cette dernière se retourne. Espiègle, elle bondit vers Marianne, claquant des mains pour l'effrayer, et dit : « Papa va t'attraper, mon chou. ATTENTION, PAPA VA T'ATTRAPER ! »

Marianne recule, trébuche, le pied pris dans l'extrémité pendante d'un traversin en duvet d'eider jeté comme un grand serpent en travers du lit. Poussant un cri perçant et riant aussi follement que si on la chatouillait elle court vers la pièce contiguë, talonnée par une Margaret toujours coiffée du melon crânement incliné sur l'œil, qui fait d'abord valser une antique chaise de merisier avant de renverser une table recouverte de photos de famille ; dans l'entrebâillement d'une porte, aussi rond qu'un ballon, surgit le visage d'une domestique – présence que ni Marianne, proie hurlante, ni Margaret, chasseur souriant et cruel, ne remarquent ; toutes deux échouent dans l'alcôve du dressing-room de madame, dans cette impasse aux murs de miroir rose, dans cette poche sans air imprégnée d'odeurs féminines – poudre de talc, parfums, lotions pour les mains, laque pour les cheveux, déodorants – où une Margaret chapeautée de noir, saisissant de force la taille d'une Marianne coiffée d'une queue de cheval, fait mine de l'embrasser, puis, perdant l'équilibre, trébuchant, riant, l'embrasse pour de bon – si on peut appeler baiser cet écrasement de ses lèvres, le choc de ses dents contre celles de la fille qui proteste.

« J' te l'ai dit, non ? QUE PAPA ALLAIT T'ATTRAPER ! »

4

Manœuvres de diversion

Quelle chose étrange que le Temps! Pas son passage, qui peut vous sembler infini, comme un tunnel dont on ne voit pas le bout et dont on a oublié où il commence, mais le constat subit que quelque chose s'est terminé, qu'un morceau de Temps s'est bel et bien écoulé – à jamais perdu.

Le carnet de notes. Les CONFESSIONS. Guère plus, au cours du printemps 1956, que des gribouillages pathétiques. Des notations qui tournent court, comme si leur auteur s'était découragé ou avait été dérangé... des lettres commençant par : Legs, s'il te plaît, pardonne-moi pour vous avoir laissés tomber, toi et FOXFIRE et finissant par : Legs, s'il te plaît, NE LE FAIS PAS. Je sais que tu es courageuse et souhaite seulement notre bien à toutes, mais le kidnapping est un acte grave, c'est un CRIME CAPITAL. Ces lettres n'ont bien sûr jamais été postées, elles ne sont même pas finies.

En ce qui concerne la chronologie des événements et ce qui les a suscités, précisons que Maddy Wirtz a été exclue de la maison d'Oldwick Road (la formule X-ILÉE, représentée quasi graphiquement, avec sa croix infamante, aurait été le code employé par FOXFIRE pour barrer son nom si les filles avaient voté son renvoi, mais Legs a fait en sorte que cette procédure formelle n'eût pas lieu : c'est elle, en tant que commandante en chef, qui a demandé à Maddy de partir). Cette dernière, ayant pris désormais ses distances, ne savait donc qu'une partie de ce qu'a su une Maddy adulte, des années après le drame, pour avoir lu les journaux, étudié les témoignages et réfléchi.

Comme je l'ai dit précédemment à propos du PARADOXE DE LA CHRONOLOGIE, certains événements se produisent qui ne « collent » pas avec le reste. On sait qu'il faut les évoquer puisqu'ils se sont produits, qu'ils ont leur place dans l'Histoire, mais ça ne colle pas! Comme si on essayait de peindre un mur plein de fissures, de trous et de bosses en s'étonnant que la peinture n'y tienne pas.

Je vais donc transcrire les annotations qui figurent dans le carnet de Maddy Wirtz jusqu'à la nuit même du kidnapping (le 29 mai 1956) : elles concernent des événements qui n'ont rien à voir avec celui-ci, comme si Maddy, dans sa volonté de rapporter fidèlement la plupart de ce que FOXFIRE vivait par ailleurs, pouvait conjurer le sort.

FAIT DU JOUR : le bébé de Muriel.

Muriel Orvis et sa petite Evangeline : cet hiver, dans un hôpital de Buffalo, la pauvre petite enfant doit subir une troisième opération à cœur ouvert, réussie a dit le docteur de ce ton réservé qui fait que vous ne savez jamais s'ils sont sincères, ni même s'ils savent de quoi ils parlent. Mais cette épreuve a fait de Muriel une épave – elle a grossi, son visage est bouffi, elle perd des cheveux par poignées, on lui donnerait vingt ans de plus... Elle dit que Dieu s'est retourné contre elle et que Jésus aussi s'est moqué d'elle avec ses rêves qu'Il lui a inspirés, dans lesquels Il leur laissait miroiter, à elle et à sa petite fille, un destin exceptionnel, au lieu de quoi elle vit maintenant de l'aide sociale, dans un logement loué situé près de l'hôpital du comté, et naturellement, elle a recommencé à boire, ce qui rend Legs malade d'inquiétude – pour elle, mais encore plus pour le bébé, qu'elle considère comme sa sœur.

Et tout l'argent que Muriel doit ! Legs ne veut même plus en parler. Lana dit que la somme se monte peut-être à cinq mille dollars.

Maddy a vu plusieurs fois la petite sœur de Legs – ou, plus exactement, sa demi-sœur – et, à part le fait qu'elle est très petite et semble incapable de crier comme les autres bébés, elle lui a semblé normale.

Ce qu'aucune d'entre nous ne pouvait savoir, c'est qu'Evangeline Orvis survivrait, qu'elle grandirait et continuerait à vivre bien après la destruction de FOXFIRE et la mort – ou la disparition définitive – de Legs Sadovsky ! Et qu'elle ignorerait tout au sujet de FOXFIRE ou de Legs, Muriel y ayant veillé ; en effet, celle-ci a quitté Hammond après l'enquête de police, filant aussi loin qu'elle le pouvait – certains disent qu'elle s'est rendue à Reno, dans le Nevada, où elle a trouvé un emploi dans un casino ; d'autres, qu'elle est partie pour Anchorage, en Alaska, où elle s'est vite mariée pour doter Evangeline d'un père, et que, somme toute, ça n'a pas trop mal fini.

Mais savez-vous ce que je souhaiterais ? Rencontrer la demi-sœur de Legs Sadovsky. Oh, mon Dieu, juste pour dire à cette jeune femme de seize ans ma cadette à quel point mon amie l'aimait, l'adorait. Et aussi pour pouvoir contempler son visage, ses yeux. Pour voir si j'y retrouve quelque chose de Legs.

FAIT DU JOUR : la mort de Toby.

(Cet épisode consigné dans le carnet en date du 8 mai 1956 est particulièrement triste. Après toutes ces années, je ne peux le lire sans pleurer.)

Il est environ vingt-trois heures trente. Cette nuit-là, la

plupart d'entre nous sont encore éveillées. Goldie, Marsha et « VV » sont dans la cuisine et elles entendent du bruit devant la maison. Toby, de la véranda où il dort parfois, commence à s'agiter, émettant des sons rauques et étranglés semblables à une toux, puis éclate un coup de feu, un autre, puis un autre, et on entend Toby gémir; Goldie, criant : « Oh, Toby! Oh, mon Dieu, non! » se précipite déjà : si l'une d'entre nous ne l'avait pas retenue, elle serait sortie et on lui aurait peut-être tiré dessus, à elle aussi. Nous nous aplatissons toutes sur le plancher des diverses pièces où nous nous trouvons, lorsque éclatent deux nouveaux coups de feu; les vitres d'une des fenêtres de devant volent en éclats, le verre est projeté partout dans la salle de séjour; nous entendons des pneus crisser sur la route et le bruit d'une voiture qui s'éloigne. Nous nous précipitons dehors et voyons Toby, le pauvre Toby que nous aimons tant, notre bel esquimau au pelage argenté, courageux et fidèle à FOXFIRE jusqu'à la mort, se traîner vers nous dans l'allée, le train arrière paralysé, tout sanglant, également atteint à la poitrine; il tient sa tête droite, mais ses yeux fauves brillent d'angoisse et il halète si fort et de façon si irrégulière que nous savons qu'il va mourir. Mon Dieu, comme nous pleurons... Goldie, sanglotante, s'agenouille près de lui, le prend dans ses bras vigoureux, se mettant de sang partout, et le presse contre elle en lui murmurant : « Ça va, Toby, ça va. On va te sauver, tu vas voir! Tu es avec Goldie, maintenant. » Le chien frissonne, gémit et lui lèche le visage. Il vit encore deux minutes. Mais on ne peut plus rien faire pour lui et il meurt.

Goldie est folle de chagrin. Elle se soûle en répétant tant et plus : « Il faut que je sache qui tuer. Aidez-moi. Il faut que je sache qui tuer », jusqu'à ce qu'elle perde conscience et que nous la mettions au lit.

Le lendemain, nous enterrons Toby dans la plus jolie partie du jardin, près d'un gros pommier. Legs, à son intention, fixe sur un pieu une planche qu'elle a découpée et sur laquelle elle se contente de graver, digne et triste, son nom : Toby. Mais je suppose qu'après notre départ, les prochains locataires, ou le propriétaire lui-même, l'enlèveront.

Oui, nous voulions nous venger. Nous toutes – pas seulement Goldie. Mais nous ne l'avons jamais fait. Une avanie de plus, et dure à avaler.

FOXFIRE a déjà tant d'ennemis au moment de la mort de Toby que chacune d'entre nous a sa propre hypothèse concernant l'agresseur. Certaines bandes de garçons ont juré notre perte – les Viscounts, toujours, mais aussi les Aces et les Dukes. Ces bagarres (que FOXFIRE provoque souvent : inutile de plaider l'innocence) éclatent de temps à autre, puis se calment, puis reprennent, Dieu sait pourquoi. Certains types nous DÉTESTENT, non pour des histoires de gang, mais pour des raisons personnelles; ils veulent notre MORT et nous le font savoir : le mari de la sœur d'Agnes Dyer, que j'ai déjà mentionné, mais d'autres aussi, comme le père de Toni LeFeber et l'ex-petit ami de Toy Bocci. Ces individus isolés sont, en un sens, les plus dangereux pour FOXFIRE parce que personne ne sait quand l'Ennemi va frapper.

On a donc tué Toby. Cet événement est le dernier que Maddy Wirtz ait consigné dans son carnet avant de quitter à jamais la FERME DE FOXFIRE.

FAIT DU JOUR : L'X-IL de Rita O'Hagan – nom de gang « Red ».

(Ceci n'a également rien à voir avec le kidnapping Kellog, survenu la semaine qui a suivi la mort de Toby; il s'agit d'une période où les filles sont nerveuses, pleines de colère et de ressentiment, et, depuis déjà un certain temps, se méfient de Rita, qui a cessé de vivre complètement à la ferme et n'y vient passer que les week-ends, ou de rares nuits en semaine, tout en continuant à aller au lycée (comme Maddy Wirtz, elle est officiellement réintégrée, mais elle obtient de mauvaises notes, manque souvent les cours et a des problèmes avec tous ses professeurs) où on la voit souvent parler et rire avec les Autres, et parfois même éviter ses sœurs de sang, par exemple à la cantine; qui plus est – ce qui est tenu pour un acte de subversion – on la voit souvent parler avec une Maddy Wirtz chassée de la ferme et partie vivre avec une parente (pas Rose Packer).

Oui, FOXFIRE a ses espionnes : les nouvelles initiées, des filles fréquentant encore le lycée – des dures qui effrayent les gangs de garçons autant que, jadis, Legs Sadovsky et Goldie Siefried l'avaient fait.

Au nombre de ces nouvelles initiées « VV », également surnommée l'« Exécutrice », parce qu'elle croit nécessaire d'appliquer à la lettre les principes et les règles de FOXFIRE et s'offusque lorsque leur moindre violation n'entraîne pas une sanction immédiate, ou du moins un blâme, de la part des filles plus âgées. « VV », cette protégée, cette favorite de Goldie, a un teint blanc et cireux, un corps squelettique (quand on l'a tatouée, nous avons été fascinées par ces os pointant sous la peau et par ces seins tout simplement inexistants – rien que deux mamelons, semblables à des petits cailloux plantés dans sa chair) et un curieux sourire qui lui rétrécit les yeux, alors réduits à deux fentes. Donc « VV » qui, à quinze ans, est en troisième à Perry, se contente d'attendre d'avoir seize ans pour pouvoir quitter le lycée et se fait tout naturellement un devoir d'espionner non stop Rita O'Hagan – non qu'elle éprouve de l'antipathie pour elle : elle a au contraire dit à Maddy qu'elle aimait bien Rita... et aussi Maddy. Ouais, elle nous aime, mais elle aime encore plus FOXFIRE : « Qu'on me donne une occasion de mourir pour FOXFIRE et je le ferai. »

Cela proféré avec un sourire si large que ses lèvres s'amincissent au point de disparaître, ses yeux devenus deux simples fentes étirées sur les tempes.

« VV » surprend Rita non seulement en flagrant délit de collusion avec l'Ennemi mais de flirt avec un garçon – action prohibée par le gang, FOXFIRE exigeant de ses sœurs de sang une loyauté totale et exclusive.

Ce type s'appelle Collis Connor (aucun lien de parenté avec Kathleen). Il travaille chez Corson, un glacier du voisinage que Rita fréquente parfois en sortant du lycée. Collis, comme Rita, a des cheveux roux et des taches de rousseur ; il n'est pas gros, ni même replet : c'est un grand gaillard fortement charpenté et musclé, taillé comme un ours et doté d'une voix si douce qu'on l'entend à peine. Il a plus de vingt ans et n'a pas son bac. Maddy le trouve gentil, quoique pas très futé ; ce qui est sûr, c'est qu'il est fou de Rita : il se fige sur place lorsqu'elle entre, la cervelle en alerte, attentif et rougissant ; elle, elle ne le regarde pas tout de suite – c'est seulement après s'être installée devant son Coca et avoir allumé une cigarette qu'elle laisse ses yeux errer et, comme négligemment, rencontrer les siens. Debout derrière le comptoir, revêtu de son uniforme blanc et de son tablier, il rougit de plus belle, tout comme Rita d'ailleurs, mais Collis Connor n'approche jamais de celle-ci en public car il est au courant pour FOXFIRE (tout le monde l'est, désormais : circulent à propos du gang quantité de rumeurs dont certaines sont des mensonges grossiers et d'autres, en égale proportion, des vérités). Ces deux-là parviennent pourtant à communiquer. À l'insu de Maddy Wirtz, qui, bien qu'étant la meilleure amie de Rita, ne s'est jamais doutée de rien, Collis et Rita sont sortis ensemble trois fois au total avant que cette dernière se fasse prendre – les trois fois, ils sont allés au cinéma The Century où, un soir de la semaine « VV » les a suivis. On donnait un film à l'eau de rose avec Doris Day et Rock Hudson ; Rita et Collis, avachis dans des fauteuils du dernier rang du balcon, dans le coin gauche de la gigantesque salle de cinéma, la tête de l'une posée sur l'épaule de l'autre, s'embrassaient.

Donc « VV » les dénonce, et Rita ne nie pas. Malade

de culpabilité et de regret, cette dernière, en larmes, jure qu'elle ne posera même plus les yeux sur Collis ni aucun autre garçon ; elle a eu un accès de faiblesse en acceptant de sortir avec Collis lorsqu'il le lui a demandé, mais elle est sûre de ne pas l'aimer – ce sont ses sœurs de FOXFIRE qu'elle aime, celles-ci doivent la croire : « Je ne recommencerai plus jamais. S'il vous plaît, elle supplie, ne me renvoyez pas. »

Mais FOXFIRE vote le bannissement (l'« X-IL ») à l'unanimité.

Comme le dit Legs, elle-même déprimée et malade de regret, Rita savait ce qu'elle faisait et combien il était dangereux de le faire, le moment étant mal choisi pour déconner.

Officiellement, cet « exil » signifie une suspension de trois semaines minimum au terme desquelles FOXFIRE est censé réexaminer son cas. Période au cours de laquelle Rita doit rester invisible pour ses sœurs, même si celles-ci la rencontrent par hasard ; il lui est interdit de les approcher, de leur parler ou même de les regarder de façon un peu trop appuyée ; il lui est interdit de porter les couleurs de FOXFIRE (blouson noir, foulard rouge orangé, etc.). Il lui est interdit de parler de FOXFIRE à quiconque, d'avouer qu'elle a été sanctionnée, et surtout, de parler à une Maddy Wirtz... qui se retrouve ainsi, quoique non officiellement, parée du même statut d'invisibilité.

C'est comme être envoyé dans les limbes. Pour l'Église catholique, les limbes sont le lieu où les âmes des nouveau-nés et des jeunes enfants morts sans baptême doivent séjourner jusqu'à la fin des Temps. Vierges de tout péché, ils sont pourtant privés de paradis et de l'amour du Christ – politique de vengeance témoignant d'une haine de la vie à vous couper le souffle. Dogme catholique, pourtant, tout comme l' « exil » est le dogme d'un FOXFIRE dont les jours sont cependant comptés.

Plus tard, Rita, avec une imprudence à la mesure de son émotion, répétera à qui voudra l'entendre ou presque : « Mon Dieu, quand je pense que si elles n'avaient pas voté contre moi, aujourd'hui je serais peut-être morte ! Morte ! »

5

Le complot (2)

« Deux ? Si t'en voulais qu'un seul, je me poserais déjà des questions.

– C'est pour notre protection personnelle, à mes amies et à moi.

– Ah ouais ? C'est pour ça, hein ? Pour votre protection personnelle ?

– C'est pour ça. »

Quelle salope, cette Legs Sadovsky ! Le culot de cette blonde qui le regarde sans ciller avec cet air lui signifiant d'aller se faire foutre, un chapeau d'homme – un feutre mou beige – planté sur sa tête fine et enfoncé sur l'œil, les mains sur ses hanches étroites ! Comme si elle n'était pas un brin nerveuse de se trouver seule avec lui. Acey Holman ne peut que l'admirer : il rit, puis, haussant les épaules, choisit de la croire. Après tout, merde ! de plus, il est fier de pouvoir faire étalage de ses relations, il adore ça : Hammond regorge de mecs loyaux qui lui sont redevables. La fille l'observe du coin de l'œil lorsqu'il compose un numéro ; elle ne perd pas un mot de ce qu'il dit alors qu'il organise calmement pour elle une transaction qui se déroulera après l'heure de fermeture (« tu poseras pas de questions, mon chou »), cette nuit même.

Legs achète donc les revolvers. On est le 11 mai 1956.

Elle les achète dans l'arrière-boutique de chez Pittman, un magasin de sport situé au coin de Ninth Street et

Holland Avenue. Deux armes presque identiques, des calibres 38 de la police, non déclarés et non identifiables, garantis par le vendeur comme très performants. Ils lui coûtent soixante-quinze dollars pièce et elle débourse quinze dollars supplémentaires pour une boîte de balles.

Ces armes, Legs Sadovsky les achète avant d'avoir conclu avec Marianne Kellog un arrangement ferme pour l'accompagner à l'église avec ses parents, comme l'avait suggéré Marianne des mois auparavant. Pourquoi ? Parce que Legs Sadovsky est confiante. Elle sait que son plan va se dérouler comme prévu. Elle le sait !

Elle se sent bien à cette pensée – comme si elle planait. Mais ici c'est encore meilleur car il ne s'agit pas de kif : c'est du réel.

Comme elle l'a dit un jour à Maddy Wirtz, « la chance n'est qu'une combinaison du destin et du désir. Si on veut absolument quelque chose, elle se produit nécessairement ».

Deux revolvers, donc. Deux calibres 38 de la police. Legs les achète dans la soirée du 20 mai 1956. L'un d'entre eux sera l'arme « fatale ».

Margaret Sadovsky écrit un petit mot timide à Marianne Kellog pour reprendre contact, lui donnant un numéro de téléphone (pas celui de la ferme de FOXFIRE) où celle-ci peut la joindre si elle le souhaite. Le lendemain, Marianne appelle, assurant qu'elle aimerait beaucoup revoir Margaret. Cette dernière voudrait-elle assister à l'office avec elle et ses parents le dimanche suivant ? Margaret exprime sa gratitude, sa joie – oui, avec grand plaisir. Mais peut-elle emmener une amie ? (Pas une fille de Red Bank, juste une fille du voisinage.) Une amie désireuse d'aller vers Dieu mais si malheureuse, si solitaire : sa mère est morte d'un cancer l'année dernière et son père... Inutile de poursuivre : Marianne Kellog répond déjà : « Bien sûr, Margaret. Amenez-la. Papa et maman seront ravis. »

Legs Sadovsky se dit que même les riches les plus je-m'en-foutistes peuvent se montrer d'une générosité extrême : il suffit de les mettre sur la voie.

L'astuce ? Connaître son ennemi sans que lui vous connaisse.

Une à une, les filles de FOXFIRE la supplient, « emmène-moi, Legs » et « non, moi, Legs ! s'il te plaît ! ». Mais jalousie, rancune, grogne et messes basses sont peine perdue : l'élue, celle qui ira passer le dimanche chez les très riches et très chrétiens Kellog sera la sublime Violet Kahn.

« Souviens-toi seulement que tu t'appelles Veronica Mason, que ta mère est morte et que ton père s'est taillé.

– Oh oui !

– Et que mon nom, c'est Margaret – pas Legs.

– Oh oui, Legs... euh, Margaret ! »

Violet est dans un tel état d'excitation que Legs lui donne une bourrade et lui tire les cheveux.

Puis, pour rire, elle lui fait dans le cou un petit suçon.

Ainsi, le dimanche 16 mai 1956, Margaret Sadovsky et son amie Veronica Mason, une fille spectaculairement belle mais assez réservée, assistent à la messe de onze heures à la Grace Episcopal Church en compagnie de Whitney Kellog Jr., de sa femme et de sa fille. On les conduit ensuite chez les Kellog, où un déjeuner est servi. Tant d'élégance, d'abondance, de cordialité, de charité chrétienne ! La visite, bien que l'atmosphère en soit un peu contrainte, est assez gaie et, dans l'ensemble, réussie – le plus gai étant Mr Kellog, dont le regard s'attarde à maintes reprises sur Veronica Mason, probablement sans qu'il en ait conscience.

Car l'amie de Legs Sadovsky, telle une enfant grandie trop vite, offre un spectacle fascinant avec ses cheveux lisses formant comme un rideau autour de son visage ; sa peau d'un blanc délicat, semblable aux pétales d'une fleur humide; sa bouche, jolie mais mélancolique, rose comme celle d'une petite fille – la couleur même du rouge à lèvres de Marianne Kellog. Son corps aux seins généreux et aux hanches larges est en partie dissimulé par un costume bleu marine, un vêtement ample à jupe plissée, à l'encolure ornée d'un souple nœud blanc. Un solde, probablement, mais de bon goût : le costume même qu'une fille pauvre porterait à l'église. (Accessoirisé par des gants blancs et un petit chapeau à voilette.) En se rendant chez les Kellog, Legs a renouvelé ses instructions à Violet : « Souviens-toi, mon chou, que tu viens d'avoir un grand chagrin. Ne souris pas trop. Et quand tu souris, fais-le du fond du cœur. Surtout, n'éclate pas d'un rire gras.

– Oh, Legs, tu me crois donc aussi stupide ? » a demandé Violet, blessée.

Et pour se tenir, « Veronica Mason » se tient. Tout au long d'une messe interminable, tout au long d'un repas s'apparentant à une course d'obstacles, servi non à la grande table de la salle à manger d'apparat mais à une table moyenne, dans une pièce plus petite située à l'arrière de la maison. Sa timidité, en face de ces gens de la haute, n'est pas feinte ; elle manie gauchement l'argenterie, sa serviette, un verre à pied en cristal taillé qui ne ressemble à rien de ce qu'elle a jamais eu en main. Ses grands yeux couleur de réglisse, adorables et frangés de cils épais, s'illuminent et s'embuent indéfinissablement lorsqu'ils se posent sur Whitney Kellog Jr, qui, en retour, lui sourit beaucoup.

Le maître de maison est une surprise, tant pour Legs que pour Violet (alias Margaret et Veronica), qui s'attendaient à rencontrer un type d'homme bien différent. Un millionnaire, peut-être même un milliardaire, qui n'émet à leur endroit aucun jugement critique, s'abstient de poser sur elles un œil froid, peu amène, et même carrément hostile, soupçonneux ? Il est difficile, en côtoyant l'Ennemi de si près, de ne pas imaginer qu'il vous jauge.

Mais Mr Kellog est chaleureux, ouvert, sociable... et pas du tout méfiant. C'est un homme d'environ quarante-neuf ans, trapu, au cou épais, au crâne chauve et brillant, qui semble plus jeune que sur les photos; son teint rose est légèrement hâlé, ses yeux sont petits, mobiles, vifs et il sourit si largement que ses dents – ou son dentier – semblent occuper l'essentiel du bas de son visage. Il est doté d'un rire sonore et contagieux qui crépite comme un feu de bois : il est le genre d'homme à rire de ses propres plaisanteries. Mais le plus surprenant, c'est de le découvrir véritablement paternel. Bien que Marianne ait vingt ans et fréquente l'université, il la traite comme une gamine, la taquinant avec une insistance si affectueuse que, rougissant de plaisir, elle finit par cacher son visage derrière sa serviette et s'écrier : « Oh papa! Arrête! » Instant étrange et fugitif durant lequel Margaret Sadovsky et Veronica Mason, ces filles sans père, se mordent les lèvres, troublées et envieuses.

À la fin du repas, quand on sert le dessert et le café, Mr Kellog s'assombrit, son humeur devient philosophique. Avec la force de la conviction, il affirme : « L'homme est régi par le destin. Ce que je veux dire, c'est que, dès le départ, nous sommes dotés de la grâce. Dès le matin de la Création. Si on fait le bon choix. Si on se décide en faveur du Christ. Si on admet les vérités pures et simples de la vie. Si on n'esquive pas ses responsabilités. Si on ne traîne pas à quatre pattes, larmoyants et geignards, en accusant les autres de ses propres échecs et de ses propres péchés. Oui, je sais... », ajoute-t-il très vite et sur un ton presque irrité, comme s'il soupçonnait quelqu'un à la table de vouloir l'interrompre, « ... il y a le serpent, et Adam et Ève chassés du jardin d'Éden. Je le sais. Mais depuis le commencement des Temps, et encore aujourd'hui, certains parviennent au sommet et d'autres non. Pouvez-vous le nier ? Comment expliquer ça, hein ? “ Aide-toi et le ciel t'aidera. ” Voilà qui est énigmatique, n'est-ce pas, les filles ? Pourquoi certains y arrivent et d'autres ne le peuvent, ou ne le veulent pas ? Oh, nous voilà confrontés à une énigme ! Si tous les hommes sont égaux au regard de Dieu, s'ils sont tous candidats à l'amour du Christ, pourquoi rouspètent-ils tant, hein ? »

Scandée par un index pointé et énoncée sur un ton cassant, cette question abrupte prend Margaret et Veronica par surprise. En bonnes petites jeunes filles qu'elles sont, aussi attentives que sa femme et sa fille, elles ont écouté en hochant gravement la tête ce speech exalté, bien que n'en saisissant pas tous les mots. Que se passe-t-il, soudain ? Voilà que le chaleureux et paternel Mr Kellog fronce les sourcils, et que ses yeux, rétrécis de colère, lui sont quasiment rentrés dans la tête.

Heureusement, il n'attend d'elles aucune réponse – la réponse il la connaît : « Ce sont les communistes ! l'influence insidieuse des Rouges ! de leurs sympathisants, socialistes ou autres ! De la pourriture ! un cancer ! Ils sapent les fondements de notre société ! c'est cet ami des Juifs, ce Franklin Delano Roosevelt... » – nom prononcé avec un mépris extrême – « ... qui a tout déclenché, qui a ouvert la porte à l'incompétence, à la paresse. Et aujourd'hui, voyez le résultat : pour tous, une mentalité d'assistés ! c'est sa faute et celle du père Staline ! F.D.R. s'est fait rouler dans la farine par le vieux Staline ! Et maintenant, regardez ce qui se passe : partout les syndicats, appuyés par les Rouges, gagnent du terrain, rampant comme des serpents dans la nuit ! De grands pythons avides qui s'en mettent plein la panse ! des congés maladie, ils veulent ! Des allocations maladie ! Être payés pour être malades, ils veulent ! Incroyable, non ? Il faudrait les payer parce qu'ils se soûlent et tombent de leurs machines ? C'est un complot pour nous étrangler, pour nous sucer le sang ! et vous savez qui est leur dupe ? Qui est la plus grande dupe de tous les temps ? Eisenhower ! ce bon vieux “ Ike ” ! »

C'est dans une atmosphère tendue et pendant plusieurs minutes que s'exprime ainsi un Mr Kellog au visage échauffé, dont le torse en barrique force le plastron blanc amidonné de la chemise, faisant saillir la cravate de soie et le gilet étroitement boutonné. Parler ne l'a pas empêché de dévorer son dessert, un morceau de tarte renversée à l'ananas. Le sien fini, il accepte sans un mot la moitié de celui que sa femme a poussé discrètement vers lui. A table, Marianne semble avoir la fâcheuse manie de tripoter nerveusement le rouleau de ses cheveux lisses impeccablement coiffés « à la page », ainsi que de remonter sans cesse ses lunettes sur son nez : son père, fronçant les sourcils, lui dit, exprimant une irritation sans doute familière : « Marianne, s'il te plaît ! », tout en continuant à pérorer. Il s'adresse à ses jeunes invitées qui, yeux écarquillés, le regardent avec ce respect très légèrement teinté de crainte qu'impose leur position de pauvresses invitées à la table d'un riche. Il est flatté – et comment ne pas l'être, même si on a l'habitude d'être écouté avec respect aussi longtemps qu'on parle, quoi qu'on dise, même si on le dit de telle sorte que l'émotion sous-jacente rend le discours un peu hermétique ? Il ne peut s'empêcher d'être flatté par l'attitude de Margaret Sadovsky, cette blonde aux traits aigus, au menton levé et aux yeux intelligents, et par celle de cette superbe Veronica Mason, avec ses yeux immenses fixés sur son visage, comme hypnotisée..., comme si, de sa vie, elle n'avait jamais vu ou entendu quelqu'un comme Whitney Kellog Jr. Se pourrait-il que les paroles de celui-ci, ses paroles plus passionnées et plus fortes que le sermon délivré ce matin par le prêtre, se pourrait-il que ces paroles eussent le pouvoir de changer à jamais la vie de ces jeunes filles ?

Comme si Whitney Kellog Jr, au lieu de se contenter de plaider en faveur de Jésus-Christ, était Jésus-Christ en personne – ou presque.

La conversation se porte sur la question de l'avenir des jeunes filles. On éprouve bien quelque embarras lorsqu'il s'agit d'évoquer celui de Margaret, si on songe à son passé. Mais le passé est le passé : mieux vaut oublier ce qu'on ne peut changer, conseillerait sûrement Mr Kellog, dans sa sagesse. « Margaret souhaite pouvoir suivre des cours à l'école de commerce, n'est-ce pas, chère enfant ? » demande Mrs Kellog. « Ici même, à Hammond ? Vous savez, j'ai plusieurs employées de premier ordre sorties de la Hammond School of Business. De fait, j'ai institué un système de bourses en faveur des jeunes filles nécessiteuses. Marianne vous l'a-t-elle dit ? » s'enquiert Mr Kellog. Tous parlent un moment de l'école de commerce de Hammond, qui intéresse également Veronica. Mais, si intéressées soient-elles, les deux jeunes filles ont besoin de travailler immédiatement – des raisons personnelles, familiales font qu'elles ont besoin de trouver sur-le-champ un emploi. Margaret ajoute qu'elle espère un jour pouvoir créer sa propre affaire : « Être son propre patron est la seule façon d'aller de l'avant. » Déclaration qui semble charmer Mr Kellog. Il lui demande, avec une gentillesse dépourvue de condescendance, quelle sorte d'affaire elle souhaiterait monter. « Un institut de beauté. Un institut de beauté vraiment agréable », répond-elle. Une pause. Elle sourit timidement, mais avec dignité. Cette fille maigre, au physique frappant, pourrait avoir dix ans de plus que son âge réel, avec son regard pénétrant, son front légèrement plissé par ce qui semble être l'habitude de la réflexion ; pour la circonstance, elle s'est habillée de façon seyante : costume ample noir et blanc presque identique à celui de son amie ; bas à la couture bien droite et, comme son amie, chaussures de cuir verni – bon marché, mais jolies. Elle ajoute, comme confessant un secret : « J'ai appris la coiffure et la cosmétologie à Red Bank. Vous savez, la maison de correction ? »

Déclaration suivie par un silence embarrassé. Puis Mr Kellog opine vigoureusement du chef. Cette fille lui plaît : il est évident qu'elle est honnête, franche, digne de foi. « Excellente façon d'employer son temps, dit-il. Voilà le genre de programme qui ne fait pas regretter leur argent aux contribuables. Et vous, Veronica ? Qu'espérez-vous faire ? Je veux dire, en attendant... de vous marier ? »

Question accompagnée d'un mouvement d'épaules embarrassé, comme s'il était difficile d'envisager la vie de Veronica Mason en dehors du mariage, c'est-à-dire physiquement sous la coupe d'un homme.

Veronica répond avec douceur : « Oh, merci de me le demander, Mr Kellog. J'espère un jour pouvoir travailler pour Margaret.

– Ah oui, dans son institut de beauté. Vous serez pour elle une réclame vivante – une réclame des plus convaincantes, ma chère enfant.

– Mais en attendant, j'ai besoin de trouver du travail. Un besoin impérieux. C'est le cas pour nous deux. N'importe quel emploi de vendeuse ou de secrétaire ferait l'affaire, n'est-ce pas, Margaret ? »

Ce « Margaret » coule de la bouche de Veronica avec une aisance qui laisse supposer des années de pratique.

« Oui, c'est vrai », affirme Margaret.

Mr Kellog ne s'appesantit pas sur le sujet. Mais comme les jeunes filles prennent congé, il serre leurs deux mains dans les siennes dans un geste de sollicitude paternelle. Pour un homme relativement petit (il est de la taille d'une Veronica en talons hauts et un rien plus petit que Margaret) il en impose par sa prestance ; il a même l'air de dominer – épaules rentrées, menton levé, paupières plissées, il contemple le monde d'un regard incrédule. Lorsqu'il se sent hors de portée de voix de sa femme et sa fille, il dit : « Dites-moi, les filles. À propos d'emploi, vous êtes toutes deux assez jeunes, n'est-ce pas ? Et sans expérience ?

– Oh non, pas vraiment, répond en hâte Veronica.

– Nous avons toutes deux pas mal d'expérience, monsieur, ajoute Legs.

– Savez-vous taper à la machine, chère enfant ? demande un Mr Kellog, sceptique, à Veronica.

– Oh, j'adore taper à la machine, n'est-ce pas, Margaret ? répond-elle.

– Je crois qu'il y a un, et peut-être même deux postes de sténogaphe à pourvoir dans nos bureaux de Branch Street, dit-il à voix basse, d'un ton toujours peu convaincu.

– Oh, monsieur, j'adore la sténographie ! » chuchote Veronica : ses doigts se posent légèrement sur la manche de Mr Kellog et ses grands yeux, au regard charmant et grave, sont humides de larmes.

C'est ainsi que se termine, le 16 mai, cette visite à Jellif Place : sur une note agréable, une note d'espoir. Whitney Kellog promet à Margaret Sadovsky et Veronica Mason de les appeler. Très bientôt.

Violet, les yeux gonflés à force d'avoir pleuré, dit : « Je sais pas si je peux aller jusqu'au bout : je sais bien, comme tu dis, que c'est justifié, mais je sais pas si je suis capable d'aller jusqu'au bout. Je crois bien que j'ai de la sympathie pour eux – et même pour lui. Je sais bien qu'il est mauvais, que c'est un richard, un capitaliste, un exploiteur et tout et tout... Je le sais, Legs, mais ça me fait de la peine. J'ai peur qu'on se fasse prendre et puis, en un sens, j'aime bien Marianne et Mrs Kellog ; elles ont été si gentilles avec moi, un peu comme si j'étais leur égale. Tu vois, Legs ? Tu vois ce que je veux dire ? »

Et Legs répond : « Ta gueule. »

6

Le complot (3)

Ce qui suit n'est plus consigné dans le carnet de notes de Maddy Wirtz : les jours succèdent aux jours, remplis tour à tour d'euphorie et de crainte – un, deux, trois, quatre, cinq, six foutus jours sans un signe de ce salaud de « WKJ » (le nom de code qu'elles lui ont donné) ; Legs, incrédule, évolue dans une sorte de brouillard : elle est pourtant si sûre qu'elles sont arrivées à le ferrer, ce connard... rien qu'à sa façon de regarder Violet, de la dévorer des yeux tout en léchant ses grosses lèvres ! Même Legs, il l'a regardée comme si elle faisait déjà partie de son personnel ! Et au moment de partir, il fallait voir comme il leur avait serré la main, tout en chuchotant sa promesse ! Elle attend donc, marchant de long en large, aussi nerveuse qu'un grand chat sauvage qu'on aurait mis en cage, fumant cigarette sur cigarette et se passant impatiemment la main dans les cheveux. Elle déteste encore plus cet homme en se rappelant ce qu'elle savait déjà, à savoir les méthodes traditionnellement employées contre les ouvriers par les industriels de Hammond pour briser les grèves : son propre père et, avant lui, son grand-père, et même leurs voisins de Fairfax Avenue en ont été victimes, oui. Ça remonte très loin, longtemps avant la naissance de Legs, et même celle de son père. « WKJ » est issu de cette lignée de pourris. En se rappelant la façon dont il lui a souri, la prenant par surprise et l'obligeant à sourire en retour, ainsi que la gentillesse, la condescendance avec lesquelles il lui a parlé, elle se consume d'orgueil blessé. Lorsqu'il a pris ses mains dans la sienne pour lui dire au revoir, il l'a forcée à sentir sa propre force, cette force injuste engendrant une aussi profuse gentillesse, au point qu'elle a bien été forcée de ressentir la supériorité et le pouvoir de ce riche; de voir le teint de ce riche rayonner du plaisir de ceux qui évoluent dans la vie dotés d'un avantage certain sur la multitude grouillante de ceux qui n'en ont aucun; et, de ce fait, d'endurcir son cœur contre lui. Elle rit en pensant comment elle va faire payer à ce salaud l'humiliation qu'il a infligée à Legs Sadovsky – elle lui coûtera non seulement UN MILLION DE DOLLARS mais aussi son propre orgueil.

Legs, pensive, avait dit un jour à Muriel Orvis : « Ce qu'on exige de ses ennemis, ce sont leurs cœurs. » Legs ne s'est pas rendu compte que Muriel ne comprenait rien à cette déclaration, pas plus qu'à la jubilation qui l'accompagnait. Rien de rien.

Le numéro de téléphone que Margaret Sadovsky a laissé à Whitney Kellog et à sa fille Marianne sera plus tard identifié par la police de Hammond comme étant celui du minable trois-pièces que Muriel Orvis louait dans Fourth Street. Pauvre Muriel : elle ignorait tout des plans de FOXFIRE – non seulement du complot minutieusement préparé en vue de la « solution finale » telle que Legs la concevait, mais même de l'entôlage auquel les sœurs de sang de FOXFIRE se livraient depuis maintenant des mois; par astuce, mais aussi poussées par la nécessité, celles-ci, avec leur auto, avaient élargi leur rayon d'action tant vers l'est (jusqu'à Albany) que vers l'ouest (jusqu'à Buffalo), choisissant cependant des villes et des bourgs situés à une distance raisonnable de Hammond. Il est vrai, comme Muriel le déclarera à la police, qu'elle se doutait bien qu'il y avait des histoires d'hommes, d'hommes mystérieux au nombre indéfini et de tout âge; non qu'elle eût ne serait-ce qu'aperçu un seul d'entre eux, mais elle s'était formé son impression en surprenant des conversations et des rires, les filles ne se gênant pas en sa présence. Oui, elles avaient toutes en commun une réelle méfiance – on pourrait dire une antipathie active – pour les hommes, pas seulement de principe mais fondée sur l'expérience. Que l'homme fût l'Ennemi n'était après tout pas un secret.

Mais Muriel Orvis, âgée de près de trente-sept ans, n'était pas membre de FOXFIRE. On ne lui confiait donc aucun secret interne – d'ailleurs, elle n'avait aucun désir d'être dans la confidence. Elle croyait la bande composée de bonnes filles, saines, franches et bien intentionnées – du moins pour la plupart – qui n'en demeuraient pas moins à ses yeux des gamines, alors qu'elle-même était une femme, une mère.

La mère d'une jolie petite fille de six mois qui, depuis sa naissance, avait dû subir trois opérations à cœur ouvert et de séjours prolongés dans les unités de soins intensifs des hôpitaux de Buffalo et de Hammond. Cela pour dire que Muriel Orvis avait ses propres problèmes.

Oui, ça l'ennuyait un peu que Legs Sadovsky et certaines filles de sa bande utilisent son appartement lorsqu'elles étaient en ville, mais elle ne leur aurait jamais fermé sa porte. Jamais.

Oui, elle acceptait de l'argent. De l'argent, et des cadeaux. Principalement de Legs.

Non, elle ne savait pas exactement d'où venaient ces dons; elle avait posé plusieurs fois la question mais, n'obtenant aucune réponse franche, elle avait cessé de le faire.

Oui, elle avait confiance en Legs Sadovsky. Non, elle ne s'était jamais sérieusement interrogée à son sujet. Oui, même lorsqu'elle ne croyait pas vraiment ce que celle-ci lui disait.

Oui, elle pensait que Legs se racontait peut-être des

histoires, qu'elle gambergeait – comme ces projets d'avenir qu'elle faisait, où toutes devaient vivre ensemble pour toujours. C'était le genre de choses auxquelles, en un sens, on aurait bien voulu croire mais qui ne vous semblaient pas réelles.

Et pourtant, Legs avait le don de vous surprendre : certaines de ces choses finissaient par le devenir, réelles : par exemple, la location de cette ferme, qu'elles avaient meublée assez joliment. Et l'achat de cette voiture dingue – L'ÉCLAIR !

Non, Muriel ne savait rien au sujet d'un coup de téléphone. Encore une fois, elle ignorait tout au sujet d'un supposé coup de fil qu'aurait donné Whitney Kellog Jr à son domicile. Elle serait incapable de dire quand il l'avait donné, ni même s'il l'avait donné. Ce qui était sûr, c'est qu'elle n'avait jamais entendu ses jeunes amies faire des arrangements téléphoniques pour rencontrer quelqu'un. Muriel Orvis n'était pas du genre à espionner qui que ce fût, même sous son propre toit.

Et, comme elle l'avait déjà dit, elle avait confiance en Legs Sadovsky. En la demi-sœur de son propre bébé.

Elles essaient les revolvers : ils marchent. Du moins, ils font feu quand on appuie sur la détente. Que leur tir soit précis, ça, c'est plus difficile à apprécier.

La première chose qu'on peut dire, s'agissant d'un coup de feu, c'est que ça fait un boucan à vous couper le souffle !

Elles s'entraînent ; en équipes disciplinées, elles s'enfoncent dans les bois, à des kilomètres de toute habitation, pour s'exercer. (Leurs voisins d'Oldwick Road ayant plusieurs fois appelé la police lorsque des coups de feu ont été tirés à la ferme, elles ne veulent pas courir le risque d'attirer davantage l'attention sur elles.) Toutes les sœurs de FOXFIRE ne participent pas à cette opération : non que Legs n'ait en toutes la même confiance, mais elle craint que certaines soient trop sensibles : la réalité des armes pourrait les effrayer.

Toutes les filles de FOXFIRE (oui, même Rita, et même parfois Maddy) possèdent et transportent un couteau. Mais un couteau, ce n'est pas comme un revolver. Un revolver, c'est une autre histoire...

Elles organisent donc une expédition dans la campagne, s'enfonçant au plus profond des bois là où, en saison, les chasseurs tirent sur tout ce qui bouge : cerfs, faisans, lapins – ils appellent ça un « sport ». Six ou sept d'entre elles, sélectionnées par Goldie et Legs. Cette dernière répète inlassablement : « On ne va pas vraiment tirer avec ces pistolets, une fois qu'on aura enlevé et fait prisonnier “ WKJ ” ». Mais on en a besoin pour être crédibles, pour montrer qu'on est sérieuses. »

Goldie, arborant un air résolu, un mince petit sourire aux lèvres, lève son revolver au niveau de l'épaule, stabilise son poignet droit avec sa main gauche, ajuste une canette de vingt centimètres dans sa ligne de mire, ferme à demi un œil, presse la détente et BANG !

« Moi, je le suis », dit-elle.

Ce coup de fil que Legs est si sûre de recevoir, « WKJ » le donne finalement le 28 mai au soir. Sa voix laisse supposer qu'elles le tiennent. A moins, comme il le prétend, qu'il souhaite réellement embaucher Margaret Sadovsky et Veronica Mason dans un de ses bureaux.

Legs n'en reste pas moins méfiante : pourquoi ce type a-t-il arrangé de les retrouver à la nuit tombée, à vingt et une heures trente très exactement, derrière le 2883 Branch Street, et non dans la journée, aux heures de bureau ?

« Parfait. Ça ne fait qu'accélérer le déclenchement de notre plan. On va l'enlever plus tôt que prévu », dit Legs fiévreusement.

« Oh, le plus tôt sera le mieux, Legs. Je n'ai qu'une envie c'est qu'on en finisse ! » soupire Violet.

Margaret Sadovsky et Veronica Mason, deux futures

employées de bureau, deux jeunes femmes joliment vêtues, chaussées d'escarpins à hauts talons et même gantées de blanc, retrouvent la nuit suivante Whitney Kellog Jr à l'endroit convenu, oui, il est là, assis dans sa Cadillac Imperial blanche, qui les attend nerveusement en fumant un cigare et les deux filles de FOXFIRE sont excitées comme jamais, mais Legs fait montre de ce calme, compensateur de vertige, qui l'anime quand elle grimpe en haut du château d'eau ou s'apprête à exécuter un de ses impeccables et téméraires plongeons en eau profonde; et Violet, paniquée et gloussante comme une petite fille, oscille sur ses hauts talons et mâche furieusement, quoique furtivement, un chewing-gum; c'est donc un souffle parfumé qu'elle exhale en direction de Mr Kellog quand celui-ci lui prend la main pour la saluer, la lui serrant d'ailleurs plus fort que celle de son amie. Il leur dit joyeusement : « Hello, les filles! Alors, vous êtes venues! », les regardant comme s'il ne pouvait en croire ses yeux, et Violet, ou plutôt Veronica, chuchote d'une voix rauque : « H'llo, Mr Kellog! »

Voici ce qui se passe ensuite : Mr Kellog ouvre la porte du petit bâtiment à toit plat qui elle-même ouvre sur un espace occupé par sept ou huit bureaux qui eux-mêmes ouvrent sur un autre bureau, obscur mais visible derrière une fenêtre ou séparation vitrée; dans un coin, une plante étique à l'air penché – un caoutchouc; au plafond, des tubes de néon qui donnent aux lieux une tonalité jaunâtre et mélancolique; des classeurs métalliques, des téléphones, des piles de dossiers accumulés sur les bureaux; derrière, un distributeur d'eau réfrigérée qui luit faiblement; et un Mr Kellog qui pérore, tout fier de posséder l'American Tool & Associates Inc. : il leur explique quel est le but de l' « opération » (ce bureau s'occupe de promouvoir la vente de petit outillage destiné à l'industrie automobile), comment se compose le personnel (il y a ici dix employés, réceptionniste et directeur inclus), et quelle sera la nature de leur travail si elles sont embauchées.

Secouant la cendre de son cigare, il dit : « J'ai pensé qu'il valait mieux vous montrer le bureau quand il était calme, pour ne pas que vous soyez distraites par le caquetage d'un troupeau de femmes entre deux âges, et leur regard jaloux fixé sur vous.

– C'est d'une telle prévenance de votre part, monsieur, répond Margaret.

– Oh oui! D'une telle prévenance! » renchérit Veronica.

Margaret s'éclipse tandis que Mr Kellog explique à Veronica, manifestement sa préférée, les nombreuses opérations liées à la transformation de l'acier. American Tools & Associates n'est qu'un maillon de la chaîne. Veronica s'exclame. Oh! et ah, bon ? et oh, vraiment ?, sa nervosité accentuant la sensualité qui exsude de sa personne, tandis que Margaret contemple les rangées de bureaux, de vieux bureaux loin d'être en bon état, éraflés et cabossés. Voilà, pense-t-elle, comment vivent certaines personnes : se pourrait-il que sa propre vie se passe ainsi ? « Margaret Sadovsky », la jeune nouvelle recrue, devenue une de ces « femmes entre deux âges »! Elle soulève la housse de plastique d'une machine à écrire pour examiner celle-ci : c'est un modèle de bureau, massif et lourd, qui lui rappelle brièvement Maddy – Maddy qui l'a abandonnée; elle soulève un récepteur téléphonique juste pour entendre la tonalité, cette grande blonde au dos raide dotée d'une cicatrice au menton et d'une curieuse tache de sang sur la pupille gauche, au corps osseux vêtu d'une robe en rayonne étroitement ceinturée, et qui porte des gants blancs (stratagème de fille pauvre désireuse d'avoir l'air comme il faut dans l'espoir de décrocher un emploi chez Whitney Kellog ? Ou simple précaution, afin de ne pas laisser d'empreintes ?).

Margaret jette un coup d'œil furtif en direction de Whitner Kellog Jr, engagé dans une aimable conversation avec Veronica. Sa peau rose et bronzée luit, ses yeux, derrière les paupières plissées, sont animés, et son crâne chauve est terriblement massif. Margaret ne se sentirait-elle pas légèrement exclue ? Négligée ? Courtoisement, Mr Kellog qui, après tout, a lui-même une fille, lui sourit en lui faisant un signe.

« Veronica et moi étions justement en train de dire... »

Derrière la puanteur de son cigare, elle perçoit un relent d'alcool : c'est bon signe.

Pourquoi ? Parce que l'homme a peur. L'homme les a rejointes ici en cachette. L'homme n'a certainement dit à personne où il allait.

Toutes les conditions sont réunies pour sa disparition.

De lui, quand on ouvrira demain le bureau, ne restera que l'odeur de son cigare.

Il est neuf heures cinquante lorsque Mr Kellog éteint les néons, conduit ses visiteuses admiratives dehors et, en faisant beaucoup d'embarras, verrouille les portes de l'immeuble. Il fait noir ici, au dos du 2883 Branch Street : le parking n'est éclairé que par une seule lumière, il n'y a aucun autre éclairage urbain à proximité, pas de lune. La nuit du 29 mai est une nuit fraîche qui sent la terre mouillée, le ciment humide, les fumées d'usines. (Branch Street est dans la partie nord de Hammond mais à cette extrémité-ci de la rue, l'extrémité est, sont concentrées quelques petites usines et une entreprise spécialisée dans le broyage des ordures.) Mr Kellog se frotte les mains et dit avec animation, regardant successivement les deux filles : « Je pensais que nous pourrions aller faire un tour en voiture. Le long du fleuve ? Vers Morganstown ? Il y a là-bas une charmante petite auberge, la Morganstown Inn. Vous connaissez ? Cela nous permettrait peut-être de nous connaître un peu mieux, de nous détendre... tout simplement de nous parler. Qu'en dites-vous ?

– Quelle idée géniale, monsieur ! » répond Margaret, le dévisageant de ses yeux plutôt froids.

Veronica aussi le dévisage, de ses yeux d'encre qu'elle semble incapable de détacher de lui. Dans un souffle parfumé au chewing-gum, elle murmure : « Oh ouais! Quelle idée géniale, monsieur. »

Une heure plus tard, Whitney Kellog Jr avait disparu.

7

Le complot (4)

FOXFIRE a gardé « WKJ » en sa possession durant cinq jours. Personne d'autre ne savait où était passé le millionnaire, ou qui l'avait enlevé.

Mais n'était-ce pas plutôt « WKJ » qui possédait FOXFIRE ?

Le deuxième ou troisième jour après qu'on eut braqué, ligoté et bâillonné la victime, qu'on lui eut bandé les yeux, qu'on l'eut amenée à la ferme et attachée à une poutre du plafond en attendant la rançon de UN MILLION DE DOLLARS exigée contre sa libération – toutes ces opérations supervisées par elle, Legs a dit : « Qui aurait cru que ce salaud serait aussi réel ? »

La phase initiale du plan de Legs se déroule parfaitement – à savoir, l'enlèvement de « WKJ » dans le parking d'American Tools & Associates.

Il vient tout juste d'ouvrir la portière de la Cadillac pour que Veronica puisse se glisser sur le siège du passager quand, de l'ombre, surgit une haute et robuste silhouette masquée – de fait, il y a trois silhouettes masquées, mais WKJ est trop paniqué pour remarquer d'emblée les deux autres – qui, le poignet droit stabilisé par la main gauche, braquent un revolver sur son visage stupéfait.

« OK. Ne bougez pas. Restez où vous êtes. »

Ordre émis par une voix rauque, gutturale. Une voix d'homme ? Sûrement. Un masque terrifiant. Mr Kellog voit probablement des yeux briller derrière les trous, mais ce ne sont pas des yeux qu'il connaît.

Naturellement, il obéit. Il se fige. Il lève faiblement les bras. Son cigare, oublié entre ses lèvres, tombe à terre.

« S'il vous plaît, ne tirez pas. Prenez mon portefeuille. Je vous donnerai tout l'argent que j'ai. Et les clés de la voiture. »

Le sang s'est retiré de son visage. Sa voix est fêlée, chevrotante. Ses genoux tremblent. Ses yeux sont humides, ils implorent.

Il voit alors les deux autres silhouettes s'avancer rapidement vers lui. L'une brandit un revolver, la deuxième porte quelque chose dans ses bras.

Elles l'encerclent : l'une se place à sa gauche, l'autre, à sa droite.

Il sent ses intestins se contracter. Il est paralysé, ou presque.

Il a une foutue trouille : hébété, le corps soudain baigné de sueur froide, il fixe le canon d'un revolver (celui-ci ne tremble-t-il pas imperceptiblement ?) braqué sur son visage : il entend la voix de cet étranger ainsi que sa propre voix, enrouée, croassante, qui implore : « Prenez mon portefeuille, s'il vous plaît, ne me tuez pas, prenez ma voiture, prenez tout mais, s'il vous plaît, ne tirez pas ! » Il est en partie conscient du fait que Margaret Sadovsky et Veronica Mason ont reculé – les malheureuses innocentes, éberluées, murmurent oh ! oh ! oh ! et s'il vous plaît, ne tirez pas ! Elles s'évanouissent dans l'ombre, abandonnant un compagnon qui se sent d'autant plus exposé et vulnérable.

Il faut à WKJ plusieurs longues secondes avant de se rendre à l'évidence : ce que veulent ses agresseurs armés, c'est lui.

Non pas l'argent qu'il a dans son portefeuille, mais lui en personne.

On l'oblige à s'agenouiller sur le gravier et il vide ses poches comme on le lui ordonne. Il lève furtivement les yeux sur son agresseur – le plus grand, le seul qui parle, de cette voix grave dont le ton mi-courtois mi-moqueur donne à penser qu'il connaît Whitney Kellog Jr et n'a pas très haute opinion de lui. « OK, mon vieux, maintenant, avance. Si tu coopères, on te fera pas de mal. » Il porte un masque de Halloween en caoutchouc, une terrifiante tête de mort arborant un large sourire et dont les os d'un blanc iridescent sont grossièrement peints sur un fond noir. Il mesure environ un mètre quatre-vingts et possède un corps solide, engoncé dans plusieurs couches de vêtements; il porte des gants et un chapeau d'homme maintenu enfoncé sur sa tête par une écharpe nouée de telle sorte qu'aucune mèche de cheveu ne dépasse. « J'ai dit magne-toi le cul, vieux. »

Ils veulent le faire avancer – non debout, mais à quatre pattes, le faire ignominieusement se traîner ainsi jusqu'à l'arrière de la Cadillac. Pourquoi, il n'en sait rien. Il est trop terrifié pour protester. Les deux agresseurs masqués munis de revolvers le font avancer comme un animal, le poussant à coups de pied. Ils sont prestes, efficaces, nerveux, probablement jeunes.

Des personnes de couleur, peut-être, pense WKJ.

Leur plan, comprend-il tardivement, consiste à l'obliger à monter dans le coffre de sa propre voiture pour pouvoir filer avec lui dans la nuit. C'est un enlèvement, un kidnapping. Ce sera sa vie contre une rançon. On ne le tuera pas tout de suite, mais on risque de le faire plus tard. « Non! Pitié! Au nom du Christ, ayez pitié de moi! » supplie-t-il d'une voix faible et fêlée, les yeux pleins de larmes. « Si vous me laissez partir maintenant, je n'appellerai pas la police, je ne dirai rien à personne, je vous le jure. Pas un mot. Prenez l'argent, prenez la voiture mais, s'il vous plaît...

– Ferme ta gueule, vieux. Sinon je te la pète.

– Ma femme... ma famille...

– Allez, mon vieux. Allez, *Mister*, tends tes mains.

– ... Et ces jeunes filles! Ne faites pas de mal à ces... »

Sans plus de cérémonie, il se retrouve ligoté, poignets et chevilles, avec du fil de fer. Trop étroitement : ça lui fait mal. On lui fourre un chiffon dans la bouche avant de nouer comme un bandage, sur la partie inférieure de son visage, un morceau d'étoffe qui l'empêche de cracher son bâillon et d'émettre d'autre son que des râles et des gémissements. On lui bande les yeux – la dernière chose qu'il voit, alors qu'il est encore à l'air libre, c'est cette tête de mort de bazar, blanche et fluorescente, avec son grand sourire moqueur, ainsi que les yeux glacials et asexués qui luisent par les trous du masque. On le force alors à enfiler la tête dans un sac à l'odeur rance de pomme de terre, qu'on lui noue autour du cou. Puis on le balance dans le coffre profond et spacieux, préalablement fouillé, dont on a retiré et fait rouler le pneu de secours pour le cacher. Où ? Dans un caniveau situé derrière l'immeuble, où on le découvrira quelques jours plus tard.

Ce n'est que tardivement que WKJ s'est rappelé l'existence de ses deux compagnes, mais il l'a fait, alors même qu'il était en état de choc, ce qui plaide en sa faveur. Avant que la porte du coffre soit claquée sur lui, il a tout lieu de penser qu'on les bat, qu'on les tue, peut-être : il entend l'une crier en sanglotant, non! oh non, s'il vous plaît! tandis que l'autre, sanglotant pareillement, supplie, oh, s'il vous plaît, ne nous tuez pas! Pitié! Mais leurs cris sont de plus en plus étouffés; on entend le bruit répugnant du métal qui heurte la chair, la crosse du revolver qui frappe la chair; un dernier cri étranglé, le bruit de corps tombant sur le gravier, puis plus rien.

Plus tard, lors du supplice qu'on lui fera subir, il oubliera les deux filles.

Ces filles – il a déjà oublié leur nom! – il ne supporte pas d'y penser; de supputer ce que signifie leur sort possible, leur sort probable – subordonné qu'il est au sien.

Toutes cinq, dans le parking situé à l'arrière du 2883 Branch Street. Legs, étreignant ses sœurs en FOXFIRE et étreinte par elles, étourdie, folle de joie, chuchote, comme si elle n'y croyait qu'à moitié. « On l'a eu! Le reste sera facile. »

8

Le complot (5)

On l'a eu. Le reste sera facile.
Oh! Legs! Si tu avais su...

Certains faits, FOXFIRE ne pouvait, ou ne voulait pas, les connaître. Jusqu'à ce que, plus tard, ils fussent révélés par la presse, ou autre médium : par exemple le fait que Whitney Kellog Jr, étroitement ligoté et bâillonné puis enfermé dans le coffre de sa propre voiture, a commencé à vomir et s'étouffer, sachant qu'il allait mourir si on ne lui venait pas en aide. Le désespoir aidant (il l'admettra après coup), lui qui n'avait jamais prié s'est soudain tourné vers Jésus-Christ, qui a entendu son appel et lui a promis de le sauver sous condition (« si tu Me prends dans ton cœur »). Par miracle, la nausée a cessé, ainsi que les terribles vomissements qui l'accompagnaient; Whitney Kellog Jr s'est alors senti déborder d'une force et d'un courage chrétiens surhumains car il savait que son Sauveur l'aiderait à affronter l'épreuve qui l'attendait, qu'Il le rendrait sain et sauf à ses proches.

Mais cela, FOXFIRE ne pouvait pas le savoir.

Résolue à embrouiller l'homme enfermé dans le coffre de la voiture, Legs parcourt le comté de Hammond en zigzag – du nord au sud, de l'est à l'ouest, engageant la voiture dans un vrai labyrinthe! Elle franchit des ponts, traverse des tunnels, effectue des virages à 180 degrés! Tourne en rond jusqu'au vertige, trace abruptement des angles droits! Emprunte des routes à la surface sèche, d'autres, recouvertes de gravillons glissants, puis des chemins de terre pleins d'ornières! Le tout pendant quarante-cinq minutes chrono avant de retrouver la route à grande circulation conduisant à la commune d'Oldwick, sur laquelle elle roule à une allure modérée jusqu'au quartier général de FOXFIRE, où elles doivent retenir leur proie prisonnière jusqu'au versement de cette rançon d'UN MILLION DE DOLLARS destinée à changer à jamais la vie du gang.

Maintenant, rien ne peut plus nous arrêter, pensait-elle, étourdie et jubilante – effet de l'adrénaline que sécrète le succès.

« Non, sans blague! Vous l'avez piégé?

– Bien sûr, qu'est-ce que tu crois? »

Elles déverrouillent le coffre de la Cadillac et leurs yeux s'arrondissent de surprise, d'une stupéfaction incrédule.

29 mai, onze heures et quart du matin : une Mrs Kellog abasourdie reçoit le premier coup de téléphone, passé d'une cabine de Fairfax : « Ne prévenez pas la police, madame. Votre mari est en sécurité mais il mourra si vous prévenez la police. Compris? » La première demande de rançon est postée à peu près à la même heure; elle devrait arriver au 8, Jelliff Place le lendemain après-midi.

Entre-temps, à l'insu de FOXFIRE, une Mrs Kellog en pleine crise de nerfs contacte non la police, mais le procureur du comté de Hammond, qui est un ami de la famille. De fait, il est le parrain de Marianne.

C'est alors que survient le premier obstacle, complètement inattendu : le kidnappé refuse de coopérer avec ses kidnappeurs.

Legs n'avait pas prévu ça. « Le salaud! » s'écrie-t-elle.

Whitney Kellog refuse de parler au téléphone à sa femme, même sous la menace d'un revolver. Il a les yeux bandés, le récepteur est pressé sur son oreille gauche, le canon de l'arme braqué sur sa tempe droite, ce fils de pute tremble de peur mais il ne veut pas parler ; il ne veut pas répondre aux questions implorantes de sa femme, « Whitney ? Allô ? Tu vas bien. Whitney... ? » Il ne veut pas non plus écrire un mot assorti de l'injonction : « Contente-toi de faire ce qu'on te demande et je reviendrai parmi vous », assurant sa femme qu'il va bien ; ni même en signer un autre, soigneusement tapé pour lui à la machine. Il refuse tout !

Goldie est livide de rage : « Dans ce cas, on peut le faire crever de faim. On peut le torturer. Lui couper un doigt qu'on enverrait à sa femme pour montrer qu'on plaisante pas ! dit-elle.

– Non, attendez. Il va céder. Je vais le raisonner », répond Legs lentement, presque trop lentement.

Ce qu'elle fait. Du moins essaie-t-elle. Là, dans la cave au sol de terre battue de la ferme d'Oldwick, d'une voix grave, ferme, amicale, elle tente de convaincre l'homme toujours ligoté, les yeux bandés, la tête coiffée d'un sac qu'on ne lui ôte que sporadiquement, et toujours en présence des silhouettes masquées épaissies de vêtements accumulés (qu'il croit sans doute encore être masculines, peut-être celles de jeunes hommes de couleur) : dans l'intérêt de tout le monde, il ferait mieux de coopérer ; ne se trouve-t-il pas loin de chez lui, à des centaines de kilomètres de chez lui ? Et sa femme, qui doit être folle d'inquiétude à son sujet... et ses enfants, qui doivent aussi se faire un sang d'encre (cela pour suggérer que ses kidnappeurs, quels qu'ils soient, sont peu au courant de sa situation familiale, Marianne étant fille unique)... Et qu'est-ce qu'un million de dollars pour un homme aussi fortuné que lui ? Comment un homme aussi riche que Mr Kellog pourrait-il préférer mourir plutôt que payer ? C'est ça qu'il veut ?

Le mot « mourir » ne semble pas l'affecter. Pas du tout.

C'est bizarre, Legs ne comprend pas. Elle ne s'affole pas mais elle ne comprend pas Whitney Kellog Jr. Un homme d'affaires qui manie l'argent et les êtres humains avec un égal cynisme refuser maintenant de négocier avec elle ? Réagir de façon anormale, se comporter comme un quasi-zombi ? Dans le parking, il crevait de trouille ; maintenant, il semble hors d'atteinte. Legs et Violet ont pourtant vu comment il était, tant chez lui qu'à l'église : il serrait des mains, riait fort, il était vivant, plein d'entrain, énergique ; mais maintenant qu'il est prisonnier de FOXFIRE, on le dirait profondément retranché en lui-même.

« Nous ne possédons que sa personne physique. »

Cette personne physique, elles doivent assurément en prendre soin – la nourrir, ou du moins essayer (le salaud refuse de manger), emporter le récipient rempli de pisse et d'une merde maigrichonne et liquide.

Elles doivent le surveiller constamment. Jour et nuit, deux lampes à pétrole brûlent dans la cave. Jour et nuit, il n'y a jamais moins de deux gardes armés.

Legs passe dans la cave la plupart de son temps. C'est comme si j'étais revenue dans La Pièce, pense-t-elle, mais cette fois-ci nous y sommes tous les deux.

Le premier jour, c'est-à-dire le 30 mai, Toy Bocci prend L'ÉCLAIR pour aller poster, d'une simple boîte aux lettres située aux confins de la ville, un petit paquet soigneusement emballé adressé à MRS W. KELLOG, 8, JELLIFF PLACE, HAMMOND, ÉTAT DE NEW YORK. Il contient le mouchoir de linon blanc monogrammé de WKJ, sa lourde chevalière maçonnique d'or et d'onyx et son permis de conduire. Plus un mot de Legs, tapé à la machine :

VOTRE MARI EST VIVANT & EN BONNE SANTÉ. IL NE SERA LIBÉRÉ QUE LORSQUE VOUS

AUREZ PAYÉ UNE RANÇON D'UN MILLION DE DOLLARS. ATTENDEZ LES INSTRUCTIONS ! NE PRÉVENEZ PAS LA POLICE !!!

Prise d'une impulsion soudaine, Legs s'entaille la paume de la main avec son rasoir, puis barbouille la feuille de papier de son sang. L'idée d'assurer l'Ennemi qu'on ne plaisante pas la fait jubiler.

Contacter Mrs Kellog n'est pourtant pas aussi facile qu'elle le croyait.

S'il est relativement aisé, en composant son numéro, d'obtenir une réponse immédiate – avant même la fin de la première sonnerie –, l'épouse se montre terriblement émotive au téléphone : elle ne prend pas du tout cela comme un marché. Elle ignore bien sûr que son mari lui sera rendu quoi qu'il arrive.

La pauvre femme est donc en larmes, elle a du mal à s'exprimer de façon cohérente et Legs, qui espérait pouvoir négocier raisonnablement avec elle en parlant à travers un morceau de tissu posé sur le récepteur (comme elle l'a vu faire au cinéma), a du mal à placer un mot. Ça l'angoisse. La nervosité la fait transpirer. Mrs Kellog essaie-t-elle de gagner du temps pour qu'on puisse localiser l'appel ? Legs repose donc un récepteur devenu à ses yeux aussi dangereux qu'un serpent.

Ce qui signifie qu'elle est obligée de rappeler Jelliff Place. Et la même chose se produit.

Le problème, c'est que WKJ refuse de coopérer : il refuse de parler à sa femme.

Cette malheureuse qui pleure, qui supplie, qui implore, on ne peut mettre en doute son absolue sincérité : « ...Comment puis-je vous payer alors que j'ignore même si Whitney est vivant ?... Comment pourrais-je le faire, comment pouvez-vous attendre cela de moi ? Oh, par pitié, laissez-moi lui parler... » Legs, écœurée, lui répond : « Il refuse de vous parler, madame ! »

Deuxième jour, troisième jour, quatrième jour... et personne pour en rendre compte; plus de Maddy-Monkey, assise devant sa machine à écrire, pour consigner les événements dans le journal de bord... Le Temps s'écoule ainsi d'une façon étrange, presque sinistre. Chaque heure semble interminable, comme si on tentait d'étirer une substance dense et rétractile; pourtant les jours – les vingt-quatre heures d'horloge – se succèdent rapidement. C'est dingue! Comme quand on est défoncé! Les jours passent et elles n'arrivent pas à conclure un marché avec Mrs Kellog, elles n'arrivent pas à mettre la main sur l'argent. Et chaque jour leur prisonnier, sa Cadillac au gros cul cachée dans la grange, leur fait courir un risque terrible auquel elles préfèrent presque ne pas penser.

Maddy Wirtz, la chérie de Legs, celle qui lui a brisé le cœur, qu'avait-elle dit au juste ? Que le kidnapping est un CRIME CAPITAL.

Ce à quoi Legs avait répondu avec dédain : « Mais nous ne le tuerons pas et nous ne nous ferons pas prendre.

Rien dans le journal de Hammond au sujet de la disparition du millionnaire. Rien non plus sur les ondes de la radio locale.

Est-ce bon signe ? Cela signifie-t-il que Mrs Kellog a obéi aux ordres de ne pas contacter la police ?

Au total, c'est onze coups de fil qui parviennent à Jelliff Place, le domicile des Kellog – la plupart donnés de diverses cabines publiques de Hammond ou autres agglomérations situées dans la périphérie; un ou deux, de stations-service rurales situées beaucoup plus loin de Hammond, à Sandhurst, sur le lac Ontario. Legs craint que les appels soient localisés même si, dans un coin de sa cervelle, elle se persuade, à raison, que Mrs Kellog agit de bonne foi, qu'elle ne veut pas qu'on tue son bien-aimé Whitney.

Chaque fois que Legs compose le numéro des Kellog, numéro qu'elle ne tarde pas à connaître par cœur, on répond dès la première sonnerie. La plupart du temps, c'est Mrs Kellog qui décroche mais, à plusieurs reprises, c'est Marianne. (Legs, débordant de culpabilité, de regret, de honte, se contente alors de demander à parler à sa mère. Elle se refuse à croire... non, elle ne croit pas que Marianne soit nécessairement au courant du kidnapping, des menaces... elle doit seulement savoir que son père a disparu. De même, Legs se refuse à penser que nombre d'autres personnes doivent s'être aperçues de sa disparition car, après tout, Whitney Kellog est un industriel connu.) On répond donc promptement et Mrs Kellog est toujours, ou presque toujours, là. N'empêche que les conversations avec elle sont peu satisfaisantes, absurdes et décousues comme elles le sont. Il arrive à Legs, prise d'une sueur gluante et glacée, de lui crier : « Je raccroche ! Allez vous faire foutre ! Je commence à me demander si vous ne souhaitez pas sa mort ! »

Ce n'est que la personne physique de ce salaud que FOXFIRE a en sa possession.

Mais qui dit possession dit soins, responsabilités.

Impossible de ne pas avoir pitié de lui. Il ne se plaint pas. Il a sûrement peur mais ne le montre pas, comme s'il savait (mais comment le saurait-il, à moins d'être médium) que FOXFIRE entend le libérer au bout d'une huitaine de jours, que l'argent soit remis ou non.

Pour tenter de le nourrir, elles doivent ôter la bande de tissu nouée autour de la partie inférieure de son visage ; elles doivent tirer d'un coup sec pour ôter le bâillon mouillé de salive – tout en lui laissant bien sûr les yeux bandés et les poignets et les chevilles attachés. Oui, mais il refuse de manger : tel un bébé géant, il serre les mâchoires, refusant la nourriture, toute nourriture, c'en est proprement stupéfiant, ouais, elles ne s'étaient pas attendues à ça, il ne boit même pas d'eau – sauf une fois où, alors qu'on portait le verre à ses lèvres, le pauvre bougre a bu bu bu comme s'il mourait de soif mais tentait de le nier.

« Allons, mon vieux, allons, Mr K'logg, vous ne voulez pas survivre ? » a demandé d'un ton cajoleur Legs, échangeant un regard avec Lana.

« Vous ne voulez pas communiquer ? » a renchéri Lana, exaspérée, tentant sans trop de succès de déguiser sa voix.

Mais non. Il ne voulait pas. Sortant une langue grise et chargée qui semblait trop grande pour sa bouche, il a léché ses lèvres enflées et meurtries. Puis ses mâchoires se sont refermées, dures comme du béton, et il a refusé de prononcer un seul mot.

Des poils d'un gris moiré lui ont poussé sur le visage et il ressemble à un vieil ivrogne.

Ses dessous de bras dégagent une odeur d'oignon pourri.

Sa chemise blanche amidonnée est depuis longtemps déchirée, tachée, crasseuse ; elle a peut-être été très chic, très classe, mais plus maintenant.

Goldie s'écrie, à portée de voix du prisonnier : « On a assez déconné comme ça. Mettons qu'on lui coupe un doigt, par exemple au moment où on téléphone à sa femme : comme ça elle l'entendra car il sera bien obligé de dire quelque chose. »

Legs, blanche de rage, ne répond pas. Mais une fois en haut, elle vole dans les plumes de Goldie : « Non, mais quelle conne ! Comment peux-tu parler comme ça ? Le principe, c'est qu'on ne lui fera pas de mal. On s'y est engagées. Si on commence à lui couper un doigt, qu'est-ce qu'on fera après ? » S'ensuit un moment étrange, plutôt contraint. Goldie tire sur sa cigarette en fixant ses pieds. On a l'impression qu'elle a tout oublié du plan – du COMPLOT tel que Legs l'a conçu. Ouais, elles se sont engagées à le respecter à la lettre, mais se peut-il que Goldie ait un trou de mémoire ? Et si c'était aussi le cas pour d'autres sœurs de FOXFIRE ?

Impulsivement, Lana répond : « Ce que Goldie veut dire, c'est qu'on devrait lui faire peur. On n'est pas obligées de couper tout le doigt tout de suite. »

Tard dans la nuit, Legs est de garde, une « VV » muette assise auprès d'elle. Les lampes à pétrole diffusent une étrange lumière de Halloween sur un WKJ qui semble dormir – ou peut-être s'est-il simplement retranché ? L'idée vient soudain à Legs (qui se l'explique pour avoir vu, tête baissée et yeux fermés, l'homme prier à l'église sur le banc réservé à sa famille – son banc) qu'il se pourrait, mais attention, c'est juste une hypothèse, que le comportement étrangement obstiné de ce salaud, genre « je suis fort comme un roc », soit plus ou moins lié à sa foi.

A savoir, son christianisme spécifique, son appartenance à l'Église épiscopale, car c'est ça la religion de ce richard.

Comme si ça ne lui suffisait pas de posséder des usines et une demeure somptueuse, de faire turbiner des milliers d'êtres humains, ce salaud possède aussi Dieu. Comme si le paradis lui-même était une propriété de plus où il savait que sa place l'attendait !

Est-ce que j'ai commis une erreur ? Est-il trop tard pour la réparer ? Est-ce que j'ai tout gâché ?

Non, ces questions ne sont pas dans le style de Legs. FOXFIRE NE REGRETTE JAMAIS !

Une fille vole de toit en toit ; elle file comme l'éclair sur ses longues jambes, les cheveux flottant au vent. Aucun de vous, jamais, ne pourra l'attraper. Ce n'est même pas la peine d'essayer.

Dimanche 3 juin : la fin de FOXFIRE.

Peut-être que certaines la pressentaient. Là-haut, dans le noir, les plus jeunes dorment, ou tentent de dormir. Elles grincent des dents. Elles ont la chair de poule. « Que va-t-il se passer et qu'allons-nous faire ? Je veux rentrer chez moi. » Et Maddy qui est à des kilomètres de là, le cœur serré ! « Legs ? Pourquoi ne pas m'avoir écoutée ? Legs, pardonne-moi. »

Le 3 juin : une longue journée qui se traîne, cahotante comme un train de marchandises. A six heures du soir, elles ne sont pas encore réduites au désespoir, mais elles sont graves, oui. « Nous devons le faire monter à la cuisine et obtenir qu'il parle au téléphone, OK ?

– Mais il voudra pas.

– Il voudra. Il le faut.

– Et s'il veut pas ? »

Elles descendent dans cette cave que désormais elles redoutent, Legs s'accroupit à côté de cette silhouette encombrante et monstrueuse qu'elles en sont venues à haïr et elle dit, non, elle implore : « Écoutez ! Pourquoi vous parlez pas ? Pourquoi vous refusez de coopérer ? » Votre pauvre femme est malade d'inquiétude, elle arrête pas de demander comment vous allez, elle attend qu'un mot de vous. Allez, mon vieux, tu dois coopérer ! »

Pas de réponse, sauf que ce salaud secoue la tête... un non presque imperceptible.

« Maintenant on va appeler votre femme, et vous feriez mieux de lui parler. Allez, debout ! »

Goldie et « VV » aident à le tirer tandis que Legs, de la crosse du revolver, lui donne des petits coups dans le ventre. Mais il est comme un poids mort : même son corps refuse de coopérer.

Même le peu d'exercice qu'on lui offre, il le refuse.

Haletantes, elles le laissent donc retomber, à moitié couché dans la poussière. Il respire fort, il transpire, les poignets et les chevilles entamés par le fil de fer qui les lient – regrettable, mais nécessaire –, le bandeau toujours sur les yeux : le pauvre bougre a l'air d'un cadavre auquel on aurait fait une étrange toilette et une bouffée de pitié saisit Legs, mais, plus âpre encore, une bouffée de colère, de rage. « Ce qui t'arrive est ta faute, espèce d'enfoiré! Il ne tient qu'à toi d'être libéré quand tu le voudras! »

Il se peut, même à ce stade, que Legs y croie encore.

Il faut donc obliger WKJ à se mettre sur ses pieds et à gravir les marches. Pour Legs, autant que pour Goldie et « VV », l'univers se réduit à ce présent problématique : elles se refusent à penser à l'heure qui va suivre, au jour qui va suivre, sans parler de celui qui lui succédera.

Donc : Legs, l'un des revolvers en main, est accroupie devant l'homme étendu et le bourre de petits coups de crosse, impatiente et irritée comme une mère confrontée à un enfant difficile, elle lui donne des coups de crosse sur le genou pour qu'il sente le revolver (elle sent qu'elle lui fait mal mais, comme d'habitude, il ne le montre pas), tandis que Goldie, debout, dominant Legs, pointe le canon du second revolver sur le visage de WKJ bien que, avec ses yeux bandés, ce dernier ne puisse la voir et que « VV » se tient également accroupie derrière et à la droite de Legs, sans arme mais comme toujours vigilante, en alerte – une maigrichonne de quinze ans vive comme un serpent, à peine plus formée qu'une gamine de onze ou douze ans, dont même les sœurs de FOXFIRE ne savent pas grand-chose si ce n'est qu'elle est la cadette d'une famille de sept enfants vivant près de la décharge municipale, que son père, un manœuvre, ne travaille qu'irrégulièrement, que deux de ses frères sont à Red Bank et que sa mère a depuis longtemps renoncé à s'occuper d'elle (« que ces filles l'embarquent, si ça leur chante, bonne chance à elles car moi, je ne suis jamais arrivée à me faire obéir de cette petite garce »), mais d'après Goldie, qui a intercédé pour qu'elle soit admise dans la bande, « VV » était d'une loyauté farouche, « VV » était une fille courageuse, elle avait des nerfs d'acier, elle était généreuse et prête à sacrifier son sommeil pour que Legs, Goldie et Lana puissent dormir, et fallait voir la reconnaissance enfantine que « VV » avait manifestée quand on lui avait donné des vêtements bons pour la poubelle (le jean trop grand qu'elle porte, le pull en lambeaux et les mignonnes socquettes blanches avec des éléphants roses brodés sur le revers), c'en était gênant pour les autres : elle leur saisissait et leur embrassait les mains en babillant et balbutiant plus de mercis qu'il est agréable d'en entendre au point que Legs a dû la taquiner pour la calmer, ajoutant, écoute, maintenant c'est FOXFIRE ta famille. Chacune donne selon ses moyens, chacune reçoit selon ses besoins; et maintenant, au soir du cinquième jour du kidnapping de WKJ, voici cette même Legs en train de déclarer : « OK, je plaisante pas, espèce de connard. Tu entends ? », une Legs les yeux cernés de fatigue qui, de la crosse de son revolver, tape plus fort sur le genou du prisonnier qui, comme par réflexe (à moins qu'il ne soit lui-même en train de craquer ?), la frappe de ses jambes brusquement détendues, la déséquilibrant et envoyant valser le revolver qu'elle tient et dont « VV » s'empare, pointant, tremblante, l'arme sur WKJ en criant : « Salopard, je t'interdis de la toucher ! » et Legs, devinant ce qui va se produire, bouscule « VV » mais au même moment le coup part dans un fracas assourdissant et une balle de calibre 38 frappe WKJ à la poitrine. Le sang coule.

9

Une équipée fatale

« VV » L'Exécutrice. Elle part se cacher dans un coin de la grange, tirant par poignées ses cheveux d'un châtain terne, sanglotant non, je voulais pas... oui, je voulais... s'il te plaît, Legs, laisse-moi l'achever puisque maintenant c'est trop tard. Laisse-moi faire, Legs! Laisse-moi!

Legs est blanche comme la craie. Elle est hébétée. Elle semble malade comme jamais ses sœurs de FOXFIRE ne l'ont vue.

Ses yeux écarquillés luisent comme des chandelles, une idée la traverse lentement : elle sait que, pour FOXFIRE, c'est la fin. Elle s'accroupit devant l'homme évanoui, terrifiée à l'idée de le toucher mais éprouvant le besoin de le faire : « Hé, monsieur, hé! Vous allez pas mourir, hein ? » Elle retire des doigts gluants de sang.

La balle n'a pas traversé le cœur. A-t-elle simplement traversé la chair ? La partie supérieure droite d'une poitrine assez charnue ? Un sang noir imprègne sa chemise ainsi que la bande de drap que Legs a essayé d'enrouler autour de la blessure, la faisant passer d'abord sous le bras puis au-dessus de l'épaule; émane de lui une puanteur d'intestins relâchés et d'animal affolé. L'homme que Legs, maintenant encore, se refuse à considérer comme le père de Marianne s'agite faiblement; dans un éclair de conscience, comme un homme s'éveillant d'un rêve, il remue les lèvres, des lèvres pâles comme la mort, entrouvertes, humides de salive; même maintenant, souffrant comme il souffre, il est stoïque, il n'implore pas, il ne n'adresse pas la parole à ses ravisseurs; il se contente de murmurer : « Oh, Jésus-Christ, aidez-moi, oh, Jésus, aidez-moi. »

Legs lui crie : « C'est pas le putain de Christ qui va vous aider, c'est nous! »

Legs constate qu'il n'y a plus rien à faire. Elle dit : « Il faut appeler une ambulance.

– Merde, tirons-le dehors, n'importe où! Déposons-le près de la route! crie Goldie.

– Ce n'est qu'après qu'on appellera l'ambulance, hein. Legs? » demande Lana.

Mais Legs, avec cet air hébété et ce visage toujours pâle comme la craie, a pris sa décision : « Ça pourrait le tuer. Il faut qu'on l'aide. Allez préparer les autres, OK? »

« Les autres », ayant entendu le coup de feu, sont terrifiées. Du haut de l'escalier, elles scrutent désespérément la cave, elles sanglotent : « Legs? Legs? Qu'est-ce qu'on va faire? Legs, il est mort? » Après tout, ce ne sont que des gamines.

En bas, dans la cave, l'homme n'est pas mort mais il geint, sa respiration est saccadée. La force de la balle l'a envoyé rouler par terre, comme renversé par une rafale de vent, et Legs, le contemplant avec un détachement qui se situe au-delà de l'horreur ou même de la simple inquiétude, voit bien que l'Ennemi n'est après tout qu'un homme – un homme couché sur le dos, et qui saigne. « Hé, vous n'allez pas mourir. Nous allons chercher de l'aide, tenez bon », lui dit-elle âprement.

Elle bondit en haut de l'escalier, empoignant les filles, les étreignant et se laissant étreindre en retour. « Ça va. Personne n'est mort. On a eu un accident... Ça va changer nos plans. On a merdé donc il faut vous tailler, d'accord? Toutes celles d'entre vous qui le peuvent, taillez-vous. »

En clair : celles d'entre vous qui ont encore un chez-elle n'ont qu'à y rentrer.

En clair : celles qui n'ont pas participé au kidnapping, qui n'étaient pas présentes au moment du coup de feu, qui n'ont rien vu de façon précise, et à qui on ne peut donc rien reprocher n'ont pas à s'inquiéter : elle les protégera si elle le peut.

En clair : FOXFIRE, c'est fini.

Les filles se sauvent à travers champs, en pleurs, leurs mollets en sang, déchirés par les ronces.

Mais en voici une autre qui, seule, part en courant dans Oldwick Road, une fille assez culottée, assez tête brûlée, ou peut-être trop stupide pour se soucier d'être vue, qui ne pense qu'à fuir – n'importe où, bon Dieu ! Cet exquis visage de poupée sillonné de larmes, ces cheveux noirs de jais qui cascadent en ondulant jusqu'à sa taille... Six minutes ne se sont pas écoulées que déjà passe une voiture qui freine en chassant, puis s'arrête ; son conducteur, bouche bée, regarde la fille puis recule comme si sa vie en dépendait, un bras autour du volant et l'autre posé à plat sur le dossier du siège avant, ce type est déjà amoureux, il tend le cou pour mieux contempler cette fille incroyablement belle, à la peau si blanche, au corps que même des vêtements informes et dépenaillés ne parviennent pas à déguiser : et elle, repoussant les mèches qui lui tombent dans les yeux, le regarde avec un espoir si radieux que, le reste de leur vie, ils se vanteront tous deux qu'entre eux a été l'amour au premier regard – ouais, le vrai de vrai.

Legs donne aux filles dix minutes pour quitter la ferme, pas une de plus. Assise en haut des marches de l'escalier de la cave, elle contemple l'homme blessé qui, là en bas, étendu sur le dos et désormais inconscient, frissonne et gémit. Elle a posé le calibre 38 sur ses genoux, comme s'il s'agissait encore de garder le prisonnier.

Ne brûle plus qu'une seule lampe à pétrole, dont la mèche commence à filer.

Sa vie, la vie de celle qu'on a surnommé Legs, la submerge, vague après vague. Aussi évanescente qu'un rêve qu'on n'arrive pas complètement à mémoriser.

Une Goldie aux cuisses massives, accroupie près d'elle, lui chuchote à l'oreille : « Et si ce saligaud crevait ? C'est ce que je souhaite, t' sais !

– Et moi aussi ! » C'est « VV », sortie à pas de loup de sa cachette. Avec la démarche furtive d'un chien, éperdue d'affection, servile mais aussi provocatrice, elle vient vers Legs, mettant celle-ci au défi de la renvoyer. Legs la regarde et voit une fille mentalement malade, une fille dérangée : comment a-t-elle pu ne pas le savoir ? « VV » a un large sourire en coin qui donne un air de travers à son visage maigre – le genre de sourire qui ne peut que finir en crise de gloussements irrépressibles. « Ensuite, on brûlera cette putain de maison, pas vrai, Legs ? On peut ? »

Celle-ci pousse « VV » – pas fort, mais avec la crosse du revolver. « Allez, va-t'en, dit-elle. Reste pas avec moi.

– Non. J'irai nulle part sans toi ! répond « VV » avec colère.

– Moi non plus. Tu le sais bien, dit Goldie.

– Et moi non plus », dit Lana, occupée à traîner un sac bourré de vêtements sur le sol de la cuisine. Dans toute cette agitation, elle a trouvé le temps de dessiner une bouche pulpeuse et factice sur sa propre bouche aux lèvres exsangues, et cette seconde bouche sourit : « D'accord, Legs ? »

Que peut faire Legs Sadovsky, sinon dire oui ?

Legs, agrippée au récepteur, parle à toute allure, d'une voix basse et haletante : « ... Une blessure par balle, ouais ! Je vous l'ai déjà dit !... Ce type est blessé à l'épaule et il saigne salement, vous feriez mieux d'envoyer une ambulance... C'était un accident, le coup est parti tout seul... Oldwick Road, c'est à trois kilomètres huit au sud de

Hammond... un kilomètre six du champ de foire... une vieille ferme avec une boîte aux lettres rouillée sans nom dessus... Peu importe qui vous téléphone, venez immédiatement le chercher, OK ? OK ? » Goldie arrache le récepteur des mains de Legs et raccroche violemment : « Foutons le camp d'ici ! » Ce coup de fil, elles l'ont donné d'une cabine située sur le parking de la Mattawa Inn, mais il n'est pas exclu qu'on parvienne à localiser l'appel.

L'ÉCLAIR est paresseusement garée à proximité ; son moteur tourne avec un raffut du diable, son châssis vibre et son pot d'échappement vomit une fumée bleue. Ses phares, deux yeux jaunes, luisent comme ceux d'un dément.

Legs et Goldie reviennent en courant vers la voiture et y grimpent en riant follement, d'un rire de filles chatouillées. Quelques types s'apprêtant à franchir le seuil de la taverne les regardent avec insistance – deux belles filles déjà soûles, si tôt dans la soirée ? – et cette bagnole, toute arc-en-ciel zébré d'éclairs qu'on a du mal à reconnaître comme étant une vulgaire Dodge 1952...

Assises à l'arrière dans l'auto, deux autres filles. Pas de mecs ?

Le lendemain, quand la nouvelle éclatera, ils se souviendront : FOXFIRE.

Vingt minutes plus tard, Legs au volant de L'ÉCLAIR, traverse la Cassadaga River pour la dernière fois.

Elle est maligne. Du moins au début. Elle roule à une allure modérée, ne voulant pas attirer l'attention des flics : « le kidnapping est un crime capital, il peut t'envoyer à la chaise électrique ».

Sur le haut pont venteux qui prolonge Ferry Street, ce vieux pont de cauchemar qui enjambe une Cassadaga clapoteuse et scintillante qu'en grandissant elles ont vue sans toujours la voir, ce fleuve parfois invisible qui traverse Hammond et a traversé leur vie, elles baissent les yeux pour le regarder une dernière fois; « VV » passe la moitié de son corps par la vitre arrière, cheveux claquant au vent et main qui traîne comme pour un adieu puis, apercevant une Chevrolet dépouillée de sa carrosserie bourrée de garçons du lycée, elle leur hurle quelque chose en leur faisant du doigt un geste obscène, recevant en retour un coup de klaxon évoquant une grêle de balles, mais pas le moment de faire la course car le hot-rod se dirige vers la ville tandis que L'ÉCLAIR en sort par le nord; ce sera pourtant la dernière fois que des habitants de Hammond verront L'ÉCLAIR et iront signaler ce fait à la police quand, le lendemain, éclatera la nouvelle : le riche homme d'affaires Whitney Kellog Jr a été kidnappé, on l'a retrouvé blessé – n'aurait-il pas été plutôt victime d'une tentative de meurtre? – et quatre adolescentes appartenant à un gang du nom de FOXFIRE sont désormais, aux yeux de la justice, des FUGITIVES.

Vache de virée! Une Buick au bariolage insensé est repérée par des automobilistes sur la US 33 Nord, direction US 104 Est; puis sur la 39 Nord-Est direction Plattsburg, où la grand-mère de Legs recueillera les filles : mémé n'appellera pas la police, mémé nous cachera et nous pourrons ensuite traverser de nuit la frontière canadienne pour nous rendre au Québec où on parle le français – on l'apprendra –, où personne ne nous attend et où personne ne sait.

On les localise vers huit heures du soir après Spragueville, et, vers neuf heures, après Tinterfall quand, à un ciel orange opalescent ensanglantant l'horizon, succède une nuit qui tombe vite.

Celui, quel qu'il soit, qui les poursuivra en faisant hurler sa sirène ne les rattrapera pas.

Celui-ci, quel qu'il soit, devra tirer dans leurs pneus.

C'est un policier de l'État de New York qui les repère et, après avoir chronométré leur vitesse, les prend en chasse. A une vingtaine de kilomètres de Newton Falls, dans les Adirondacks – les montagnes ouest – sur la US 39 Nord, par une nuit fraîche de début d'été, une nuit de pleine lune estompée de nuages, le flic poursuit une voiture bringuebalante dépassant de trente-cinq kilomètres la vitesse autorisée, dont le pot d'échappement lâche des étincelles et dont les côtés de la carrosserie sont zébrées d'éclairs bronze et or.

En tout, une poursuite de près de quinze kilomètres.

Rarement, à force de persuasion câline, pouvait-on obtenir de L'ÉCLAIR une vitesse supérieure à cent kilomètres à l'heure, mais à présent c'est dingue, c'est sûrement un miracle, voilà soudain l'aiguille rouge et oscillante du compteur qui dépasse les cent, les cent dix, les cent douze, les cent dix-sept... Legs, agrippée au volant, sent la puissance qui fait vibrer la voiture tout du long, elle sent les pneus adhérer au bitume de la grand-route, L'ÉCLAIR semble foncer dans la nuit de son propre gré : si son poursuivant veut la coincer, il devra lui tirer dans les pneus.

Une route de campagne en courbe, bordée de forêts épaisses d'un côté et d'étendues broussailleuses de l'autre; puis soudain, la poisse : le phare gauche ne marche plus, mais il en faut plus que ça pour arrêter L'ÉCLAIR.

La voiture de police se rapproche, le mugissement de la sirène s'accentue, devient assourdissant.

Cent vingt-six, cent vingt-huit kilomètres à l'heure... L'ÉCLAIR file, remplie des cris terrifiés des filles, seule Legs Sadovsky se tait.

C'est au pont d'Oshawa Creek que se produit l'accident.

Le flic gagne du terrain sur L'ÉCLAIR qui aborde le pont étroit, muni d'un garde-fou très bas, qui enjambe un bras de rivière invisible; connaissant la route et le danger qu'elle présente, le flic freine, comme, d'ailleurs la conductrice de la Dodge que la vue de la passerelle vétuste pousse à freiner en pompant; mais, malheur! Voilà qu'en abordant la rampe la vieille bagnole dérape sur des gravillons, se cabre et se soulève... à une centaine de mètres derrière, le policier se cuirasse contre l'imminence du terrible accident : horrifié, il voit cette auto peinturlurée comme nulle autre se soulever de l'arrière, aller percuter le garde-fou de fer rouillé dans un grincement métallique, et, dépouillée de la partie arrière droite de son pare-chocs mais sans cela miraculeusement intacte, voler au-dessus du parapet après avoir tangué follement d'un côté et de l'autre, chassant comme si on avait tiré dans un de ses pneus – tout cela dans un ralenti de cauchemar; quand les roues avant de sa propre voiture touchent les gravillons, la lourde machine du flic dérape, fait un tête-à-queue, puis c'est le choc, le même grincement de métal contre la butée de béton... et c'est lui qui, pour avoir mésestimé la distance, se retrouve immobilisé au milieu d'une pluie de verre, humilié, le front en sang (il s'est cogné la tête); sonné, il tâtonne pour actionner sa radio et demander de l'aide, essayant de décrire la voiture des fuyardes – une voiture qui a disparu.

Et qu'on ne retrouvera jamais, pour autant que les autorités chargées de faire respecter la loi le sachent.

Épilogue

N'en parle jamais jamais, Maddy-Monkey, c'est la Mort si tu en parles. Mais maintenant, j'ai dit tout ce que je savais, ou presque.

Transcrivant le vieux carnet de notes de Maddy pour rédiger ces CONFESSIONS, je le détruis texte après texte, page après page. Des pages que je chiffonne dans ma main. Pour pouvoir les brûler plus facilement.

Depuis FOXFIRE, j'ai mené une vie tranquille, la vie d'une Américaine que vous qualifieriez d'ordinaire (j'ai même été mariée un temps – trois ans – à un diplômé d'astrophysique de l'Institut de technologie de Californie) à un détail près : mon activité professionnelle – le genre d'activité qui déclenche de la part de celui qui s'enquiert un regard bizarre accompagné de l'inévitable question : *vous faites quoi ?*

J'ai quitté Hammond à dix-huit ans. J'avais le cœur brisé de quitter Legs et le gang, et j'ai eu la chance d'obtenir une bourse pour une université éloignée où personne n'avait entendu parler de FOXFIRE et n'en entendrait probablement jamais parler. Oui, j'ai pourtant été interrogée pendant des jours et des jours par la police de Hammond et les agents du FBI, et des mois durant, j'ai dû rendre des comptes au « service des mineurs »; mais jamais la moindre accusation n'a été portée contre « Madeleine Faith Wirtz » qui, directement ou indirectement, n'était en rien impliquée dans le fameux kidnapping assorti de demande de rançon de Whitney Kellog Jr.

Maddy Wirtz a eu de la chance d'être exclue de FOXFIRE avant que tout cela ne se produise. C'est ce qui l'a sauvée au regard de la loi.

Je ne suis revenue à Hammond que quatre fois. La plus récente – et, je le croyais, l'ultime – fut ma visite à la bibliothèque municipale et au tribunal du comté en vue d'établir, à partir de vieux articles de journaux et d'archives juridiques, un compte rendu officiel rudimentaire de ces semaines de mai et juin 1956, les dernières de FOXFIRE. J'ai découvert beaucoup de choses que j'ignorais à l'époque : par exemple, que la police et le FBI, immédiatement informés du kidnapping, ont cru à un complot de la part de « dirigeants syndicaux haut placés, en cheville avec certaines organisations criminelles », complot destiné non seulement à soutirer une rançon aux Kellog mais à intimider, à terrifier d'autres hommes d'affaires américains de la stature de Mr Kellog ayant opposé une fin de non-recevoir aux exigences des syndicats ! – ce qui fait que J. Edgar Hoover en personne était cité par les médias.

Le côté « amateur » du kidnapping, comme les coups de téléphone interrompus, ont été interprétés par la police comme une stratégie délibérée destinée à l'égarer.

Voici un exemple de titres dans la presse locale :

LE KIDNAPPING DE W. KELLOG
POURRAIT BIEN ÊTRE
LE FRUIT D'UN COMPLOT COMMUNISTE

Et encore :

UN GANG FÉMININ LOCAL
AFFILIÉ AU TERRORISME
ROUGE INTERNATIONAL

Comme Legs a dû rigoler, en admettant qu'elle l'ait su !

Les articles relatifs à Whitney Kellog Jr et sa famille, je les ai parcourus rapidement, peu désireuse d'apprendre quoi que ce soit au sujet de la « conversion » de Mr Kellog au christianisme (le « vrai, celui qui consiste à porter le Christ dans son cœur ») ou de la « confiance trahie par Legs Sadovsky » de Marianne Kellog.

La culpabilité. Un sentiment malsain. Même si Maddy Wirtz n'était pas une kidnappeuse, elle avait souhaité le succès de FOXFIRE...

J'ai souhaité que les quatre « fuyardes » réussissent leur fuite.

La police a fini par localiser Goldie, puis Lana. Toutes deux vivaient à des centaines de kilomètres l'une de l'autre, ignorant leurs coordonnées respectives ainsi que celles de Legs et de « VV » Goldie a été arrêtée sur son lieu de travail : elle était pompiste dans une station-service de Horseheads, État de New York, sous un faux nom. Lana a été arrêtée à Albany, État de New York, où elle était logée, également sous un faux nom, ses cheveux teints en marronnasse, chez un barman arménien. Mais la police n'a jamais retrouvé Legs Sadovsky, ni « VV », ni L'ÉCLAIR.

Se peut-il que Legs et « VV » aient traversé la frontière canadienne ? Se peut-il qu'après avoir caché la voiture là où on ne pourrait jamais la retrouver elles aient filé à pied ?

La grand-mère de Legs a nié avoir recueilli les filles, et on n'a jamais pu prouver qu'elle l'avait fait. De même, ses voisins de Plattsburg n'ont jamais déclaré avoir vu une voiture ressemblant à L'ÉCLAIR – il aurait fallu qu'ils soient aveugles pour ne pas voir un tel véhicule garé dans le voisinage.

Legs et « VV » sont donc restées des fugitives au regard de la loi. On les a recherchées publiquement pendant des mois, peut-être même des années. Des centaines de fausses pistes, de pseudo-localisations se sont présentées, mais on ne les a jamais retrouvées et, pour autant que je sache (le kidnapping est toujours un crime fédéral), elles demeurent à ce jour des fuyardes.

« Maddy!... Mon Dieu, c'est toi? Maddy Wirtz? »

Me retournant, je vois une jolie femme aux cheveux carotte, une jeune femme comme moi proche de la trentaine, au corps plein et à la peau pâle semée de taches de rousseur poussant une poussette avec, dedans, un petit rouquin; c'est Rita O'Hagan, une Rita que je n'ai pas vue depuis onze ans; si on m'avait prévenue qu'elle se trouverait dans les parages, j'aurais peut-être traversé, j'aurais peut-être tout fait pour éviter de la rencontrer; mais au premier regard, je n'y songe même plus et là, sur le trottoir de Fairfax, nous tombons dans les bras l'une de l'autre en pleurant, tandis que le petit garçon de Rita, les yeux levés vers nous, reste bouche bée en se suçant les doigts.

À nous voir, on nous prendrait pour des sœurs perdues depuis longtemps l'une pour l'autre.

Rita insiste pour que je rebrousse chemin et l'accompagne chez elle, ses autres enfants étant à l'école et Collis ne rentrant pas avant six heures; nous avons du temps à rattraper, dit Rita, et en effet, j'ai quitté Hammond depuis tant d'années!

Elle et Collis Connor se sont mariés et vivent dans un appartement situé dans un immeuble neuf de Ferry Street. Il travaille dans un magasin d'électroménager qui vend et répare les appareils. Je savais, n'est-ce pas, qu'elle avait épousé Collis?... Tout de suite après les ennuis?

Par « ennuis » elle entend la rupture avec FOXFIRE, les arrestations, le scandale.

Là-haut, dans le salon des Connor, Rita m'offre un café, puis une bière; assises, nous buvons et échangeons les nouvelles. C'est surtout Rita qui parle – apparemment heureuse de pouvoir le faire et tout émue que ce soit avec moi – se penchant plusieurs fois vers moi pour me toucher le bras comme pour s'assurer que je suis bien réelle; me disant, avec l'ombre d'un reproche de sœur dans le ton : « J'ai failli ne pas te reconnaître, Maddy. Tu as tellement changé... »

Je ris, gênée. N'osant demander en quoi.

Rita ajoute en soupirant : « Je suppose qu'on a toutes changé – et c'est tant mieux. »

On est en juin 1968. Je ne suis à Hammond que pour une brève visite. Je n'ai jamais eu l'intention d'aller voir mes anciennes sœurs de FOXFIRE, pas même de parcourir l'annuaire du téléphone à la recherche de certains noms.

Je croyais n'être plus sentimentale. Je croyais m'être blindée contre le chagrin.

Dans le métier que je fais – vous pourriez le définir comme l'observation et la quantification de débris de roches, il semble naturel d'endurcir son cœur, non ?... ou bien de le laisser s'endurcir graduellement, sans qu'on le sache.

Maddy, t'es mon cœur.

Personne ne m'a plus dit ça. Jamais.

Personne n'en a eu l'occasion. Jamais. J'y ai veillé.

Rita, curieuse mais pleine de tact, me demande où je vis – sous-entendu : suis-je mariée, ai-je une famille, suis-je devenue « normale », comme elle ? Je lui dis que, oui, j'ai été mariée, mais brièvement : « Ça n'a tout simplement pas marché; heureusement que nous n'avons pas eu d'enfants », refusant de voir le regard de pitié de mon amie car, pour une mère, qu'y a-t-il de plus important, de plus précieux, de plus formateur pour l'âme que les enfants ? « Je vis au Nouveau-Mexique, à Quincy. Je travaille à l'observatoire, c'est un travail de silence, que j'aime, bien que je me sente parfois un peu seule. Je suis heureuse.

– Oh, Maddy, je suis tellement contente de te

l'entendre dire. » Et en effet, à ma surprise, Rita semble contente. « De nous toutes, à part... » – sa voix traîne et son regard dévie promptement, de sorte que nous pouvons toutes deux fournir le nom sans avoir besoin de le prononcer –, « c'était toi la plus... différente. »

Je me rappelle alors qu'un jour, j'ai surpris Goldie disant « Maddy, en un sens, n'est pas des nôtres », et que ces mots m'ont frappée au cœur.

Je change donc très vite de sujet. Je demande à Rita des nouvelles de nos ex-sœurs et elle récite à toute allure ce qu'elle sait – et elle en sait un bout – mais ça glisse sur moi comme, de l'autre côté de la vitre, glisse sur le macadam le véhicule que je vois passer dans une sorte de brouillard ; j'enregistre cependant ce qu'elle dit de Violet Kahn : « Oh, elle, elle s'est bien débrouillée... » – haussement d'épaules de Rita – « elle a épousé ce type qui travaille avec son père et ses oncles dans une entreprise de matériaux de construction ; aucun d'eux n'a son bac mais ils sont riches et devine où Violet habite, dans une vraie maison ?... Meridian. » Il n'a fallu à Maddy qu'une seconde pour piger : Meridian Boulevard croise Jelliff Place.

On en arrive au point où Rita, presque timidement, va poser la question : « Et t'as jamais entendu parler... d'*elle* ?

– Non. Et toi ? je dis très vite.

– Non. Jamais. » Une pause puis, avec un petit sourire rêveur, Rita ajoute : « Pas reçu un seul mot d'elle, non plus. Sauf que... » De nouveau une pause, le temps d'un souffle repris doucement, d'un regard dans ma direction, doux, lui aussi, et conspirateur, comme celui qu'échangeraient deux anciens amoureux.

Cela fait maintenant plus d'une heure que nous parlons tout en finissant notre second verre de bière, moins mal à l'aise ensemble qu'au début. A quelques pas de nous, dans un parc, le petit garçon aux cheveux carotte se babille des choses à lui-même, ce qui m'attendrit et une pensée larmoyante me donne envie de sourire : le fils de Rita ne saura jamais rien au sujet de FOXFIRE, il ne se doutera jamais qu'une certaine Legs Sadovsky a changé la vie de sa mère quand celle-ci était encore une adolescente, oui, qu'elle a rendu possible sa vie à lui. Rita, excitée comme une gamine, dit : « Heu... j'ai quelque chose à te montrer, Maddy, à t'apprendre... peu de gens sont au courant. »

Voyant son regard, je pose mon verre, éprouvant une sensation de faiblesse immédiate.

Tout ce temps, ni l'une ni l'autre n'avons prononcé son nom et je ne peux me résoudre à murmurer : Legs?

Rita, quittant en hâte la pièce, revient en tenant un article de journal plié très petit. Elle le lisse de la main près de moi, sur un coussin du canapé, en disant : « Nom de Dieu, Maddy! Un soir, j'ai vu ça dans le journal, ça remonte à des années et c'était une sacrée coïncidence parce que je ne m'intéresse pas à la politique et tous ces trucs; mais j'ai vu ça, en première page et je me suis dit oh, mon Dieu, c'est elle! », et Rita me tend l'article comme si c'était quelque chose de précieux, de fragile, « Maddy, c'est bien elle, n'est-ce pas? »

J'examine la photo : une personnalité politique, un militaire raide et barbu – Fidel Castro, sur un podium, s'adressant à une immense foule rassemblée sur une place de La Havane, à Cuba; la dépêche est datée du 22 avril 1961, donc peu après le débarquement manqué de la « baie des Cochons ». Et là, à l'extrême bord, presque en dehors du cadre, il y a une silhouette incontestablement américaine, élancée, mince, blonde – masculine? féminine? –, vêtue d'un pantalon et d'une chemise, prise dans la furie de ces spectateurs massés et intensément attentifs : Legs Sadovsky.

Ou quelqu'un qui lui ressemble comme un jumeau.

« Maddy?... C'est elle, non? »

Je ne peux répondre. Tenant la photo, je vais vers la fenêtre pour l'examiner au jour.

Rita bavarde nerveusement, riant, versant le reste de bière dans nos verres : « Je l'ai montrée à certaines des filles, on ne se voit plus trop mais je la leur ai montrée, et il se trouve que Toni LeFeber – tu te souviens de Toni ? elle est mariée avec Richie Wright – que Toni donc l'a aussi vue dans le journal, elle a reconnu Legs mais a eu peur d'en parler à qui que ce soit, pensant, tu vois, que le FBI allait rappliquer et l'arrêter ! (Tu crois qu'ils le feraient, après toutes ces années ?) Quant à Collis, je ne lui en ai jamais soufflé mot parce qu'il aurait fait des confettis du journal, détestant Legs comme il la détestait. »

Puis, se reprenant, elle a ajouté très vite : « C'est un amour, pourtant – le type le plus gentil que j'aie jamais rencontré. Il m'a pratiquement sauvé la vie quand toute cette laideur s'est étalée. Comme vous, les filles, l'avez fait quand j'étais gosse. »

Je pense : un microscope, si seulement un microscope pouvait grossir une photo de journal ! Mais c'est impossible, ne sois pas absurde, bien sûr que c'est impossible : grossissez des points minuscules et vous grossirez l'espace entre eux.

Rita dit, pensive : « C'était intelligent de la part de Goldie et Lana de plaider coupables, je suppose – en tout cas les gens ont trouvé que ça l'était. Tu as su que toutes deux ont été libérées ? Mais elles ne vivent pas dans les parages... » Sa voix se voile. Elle boit une gorgée de bière. Elle dit, d'un ton légèrement anxieux : « Qu'est-ce que t'en penses, Maddy ? Tu es bien silencieuse... C'est elle, non ? »

Les larmes qui me sont montées aux yeux brouillent maintenant le cliché.

« Oh, Rita mon chou... j'en sais rien », je dis d'une voix qui chevrote.

Le rire de Rita résonne, aigu, déçu. « Ben merde. Moi, je sais ! »

Cette visite à Hammond n'a pas été la dernière. Mais ça a été la dernière fois que j'y ai rencontré quelqu'un que je connaissais.

Quant au souvenir que j'ai gardé de cette visite, il est quasi nul, parce qu'une fois qu'on a quitté un lieu, une fois qu'on en a été chassé, tous vos retours sur ce lieu se fondent en un seul ; le Temps les rend, ce qui est agaçant, aussi évanescents qu'un rêve.

De cette visite, je n'ai conservé de façon précise que le souvenir de l'article du journal de Hammond, ce vieil article tout craquant plié et replié, et je pense que oui, probablement, c'était bien Legs Sadovsky, qui ça aurait pu être d'autre, elle était tellement reconnaissable à ce maintien si droit, à cette tension qui donnait l'impression qu'elle écoutait avec son corps, tous les sens en alerte – à moins que je ne me fasse des idées, que la force de mon désir ne me pousse à inventer, comme la force du désir de Rita O'Hagan l'aurait poussée à inventer quand elle a scruté sur le papier du journal ces minuscules piqûres d'épingle, ces atomes de lumière fondus jusqu'à produire une silhouette humaine, un visage, des traits qu'on reconnaît plus ou moins (ou croit reconnaître) instantanément : astuce neurologique ou miracle de l'esprit humain ? En voyant, on sait.

Et si c'était bien Legs présente à La Havane, Cuba, le 22 avril 1961, où est-elle maintenant ?

Il faut que je vous explique : je passe presque toutes mes journées à examiner des clichés au microscope. Pas des photos floues de journal, mais des clichés minutieusement détaillés du soleil ; pas des microscopes ordinaires, mais des microscopes stéréoscopiques assez puissants pour traverser le plan du système solaire, s'enfoncer dans l'espace et revenir dans le temps. Quelquefois, ça me donne le vertige de voler à travers l'espace et le temps : mes ciels sont des ciels blancs, des négatifs photographiques contre lesquels les étoiles sont des mouchetures noires, figées dans l'espace mais cependant mobiles du fait que je déplace sans arrêt le cliché pour examiner les petits points sombres, les taches, les traînées, les nuages semés d'étoiles; j'ai l'œil pour repérer les catastrophes imminentes (sinon le pouvoir de les éviter) : astéroïdes en orbite instable, « bolides » potentiels ne demandant qu'à s'échapper, telles des pensées rebelles et célestes, de la ceinture principale flottant entre les orbites de Jupiter et de Mars.

Non que je sois astronome – pas du tout. Je suis seulement licenciée ès lettres de l'université d'Iowa. Mais je suis l'assistante d'un astronome – une de ces assistantes modestement payées mais fiables et très appréciées – à l'observatoire de Mount Queen, au Nouveau-Mexique, et je prends mon travail au sérieux, un travail tellement méthodique, tellement silencieux qu'il comporte, je le suppose, une part de mysticisme; je traque le mouvement sur les clichés représentant des parties du ciel identiques mais placées côte à côte; j'ai l'œil pour la lumière, pour la lumière noire des négatifs, pour d'imaginables désordres, pour d'éventuelles modifications de la stabilité morphologique des débris de roche.

S'il existe un lien quelconque entre ma vie actuelle et ma vie d'adolescente, j'ignore lequel et veux continuer à l'ignorer. Avec les années, les motivations humaines en sont venues à m'intéresser moins que les actes, que ce qui est. Après tout, les étoiles n'ont pas de motivation : même leur plongeon mortel est pur, entièrement au service de ce qui est.

Pour Fairfax Avenue, Maddy Wirtz était une futée. Mais elle se trompait en croyant à la permanence des étoiles, en se racontant que les étoiles étaient là, dans le ciel, non affectées par les changements survenus sur terre; naturellement, elle a vite appris que les étoiles ne sont pas permanentes, qu'elles ne sont pas même là – de tous les faits, c'est bien le plus ironique. La lumière céleste que vous admirez est une lumière fossile, c'est un passé infiniment lointain que vous contemplez, des étoiles depuis longtemps éteintes.

Même notre soleil, notre astre domestique, se situe à huit minutes dans le passé. « Temps-retard », on appelle ces tours que nous jouent la lumière et le Temps, ces paradoxes auxquels il vaut mieux ne pas penser. Je veux dire qu'il vaut mieux y penser sans émotion, sans la moindre émotion.

Pour assembler ces CONFESSIONS DE FOXFIRE au cours de ces derniers mois, je me suis vraiment forcée car elles représentent tout ce que je n'ai pas ressenti, ou voulu ressentir, depuis des années. J'ai entrepris de le faire aujourd'hui parce que j'ai cinquante ans – cinquante ans, Maddy-Monkey! Et parce que je dispose de cet instrument télescopique que je n'avais pas, celui qui permet de mesurer le temps-retard.

Ces CONFESSIONS terminées et le vieux carnet de notes de Maddy détruit, j'ai maintenant l'impression de me situer nulle part dans le temps.

Et Legs Sadovsky, dans quelle sorte de temps est-elle ?

Est-elle même dans le Temps ? Y es-tu, Legs ?

Aux tout débuts de FOXFIRE, alors que nous vivions encore séparément – chacune chez soi, Legs avec son père et moi avec ma mère –, nous avons eu cette conversation au sujet excitant et dérangeant, comme on en a à cet âge, parlant de ces choses quand nous étions seules et que personne ne pouvait nous surprendre ; Legs a dit qu'elle était sûre de ne pas croire en Dieu et toutes ces sornettes, pas plus qu'à l'« immortalité de l'âme » : ne compte pas que nous ayons autant d'importance, elle a dit, et j'ai dit, essayant de lui cacher que je tremblais, alors je suppose que tu ne crois pas qu'on ait une âme ? Et Legs a ri et a dit, ouais, on en a probablement une, mais pourquoi ça signifierait nécessairement qu'on soit éternel ? Une flamme, par exemple, est suffisamment réelle tant qu'elle brûle, non ? Même s'il y a un moment où elle s'éteint, non ?

Table

Première Partie

Deuxième Partie

Troisième Partie

Quatrième Partie

Cinquième Partie

Nouveau Cabinet Cosmopolite

(Collection créée par André Bay)

(Extrait du catalogue)

Kôbô ABÉ	*L'Homme-Boîte.*
Iouz ALECHKOVSKI	*Confession du bourreau.*
	Le Kangourou.
Jorge AMADO	*La Bataille du Petit Trianon.*
	La Boutique des miracles.
	Doña Flor et ses deux maris.
	Gabriela, Girofle et Cannelle.
	Les Pâtres de la nuit.
	Tieta d'Agreste.
	Tocaia Grande.
	Le Vieux Marin.
	Yansan des Orages.
	Tereza Batista.
	La Découverte de l'Amérique par les Turcs.
Sawako ARIYOSHI	*Kaé ou les Deux Rivales.*
	Les Dames de Kimoto.
	Les Années du crépuscule.
Paolo BARBARO	*Iles perdues.*
Julian BARNES	*Le Perroquet de Flaubert.*
	Une histoire du monde en 10 chapitres 1/2.
	Le Soleil en face.
Louis de BERNIÈRES	*La Guerre des fesses de don Emmanuel.*
	Señor Vivo et le baron de la coca.
	La Calamiteuse Progéniture du cardinal Guzman.
Breyten BREYTENBACH	*Confession véridique d'un terroriste albinos.*
	Mouroir.
André BRINK	*Au plus noir de la nuit.*
	Le Mur de la peste.
	Rumeurs de pluie.
	Un instant dans le vent.
	Un turbulent silence.
	Une saison blanche et sèche.
	L'Ambassadeur.
	États d'urgence.
	Un acte de terreur, tome 1 : Nina.
	Un acte de terreur, tome 2 : Lisa.
	Adamastor.
	Tout au contraire.
Jerome CHARYN	*Frog.*
	Le Nez de Pinocchio.
Raphaël CONFIANT	*Le Gouverneur des dés.*
Franco CORDELLI	*Pinkerton.*
Don DELILLO	*Bruit de fond.*
	Libra.
Anita DESAI	*Un héritage exorbitant.*
	Le Feu sur la montagne.
	Le Bombay de Baumgartner.
Margaret DRABBLE	*Le Milieu de la vie.*
	Le Poing de glace.
	La Voie radieuse.
Shusaku ENDO	*Scandale.*

Penelope FITZGERALD *La Porte des Anges.*
La Libraire.

Adelaïda GARCIA MORALES *El Sur* suivi de *L'Histoire de Bené.*

Robert GRAVES *King Jesus.*
La Fille d'Homère.

Mark HELPRIN *Conte d'hiver.*
Ellis Island.

Yasushi INOUÉ *Histoire de ma mère.*
Le Faussaire.
Combat de taureaux.
Confucius.
Le Maître de thé.

Henry JAMES *Un portrait de femme.*

Yoram KANIUK *Adam ressuscité.*
La Vie splendide de Clara Chiato.

Jack KEROUAC *Maggie Cassidy.*

Ken KESEY *Vol au-dessus d'un nid de coucou.*

Pär LAGERKVIST *L'Exil de la terre.*

Carson MCCULLERS *Le cœur est un chasseur solitaire.*

Penelope LIVELY *Serpent de lune.*

Icchokas MERAS *La partie n'est jamais nulle.*
Sur quoi repose le monde.

Gabriel MIRÓ *L'Évêque lépreux.*

Taghi MODARRESSI *Le livre de ceux qui sont partis.*
Le Protocole du pèlerin.

Charles MORGAN *Sparkenbroke.*

Taslima NASREEN *Lajja.*
Un retour suivi de *Scènes de mariage.*

Anaïs NIN *Journal, tomes I, II, III, IV, V, VI, VII.*

Joyce Carol OATES *Amours profanes.*
Aile de corbeau.
Haute Enfance.
La Légende de Bloodsmoor.
Marya.
Le Jardin des délices.
Mariages et Infidélités.
Le Pays des merveilles.
Une éducation sentimentale.
Bellefleur.
Eux.
L'homme que les femmes adoraient.
Les Mystères de Winterthurn.
Souvenez-vous de ces années-là.
Cette saveur amère de l'amour.
Solstice.
Le Rendez-Vous.
Le Goût de l'Amérique.

Antonio OLINTO *Le Roi de Kétou.*

Amos OZ *Les Terres du chacal.*

Danko POPOVIC *Le Livre de Miloutine.*

Anthony POWELL *Le Roi Pêcheur.*

Ruth PRAWER JHABVALA *Angel et Lara*

Rachel DE QUEIROZ *Dôra Doralina.*
Jean Miguel.

Erich Maria REMARQUE *A l'Ouest rien de nouveau.*
La Femme de Josef.

Felix ROZINER *Un certain Finkelmayer.*

Salman RUSHDIE	*Le Sourire du jaguar.*
	Les Enfants de minuit.
	La Honte.
Vita SACKVILLE-WEST Virginia WOOLF	*Correspondance.*
Arthur SCHNITZLER	*Berthe Garlan.*
	Vienne au crépuscule.
Isaac Bashevis SINGER	*Au tribunal de mon père.*
	Amour tardif.
	Le Beau Monsieur de Cracovie.
	Le Blasphémateur.
	Contes.
	La Couronne de plumes.
	L'Esclave.
	Le Magicien de Lublin.
	Le Manoir.
	Le Domaine.
	La Mort de Mathusalem.
	Passions.
	Le Pénitent.
	Shosha.
	Un jeune homme à la recherche de l'amour.
	Perdu en Amérique.
	Conversations.
	Le Fantôme.
	Le Roi des champs.
Rosamond SMITH	*L'Amour en double.*
Tom SPANBAUER	*L'homme qui tomba amoureux de la lune.*
Latife TEKIN	*Contes de la montagne d'ordures.*
Rupert THOMSON	*Les Cinq Portes de l'enfer.*
	L'Église de Monsieur Eiffel.
Violet TREFUSIS	*Il court, il court...*
	Lettres à Vita.
Frédéric TUTEN	*Tallien : une brève histoire d'amour.*
Anne TYLER	*A la recherche de Caleb.*
	Le Déjeuner de la nostalgie.
	Morgan l'Insaisissable.
	Toujours partir.
	Le Voyageur malgré lui.
Fred UHLMAN	*Il fait beau à Paris aujourd'hui.*
	Sous la lune et les étoiles.
	La Lettre de Conrad, suivi de *Pas de résurrection, s'il vous plaît.*
Sigrid UNDSET	*Christine Lavransdatter :*
	La Couronne.
	La Maîtresse de Husaby.
	La Croix.
Laurens VAN DER POST	*Furyo.*
Etienne VAN HEERDEN	*Le Domaine de Toorberg.*
David VOGEL	*La Vie conjugale.*
Franz WERFEL	*Cella ou les Vainqueurs.*
Angus WILSON	*Embraser le monde.*
Virginia WOOLF	*Journal, tomes I, II, III, IV, V, VI, VII, VIII.*
	Instants de vie.
	Journal d'adolescence.

Achevé d'imprimer par la
SOCIÉTÉ NOUVELLE FIRMIN-DIDOT
Mesnil-sur-l'Estrée
Pour le compte des Éditions Stock
en mai 1995

Imprimé en France
Dépôt légal : Mai 1995
N° d'édition : 8170 – N° d'impression : 30686
54-06-4482-01/3
ISBN : 2-234-04482-0